Susanne Mischke

Todesspur

PIPER

Zu diesem Buch

Neben dem stillgelegten Güterbahnhof mitten im miesesten Viertel Hannovers wird die Leiche eines fünfzehnjährigen Schülers gefunden. Was zunächst wie Raubmord aussieht, entpuppt sich schon bald als höchst verzwickter Fall für das eingespielte Team von Hauptkommissar Völxen. Denn die Spuren führen nicht nur ins Rotlichtmilieu, sondern auch in die luxuriösen Villen Waldhausens, dem Nobelviertel der Stadt. Dann taucht eine zweite Leiche auf: Der Zuhälter Nico liegt erschossen vor der berühmten Kreuzkirche. Aber wo ist die Verbindung zwischen ihm und dem toten Schüler aus gutem Hause? Kommissar Völxen und sein Team ermitteln, um einen dritten Mord zu verhindern. Sie ahnen nicht, dass einer von ihnen in tödlicher Gefahr ist.

Susanne Mischke wurde 1960 in Kempten geboren und lebt heute in Wertach. Sie war mehrere Jahre Präsidentin der »Sisters in Crime« und erschrieb sich mit ihren fesselnden Kriminalromanen eine große Fangemeinde. Für das Buch »Wer nicht hören will, muß fühlen« erhielt sie die »Agathe«, den Frauen-Krimi-Preis der Stadt Wiesbaden. Ihre Hannover-Krimis haben über die Grenzen Niedersachsens hinaus großen Erfolg.

Susanne Mischke

TODESSPUR

Kriminalroman

PIPER

Mehr über unsere Autorinnen, Autoren und Bücher:
www.piper.de

Wenn Ihnen dieser Krimi gefallen hat, schreiben Sie uns unter Nennung des Titels »Todesspur« an *empfehlungen@piper.de*, und wir empfehlen Ihnen gerne vergleichbare Bücher.

Von Susanne Mischke liegen im Piper Verlag vor:
Hannover-Krimis:
Band 1: Der Tote vom Maschsee · Band 2: Tod an der Leine · Band 3: Totenfeuer · Band 4: Todesspur · Band 5: Einen Tod musst du sterben · Band 6: Warte nur ein Weilchen · Band 7: Alte Sünden · Band 8: Zärtlich ist der Tod · Band 9: Hättest du geschwiegen · Band 10: Fürchte dich vor morgen · Band 11: Eiskalt tanzt der Tod · Band 12: Alle sehen dich · Band 13: Deine Welt wird brennen · Band 14: Wehe, du irrst dich · Band 15: Du musst mir glauben

weitere Kriminalromane:
Töte, wenn du kannst! · Mordskind · Wölfe und Lämmer · Die Eisheilige · Schwarz ist die Nacht · Kalte Fährte · Der Muttertagsmörder · Das dunkle Haus am Meer

Ungekürzte Taschenbuchausgabe
ISBN 978-3-492-30318-7
1. Auflage Juli 2013
7. Auflage Juli 2026

Für direkten Kontakt und Fragen zum Produkt wenden Sie sich an: *info@piper.de*
Umschlaggestaltung: semper smile, München, nach einem Entwurf von Hauptmann & Kompanie Werbeagentur, Zürich, unter Verwendung eines Fotos von Arcangel
Satz: Kösel Media GmbH, Krugzell
Gesetzt aus der Whitman
Druck und Bindung: CPI books GmbH, Leck
Printed in the EU

Halb vier, Stella ist auf dem Nachhauseweg von ihrer Arbeit, und wie üblich ist sie um diese Zeit schon ziemlich voll. Der Monatserste liegt noch nicht lange zurück, und ein Gast im *Rocker* war spendabel gewesen. Mitkommen auf eine Nummer wollte er aber nicht. Das erlebt Stella inzwischen zu oft: Die Männer sind nicht mehr scharf auf sie, sondern geben ihr aus Mitleid einen aus. Aber zum Glück sind nicht alle so, manche finden sie immer noch sexy, und für eine Frau, die auf die fünfzig zugeht, hat sie noch immer eine sensationelle Figur. Bei diesem Gedanken öffnet sie den Reißverschluss ihrer Kunstpelzjacke und befühlt ihre Brüste unter der straff gespannten Polyesterbluse. Vor Jahren schon hat sie sie vergrößern lassen, eine lohnende Investition, der Meinung ist sie noch heute. Ein Windstoß faucht durch die Unterführung der Kopernikusstraße und veranlasst sie, den Reißverschluss rasch wieder zu schließen. Sie schlägt den Kragen hoch und stöckelt auf ihren weißen Lackstiefelchen weiter. Ihre Beine, die von einem Minirock und Netzstrümpfen in Szene gesetzt werden, können sich sehen lassen, das muss sogar Niko zugeben, der sonst immer behauptet, sie wäre eine abgetakelte Schnapsdrossel und ihre beste Zeit läge zwanzig Jahre zurück. Es sind feste, lange Beine, die den Kerlen die Augen aus den Höhlen getrieben haben, damals, als sie noch Stripperin gewesen ist. Das waren noch schöne, einträgliche Zeiten. Heutzutage, das kam neulich im Fernsehen, gibt es schon Kurse an der Volkshochschule, in denen Büromiezen das Strippen beigebracht wird. Zum Lachen ist das, wenn es nicht so traurig wäre!

Stellas richtiger Name lautet Heidrun Bukowski. Bukowski wie der amerikanische Schriftsteller, von dem sie aber nie etwas gelesen hat, denn Lesen war nie so ihr Ding. Stundenlang auf Buchstaben zu starren macht sie ganz hibbelig, schon in der Schule konnte sie das nicht leiden, weshalb sie sie nach acht Jahren verließ. Sie schlug sich als Bedienung durch, posierte in Peepshows und strippte in den Bars des Steintorviertels. Mit neunzehn heiratete sie besagten Bukowski, einen Kneipenbesitzer. Der Mann war wesentlich älter als sie. Er war außerdem nett und großzügig und wollte in erster Linie jemanden haben, der da war, wenn er spätnachts nach Hause kam. Aber genau damit hatte Heidrun ein Problem gehabt. Wenn sie sehr betrunken war, dann erzählte sie ihm beim Nachhausekommen, mit welchem Typen sie gerade gevögelt hatte. Fünf Jahre lang ging das so, dann warf ihr Mann sie schließlich raus, ohne einen Pfennig Geld. Von da an nannte sich Heidrun »Stella«, denn sie beschloss, ihr Hobby zum Beruf zu machen. Eine Zeit lang war sie unbestritten die heißeste Nummer auf der Ludwigstraße. Aber die Konkurrenz in der Messestadt war auch damals schon groß, und Stella wurde nicht jünger. Lange her, das alles.

Den Straßenstrich und die Drogen hat sie schon vor Jahren hinter sich gelassen, nur vom Suff kommt sie nicht los. Jetzt tun ihr die Füße weh, und der Heimweg kommt ihr endlos lang vor.

Geschafft! Stella ist jedes Mal froh, wenn sie die Unterführung hinter sich gelassen hat. Sie hat keine Angst vor der düsteren Röhre, aber unter den Gleisen des stillgelegten Güterbahnhofs stinkt es elend nach Pisse, und man muss aufpassen, dass man nicht in Taubenscheiße tritt. Nein, dies hier ist keine Gegend für eine Lady, die allein zu Fuß unterwegs ist. Früher, erinnert sie sich, gab es über dem Tunnel, auf der Westseite der Gleise, mal einen Puff. Aber dort hat sie nie gearbeitet, das war nicht ihre Kragenweite, so eine Bretterbude.

Kein Mensch ist unterwegs, und schon wieder fängt es an zu nieseln. Kurz nachdem sie in die Emil-Meyer-Straße eingebogen ist, hört sie, wie sich ein Wagen nähert. Scheinwerferlicht versilbert die Pfützen. Stella bleibt unter einer Straßenlaterne stehen, öffnet die Jacke, streckt ihr Spielbein vor und drückt das Kreuz durch. Man weiß ja nie. Doch das Auto rauscht an ihr vorbei, und die Reifen lassen einen Vorhang aus Wasser in die Höhe schießen.

»Verdammte Drecksau«, kreischt Stella und schüttelt die Faust hinter dem Wagen her, ehe sie sich das kalte Gemisch aus Wasser und Straßenstaub aus dem Gesicht wischt. Irgendwie hat diese Situation etwas Symbolisches, denkt sie in einem Anfall von Selbstmitleid. Genauso verläuft mein Leben: Die anderen ziehen an mir vorbei, und mir bleibt eine Handvoll Dreck.

Stellas Eltern hatten gegen Ende des Zweiten Weltkriegs aus Pommern fliehen müssen und waren in einem Auffanglager auf dem Mühlenberg, im Süden Hannovers, gelandet. Ihre Mutter klagt noch heute über »das Gesindel«, mit dem sie sich dort herumschlagen musste. Ende der Fünfziger wurde ein Teil der Leute vom Mühlenberg dann in den Stadtbezirk Nord umgesiedelt. Die neu gebauten Wohnblocks in Hainholz boten mehr Komfort als die Baracken auf dem Mühlenberg, und ihre Eltern freuten sich über die 47 Quadratmeter große Wohnung in der Bömelburgstraße. Heidruns Vater arbeitete als Elektriker bei der Conti in Vahrenwald. Er verschwand, als sie vier war. Ihre Mutter schlug sich als »Haushaltshilfe« durch, zumindest sollten ihre Tochter und die Nachbarn das glauben. Stellas Mutter lebt noch immer in dem Block im

Bömelburgviertel, aber die Nachbarn sind andere geworden. »Ausländergesindel«, laut ihrer Mutter. Stella besucht sie ein Mal die Woche, dann trinken sie zusammen eine halbe Flasche *Dornkaat*, die Stella mitbringt. Stella kehrt nicht gerne an den Ort ihrer Kindheit zurück. Hainholz und ganz besonders das Bömelburgviertel gelten als sozialer Brennpunkt, da nützen auch die gut gemeinten Sozial- und Kulturprogramme wenig. Allerdings hat sie es selbst lediglich ein paar Straßenzüge weiter gebracht, und das auch nur, weil Niko die Miete für die langweilige Dreizimmer-Genossenschaftswohnung in der Straße Auf dem Dorn von seiner Frührente bezahlt.

Stella beobachtet, wie die grellen Schweinwerfer scharf nach rechts schwenken. Wo will der denn hin, zum Musikzentrum? Um diese Uhrzeit dürfte dort alles wie ausgestorben und das Tor geschlossen sein. Kein Gig dauert schließlich bis früh um halb vier, schon gar nicht am Sonntagabend. Oder will der in die Hüttenstraße einbiegen? Da wird sich der Arsch aber mächtig wundern, da geht's nämlich nicht weiter, tote Hose dahinten, finito. Früher war das anders. Da war die Straße im Schatten der Gleise gut für allerhand Aktivitäten, die die Öffentlichkeit nichts angingen. Auch Stella hat vor der Kulisse der maroden, graffitibeschmierten Lagerschuppen schon so manches schnelle Geschäft erledigt. Inzwischen gehört das Grundstück der Spedition Schenker, die keinen Verkehr jeglicher Art auf ihrem Gelände duldet, und die schmale Straße, die am Bahndamm entlangführt, ist mit Eisengittern abgesperrt.

Die Scheinwerfer sind jetzt nicht mehr zu sehen. Wenn der Kerl wüsste, was er versäumt, wäre er garantiert nicht so einfach an ihr vorbeigezischt! Stella kramt in ihrer Handtasche nach einer Zigarette, findet jedoch keine.

Stimmt, sie hat ja die letzten drei schon von ihrem Gönner schnorren müssen. Die Wirkung der Drinks aus dem *Rocker* lassen nun schlagartig nach, sie merkt, wie ihre Laune in den Keller sinkt. Wäre der Typ nicht vollkommen besoffen auf dem Tresen eingeschlafen, er hätte ihr bestimmt noch ein Taxi spendiert. Der wusste, was man einer Dame schuldig ist. So aber ... Seufzend greift sie nach dem Flachmann, nimmt einen kräftigen Schluck, schraubt ihn wieder zu und setzt sich in Bewegung. Weit hat sie es ja nicht mehr. Doch schon nach wenigen Schritten wird die Straße erneut von zwei Lichtkegeln erhellt.

»Hab ich's nicht gesagt? Dahinten ist Ende der Fahnenstange«, murmelt Stella und schirmt ihre Augen ab, um nicht geblendet zu werden. Ein Gedanke durchzuckt sie: Hat der Fahrer vorhin den unfreundlichen Zuruf gehört? Gibt's jetzt etwa Stress? Aber immerhin hat der mich von oben bis unten eingesaut, das werde ich dem schon verklickern, dass ihn das was kostet. Ihre Hand krallt sich um die Tränengas-Sprühdose in der Tasche ihres Polyester-Nerzes. Aber der Wagen zieht in hohem Tempo an ihr vorbei. Stella schaut ihm nach, dann geht sie weiter und murmelt im Takt ihrer Absätze, die auf das Pflaster einhacken: »Ha Ix zwoneun-sechsfünf, Ha Ix zwoneun-sechsfünf ...« Das Sicheinprägen von Autokennzeichen ist eine alte Gewohnheit aus der Zeit, als sie in der Herschelstraße gestanden hat, und funktioniert auch noch im Suff. Vielleicht sollte sie dem Kerl eine Rechnung schicken, Reinigung und so. Ja doch, das sollte sie tun.

Der Mann, der durch die Schwingtür der Bar tritt, hält das vereinbarte Erkennungszeichen – eine zusammengefaltete *Süddeutsche Zeitung* – in der Hand. Es ist Fernando Rodriguez! Er trägt seine unvermeidliche Lederjacke, einen Dreitagebart und wie üblich zu viel Gel in seinen schwarzen Schmalzlocken, die er neuerdings färbt. Betrug, denkt Jule. Diese Partnervermittlung ist der schiere Betrug. Fernando kommt auf sie zu und grinst. Jule springt auf. In diesem Moment ertönt die Filmmusik von *Star Wars*, sie ist lauter als der dezente Jazz im *Oscar's*, lauter als das Lachen von Völxen und Oda, die von der Galerie aus ungeniert zu ihr hinunterblicken, und lauter als die Stimme von Jules Mutter, die neben Jule sitzt und sagt, sie solle sich gefälligst nicht so anstellen, sie, Cordula Wedekin, würde Fernando sehr sexy finden.

Die *Star-Wars*-Musik hört nicht auf. *Star Wars*? Jule fährt in die Höhe. Auf der Glasplatte ihres antiken Nachttischchens vibriert und musiziert ihr Mobiltelefon. Den Klingelton hat ihr Fernando vor ein paar Tagen runtergeladen. Noch immer halb benommen drückt sie auf die grüne Taste.

»Frau Wedekin?«

»Ja?«

»Meike Klaasen vom KDD. Man hat mir gesagt, dass Sie Bereitschaftsdienst haben.«

Der Kriminaldauerdienst. Jule wird schlagartig wach. »Richtig. Was gibt es denn?«

»Männliche Leiche in Vahrenwald, Emil-Meyer-Straße Ecke Hüttenstraße. Ein Jugendlicher. Es sieht nach einem Gewaltverbrechen aus, die Spurensicherung ist schon verständigt. Tut mir leid, dass ich Sie so früh stören muss.«

Jules Blick fällt auf die Anzeige ihres Radioweckers. 6:47 Uhr. »Sie stören gar nicht. Im Gegenteil.«

Eine hastige Dusche und einen rasch hinuntergestürzten Kaffee später steuert Jule ihren Mini durch die erwachende Stadt. Es nieselt. Was für verrücktes Zeug man doch träumt. Sigmund Freud hätte sicherlich seinen Spaß daran gehabt, genau wie Oda Kristensen, wenn ich ihr davon erzählen würde. Aber gegenüber einer Frau, die Psychologie studiert hat, behält man solche Träume besser für sich, und auch Fernando sollte tunlichst nie davon erfahren.

Das *Oscar's* hat Jule während der vergangenen Monate zwei Mal besucht, immer mit Leonard. Seit mit ihm Schluss ist, war sie nicht mehr dort, obwohl sie die Bar in der Georgstraße sehr gerne mag. Im Moment gibt es aber niemanden, mit dem sie dorthin gehen könnte.

Jule ist froh, dass ihr Exgeliebter zum LKA gewechselt ist und sie nicht mehr befürchten muss, ihm auf der Dienststelle über den Weg zu laufen. Ob die Tatsache, dass Hauptkommissar Völxens Hund ebenfalls Oscar heißt, etwas mit dem Schauplatz ihres Traums zu tun hat, fragt sich Jule, während sie die Vahrenwalder Straße verlässt und am Conti-Gelände vorbeifährt. Zwei Ecken weiter sieht sie schon die Streifenwagen. Sinnlos zucken die Blaulichter durch den fahlen Morgen und spiegeln sich im nassen Asphalt. Jule parkt ihren Wagen und folgt zu Fuß dem letzten Abschnitt der Straße, die vor einer hohen Mauer endet. Dahinter liegt die Gleisharfe des ehemaligen Hauptgüterbahnhofs Weidendamm und Möhringsberg, die seit den Sechzigerjahren immer mehr verkommt. Bemühungen, die riesige Güterhalle vor dem Verfall zu bewahren und der gesamten Brachfläche neues Leben einzuhauchen, scheitern seit Jahren am fehlenden Geld. Jule weiß darüber Bescheid, seit sie vor zwei Wochen ihre Mutter zu einer Vernissage am Weidendamm begleitet hat. In Berlin oder Hamburg wäre aus der Halle schon längst eine Kunstgalerie oder Ähnliches geworden, hat der eine Gast, ein Architekt, beklagt, und seine Gesprächspartnerin bemerkte naserümpfend, es wäre typisch für Hannover, sich zwölf Hektar Industriebrache mitten in der Stadt zu leisten.

Rechts vor der Mauer liegt das Musikzentrum, Jule ist dort schon auf Rockkonzerten gewesen. Das Tor der Einfahrt steht offen, eine Handvoll Leute stehen davor wie Pilze und starren auf die andere Straßenseite, auf einen von einer Plane verhüllten Körper. Er liegt vor einem verwilderten, mit Eisengittern umzäunten Grundstück, das zu einem Lagerhaus gehört.

Eine junge Frau, weizenblond und hochgewachsen, kommt Jule entgegen. Zum Glück ist Fernando nicht hier, denkt Jule. Mit seinen knapp eins fünfundsiebzig würde er neben dieser friesischen Hünin sofort wieder Komplexe kriegen.

»Frau Wedekin? Meike Klaasen, wir haben telefoniert.«

»Guten Morgen. Wer ist der Tote?«

»Ein Jugendlicher, mehr wissen wir nicht. Keine Papiere, kein Handy. Es sieht sehr nach einem Überfall aus. Das musste ja mal so weit kommen.«

»Wie meinen Sie das?«

»Lesen Sie keine Zeitung? Hier in der Gegend treibt sich zurzeit eine Bande jugendlicher Intensivtäter herum. Vor zwei Wochen haben sie am helllichten Tag einen erwachsenen Mann verprügelt und ausgeraubt.«

Jule erinnert sich an den Artikel. Darin stand auch, dass der Stadtteil Hainholz ein Problembezirk wäre. Zwar gibt es inzwischen von verschiedenen Seiten Bemühungen, Kunst und Kultur in dieses Viertel zu bringen und es so vor der Verwahrlosung zu retten, aber bei einigen Bewohnern scheinen die Maßnahmen offenbar nicht zu greifen. »Das hier ist doch noch Vahrenwald, oder?«, vergewissert sich Jule.

»Macht jetzt auch nicht den Riesenunterschied«, winkt Meike Klaasen ab.

»Wer hat den Toten gefunden?«

»Ein Holzlieferant, der die Behindertenwerkstätten da drüben beliefert.« Meike Klaasen deutet hinter sich, auf ein lang gestrecktes Gebäude neben dem Musikzentrum. Überall auf dem Hof stehen Container mit Holz, das von den Werkstätten zurechtgesägt und als Brennholz verkauft wird. »Er wollte hier parken, weil er etwas zu früh dran war, da hat er ihn gesehen.«

Jule macht ein paar Schritte auf die mit Graffiti bemalte Mauer zu. Die Straße, die vor der Mauer am Bahndamm entlangführt, ist wenige Meter hinter der Kreuzung mit einem Metallgitter versperrt. Müll liegt davor. »Wo ist der Mann jetzt?«

»Schon wieder weg.«

»Wie bitte?«

»Er müsse gleich zur Arbeit, hat er gesagt, ins VW-Werk Stöcken. Das mit dem Holz ist nur sein Nebenjob. Wir haben seine Personalien und die Handynummer.«

»Und wer sind die da?« Jule betrachtet die kleine Gruppe Schaulustiger, die noch immer regungslos vor dem Tor ausharrt. Ein älterer Mann hält sich eine Bierflasche an die Schläfe, als hätte er Migräne.

»Die meisten gehören zu den Werkstätten. Sind aber alle erst später dazugekommen, ich habe sie schon befragt und ihre Personalien aufgenommen. Keiner von ihnen kennt den Toten«, antwortet Meike Klaasen und tritt von einem Fuß auf den anderen, als müsse sie einem dringenden Bedürfnis nachgehen. »Kann ich dann los? Ich habe seit einer Stunde Feierabend.«

»Ja, sicher. Danke fürs Warten.«

Rolf Fiedler, der Leiter der Spurensicherung, ist mit

fünf Mann hier. Sie haben bereits angefangen, den Fundort zu vermessen und auszuleuchten. Alle arbeiten konzentriert, und auch die vier Streifenpolizisten, die das Gelände sichern, stehen mit angespannten Mienen da. Kaum jemand sagt etwas, und wenn doch, dann wird leise gesprochen, als befände man sich in einer Kirche. Ein Leichenfund ist selten eine fröhliche Angelegenheit, aber es gibt dennoch Situationen, in denen die Beamten vor Ort schon mal den einen oder anderen makabren Scherz machen oder einen dummen Spruch loslassen. Dies hier lässt jedoch keinen unberührt. Auch Rolf Fiedlers Gruß fällt knapp und verhalten aus, während er Jule ein Paar Latexhandschuhe reicht und die Plane von der Leiche nimmt. Der Junge liegt leicht gekrümmt auf der rechten Seite, die Beine sind angezogen, die Hüfte zeigt nach oben, der linke Unterarm schwebt knapp über dem Boden, die Finger der linken Hand sind gespreizt, als wolle er nach etwas greifen. Leichenstarre, erkennt Jule. Er dürfte etwa fünfzehn oder sechzehn Jahre alt sein. Ein hübsches Gesicht: hohe Stirn, kräftige Nase, blaue Augen, gleichmäßige Züge. Der Mund steht leicht offen, die Oberlippe ist aufgeplatzt, das blonde Haar blutverschmiert. Jule zieht die Handschuhe an, beugt sich hinunter und hebt vorsichtig den Kopf an. Haare, Blut, Knochen. Die Wange ist zerkratzt und schmutzig. Jemand hat diesem Jungen den Schädel eingeschlagen. Jule sieht sich um, sucht nach Spuren eines Kampfes. Sie betrachtet Hände und Unterarme des Toten. Keine sichtbaren Abwehrverletzungen. Er trägt ein kurzärmeliges T-Shirt mit einer Comicfigur auf der Brust, Jeans und Sneakers.

Vorsichtshalber durchsucht sie noch einmal die Hosentaschen des Toten, aber die Kollegin Klaasen hat nichts übersehen. Warum hat er keine Jacke an? Es ist doch unwahrscheinlich, dass er bei dieser Kälte ohne Jacke unterwegs war. Hat man sie ihm gestohlen, samt Handy, Papieren und Portemonnaie? Ist er deshalb tot, ist ein Raubüberfall außer Kontrolle geraten? Die Jeans, die er trägt, ist eine Nobelmarke, und die Retro-Sneakers stammen bestimmt auch nicht von *KiK*. Seine Zähne sind auffallend ebenmäßig, hier war ein guter Kieferorthopäde am Werk. Jule wird das Gefühl nicht los, dass dieser Junge nicht hierher passt. Was hatte er hier verloren? Hat er gestern Abend ein Konzert im Musikzentrum besucht? Jule bemüht ihr iPhone und stellt fest, dass dort gestern Abend keine Veranstaltung stattgefunden hat.

Ob es wohl eine Vermisstenmeldung gibt? Warten schon irgendwo verzweifelte Eltern auf Nachricht, oder ahnen sie noch gar nicht, dass sich in Kürze ein Schatten auf ihr Leben legt, der nie wieder weichen wird?

Jules Bruder starb mit vier Jahren an Meningitis. Sie kann sich nicht an ihn erinnern, denn als er starb, war sie noch ein Baby, aber dennoch ist der tote Bruder ein allgegenwärtiger Begleiter ihres Lebens. Vielleicht war er auch der Grund, warum Alexa Julia Wedekin über zwanzig Jahre lang eine brave, folgsame, ehrgeizige Tochter gewesen ist. Sie hat Ballettstunden genommen und Klavier gespielt, genau wie ihre Mutter, und dank ihrer Intelligenz und Disziplin hat sie mühelos ein Einser-Abitur hingelegt und Medizin studiert, ganz nach dem Willen ihres Vaters, Jost Wedekin, einem Professor für Transplantationschirurgie an der MHH, der Medizinischen Hochschule Hannover. Erst nach vier Semestern hat sie sich endlich auf ihre eigenen Wünsche besonnen, hat das Studium hingeworfen und ist zur Polizei gegangen. Eine Entscheidung, die man ihr zu Hause sehr übel genommen hat. Noch heute wünscht sich Jule diesen toten Bruder ins Leben zurück.

Bestimmt hätte er die Erwartungen ihrer Eltern besser erfüllt als sie. Ihre Mutter ist jedenfalls davon überzeugt, das weiß Jule genau. Ausgerechnet jetzt, beim Anblick dieses toten Jugendlichen, fällt Jule wieder ein, was sie seit Tagen erfolgreich verdrängt: den Anruf ihres Vaters, letzte Woche. Seine neue Lebensgefährtin – Anfang dreißig, Ärztin – ist schwanger. Im Februar soll das Kind zur Welt kommen, kurz vor Weihnachten wolle man heiraten. Verrückte Welt, denkt Jule. Anstatt dass ich ihm eröffne, dass er Großvater wird, was der natürliche oder zumindest traditionelle Lauf der Dinge wäre, erzählt mir mein Vater, dass ich einen Halbbruder oder eine Halbschwester bekomme. Und da wundere ich mich noch über Albträume!

Der Himmel über dem Deister ist von so einförmigem Betongrau, als würde sich das Wetter nie wieder ändern. Bodo Völxen verteilt das letzte Stück Zwieback gerecht an seine vier Schafe. Amadeus, der Schafbock, hält sich demonstrativ am anderen Ende der Weide auf. Seit es Oscar gibt, spielt er oft den Beleidigten. Der Terriermischling nutzt jede unbeobachtete Minute dazu, die Schafe kläffend im Kreis herumzujagen, und auf den Bock hat er es besonders abgesehen. Eigentlich müsste die kleine Herde längst begriffen haben, dass der Köter nur Krawall macht und ihnen nichts tut. Aber es sind eben Schafe. Eine Spezies, die nicht gerade für ihre Intelligenz bekannt ist. Völxen mag die Tiere trotzdem. Es hat etwas Meditatives, ihnen beim Fressen, Schlafen und Wiederkäuen zuzusehen. Liegt es am Herbst, dass er in leicht melancholischer Stimmung ist? Eine Windbö reißt ein paar vertrocknete Blätter vom Apfelbaum und kräuselt das Wasser in der vollen Regentonne, die neben dem Schafstall steht. Es hat die ganze Nacht leicht geregnet, und auch jetzt nieselt es noch.

»Dad, was machst du hier so früh?«

Umgekehrt wäre die Frage berechtigt gewesen, Wanda zählt weiß Gott nicht zu den Morgenmenschen dieser Welt. Dagegen steht Völxen sehr oft bei Sonnenaufgang, wenn ihn seine Kreuzschmerzen nicht mehr schlafen lassen, am Zaun der Schafweide, um die Ruhe zu genießen und über alles Mögliche nachzudenken. »Schäfchen zählen«, antwortet Völxen.

»Verstehe.« Wanda stützt ihre Unterarme ebenfalls auf den Zaun, und zu zweit beobachten sie, wie der Bodennebel aus dem Gras aufsteigt.

»Irgendwie werde ich es vermissen«, meint Wanda nach einer Weile.

Nachdenklich betrachtet Völxen einen krummen Nagel, der in einem der Bretter steckt, und nickt kaum merklich.

Noch diese Woche wird Wanda in eine Studenten-WG ziehen, nächste Woche fangen die Vorlesungen an: Philosophie und Mathematik. Immer wieder haben sich seine Frau Sabine und er in letzter Zeit gegenseitig versichert, dass es Zeit für Wandas Auszug wäre, dass man sich schon auf die nun einkehrende Ruhe im Haus freue und Hannover-Linden schließlich nicht aus der Welt, sondern keine zwanzig Minuten Autofahrt entfernt sei. Trotzdem weiß Völxen schon jetzt, dass er seine Tochter schrecklich vermissen wird, und im Stillen hofft er, dass sie jedes Wochenende mit einem Berg Wäsche nach Hause kommt.

»Warum bist du schon so früh auf?«, fragt er.

»Wir müssen doch unsere Demo vorbereiten.«

»Demo?« Noch nicht einen Tag studiert, aber schon demonstrieren gehen.

»Hast du es schon wieder vergessen? Wir wollen dagegen protestieren, dass Menschen Tiere essen, heute Mittag, am Kröpcke, direkt vor dem Mövenpick.«

Seit einem halben Jahr lebt Wanda streng vegetarisch, schon fast vegan, nur die Eier vom Nachbar Köpcke isst sie noch, weil sie dessen Hühnerschar glücklich wähnt, womit sie wohl recht haben mag. Besonders, was den Hahn angeht.

»Du magst es doch auch nicht, wenn Leute Lammfleisch essen.«

»Stimmt«, gesteht Völxen und denkt sich: Aber eine Currywurst …

Obwohl er es nicht laut ausgesprochen hat, hält ihm Wanda bereits einen Vortrag, den soundsovielten, der stets darauf hinausläuft, dass Fleisch essen verantwortungslos, barbarisch und ungesund ist. Nach einer Weile schaltet Völxen auf Durchzug, auch wenn er sich dafür ein wenig schämt. Sie hat ja recht, aber es ist ihm einfach noch zu früh für weltanschauliche Dispute.

»… also einverstanden? Dad? Papa!«

Völxen sieht sich Wandas fragenden Augen gegenüber. Er hat nicht mitbekommen, was sie von ihm will, wahrscheinlich ein Eingeständnis, dass Schwarzwälder Schinken »voll assig« ist oder Ähnliches. Um nicht zugeben zu müssen, dass er ihr nicht zugehört hat, sagt er »Ja«. Dass Wanda daraufhin triumphierend die Faust ballt, gefällt ihm gar nicht, aber ehe er der Sache nachgehen kann, hört er die Stimme seiner Frau.

»Bodo, ich muss los. Ich komme heute erst um fünf nach Hause. Nimmst du den Hund mit?« Sabine steht mit ihrem Klarinettenkoffer in der einen und dem Autoschlüssel in der anderen Hand vor der offenen Garage.

»Warte!« Völxen schlappt in seinen Gummistiefeln durch das feuchte Gras. Vor der Veranda blühen noch ein paar späte Rosen, und der Wein rankt sich feuerrot an einer der hölzernen Stützen hinauf.

»Um fünf«, wiederholt er. »Ja, hm. Dann muss ich ihn wohl mitnehmen. Wanda muss ja die Welt retten.«

Seit September gibt Sabine wieder mehr Klarinettenstunden und Vorlesungen an der Musikhochschule. Angeblich, weil das Studium ihrer Tochter so viel Geld zu verschlingen droht – »Allein diese Studiengebühren!« –, aber Völxen hat den Verdacht, dass Sabine damit vorsorglich die Lücke füllen will, die Wanda hinterlassen wird, auch wenn Sabine das nie zugeben würde. »Ich bin keine von diesen Klammermüttern, irgendwann müssen Kinder einfach flügge werden«, pflegt sie zu sagen.

Oscar aber fühlt sich definitiv einsam, wenn niemand im Haus ist, und will man ausgeweidete Kissen, zerrupfte Teppiche und angenagte Stuhlbeine vermeiden, dann lässt man ihn besser nicht allein zurück. Für die Erlaubnis, den Hund mit ins Büro nehmen zu dürfen, hat Völxen beim Vizepräsidenten ganz schön schleimen müssen, was ihm zuwider war, aber letztendlich unumgänglich, wollte er verhindern, was Sabine Oscar angedroht hat, falls der noch ein einziges Mal einen Einrichtungsgegenstand beschädigt: einen Zwinger im Garten.

»Oder musst du heute nicht zum Dienst?«, fragt Sabine mit einem Blick auf die Uhr. Es ist fast halb acht. Normalerweise sitzt Völxen um diese Zeit schon in der S-Bahn. Aber im Moment gibt es keinen Todesfall, der ihn und seine Leute in Atem hält, also kann man sich schon mal ein bisschen mehr Zeit lassen. Entschleunigung. Darüber hat er dieser Tage einen Artikel gelesen, der ihm ganz und gar aus der Seele sprach.

»Doch, doch. Ich fahr gleich los.« Er küsst seine Frau auf die Wange, sie steigt in ihren Golf und fährt davon. Völxen legt die zwei Kilometer bis zur Bahnstation täglich mit dem Fahrrad zurück, damit er Bewegung hat, während seine Frau für dieselbe Strecke das Auto nimmt. Trotzdem ist sie eindeutig die Schlankere von ihnen beiden.

»Na komm, du Mistvieh«, sagt er zu Oscar. Sie gehen ins Haus, Völxen streift sich die Gummistiefel und den Friesennerz ab. Im Bad rasiert er sich sorgfältig mit dem Rasiermesser seines Großvaters, an dem er sehr hängt. Dieses Mal geht die Sache glimpflich aus, er muss nur zwei kleine Schnitte medizinisch versorgen. Montag. Letzte Woche war es ruhig, nur zwei Altenheimleichen, bei denen ein übereifriger junger Notarzt »Todesursache unbekannt« auf dem Totenschein angekreuzt hatte. Wenn es nach Völxen ginge, könnte es genauso bleiben.

Jule macht mit ihrem Handy ein paar Fotos von der Leiche. Zwar wird es eine Menge detaillierter Aufnahmen von der Spurensicherung geben, aber ihr ist es lieber, eigenes Material zur Hand zu haben.

Danach ruft sie Hauptkommissar Völxen an. Ihr Chef befindet sich offenbar in der S-Bahn, die ihn von seinem Wohnort am Deister in die Landeshauptstadt befördert, Jule erkennt das sirrende Geräusch, das die Bahn beim Anfahren macht. Völxen antwortet, er wolle sich den toten Jungen selbst ansehen, man solle unbedingt alles so lassen, wie es ist, er wäre in fünfzehn Minuten da.

»Soll ich Dr. Bächle anrufen?«, fragt Jule.

»Danke, das mache ich lieber selbst. Sie wissen ja, manchmal ist er ein wenig konventionell und möchte von mir persönlich gebeten werden. Ist die Spusi schon da?«

»Die sind schon heftig am Arbeiten.« Sie legt auf und überlegt, ob sie auch Fernando herbitten soll. Sie entschließt sich, es sein zu lassen. Wenn Völxen ihn hierhaben möchte, wird er es ihm schon selbst sagen. Sie ist dabei, den Toten wieder zuzudecken, als sie hinter sich das Klicken einer Kamera hört. Es ist keiner von Fiedlers Mitarbeitern, wie sie zunächst vermutet hat, sondern Boris Markstein von der *BILD*-Hannover. Jule hat Mühe, ihre Verblüffung zu verbergen. Marksteins bisher schulterlanges, stets fettig wirkendes, mausbraunes Haar ist ratzekahl geschoren, eine schwarze Balkenbrille teilt das Wieselgesicht. Im ersten Moment hat Jule den Reporter tatsächlich nur an seinem langen, tief geschlitzten Trenchcoat erkannt, der zu seinem Markenzeichen geworden ist und in dem er wahrscheinlich eines Tages eingesargt werden wird. Auch die obligaten Cowboystiefel sind noch da und sein typisches Haifischgrinsen. »Einen wunderschönen guten Morgen, Frau Kommissarin. Sind Sie heute ganz alleine hier? Wo ist denn der symphatische spanische Kollege?«

Jule ist wirklich nicht in Stimmung für Marksteins Geschwätz, aber sie beherrscht sich. Erst kürzlich hat der Polizeipräsident angemahnt, man möge sich um ein entspanntes Verhältnis zur örtlichen Presse bemühen, also antwortet sie: »Falls Sie Oberkommissar Rodriguez meinen – er ist deutscher Staatsbürger und schläft aus.« Dein Glück, denkt sie dabei, denn Fernando und den Reporter verbindet eine tiefe, aufrichtige Abneigung. Sobald die beiden aufeinandertreffen, brechen sie in Rüdengekläff aus, und es kam sogar schon zu Handgreiflichkeiten – ausgehend von Fernando, das muss man leider zugeben. Aber Präsident hin oder her, eine Bemerkung zu Marksteins neuer Frisur muss erlaubt sein: »Wette verloren oder Läuse?«

Markstein schüttelt betrübt den Kopf. »Frau Wedekin, ich bin entsetzt. Damals, als Sie in Völxens Dezernat anfingen, waren Sie noch ein richtig nettes Mädchen, und jetzt sind Sie eine Zynikerin geworden, genau wie Ihre Kollegin, Frau Kristensen.«

»Das stimmt nicht«, antwortet Jule. »Oda Kristensen hätte Sie gleich gefragt, ob Sie Krebs haben.«

Das Dauergrinsen weicht mit einem Schlag aus Boris Marksteins Gesicht, er sieht sie kurz erschrocken an, dann senkt er den Blick.

Jule spürt, wie sie rot anläuft. Verdammt! Womöglich hat er ja wirklich … »Verzeihen Sie. Ich … ich wollte Ihnen nicht zu nahetreten.«

»Reingefallen! Das kommt davon, wenn man so frech ist.«

»Markstein, Sie sind wirklich ein … ein …« Allein ihre großbürgerliche Erziehung bewahrt Jule davor, auszusprechen, was sie von Boris Markstein und seinen Scherzen hält.

»Sie sehen reizend aus, wenn Sie so rot werden«, säuselt der Reporter. »Aber was haben Sie nur immer alle gegen mich? Ich mache meinen Job, Sie machen Ihren, *that's it*. Wir sollten mal zusammen was trinken gehen, um unsere zwischenmenschlichen Beziehungen zu vertiefen. Wie wäre es gleich heute Abend in *Harry's New York Bar* im *Sheraton*?«

Du lieber Himmel, denkt Jule entsetzt, jetzt werde ich schon von Markstein angebaggert! »Wissen Sie, Herr Markstein, in meiner knappen Freizeit gehe ich ausschließlich meiner Lieblingsbeschäftigung nach.«

»Und die wäre?«

»Die Vermeidung des Kontaktes mit Ihresgleichen.«

»Wenn es Ihnen guttut, dann fühle ich mich jetzt gekränkt.«

Jules bernsteinfarbene Katzenaugen sehen den Journalisten prüfend an. »Sie haben doch nicht etwa vor, das Foto dieses toten Jugendlichen zu drucken, oder?«

»Nein, ich hänge es mir zu Hause übers Bett. Ich steh auf so was.«

»Herr Markstein, bitte! Denken Sie doch mal an seine Eltern!«

»Wer sind denn seine Eltern?«

»Das wissen wir im Augenblick noch nicht.«

»Ein Bild in unserem Blatt könnte dabei helfen.«

Jule gibt ein wütendes Schnauben von sich. Der Reporter streicht über seine neue Glatze und lenkt ein: »Wenn ich wirklich so ein Arschloch wäre, wie Sie denken, dann würde ich jetzt sagen: ›Nur, wenn Sie mit mir was trinken gehen.‹ Aber so bin ich gar nicht. Nein, wir bringen nur ein Foto von der Leiche unter der Plane, einverstanden?«

»Danke. Ich nehme das gedachte Schimpfwort wieder zurück.«

»Was wissen Sie denn schon über den Jungen?«

»Er hat schwere Schädelverletzungen, keine Papiere und kein Handy.«

»Das wurde sicher längst abgezogen. In dieser Gegend hier … Die Bronx von Hannover, wie wir immer sagen.«

»Wer wir? Wir von der *BILD*?«

»Wir von der Nordstadt. Ich bin da drüben aufgewachsen.« Seine rechte Hand deutet nach Westen, über die Gleise hinweg. »Direkt am Engelbosteler Damm. Man wagte sich schon damals besser nicht hier rüber. Die Schulenburger Landstraße war die Grenze, jedes Mal, wenn wir im Hainhölzer Bad waren, gab's unterwegs was aufs Maul.«

»Und wann war dieses ›damals‹?«, fragt Jule. Marksteins Alter ist schwierig zu schätzen. Über vierzig ist er allemal, nur wie viel?

»In den Achtzigern. Ich bin '72 geboren, also achtunddreißig«, antwortet der Reporter erstaunlich aufrichtig. »Sagen Sie nicht, Sie hätten mich älter geschätzt.«

»Nicht doch. Dieser Haarschnitt verjüngt Sie ungemein.«

»Wir wissen noch was über den Jungen«, meint Markstein geheimnisvoll.

»Und das wäre?«

»Ein Rechter war er jedenfalls nicht.«

»Wie kommen Sie darauf?«

Markstein stützt die Hände in die Seiten: »Frau Kommissarin, jetzt enttäuschen Sie mich aber. Haben Sie sich denn sein T-Shirt nicht angesehen?«

»Doch.« Es war ein grünes T-Shirt mit einem Storch darauf, erinnert sich Jule, die die Leiche in Marksteins Gegenwart nicht noch einmal aufdecken möchte. »Was ist damit?«

»Haben Sie das Hitler-Bärtchen auf dem Storchenschnabel nicht bemerkt?«

»Nein«, muss Jule zugeben. »Ich habe meine Aufmerksamkeit mehr der Tatsache gewidmet, dass ihm jemand den Schädel eingeschlagen hat.«

»Das ist ein Storch-Heinar-T-Shirt. Das ist ein Label, das wiederum Thor Steinar verarscht. Und Thor Steinar …«

»… wird gern von Neonazis getragen, danke. So sehr hinterm Mond lebe ich nun auch wieder nicht«, unterbricht ihn Jule, die sich ärgert, dass ihr ausgerechnet Markstein auf die Sprünge helfen muss. »Wissen Sie zufällig, ob es in Vahrenwald oder Hainholz eine rechte Szene gibt?«, fragt Jule den Reporter. Vielleicht wurde der Junge ja wegen seines T-Shirts totgeschlagen.

Markstein schüttelt den Kopf. »Es gibt eine überschaubare Szene in der Südstadt, aber der Norden Hannovers – also die Nordstadt, Vahrenwald und Hainholz – ist traditionell fest in der Hand von Punks und Autonomen, besonders die Nordstadt. Rechte haben da ein schweres Standing. Und hier, in Vahrenwald und Hainholz, leben außerdem jede Menge Türken, Afrikaner, Araber – das ist definitiv nicht der Ort, an dem sich Neonazis ungestört tummeln könnten, und gar von einer ›Szene‹ ist mir nichts bekannt. Eher finden Sie in der Hainhölzer Schrebergartensiedlung noch ein paar Alt-Nazis, aber das ist jetzt nur eine böse Vermutung von mir.« Gelegentlich klingt Markstein recht vernünftig, findet Jule, und der Reporter fährt fort: »Die Nordstadt selbst hat sich seit den Chaostagen ganz gut gemacht, finde ich. Liegt wohl an der Nähe zur Uni, und die Punks kommen halt auch langsam in die Jahre und wollen es ein wenig gediegener haben. Aber Hainholz und Vahrenwald …« Markstein verdreht die Augen. »Das ist an manchen Ecken echt *hardcore*. Schauen Sie sich bloß mal die Gegend um den stillgelegten, vernagelten Hainhölzer Bahnhof herum an. Auf der Schulenburger Landstraße gibt es kaum noch normale Geschäfte, nur noch *Halal-Food* und Wasserpfeifen. Jetzt wollen sie in Hainholz eine ›Grüne Mitte‹ schaffen und einen Kulturtreff. Bin mal gespannt, ob das was ändert. Übrigens, dahinten kommt Ihr Chef«, unterbricht der Journalist seinen Vortrag. »Und der Polizeihund ist auch dabei, wie putzig.«

Von Weitem nähert sich Hauptkommissar Völxens massive Gestalt im Schlepptau von seinem Jagdhund Oscar, der ihm erwartungsvoll voraneilt, die Nase am Boden wie ein Staubsauger.

»Vielleicht ziehen Sie es ja doch in Erwägung, irgendwann mal mit mir was trinken zu gehen?«, hakt Markstein nach und versucht sich vergeblich an einem bettelnden Hundeblick.

»Einen Kaffee vielleicht. Tagsüber – wenn ich mal frei habe«, hört sich Jule sagen und denkt dabei: Jetzt ist es so weit, jetzt begehst du schon Verzweiflungstaten.

Den Motorradhelm in der Hand hastet Fernando Rodriguez den Flur der Dienststelle entlang, denn Völxen schätzt es nicht, wenn man zu spät zum Morgenmeeting kommt. Doch als er dessen Büro betritt, muss Fernando zu seiner Überraschung feststellen, dass noch niemand auf dem Sofa Platz genommen hat. Auch die Besucherstühle, Völxens orthopädischer Schreibtischsessel und der Hundekorb sind verwaist. Kann es sein, dass sie im neuen Seminarraum sitzen? Der Raum, für den Völxen lange gekämpft hat, verfügt über genug Platz für zwanzig Personen und eine komfortable technische Ausstattung, aber alle finden ihn ungemütlich und benutzen ihn deshalb nur für Vernehmungen und Zusammenkünfte, an denen Staatsanwälte, Leute vom LKA oder Kollegen aus anderen Dezernaten teilnehmen. Dieser Tage bearbeiten sie jedoch keinen Fall, der diesen personellen Aufwand erfordern würde. Vielleicht hat Völxen deshalb das Meeting ganz ausfallen lassen. Fernando macht kehrt und geht in sein Büro, das er sich mit Jule Wedekin teilen muss. Auch hier ist kein Mensch. Seltsam, aber immerhin eine Gelegenheit, sich an Jules Weingummis zu vergreifen. Dann wirft er einen Blick in Oda Kristensens Büro. Ihre schwarze Handtasche steht auf dem Aktenschrank, aber von ihr selbst ist nichts zu sehen, und es liegt auch noch kein Zigarillo im Aschenbecher. Er will gerade Jule anrufen, als die Abteilungssekretärin seinen Namen ruft.

»Es gibt doch noch Leben auf diesem Planeten«, stellt

Fernando erleichtert fest. »Guten Morgen, Frau Cebulla. Wo sind die denn alle?«

»Ein Leichenfund, mehr weiß ich auch nicht. Aber Sie sollen ins Büro des Vizepräsidenten kommen.«

»Ich? Wann? Wieso?«

»Jetzt sofort. Warum, weiß ich auch nicht. Haben Sie wieder was ausgefressen?«

Genau diese Frage stellt sich auch Fernando, während er am Aufzug vorbei die Treppen hinabgeht. Es ist fast so, wie wenn seine Mutter ihn mit strenger Stimme bei seinem vollen Vornamen ruft, anstatt ihn »Nando« zu nennen: Automatisch bekommt er ein schlechtes Gewissen. Er überlegt, ob er in den letzten Wochen gegen irgendeine Dienstvorschrift verstoßen hat, aber es fällt ihm nichts Nennenswertes ein. Er hat niemanden verprügelt und auch nicht damit gedroht, er hat schon lange keine Tür mehr eingetreten oder aufgebrochen, zumindest nicht, ohne einen Durchsuchungsbeschluss in der Tasche zu haben, er hat sexistische Äußerungen gegenüber Kolleginnen weitgehend vermieden und ist nicht mit dem Dienstwagen durch die Stadt gerast – weder mit noch ohne Blaulicht. Seine Verhöre wurden hart, aber korrekt geführt, die Protokolle einigermaßen zeitnah verfasst. Man kann beinahe sagen, dass er in Völxens Dezernat lammfromm geworden ist. Was also kann der Vize von ihm wollen? Warum redet nicht erst sein Chef mit ihm? Lässt Völxen ihn ins offene Messer laufen?

Er geht über den Hof auf das Nachbargebäude zu, das über hundert Jahre alte Polizeipräsidium, in dem sich unter anderem auch die alten Verwahrzellen befinden. Auch die hat Fernando schon von innen kennengelernt, aber das ist zwanzig Jahre her, damals war er fünfzehn und ist beim Verticken gefälschter Fußballtickets erwischt worden. Fußballtickets! Er ärgert sich, dass er für diese Saison keine Dauerkarte gekauft hat. Die Roten unter Trainer Slomka sind so gut wie noch nie, der Ivorer Ya Konan schießt ein Tor nach dem anderen. Das hat niemand geahnt, am allerwenigsten er, nach der letzten, verkorksten Saison im Schatten des Selbstmordes von Torwart Robert Enke.

Vielleicht ist es ja gar nichts Unangenehmes. Vielleicht steht ein Lehrgang an, vielleicht wird er zum Hauptkommissar befördert. Könnte doch sein. Obwohl Völxen neulich meinte, da wäre weit und breit keine Planstelle in Sicht. Aber vielleicht in einem anderen Dezernat? Der Optimist in ihm bricht durch, er sieht seine Kollegen schon bei Prosecco und Schnittchen im Büro des Vize stehen.

Die Sekretärin des Vizepräsidenten begrüßt ihn mit den Worten: »Da sind Sie ja.« Ihre Miene ist undurchdringlich, als sie ihn bei ihrem Chef anmeldet und ihn dann in das geräumige Büro winkt. Der Vize ist nicht allein. Eine Dame sitzt am Konferenztisch: Barbourkostüm, Seidenschal, elegante Pumps, dezentes Make-up. Keine Polizistin, nie und nimmer, registriert Fernando sofort. Vielleicht gehört sie zum Innenministerium, dort ist diese Sorte eher zu finden.

Der Vizepräsident kommt Fernando entgegen, wünscht einen guten Morgen und schüttelt ihm die Hand. Dann weist er mit großer Geste auf die Dame. »Darf ich vorstellen: Frau Dr. Böger – Oberkommissar Fernando Rodriguez.«

Frau Dr. Böger ist ebenfalls aufgestanden, mit ihren hohen Absätzen überragt sie Fernando um ein kleines Stück. Ihre Hand fühlt sich kühl und glatt an, der Händedruck ist wohldosiert. »Freut mich, Sie kennenzulernen,

Herr Rodriguez«, sagt sie, während sie ihn unverhohlen intensiv mustert.

»Angenehm«, murmelt Fernando.

Der Vize weist auf einen freien Stuhl, und Fernando setzt sich hin. Auch Frau Dr. Böger nimmt wieder Platz, die Beine apart gekreuzt. Noch immer sieht sie Fernando an, als stünde er zum Verkauf.

Der fühlt sich unbehaglich. Was wollen die beiden von ihm? Ihn etwa für einen Undercover-Einsatz gewinnen? Ehe Fernando in Völxens Dezernat für *Todesermittlungen und Delikte am Menschen* gekommen ist, hat er ein Jahr lang für das Rauschgiftdezernat verdeckt ermittelt. Was anfangs so cool und abenteuerlich klang, erwies sich als nervenaufreibender Kampf gegen eine übermächtige Hydra und hing ihm bald zum Hals heraus.

Die Sekretärin bringt ein Tablett mit zwei Kaffeetassen und einer Schale Kekse herein. Wieso nur zwei Tassen? Kriege ich keine?, fragt sich Fernando. Als die Sekretärin wieder verschwunden ist, rückt der Vizepräsident endlich mit der Sprache heraus: »Frau Dr. Böger kommt von der renommierten Werbeagentur Böger & Storm, die den Auftrag für die neue Imagekampagne des Innenministeriums erhalten hat. Alles Weitere erklärt Ihnen Frau Dr. Böger am besten selbst.« Er steht auf. »Ich möchte mich entschuldigen, ich muss leider zu einem kurzfristig angesetzten Meeting ins MI. Frau Dr. Böger – wir telefonieren!« Er reicht ihr die Hand, nickt Fernando kurz zu und lässt seine Besucher allein zurück.

»Herr Rodriguez, haben Sie Lust, das neue Gesicht der Polizei Niedersachsens zu werden?« Die Frage kommt ohne Umschweife und wird begleitet von einem gewinnenden Lächeln.

»Was für ein Gesicht?«

»Es geht, wie gesagt, um eine Imagekampagne. Es soll deutlich werden, dass die Polizei in der Mitte der Gesellschaft verankert ist. Es werden in ganz Niedersachsen Plakate platziert, es werden Flyer in Klubs, Kneipen und Geschäften ausliegen, dazu kommen entsprechende Radiospots und ein Trailer im NDR-Fernsehen. Der Zweck dieser Kampagne ist, das Ansehen der Polizei im Allgemeinen zu heben, sie nicht als anonymen Apparat darzustellen, sondern sie sozusagen ›menschlich‹ zu machen, indem wir dem Begriff ›Polizei‹ ein Gesicht geben, oder auch mehrere.« Fernando kommt aus dem Staunen nicht mehr heraus. Ein Gesicht also. Aber warum seines? Wer hat ihn vorgeschlagen? »Unter anderem sollen dadurch junge Menschen, die aus Familien mit Migrationshintergrund stammen, verstärkt für den Polizeidienst angeworben werden. Bei bestimmten Bevölkerungsschichten gilt es nämlich leider nach wie vor als ›uncool‹, zur Polizei zu gehen. Auch das wollen wir mit dieser Kampagne ändern.«

»Soviel ich weiß, gibt es bei der hiesigen Polizei an die neunzig Leute mit ausländischen Wurzeln«, hält Fernando dagegen.

»Ja, hier in der Stadt mag das Problem nicht so groß sein. Aber auf dem Land, in den Kleinstädten, da gibt es kaum einen Türken, der …«

Fernando unterbricht die Frau: »Ich weiß nicht, was man Ihnen erzählt hat, aber ich darf Sie darüber aufklären, dass meine Familie aus Sevilla stammt, was auf der iberischen Halbinsel liegt. Der Vater meiner Mutter war ein angesehener Stierkämpfer.« Das ist nicht einmal gelogen, in der Küche und im Laden seiner Mutter hängen noch die Plakate hinter Glas, die Stierkämpfe ankündigen, und auf die seine Mutter ungemein stolz ist. »Wenn Sie einen Vorzeigetürken brauchen, dann schlage ich Özgül vom Rauschgiftdezernat vor.«

Frau Dr. Böger ist jedoch nicht so leicht aus der Fassung zu bringen, sie stößt ein leises, glucksendes Lachen aus. »Nein, Herr Rodriguez, Sie sollen nicht der Vorzeigetürke werden. Und Özgül vom Rauschgift kommt überhaupt nicht infrage, der hat Pickel und so ein albernes Bärtchen.« Sie tippt sich bei diesen Worten an ihr zartes Kinn.

Fernando muss grinsen. »Den Bart weiter oben, und du siehst aus wie Adolf«, hat er seinen Exkollegen neulich aufgezogen. Er nimmt einen Schluck Kaffee, der deutlich besser schmeckt als Frau Cebullas Maschinengebräu. Ob Völxen wohl von dieser Sache weiß? Normalerweise sieht der Erste Hauptkommissar es nicht gerne, wenn Fotos von Leuten seines Dezernats in der Presse erscheinen. »Es ist besser für einen Kripobeamten, wenn nicht jeder sein Gesicht kennt«, pflegt er zu sagen. Andererseits wird sich Völxen nicht offen gegen den Vize stellen, also wird er wohl einverstanden sein müssen. *Imagekampagne*. Fernando möchte lieber gar nicht wissen, was dieser Spaß kostet. Dabei gäbe es wirklich dringendere Anliegen: mehr Personal, digitale Funkgeräte … Wäre der Vize noch hier, würde Fernando ihm das unter die Nase reiben, aber die Dame von der Werbeagentur ist dafür die falsche Adresse. »Warum nehmt ihr keine Models für den Job?«, will Fernando wissen.

»Das wäre wohl nicht ehrlich, oder?«

Fernando verschluckt die Frage, seit wann Werbung etwas mit Ehrlichkeit zu tun hat.

Frau Dr. Böger lächelt ihn kokett an. »Außerdem brauchen wir keine Models. Wie ich sehe, ist bei der Polizei durchaus brauchbares Material vorhanden.«

Fernando muss zugeben, dass ihm ihre Anfrage schmeichelt. Immerhin ist er schon Mitte dreißig, hat sogar schon erste graue Haare, denen sein Friseur Ali neuerdings mit einer Tönung zu Leibe rückt.

»Bis wann muss ich das entscheiden? Ich würde gerne noch mit meinem Vorgesetzten darüber sprechen.« Nicht, dass ihm Völxen hinterher seinen landesweit bekannten Kopf abreißt.

»Ich habe für heute um achtzehn Uhr das Fotostudio gebucht. Die ersten Plakate sollen noch in dieser Woche angebracht werden.«

»Ganz schön kurzfristig«, wundert sich Fernando.

»Ja. Um die Wahrheit zu sagen: Wir hatten schon einen Kandidaten, aber letzte Woche wurde der Kollege vom BKA für einen Undercover-Einsatz angeworben. Da trifft es sich nicht so gut, wenn sein Gesicht im ganzen Land zu sehen ist.«

Ein wenig kränkt es Fernando, dass er nur die zweite Wahl ist, doch andererseits hat sie gerade ein bemerkenswertes Detail zur Sprache gebracht: Wenn erst sein Foto überall hängt, dann kann man ihn nie mehr als verdeckten Ermittler einsetzen – was in seinen Augen einen Vorteil darstellt. Aber davon einmal abgesehen: *Sein Gesicht im ganzen Land!* Damit lässt sich bei Frauen bestimmt gehörig punkten. Und nicht nur das. Womöglich ist das der Anfang einer Karriere als Model, vielleicht entdeckt man ihn fürs Fernsehen! Im Geiste sieht er sich schon an der Seite von Frau Furtwängler vor der Kamera stehen. Ach, Unsinn, was will er an ihrer Seite? Er wird sie ablösen! Immerhin ist die Gute nun auch schon Mitte vierzig …

»Herr Rodriguez? Wie sieht es nun aus?«, reißt ihn die Stimme von Frau Dr. Böger aus seinen Planungen.

»Okay, meinetwegen. Wenn mein Dienststellenleiter damit einverstanden ist.«

»Wunderbar.« Frau Dr. Böger strahlt ihn an. »Der hat sicher nichts dagegen, Ihr Vizepräsident meinte recht geheimnisvoll, er schulde ihm noch einen Gefallen.« Sie steht auf, und Fernando springt aus dem Sessel und öffnet ihr galant die Tür, während er überlegt, womit Völxen beim Vize so sehr in der Schuld steht, dass er seinen, Fernandos, Kopf dafür opfert. Beschwingt folgt er Frau Dr. Bögers Absatzgeklapper, das im Flur widerhallt. Irre, das alles! Er muss sofort Ali anrufen und dann muss er sich heute noch rasieren, und seine Mutter muss ihm das weiße Leinenhemd bügeln …

Vor dem Portal verabschieden sie sich, aber ehe Frau Dr. Böger geht, sagt sie zu Fernando: »Eins noch: keine Veränderungen bis zum Fototermin. Die abgewetzte Lederjacke und der zerknitterte Hemdkragen sind genau richtig, und auf gar keinen Fall dürfen Sie sich rasieren. Dieser Dreitagebart sieht sehr sexy aus, den wollen wir unbedingt drauf haben.«

Gibt es etwas Traurigeres auf der Welt als einen toten jungen Menschen, der im Regen liegt? Hauptkommissar Völxen steht unter einem Schirm mit dem Werbeaufdruck einer Pharmafirma, den er von Dr. Bächle geliehen bekommen hat, und sieht den Männern vom Erkennungsdienst und dem Rechtsmediziner bei der Arbeit zu. Die seine wird in Kürze beginnen, und ihm graut davor. Tote Kinder rühren an die Urinstinkte, daran gewöhnt man sich nie. Im Augenblick ist dem Kommissar die Gesellschaft seines Hundes etwas peinlich, obwohl sich das Tier dem Anlass entsprechend benimmt. Die trübe Stimmung seines Herrn widerspiegelnd sitzt der Terrier mit hängendem Kopf, die Ohren auf Halbmast, neben Völxen unter dem Schirm. Vielleicht ist er aber auch nur wasserscheu.

Hinter der Absperrung spricht Jule Wedekin mit einem Herrn, der eine Bierflasche in der Hand hält. Gut, dass Jule hier ist und nicht Oda Kristensen, denkt Völxen. Seiner langjährigen Kollegin würde es garantiert genauso gehen wie ihm: Sie müsste beim Anblick dieses Jungen unwillkürlich an ihre Tochter denken, und vermutlich würde auch sie sich dafür schämen, dass sie trotz allen Mitgefühls gleichzeitig froh ist, dass es das Kind anderer Leute getroffen hat und nicht das eigene.

Dr. Bächle klappt gerade seinen Koffer zu und tritt unter der großen Plane hervor, die die Spurensicherer über dem Fundort aufgeschlagen haben, um ihn vor den immer wiederkehrenden Regenschauern zu schützen. Einer davon hat zum Glück den Reporter Markstein vertrieben und auch die Schaulustigen von vorhin sind nicht mehr zu sehen. Die Straße wurde abgesperrt. Kommissarin Wedekin hat ebenfalls bemerkt, dass Dr. Bächle die Leichenschau fürs Erste beendet hat, und nähert sich.

»Und?«, fragt Völxen, der allmählich fröstelt, den Rechtsmediziner, dessen Augen ihn heute besonders kritisch mustern.

»Hajo, Schädelfraktur. Der berühmte schtumpfe Gegenschtand.« Bächle berührt seinen Hals. »Sie ham do ebbes hänge!«

Völxen wischt sich eilig den Klopapierfetzen weg und fragt: »Wie lange ist er schon tot?«

Dr. Bächle, der dem Hauptkommissar gerade bis zum Kinn reicht, brabbelt etwas von einem »Reizschdromgerät« das nicht reagiert hat, von »Kerntemperatur« und »Umgäbungstemperatur« und meint dann: »Acht Schtund' mindeschtens.«

»Aha. Und höchstens? Ich meine, können es auch zehn Stunden sein, oder zwölf?«

»Hajo. Sogar no' mehr – unter Umschdänd.«

»Genauer können Sie es nicht sagen?«

Dr. Bächles ausgeprägte Stirnfurchen vertiefen sich, als er den Kommissar grimmig ansieht und meint: »Werter Herr Hauptkommissar, wir sind hier nicht bei *CSI-Hannover.*«

»Ja, aber ein bisschen exakter …«

Doch der Doktor ist offenbar nicht in der Stimmung für Spekulationen. »Ja, Himmel, Arsch und Zwirn, jetzt land mi halt z'erscht obduziere'! I meld mi dann scho', sobald i ebbes G'nau's woiß.« Er hebt die Hand zum Gruß und geht die Straße hinunter. Sein strubbeliges Haar, das ihm im Institut mittlerweile den Spitznamen Dr. Einstein eingebracht hat, leuchtet weiß wie ein Vollmond durch den grauen Morgen.

»Dr. Bächle, Ihr Regenschirm«, ruft Völxen ihm nach.

»Schenk I Ihne'!«, antwortet der Doktor und stapft weiter zu seinem Wagen, den er vor der Absperrung geparkt hat.

»Hat wenigstens der Herr mit der Bierflasche etwas Erhellendes zu berichten gewusst?«, fragt Völxen Jule. Die schüttelt den Kopf. »Er meint nur, der Junge wäre nicht aus der Gegend. Er behauptet, er würde sie alle kennen.«

Völxen versucht sein Glück bei Rolf Fiedler. Die hagere Gestalt im weißen Schutzanzug lehnt am VW-Transporter der Spurensicherung und gießt Pfefferminztee aus einer Thermoskanne in einen Styroporbecher. »Möchten Sie auch?«

»Nein, danke«, lehnt Völxen ab. »Was wissen Sie denn schon?«

Fiedler schnaubt. »Dieser verdammte Regen! Was soll man da noch finden?«

Miserable Spurenlage also. Das hat man gern am Montagmorgen.

Fiedler nimmt einen Schluck Tee und sagt dann: »Keine Kampfspuren, wenig Blut neben der Leiche, ich denke, er wurde hertransportiert. Vielleicht sollte er auf das Bahngelände, hinter einen der alten Lagerschuppen, und das Vorhaben scheiterte an der Absperrung der Hüttenstraße.«

»Schon möglich.« Völxen schlägt der Geruch des Pfefferminztees auf den Magen. »Gibt's Reifenspuren?«

»Nein, nirgends. Wie denn auch, auf dem Pflaster?«

Der Nieselregen geht in ein Tröpfeln über, Völxen schlägt den Kragen seiner Jacke hoch. Scheißwetter. Scheißfall.

In seiner Manteltasche klingelt das Telefon. Oda Kristensen. Als das Gespräch beendet ist, winkt er Jule heran. »Wir fahren ins Dezernat. Es gibt eine Vermisstenmeldung, die auf den Jungen passt. Die Eltern sind schon bei Oda. – Danke, Fiedler.«

»Keine Ursache. Ich beneide Sie nicht.«

Völxen seufzt nur und trottet mit seinem Hund los, zu Jules Wagen. Es ist einer dieser Tage, an denen er sich wünscht, er wäre Bauer geworden, so wie sein Großvater.

»Wie alt ist Ihr Sohn?«

»Olaf wird in zwei Wochen sechzehn.«

»Wann haben Sie ihn zuletzt gesehen?«

»Gestern Nachmittag.« Die Frau sieht Hilfe suchend ihren Mann an, der neben ihr vor Oda Kristensens Schreibtisch sitzt. Constanze Döhring ist Ende vierzig, ihr schulterlanges, haselnussbraunes Haar wird von einer türkis schillernden Spange zusammengehalten. Sie trägt Designerjeans, schätzungsweise Größe 36, und eine dicke Strickjacke aus sandfarbenem Kaschmir. Eine aparte Frau, die sich zu disziplinieren versteht und bestimmt viel Zeit in den Kampf gegen Falten und Fettpolster investiert.

Ralf Döhring nickt: »Ich habe ihn zum Rugby gefahren, seine Mannschaft hatte ein Heimspiel. Auf dem Platz in der Eilenriede, gleich neben der alten Bult. Das war so gegen drei Uhr. Meine Frau und ich haben das Haus gegen neunzehn Uhr verlassen, da war er noch nicht zurück. Sie sitzen oft nach dem Spiel noch zusammen.«

»Wann sind Sie beide wieder nach Hause gekommen?«

»Spät, um Mitternacht. Wir waren mit unserem Nachbarn im *GOP* und vorher noch beim Essen.«

Das *GOP* ist eine alteingesessene Varietébühne gegenüber der Oper. Oda ist schon seit Jahren nicht mehr dort gewesen.

»Wir haben angenommen, dass Olaf schon im Bett ist, und haben nicht in sein Zimmer gesehen, er ist ja kein kleines Kind mehr.« Herr Döhring klingt, als wolle er sich für sein Versäumnis rechtfertigen.

»Das mache ich bei meiner Tochter auch nicht mehr, seit sie über sechzehn ist«, bemerkt Oda. Ein starres Lächeln von Olafs Mutter signalisiert ihr, dass es gut war, ihre Mutterschaft zu erwähnen.

»Und als ich ihn heute Morgen zur Schule wecken wollte, da war er nicht da«, würgt Constanze Döhring mühsam hervor. »Ruben wusste auch nichts.«

»Ist Ruben sein Bruder?«

»Ja. Er ist neunzehn.«

»Wer lebt sonst noch im Haushalt?«

»Ruben kommt noch manchmal, er hat aber seit September ein Zimmer in einer Studenten-WG in der Nordstadt. Er war gestern noch da, als wir gegangen sind. Und dann ist da noch meine Mutter, aber sie hat ihre eigene Wohnung im Parterre.«

»Haben Sie schon mit Freunden von Olaf gesprochen?« Oda kommt sich bei dieser Frage mies und scheinheilig vor. Denn gerade eben, als sie in Frau Cebullas Büro ein Glas Wasser für Frau Döhring holte, hat sie mit Völxen telefoniert. Es wäre schon ein verdammt großer Zufall, wenn es sich bei dem Toten am Bahndamm nicht um Olaf Döhring handelte, schließlich werden in dieser Stadt nicht jeden Tag ermordete Jugendliche aufgefunden. Aber Oda hat schon oft genug erlebt, dass man nach der Überbringung der Todesnachricht erst einmal eine ganze Weile kein vernünftiges Wort mehr mit den Angehörigen reden kann. Also hält sie noch mit der Wahrheit hinterm Berg, verzichtet aber auf die sonst üblichen Fragen, ob es vor dem Verschwinden Streit gegeben hat und ob der Jugendliche vorher schon einmal abgehauen ist.

»Ja, natürlich«, antwortet der Vater. »Wir haben zuerst bei Tiefenbachs angerufen, unseren Nachbarn. Ihr Sohn Luis und Olaf sind befreundet, die beiden gehen beim anderen quasi aus und ein, doch da war er nicht. Danach haben wir seine anderen Freunde angerufen. Aber keiner hat ihn seit gestern gesehen, und er ist auch nicht in der Schule aufgetaucht, jedenfalls bis jetzt nicht.«

Oda drängt sich die Frage auf, ob sie selbst im Fall von Veronikas Verschwinden wüsste, wen sie anrufen könnte. Bis auf ein paar langjährige Klassenkameraden kennt sie von den meisten Freunden ihrer Tochter kaum Vornamen und Spitznamen, geschweige denn deren Telefonnummern. Sie schiebt den Gedanken beiseite und konzentriert sich wieder auf die Döhrings.

»Er hat heute ... er hätte heute eine Mathearbeit geschrieben«, fällt der Mutter ein.

»Olaf ist ein guter Schüler und sehr ehrgeizig«, ergänzt der Vater. »Er würde keine Arbeit schwänzen.«

Frau Döhring unterdrückt ein Schluchzen. Ihre linke Hand zerknüllt ein Papiertaschentuch, die rechte krallt sich um eine Prada-Tasche. Etwas in ihrem Gesicht irritiert Oda. Obwohl die Augen der Frau in Tränen schwimmen und ihre Mundwinkel unkontrolliert zucken, sind ihre Augenpartie und die Stirn glatt wie eine Eisfläche. Was man mit Botox doch für ungewollt tragikomische Effekte erzielen kann, denkt Oda, während Ralf Döhring erklärt: »Seine Freunde sagten, er wäre gestern Abend nach dem Rugbyspiel noch mit ihnen im Klubhaus neben dem Sportplatz gewesen.«

»Ist er von dort aus alleine nach Hause gegangen?«

Beide sehen sich fragend an, und Frau Döhring meint mit erregter Stimme: »Das wissen wir nicht. Aber er kann doch nicht auf den paar Metern vom Sportplatz bis zu uns ... Wir wohnen doch in einer sicheren Gegend!«

Damit hat sie vermutlich recht. Waldhausen, ein Stadtteil mit einem hohen Bestand an schönen alten Villen aus der Jahrhundertwende, gehört nicht gerade zu den sozialen Brennpunkten.

»Außerdem ist er groß und kräftig«, ergänzt der Vater. Frau Döhring schaut Oda mit weit aufgerissenen Augen – immerhin geht das noch – an und fragt: »Meinen Sie, er wurde entführt?«

Oda schweigt dazu. Weiß sie es denn nicht? Sagt ihr denn kein mütterlicher Instinkt, dass ihr Kind tot ist? Oder will sie es nur nicht wahrhaben, verweigert sie sich dieser inneren Stimme, solange die grausame Wahrheit noch nicht ausgesprochen wurde?

Es ertönen die Anfangstakte von Beethovens neunter Symphonie. Hastig zieht Herr Döhring sein Telefon aus der Innentasche des Sakkos. Seine Frau fährt wie elektrisiert herum, und Oda hofft im Stillen auf ein Wunder.

»Entschuldigen Sie bitte einen Moment.« Ralf Döhring springt auf und spaziert nervös in Odas kleinem Büro herum, während er leise mit dem Anrufer spricht. »Sohn … Schwierigkeiten … später.«

Dann setzt er sich wieder neben seine Frau. Er passt gut zu ihr. Etwa im selben Alter, elegant und schlank, mit apart ergrauten Schläfen und schönen, feingliedrigen Händen, die er jetzt nervös faltet. Nur die Daumen wirbeln herum. Offenbar fällt es ihm schwer, die Fassung zu bewahren, aber er hält durch.

Oda fragt: »Wenn Ihr Sohn bei einem Spiel war, hatte er sicher seine Ausrüstung dabei?«

»Ja, seine Sporttasche.«

»Ist die Tasche im Haus?«, fragt Oda.

»Ja, die war da«, erklärt Frau Döhring und erinnert ihren Mann: »Du bist doch noch im Flur darübergestolpert und hast dich darüber aufgeregt.«

»Ja, stimmt, die Tasche war da«, bestätigt der Vater.

»Seine Jacke auch?«

Frau Döhring schüttelt den Kopf. »Die braune Jacke mit dem Lederkragen, die er immer anhat, fehlt«, sagt sie leise. »Das ist mir aber erst heute früh aufgefallen.«

»Demnach ist Ihr Sohn nach dem Sport zu Hause gewesen und muss danach noch einmal das Haus verlassen haben. Kann uns Ihr anderer Sohn, Ruben, vielleicht etwas darüber sagen?«

»Ich weiß nicht, wann er gegangen ist. Ich ruf ihn gleich mal an und frage ihn.« Sie beginnt, in ihrer Handtasche zu kramen.

»Warten Sie«, bremst Oda den Eifer der Mutter. »Hat Olaf ein Handy?«

»Ja, natürlich. Aber da meldet sich nur immer wieder die Mailbox!«, ruft sie verzweifelt.

»Die Nummer?« Je eher man sich beim Provider um die Verbindungsnachweise und ein Bewegungsprofil kümmert, desto besser, weiß Oda und notiert sich die Zahlen.

»Wir haben das Handy bei einem Ortungsdienst angemeldet, falls es mal gestohlen wird. Aber das funktioniert nur, wenn es eingeschaltet ist«, erklärt der Vater. »Ich habe es schon versucht, aber vergeblich.«

»Olaf macht sein Handy doch nie aus«, flüstert Frau Döhring.

Dann war es wohl sein Mörder, überlegt Oda. Jeder weiß, dass sich eingeschaltete Handys mehr oder weniger leicht orten lassen. In der Praxis jedoch meist weniger leicht als im Fernsehen. Oder wollte Olaf vor seinen Eltern verbergen, wo er sich herumtrieb, und hat sein Handy selbst ausgemacht? Sie lässt sich die Namen und Anschriften von Olafs Freunden, Schulkameraden und Mannschaftskollegen geben und fragt dann: »Hat Ihr Sohn eine feste Freundin?«

»Nein. Es gibt natürlich auch ein paar Mädchen in seiner Clique, es waren auch schon mal welche bei uns zu Hause, aber nichts Ernstes«, gibt der Vater Auskunft und sieht dann fragend seine Frau an. »Oder?«

Die sagt: »Es gab mal eine. Marlene. Ist aber schon eine Weile her. Und eine Gwen aus seiner Schule war neulich ein paarmal bei uns. Ihr Nachname ist …« Sie hält inne, schüttelt den Kopf. »Ich weiß ihn nicht, entschuldigen Sie bitte. Ich bin so durcheinander.«

Ihr Mann legt stumm den Arm um ihre Schultern. Oda findet es bemerkenswert, wie das Paar trotz der furchtbaren Situation Fassung und Form wahrt. Sogar Frau Döhring, obschon krank vor Angst, wird nicht hysterisch und fällt nicht aus der Rolle. Kultiviert ist das Wort, das Oda dazu einfällt. Sie hat Eltern in ähnlichen Lagen schon ganz anders erlebt und wüsste nicht, ob sie selbst so viel Haltung zeigen würde.

Normalerweise ist das der Moment, in dem Oda verzweifelten Teenager-Eltern erklärt, dass sich neunzig Prozent der Fälle von verschwundenen Jugendlichen im Nachhinein als harmlos erweisen. Natürlich erhält sie jedes Mal prompt die erboste Rückfrage, was denn mit den restlichen zehn Prozent sei. Das schenkt sie sich heute und wappnet sich stattdessen für den Todesstoß, den sie dieser Familie nun versetzen muss, als sie fragt: »Besitzt Ihr Sohn ein grünes T-Shirt der Marke Storch Heinar?«

»Ich finde, Schulen riechen alle gleich«, stellt Fernando fest.

»Vor allen Dingen Schulklos«, ergänzt Jule, die gerade aus einem kommt.

»Wo bist du noch mal zur Schule gegangen?«, fragt Fernando.

»KWR. Kaiser-Wilhelm- und Ratsgymnasium. So hieß es nach dem Zusammenschluss von 1995. Die Bildungsstätte von Theodor Lessing, August Wilhelm Schlegel, Rudolf Augstein …« Jule vollführt eine Geste, die ahnen lässt, dass sich diese Reihe noch sehr lange fortsetzen ließe. »Und du?«, fragt sie stattdessen ihren Kollegen.

»IGS Linden. Bildungsstätte von Mohammed Akbulut, Antonio Ganni, Sven Kornitzke und Cetin Özel. Aber Kornitzke ist nach der Siebten nach Hameln gekommen.«

»Ins Gymnasium?«

»Nein, in den Jugendknast.« Fernando wirft seiner Kollegin einen skeptischen Seitenblick zu. »Humanistische Bildung also …«

»Jawohl. Altgriechisch und Latein. Wie es sich für ein höheres Töchterchen gehört.«

»Das wollte ich gar nicht sagen.«

»Aber du hast es gedacht. Und es stimmt ja auch«, räumt Jule ein.

»Ist es wahr, dass du zwei Klassen übersprungen hast?«

»Woher weißt du das?«

»Das hatte sich schon rumgesprochen, bevor du zu uns gekommen bist«, bekennt Fernando freimütig. »Wir haben alle vor deinem Genius gezittert.«

»Ja, es ist wahr«, räumt Jule ein. »Ich habe die zweite Klasse der Grundschule und die neunte im Gymnasium übersprungen.«

»Streberin!« Fernando gähnt und sieht sich suchend um. »Ein Kaffee wäre nicht schlecht.«

»Vergiss es. Das gibt der Schul-Etat bestimmt nicht her.« Sie sitzen in einem Konferenzzimmer und warten. Die stellvertretende Schulleiterin der Bismarckschule ist über den gewaltsamen Tod eines ihrer Schüler informiert und gebeten worden, die Klassenkameraden und Freunde von Olaf Döhring aus dem Unterricht zu einer Befragung zu holen. Die Namen der von den Eltern genannten Jugendlichen hat Oda Jule auf ihr Mobiltelefon geschickt.

Eine Klingel schrillt durch das Gebäude, Türen fliegen auf, schon wird es laut auf dem Gang.

»Wo warst du eigentlich heute Morgen?«, fragt Jule.

»Beim Zahnarzt.«

Er lügt, erkennt Jule. Einem Zahnarztbesuch wäre tagelanges Gejammer vorausgegangen. »War's schlimm?«

Ehe Fernando antworten kann, geht die Tür auf, und eine Gruppe Schüler betritt den Raum. An ihren ernsten Mienen kann man erkennen, dass sie bereits über den Tod ihres Mitschülers informiert worden sind. Eines der beiden Mädchen hat Tränen in den Augen.

»Das sind Frau Wedekin und Herr Rodriguez von der

Kriminalpolizei. Ihr seid so nett und stellt euch selbst vor«, sagt die stellvertretende Direktorin und verabschiedet sich.

Stumm nehmen die sechs Schüler an dem großen Konferenztisch Platz. Drei der Jungs dürften in Olafs Alter sein oder etwas älter, ein Junge sieht deutlich jünger aus. Die beiden Mädchen schätzt Jule auf vierzehn, höchstens fünfzehn.

»Wir sind von der Kripo Hannover und untersuchen den Tod eures Mitschülers Olaf Döhring«, beginnt Jule und schaut den Jungen mit den blonden Locken, der rechts neben ihr sitzt, auffordernd an. Der kapiert und sagt: »Mein Name ist Florian Wächter, ich bin sechzehn Jahre alt und gehe mit Olaf in dieselbe Klasse. Zehnte, Musikklasse.«

»Wann hast du Olaf zuletzt gesehen?«

»Gestern beim Spiel. Und danach noch im Klubheim.«

»Wir spielen Rugby beim VfR 06 Döhren«, erklärt Florians Nachbar, ein hoch aufgeschossener Junge mit modisch geschnittenen, hellbraunen Haaren, die ihm tief in die Stirn fallen.

»Wie ist dein Name?«

»Cornelius Seifert. Ich bin gestern Abend mit Olaf zusammen nach Hause gegangen. Ich wohne in der Bozener Straße. Wir haben uns vor meinem Haus getrennt, er wohnt ja in der Grazer.«

»Wie spät war es da?«

»Kurz vor acht.«

»Hat er was gesagt, wie er den Rest des Abends verbringen wollte?«, erkundigt sich Jule.

»Er wollte noch etwas Mathe lernen. Wir haben nämlich gerade eine Arbeit geschrieben. Es war alles ganz normal …« Cornelius zuckt mit den breiten Schultern. Bestimmt ist er der Mädchenschwarm seines Jahrgangs, spekuliert Jule; athletische Figur, ebenmäßige Gesichtszüge, offener, selbstbewusster Blick aus klaren blauen Augen. Er trägt ein auberginefarbenes Hemd und helle Leinenhosen. Ein kleiner Dandy. Aber vielleicht gefallen Florian Wächters blonde Locken den Mädchen auch ganz gut. Seine Kleidung – Jeans, Kapuzensweatshirt – ist jedoch unauffälliger und seine Gesichtszüge sind nicht ganz so klassisch-edel geschnitten wie die von Cornelius.

»Und wer bist du?«, fragt Jule den kräftigen Jungen, der ihr gegenübersitzt. Sein rechtes Auge wird von einem frischen Hämatom umrahmt. »Valentin Franke. Ich bin sechzehn und gehe in die naturwissenschaftliche Klasse. Ich spiele auch in Olafs Mannschaft.«

»Auch gestern?«

»Ja, klar.«

»Habt ihr gewonnen?«, fragt Fernando dazwischen.

»Ja. Wer nicht Döhren will, muss fühlen«, grinst der Gefragte, wird aber nach einem Puff von Cornelius Seiferts Ellbogen gleich wieder ernst. »Tschuldigung. Das ist der Slogan unseres Vereins«, erklärt Valentin.

»Schon gut. Wie lange warst du im Klubheim?«, erkundigt sich Jule.

»Bis neun. Carlo, Florian und ich waren die Letzten.«

»Wo wohnst du?«

»In der Wolfstraße in Waldheim. Florian wohnt in der Ottostraße, wir sind zusammen nach Hause gegangen.«

Waldheim, das vom benachbarten Waldhausen durch eine Bahnlinie getrennt wird, kommt etwas bescheidener daher als Waldhausen, ist aber ebenfalls ein sehr gutbürgerlicher Stadtteil, weiß Jule.

Fernando erkundigt sich, ob das blaue Auge vom gestrigen Spiel stammt, was Valentin Franke stolz bejaht. Dann ist die Reihe an dem vierten Jungen, der den Blick bisher fast nur auf seine verknoteten Finger gerichtet hielt. Er wirkt im Vergleich mit den anderen dreien noch sehr kindlich.

»Luis Tiefenbach, ich bin vierzehn und gehe in die achte Klasse.«

»Spielst du auch Rugby?« Fernando wirft einen verstohlenen Blick auf den Oberkörper des Schülers, aber es sieht nicht so aus, als würden sich unter seinem Sweatshirt Muskelpakete verstecken.

»Nein.«

»Ging Ruben Döhring, Olafs Bruder, auch auf diese Schule?«, fragt Jule in die Runde.

Cornelius antwortet: »Der hat dieses Frühjahr Abi gemacht.«

»Zur Freude aller Lehrer.« Die Aussage kommt von Fiona Kück, deren Tränen inzwischen versiegt sind. Fiona, die nach eigenen Angaben fünfzehn ist, trägt ein ultrakurzes graues Strickkleid über einer schwarzen Strumpfhose, die nicht ganz blickdicht ist. Das lässig übergeschlagene rechte Bein, das in einer hochhackigen Stiefelette steckt, gewährt tiefe Einblicke, die erst an einer pinkfarbenen Unterhose enden. Auch der BH ist in dieser Farbe gehalten, was der weit über die Schultern abgerutschte Ausschnitt des Kleides offenbart. An den Ohren des Mädchens hängen Kreolen, durch die man einen Tiger springen lassen könnte. Obwohl Fiona offensichtlich kein Problem mit Pickeln hat, ist ihr Gesicht stark geschminkt, die Wimpern sind aufgebogen und erscheinen sehr dicht und lang. Das Mädchen muss schon morgens eine Ewigkeit vor dem Spiegel verbringen – und das nur für den Schulbesuch. Jule mag sich gar nicht vorstellen, wie Fiona aussieht, wenn sie sich fürs Clubbing aufbrezelt.

»Wie meinst du das? Was freut die Lehrer?«, hakt die Kommissarin nach.

»Ach, nichts«, meint die Gefragte und betrachtet ihre Fingernägel. Sie sind eckig gefeilt und rosa lackiert.

Jule bleibt beharrlich. »Was war mit Olafs Bruder?«

»Er hat halt ab und zu Scheiße gebaut«, verrät Fiona schließlich und wirft mit beiden Händen ihr wallendes Blondhaar über die Schultern zurück.

»Was denn zum Beispiel?«, wendet sich Fernando an die Allgemeinheit.

Die Jugendlichen sehen sich an. Schließlich antwortet Cornelius Seifert: »Scheiße eben, nichts Schlimmes: Kiffen aufm Klo, Graffiti am Schulgebäude, Schule schwänzen … Vor zwei Jahren hat er einem in der Pause einen Zahn rausgeschlagen. Aber der andere hatte angefangen.«

So etwas hat Fernando wahrscheinlich jeden Tag noch vor der großen Pause gemacht, vermutet Jule, und tatsächlich ist Fernando anzusehen, dass ihn Rubens Sündenregister wenig beeindruckt. Sie fragt Luis Tiefenbach: »War Olaf nur dein Nachbar oder auch dein Freund?«

Luis streicht sich verlegen eine dunkle Haarsträhne aus dem schmalen Gesicht. »Weiß nicht … Wir kennen uns schon ewig, weil die neben uns wohnen.« Fast klingt es, als wolle sich Luis für den Umgang mit Olaf und dessen Familie entschuldigen, fällt Jule auf. Aber vielleicht hat der Vierzehnjährige auch nur Angst, vor den drei älteren Jungs etwas Unpassendes, zu Emotionales zu sagen. Er ist ja mittendrin in dem Alter, in dem einem schon die schiere Existenz peinlich ist.

»Hast du Olaf gestern Abend gesehen?«, will Fernando von Luis wissen.

»Nein. Ich war den ganzen Abend in meinem Zimmer, am Rechner.«

»Hast du gespielt?«

»Was aus dem Internet gesucht für ein Referat in Politik.«

Jule wendet sich an das zweite Mädchen, das bis jetzt noch gar nichts gesagt hat, jedoch seit geraumer Zeit an dem silbernen Ring dreht, der ihren rechten Daumen ziert. »Gwen Fischer«, haucht sie auf Jules Nachfrage und gibt ihr Alter mit »bald fünfzehn« an. Sie ist eine Klassenkameradin von Luis und Fiona. Von deren Schlampenlook scheint Gwen indessen nichts zu halten. Im Gegenteil, sie trägt Jeans und darüber ein violettes Kapuzensweatshirt, das ihr mindestens zwei Nummern zu groß ist. Ihre Hände verkriechen sich immer wieder in den Ärmeln, und sie zieht das Sweatshirt hoch bis an ihr Kinn, als wolle sie sich wie eine Schildkröte in ihren Panzer zurückziehen. Dabei hat sie es nicht nötig, sich zu verstecken. Gwen Fischer ist ein moderner Audrey-Hepburn-Typ mit langen, dunklen Haaren und großen braunen Augen, die das filigrane Gesicht mit den apart geschwungenen Lippen beherrschen. Sie hat auf Schminke verzichtet, ihr Teint ist makellos, aber von geradezu vampirhafter Blässe. Fünf Jahre älter, und es gäbe für Fernando sicher kein Halten mehr, überlegt Jule. Denn abgesehen von ihrem sehr jugendlichen Alter passt Gwen Fischer gut in das Beuteschema ihres Kollegen, der sich heimlich Bollywoodfilme ansieht und auf den entsprechenden Frauentyp abfährt.

»Was verbindet euch beide mit Olaf Döhring?«, fragt Fernando die beiden Mädchen, wobei er sich bemüht, nicht auf Fionas Beine zu sehen, die sie nun unter dem Stuhl verknotet hat. Gwen dagegen wippelt unaufhörlich mit ihrem rechten Knie auf und ab, was wiederum Jule zum Wahnsinn treibt.

»Wir sind der Chor«, verkündet Fiona stolz.

»Welcher Chor?«

Es stellt sich heraus, dass Florian Wächter, Cornelius Seifert, Valentin Franke und Olaf Döhring Mitglieder einer Band sind. Florian spielt Klarinette und Keyboard, Valentin ist der Trompeter, Cornelius spielt E-Gitarre und singt, und Olaf war der Schlagzeuger.

»Ein Stück singe ich auch solo«, erklärt Fiona stolz, ehe sie die drei männlichen Bandmitglieder erschrocken ansieht und fragt: »Mein Gott, was wird denn jetzt aus unserem Auftritt?«

»Das ist doch jetzt nicht wichtig«, wehrt Cornelius schroff ab.

»Na jaaa«, meint Florian Wächter gedehnt. »Sie hat recht. Immerhin haben wir dafür ganz schön lang geprobt.«

»Habt ihr keine anderen Probleme? Olaf ist tot, verdammt!«, faucht Cornelius.

»He, jetzt chillt mal, Kinder«, mahnt Valentin, und Cornelius sagt mit Blick auf die beiden Kripobeamten: »Lasst uns das später klären.«

Jules nächste Frage drängt sich nun geradezu auf. »Habt ihr Verbindung zum Musikzentrum in Vahrenwald?«

Kurzer Blickwechsel, bei dem offenbar Cornelius als Sprecher auserkoren wird. »Ja, wir haben bei *Showbox* mitgemacht.«

Die beiden Ermittler erfahren, dass *Showbox* ein einwöchiger Workshop ist, bei dem Nachwuchsbands auf ihre Bühnenkarriere vorbereitet werden. Dabei geht es nicht in erster Linie um die musikalischen Qualitäten – die werden vorausgesetzt –, sondern um den visuellen Eindruck, die *Performance* auf der Bühne.

»Davor machte jeder von uns auf der Bühne mehr oder weniger, was er wollte, total unkoordiniert. Das ist anders geworden. Jetzt haben wir für jedes Stück eine eigene Choreografie. Die Show, die man abzieht, ist nämlich mindestens so wichtig wie der Sound. Aber mit Auftritten allein ist es nicht getan, man braucht auch eine vernünftige Internetpräsenz – Videoclips vor allem – und eine Plattform für die Fans: Facebook, Newsletter, Fotos zum Download für die Presse, all solche Dinge. Ohne die geht man nämlich in der Masse hoffnungslos unter.« Cornelius Seifert beschließt seinen Vortrag mit einem ernsthaften Nicken.

»Wir haben auch Interviewtraining bekommen«, fügt Florian Wächter hinzu.

»Und das Posen für Fotoshootings geübt.« Fiona Kück zupft an ihrem BH-Träger.

Eine Stilberatung wäre dringender gewesen, findet Jule. Oder eine strengere Mutter.

»Nur drei Bands durften an diesem Coaching teilnehmen, wir wurden von der LAG Rock dafür ausgewählt«, berichtet der Trompeter Valentin und reckt dabei selbstbewusst das Kinn in die Höhe.

»LAG Rock bedeutet Landesarbeitsgemeinschaft Rock, die gibt es schon seit über zwanzig Jahren«, erklärt Cornelius ungefragt.

»Wie heißt eure Band eigentlich?«, will Fernando wissen.

»*Grizzly*«, antwortet Florian.

»Im Ernst?«

»Ja. Klingt doch cool, oder?«, meint Valentin.

Jule und Fernando beeilen sich, zustimmend zu nicken.

»Welche Richtung spielt ihr?«, fragt Jule.

Cornelius, der offenbar nicht nur der Sänger, sondern auch der Sprecher der *Grizzlys* ist, antwortet: »Manche sagen, wir klingen ein bisschen wie *Calexico* – wegen der

Trompete. Aber eigentlich geht es mehr in Richtung *House*, untermalt mit melodiösen Songs aus allen möglichen Stilrichtungen – so ein bisschen wie bei *Enzo Siffredi* –, und einige Stücke sind eher so Retrofuturismus.«

Jule sieht Fernando fragend an, aber der macht auch nicht den Eindruck, als könnte er mit den Angaben etwas anfangen.

»Sie müssen sich unser Video auf YouTube anschauen«, meint Valentin und fängt schon an, auf seinem Smartphone herumzutippen.

»Jetzt nicht. Wir sehen es uns später im Büro an«, verspricht Fernando. »Wann war dieser Workshop?«

»Ende Juli. Letzte Ferienwoche«, gibt Cornelius an.

»Wart ihr seitdem noch mal im Musikzentrum?«

»Ja, sicher. Wir haben ein Album aufgenommen, in dem Tonstudio dort, die CD gestaltet, das Cover und die Flyer und die Eintrittskarten. In knapp zwei Wochen treten wir dort auf, im Rahmen einer Abi-Party, die wir organisieren.«

»Wir sind aber schon öfter aufgetreten, erst neulich …«, verkündet Fiona, wird aber von Cornelius grob unterbrochen: »Danach hat doch jetzt keiner gefragt.«

Fiona zieht eine Grimasse, schweigt dann aber. Gwen hat sich an der Unterhaltung nicht beteiligt, sie schaut die meiste Zeit zum Fenster hinaus, als ginge sie das alles nichts an. Im Moment zieht sie es vor, ihre ausgefransten Nagelhäute zu betrachten. Auch Luis Tiefenbach hat während der ganzen Zeit geschwiegen. Er scheint nicht zu der Clique zu gehören, sitzt hier wohl nur, weil er der Nachbarsjunge ist und die Döhrings seinen Namen angegeben haben. Aber anders als Gwen verfolgt er die Unterhaltung zwischen den *Grizzlys* und den Ermittlern mit aufmerksamem Blick.

»Abi-Party? Jetzt? Das Schuljahr hat doch gerade erst angefangen«, gibt Jule zu bedenken.

Die Jugendlichen sehen die Polizistin an, als käme sie von einem anderen Planeten, sogar Gwen ist wieder im Hier und Jetzt und zieht die fein ziselierten Augenbrauen ganz leicht in die Höhe.

»Abi-Partys gibt es das ganze Jahr über«, klärt Valentin Franke die Kommissarin auf. »Wir haben schon zwei organisiert, eine im Bismarck-Bahnhof und die andere in der *Glocksee* in Linden.«

»Wer ist ›wir‹?«, fragt Jule.

Wieder antwortet Cornelius Seifert für alle: »Florian und ich haben uns um den Raum und die Musik gekümmert – beim letzten Mal in der *Glocksee* sind wir ja auch selbst aufgetreten. Valentin ist für die Getränke und das Essen zuständig, das bietet sich an, weil sein alter Herr eine Cateringfirma betreibt. Und Olaf hat das Finanzielle geregelt und die PR.«

»Und ihr bessert damit euer Taschengeld auf«, vermutet Fernando.

»Genau«, bestätigt Florian Wächter. »Wenn man es richtig anstellt, kann so eine Abi-Party nämlich ein gutes Geschäft sein. Deswegen haben wir ja auch prompt Ärger gekriegt mit diesen Assis aus Hainholz.«

Fernando horcht auf. »Welche *Assis*, was für Ärger?«

Florian, der Klarinettist und Keyboarder, bläst sich mit vorgeschobener Unterlippe eine Locke aus der Stirn. »Keine Ahnung. Das sind so Typen, die da irgendwo in so 'ner Versagersiedlung wohnen. Neulich, als wir aus dem Tonstudio gekommen sind, haben die uns angequatscht. Von wegen, wir sollten das mit der Abi-Party vergessen, die würden sie aufmischen, das wäre ihr Revier. So'n Scheiß eben.«

»Und wann war das?«

»Ist schon vier oder fünf Wochen her.«

»Was waren das für Landsleute?«

»Weiß nicht. Türken vielleicht«, meint Cornelius. »Und ein oder zwei Deutsch-Russen.«

»Einer war schwarz«, wirft Valentin dazwischen und ergänzt: »So richtige Getto-Kids eben: Gangsta-Look, schlabbrige Skater-Jeans, gefakter *Dolce*-Gürtel und so was. Einer von diesen Figuren hatte Tattoos bis rauf zum Hals.«

»Und was habt ihr gemacht?«, fragt Fernando.

»Gar nichts. Ihnen gesagt, dass sie das nichts angeht und sie sich verpissen sollen«, grinst Valentin.

»Und – haben sie sich verpisst?«

»Nicht gleich«, antwortet Florian dem Kommissar. »Einer hat noch ein bisschen mit einem Messer rumgefuchtelt. Aber dann kam so ein Oberfuzzi in so einer Zuhälterkarre vorbei, so ein Rapper, ein Schwarzer. Der ist uns auch schon im Musikzentrum über den Weg gelaufen, er gibt Kurse für die Assi-Kids. Der hat dann angehalten und mit denen geredet, so nach dem Motto: *peace, Mann, keep cool, Bruda* … Echt, das war wie ein schlechter Film. Aber daraufhin sind sie tatsächlich gegangen. Ey, wie heißt der Typ noch gleich?«

»Oumra«, sagt Gwen, und da sie so lange geschwiegen hat, wenden sich auf einmal alle ihr zu.

»Das bedeutet braun auf Arabisch«, lässt sich nun auch Luis vernehmen und senkt gleich darauf den Blick, als würde er sich für sein Wissen schämen. Vorher wirft er Gwen noch ein kleines Lächeln zu, das jedoch nicht erwidert wird.

»Mann, was du alles weißt«, wundert sich Cornelius und betrachtet Luis halb anerkennend, halb befremdet.

»Stimmt, so heißt der Typ. Fährt so 'nen rosa Cadillac, voll das Klischee«, bemerkt Valentin verächtlich und sagt zu Luis: »Sag bloß, du hörst diese Mathafacka-Aggro-Kacke?«

Luis antwortet nicht, aber Fiona fährt Valentin an: »Du hast doch keine Ahnung, so was spielt der doch gar nicht!«

»Sie hat recht. Der macht mehr so auf Seelenschmerz«, meint Cornelius.

Fiona reckt ihr Kinn. »Ich finde den ganz cool. Ihr seid halt schon zu alt dafür.«

»Stimmt, das ist Rotzgörenmucke.« Valentin verdreht die Augen.

Fernando unterbricht das Geplänkel. »Was war nun mit diesem Oumra?«

»Der scheint der große Häuptling in der Gegend zu sein. Jedenfalls finden den alle cool. Der hat dann zu uns gesagt, falls wir vorhätten, auf der Party mit Drogen zu handeln, würde es Ärger geben«, erklärt Cornelius.

»Dabei ist garantiert er selbst der Oberdealer!«, giftet Valentin.

Cornelius wirft seinem Freund einen tadelnden Blick zu und wendet sich dann wieder an den Kommissar: »Olaf hat ihm zu verstehen gegeben, dass es auf unseren Partys keine Drogen gibt, und der Typ hat daraufhin gemeint, wir sollten uns das mit der Abi-Party trotzdem gut überlegen, die Jungs aus Hainholz würden es nicht mögen, wenn man in ihrem Revier wildert. Von Leuten aus dem Musikzentrum habe ich dann ein paar Tage später erfahren, dass die Typen aus dieser Assi-Siedlung in Hainholz stammen und selbst auch ab und zu Partys organisieren.«

»Und dass mit denen nicht zu spaßen ist«, ergänzt Valentin und verkündet ungefragt, sie würden vorsichtshalber für die Party im Musikzentrum ein paar Leute von einem Sicherheitsdienst mieten. »Geht zwar von unserem Gewinn ab, aber wir wollen uns in dieser Richtung nichts Negatives leisten, sonst vermietet keiner mehr eine Location an uns.«

»Die haben es nämlich schon mal versucht«, erzählt Florian Wächter.

»Wer hat was versucht?«, fragt Fernando.

»Na, diese Gang aus Hainholz. Vor zwei Wochen sind sie mit zehn Leuten aufgelaufen und haben versucht, unser Konzert in der *Glocksee* zu stören. Mit Gepfeife und Buh-Rufen und so. Einer hatte sogar eine Vuvuzela dabei und trötete immer zwischenrein. Allerdings waren da zu viele aus unserer Schule, und ein paar von den Freaks aus Linden, die im Publikum waren, fanden das auch nicht cool. Jedenfalls haben sie die Typen rausgeworfen und gedroht, die Bull… die Polizei zu holen, wenn sie nicht sofort verschwinden würden. Danach war Ruhe. Arschlöcher, bescheuerte!« Florian verzieht das Gesicht.

»Die hatten wohl Angst um ihr Geschäft«, bemerkt Jule.

»Sieht so aus«, gibt ihr Cornelius Seifert recht. »Aber hey – wir leben hier schließlich in einer freien Marktwirtschaft, oder?«

Jule lässt die rhetorische Frage unbeantwortet. Dieser Cornelius, fällt ihr auf, redet schon wie ein Erwachsener. Wie ein ziemlich abgebrühter Erwachsener. Jule kann gut nachvollziehen, dass die jugendlichen Bewohner des sozial randständigen Bezirks ihre Pfründe verteidigen gegen diese arrogant auftretenden Jungs, die ihre Einnahmequelle bedrohen.

»Hat einer von euch eine Idee, was Olaf gestern Abend in der Nähe des Musikzentrums gewollt haben konnte?« Fernando blickt die Schüler der Reihe nach an, erntet aber nur allgemeines Schulterzucken und Kopfschütteln.

»Keine Ahnung. Ich kann mir nicht vorstellen, dass da um die Zeit was los ist. Oder war da ein Konzert?«, fragt schließlich Cornelius.

»Nein, da war nichts los. Aber er wurde ja auch auf der Straße davor gefunden«, antwortet Jule. »Ihm wurde mit einem stumpfen Gegenstand der Schädel eingeschlagen. Daran ist er gestorben.« Auch sie schickt einen prüfenden Blick in die Runde. Die Reaktionen sind unterschiedlich: Fiona presst bei Jules Worten die Hand vor ihren Mund, Gwen knetet ihre Finger, Luis zuckt zusammen, Cornelius und Florian verziehen die Gesichter als hätten sie Zahnschmerzen, und Valentin stößt geräuschvoll die Luft aus.

»Das verstehe ich nicht. Er wäre da doch niemals allein hingegangen, er ist schließlich nicht bescheuert«, meint Cornelius Seifert.

»Stimmt«, gibt ihm Florian recht und fragt im selben Atemzug: »Können wir jetzt wieder zum Unterricht? Die Pause ist gleich aus.«

»Einen Moment noch«, stoppt Fernando den Lerneifer des Schülers. »Wie war Olaf denn so?«

Erneut ist es still im Raum, nur der Pausenlärm von draußen dringt durch das Fenster. Anscheinend möchte keiner etwas dazu zu sagen. Fernando wendet sich direkt an Cornelius. »Plötzlich so schweigsam? Du musst doch wissen, wie er war.«

»Ganz cool«, antwortet Cornelius einsilbig. Florian und Valentin nicken.

»Ganz cool? Ihr spielt zusammen Rugby und seid in einer Band, und alles, was euch zu Olaf einfällt, ist ›ganz cool‹?«, regt sich Fernando auf.

Die Angesprochenen sitzen mit verschränkten Armen da und starren vor sich hin.

»Wer von euch war sein bester Freund?«

Die drei größeren Jungs sehen sich erneut unschlüssig an, dann sagt Cornelius: »Wir haben viel zusammen gemacht, aber als Freund würde ich ihn nicht unbedingt bezeichnen.«

»Wieso nicht?«

»Kann ich nicht genau sagen«, wehrt Cornelius ab, ehe er altklug zitiert: »*De mortuis nil nisi bene.*«

»Schön, dann sag eben was Gutes über den Toten«, fordert ihn Jule auf.

»Er war ein guter Schlagzeuger.«

»Und ein guter Rugbyspieler«, ergänzt Florian.

»Er war beliebt bei den Lehrern«, meint Valentin.

Wenn das mal kein vergiftetes Lob ist, denkt Jule, und schon spricht Fernando es aus: »War er ein Streber?«

Cornelius zuckt die Achseln. »Ich weiß nicht, was Sie darunter verstehen. Er hatte gute Noten, aber wir strengen uns alle an. Wir wollen ja nicht als Loser enden.«

Jule wendet sich an den vierten Jungen: »Luis, du kennst Olaf doch von klein auf. Wie war er so?«

»Ganz in Ordnung«, lautet dessen Antwort.

Jule wird konkreter: »Hat er auch solche Sachen angestellt wie sein Bruder?«

Luis schüttelt den Kopf.

»Was war mit Mädchen? Hatte er eine Freundin?«, fragt Fernando die Schüler.

»Nichts Festes«, antwortet Florian.

»Und andere?«

»Ja, es waren schon welche hinter ihm her«, räumt Cornelius ein. »Obwohl er ja manchmal ein echter Arsch sein konnte. Aber anscheinend stehen die auf so was.«

»Kenn ich«, behauptet Fernando und grinst kumpelhaft.

Jule versetzt ihm einen heimlichen Tritt gegen sein Schienbein und fragt: »Wer zum Beispiel?«

Cornelius grinst ebenfalls und deutet mit zwei Fingern quer über den Tisch auf Gwen und Fiona.

»Idiot!«, zischt Gwen, und Fiona rüstet zum Gegenangriff: »Dir hat er doch mal diese Zicke aus der Elften, diese Marlene, ausgespannt. Habt ihr euch nicht sogar geprügelt wegen der?«

»Das ist doch längst gegessen«, schnaubt Cornelius verächtlich. Eine finstere Falte hat sich zwischen seine Augen geschoben.

»Marlene – und weiter?«, bohrt Jule nach.

»Ach, vergessen Sie's!«

»Marlene Niebel«, klärt Florian die Kommissare auf und schaut demonstrativ auf seine Uhr.

Jule notiert sich den Namen. Sie bezweifelt, ob die Causa Marlene wirklich so ›gegessen‹ ist, wie Cornelius Seifert sie glauben machen möchte. Die Wahl seiner Kleidung lässt auf Eitelkeit und ausgeprägtes Selbstbewusstsein schließen. Als Sänger und Gitarrist der *Grizzlys* ist Cornelius in der Poleposition, was die Groupies angeht, noch dazu, wo er recht gut aussieht. Einer wie er ist Niederlagen nicht gewohnt. Jule hat Olaf nur als Leiche gesehen, aber er schien ebenfalls ein sehr attraktiver Junge zu sein. Was, wenn der Schlagzeuger der Band die Rolle besetzt hielt, die üblicherweise dem Frontmann vorbehalten ist?

Fernando, der inzwischen die Kumpelrolle wieder abgelegt hat, will wissen: »Hatte Olaf noch andere Freunde? Welche, die nicht an dieser Schule sind?«

Erneut fragende Blicke, Schulterzucken.

»Vielleicht hat er sich noch mit Leuten aus der Rugbymannschaft getroffen«, räumt Florian Wächter schließlich ein. »Aber jemand Speziellen wüsste ich da nicht.«

»Hatte er noch andere Interessen außer Rugby und der Band?«

»Computerspiele«, antwortet Florian.

»Und sonst?«, bohrt Jule weiter.

Cornelius schnauft: »Was denn noch alles? Wir machen hier das Turbo-Abi, wir haben nicht endlos viel Freizeit.«

Das leuchtet Jule ein. Die Schule, der Sport, die Musik – der Zeitplan dieser jungen Leute scheint tatsächlich eng getaktet zu sein. »Dann müssen wir euch jetzt noch fragen, wo ihr den Sonntagabend verbracht habt.« Jule schlägt demonstrativ ihr Notizbuch auf.

»Wir brauchen ein Alibi?«, kräht Fiona. »Ist ja krass!«

»So ist es. Also?«

Florian gibt an, er habe mit Cornelius online gezockt. Fiona saß mit ihren Eltern und ihrer Schwester vor dem Fernseher, Gwen verbrachte den Abend lernend in ihrem Zimmer, Valentin war zu Hause und sah sich an seinem PC einen Film an, und Luis wiederholt, dass er an seinem Referat gearbeitet hat.

Es klingelt, die Pause ist zu Ende. Jule und Fernando lassen sich die Handynummern der Befragten geben und verabschieden sich von den Schülern, die eilig das Zimmer verlassen. Draußen hören sie Valentin Franke vor sich hin schimpfen: »Mist, wann soll ich denn jetzt was essen?«

Hungrig maunzend und mit erhobenem Schwanz streift der Kater um die Stuhlbeine. Stella zieht den Gürtel ihres Morgenmantels enger und legt die Hände um die Kaffeetasse. Es geht auf zwölf Uhr zu. Wo bleibt der Alte nur so lang? Bestimmt hat er sich wieder am Kiosk festgesoffen, während ich hier Kohldampf schiebe. Und abwaschen hätte er auch mal können, verdammt! Stella räumt die

Reste vom gestrigen Abendessen – zwei Dosen Hering in Tomatensoße – vom Tisch hinüber auf die Ablage der Spüle, in der sich die Überbleibsel der Mahlzeiten der vergangenen Woche befinden. Seit drei Monaten ist die Spülmaschine kaputt, und jeden Tag verspricht Niko, sie zu reparieren oder einen von seinen Kumpels damit zu beauftragen. Aber es geschieht nichts. Manchmal können solche Dinge Stella von einer Sekunde auf die andere in Wut versetzen. Sie ruft sein Handy an, wird aber noch wütender, als sie hört, wie es in dem Raum klingelt, den er sein »Arbeitszimmer« nennt. Nie hat er das Ding dabei, er könnte es genauso gut wegwerfen! Endlich, zehn zornige Minuten später hört sie seine schweren Schritte im Treppenhaus und dann den Schlüssel im Schloss.

Er war am Kiosk, schon auf drei Meter Entfernung kann sie die Fahne riechen, die ihm vorauseilt, als er »seinem Schatz« übertrieben freundlich einen guten Morgen wünscht.

»Wo bleibst du denn? Das Vieh hat Hunger.«

Niko stellt eine Plastiktüte von *Lidl* auf den Küchentisch. Er sollte mal wieder zum Friseur gehen, findet Stella. Die strähnigen grauen Haare, die er sich aus der Stirn kämmt wie John Travolta, kringeln sich bis über den speckigen Kragen seiner Lederjacke. Sie schnappt sich die Tüte. An das Katzenfutter hat er natürlich gedacht. Und Brötchen, immerhin, aber wo sind meine Zigaretten? Ah, Glück gehabt. Er holt eine Packung aus der Jackentasche, ihre Lieblingssorte, *JPS* vom Kiosk.

»Das Mistvieh macht mich noch ganz kirre!« Sie schiebt Niko demonstrativ eine Dose Katzenfutter zu. Niko reißt den Deckel auf und kratzt den Inhalt in die kleine Porzellanschüssel, die er vorher unter dem Wasserhahn notdürftig gesäubert hat. »Es gab einen Toten.«

»Tote gibt's jeden Tag«, versetzt Stella. »Die Friedhöfe sind voll davon.«

Ächzend geht Niko in die Knie und stellt dem Kater das Futter hin.

»Ein junger Kerl, sechzehn vielleicht. Erschlagen, drüben in Vahrenwald. Es wimmelt vor Bullen.«

»Und da musstest du dringend dabeistehen und gaffen, was?«

»Ich hab am Kiosk davon erfahren.«

»Das riecht man.«

»Wie war's denn gestern?«, versucht Niko den Kurs der Unterhaltung zu wechseln.

Stella leert ihre Kaffeetasse. »'nen Zwanziger hab ich verdient, den kannste haben.«

Nicht, dass Niko Stellas Zuhälter wäre. So jemanden braucht sie nicht, hat sie noch nie gebraucht. Okay, er kümmert sich, wenn es mal Ärger gibt, aber das ist nur ein Freundschaftsdienst, das müsste er nicht tun, wenn es nach ihr ginge. Stella und ihr Lebensgefährte haben ein Abkommen, dass sie sich an den Kosten des Haushalts beteiligt. Es war Stella, die das so wollte, als sie vor vier Jahren ihre Wohnung in der List nicht mehr halten konnte und bei Niko einzog. Inzwischen ist sie ihm die Miete für das letzte Jahr schuldig, von den Ausgaben für Lebens- und Genussmittel gar nicht zu reden.

»Die Konkurrenz ist einfach zu groß«, klagt sie wie fast jeden Tag und weist darauf hin, dass Hannover eine der Städte mit den meisten Nutten Deutschlands ist – pro Einwohner betrachtet. »Seit der ganze Osten zur EU gehört, kommen die scharenweise, und zwar das ganze Jahr über, nicht nur wenn Messe ist! Auf dem Strich hörst du kaum noch ein deutsches Wort, nur noch Rumänisch, Bulgarisch, Polnisch. Die Hälfte von denen ist süchtig und macht's für 'nen Zehner ohne Gummi, wie soll man sich da über Wasser halten?«

»Behalt die Kohle.«

Das sagt er meistens, und Stella weiß nicht, was sie mehr auf die Palme bringt, ihre momentane Pechsträhne oder seine Gönnerhaftigkeit.

»Warum fragst du dann überhaupt?«, erwidert sie übellaunig.

Morgens ist sie immer mieser Stimmung. Nach dem ersten Wodka wird das besser, deshalb stellt ihr Niko jetzt auch die Flasche und ein Glas hin. »Komm, nimm 'nen Schluck für'n Kreislauf.«

Stella legt das angebissene Marmeladenbrötchen weg und folgt dem Rat. »Kennt man den, den Toten?«

»Nein.«

»Wo hat man ihn denn gefunden?«

»An der Hüttenstraße, vor der Einfahrt zum Musikzentrum. Heute früh. Muss wohl in der Nacht passiert sein. Wahrscheinlich war's ein Raubüberfall. Die schlagen dir ja heutzutage eiskalt den Schädel ein, nur um dir dein Handy zu klauen.«

»Wegen deinem Handy bestimmt nicht!«, zischt Stella, während sie unweigerlich an den Wagen denken muss, der sie auf ihrem nächtlichen Nachhauseweg mit Dreck bespritzt hat. Kam der nicht exakt von dort? Und hat der nicht ziemlich lange gebraucht, um zu wenden? Und wie, zum Teufel, war noch mal die Autonummer, die sie sich hatte merken wollen?

»Du solltest nachts nicht mehr allein in dieser Gegend rumlaufen«, dringt Nikos Stimme zu ihr durch.

Der hat gut reden. Ein Taxi ist ihr zu teuer, und die Straßenbahn fährt nur bis eins, außerdem gibt's die auch nicht umsonst. Und beim nächsten Mal Schwarzfahren winkt der Knast, bei der Verfolgung solcher ›Straftaten‹ sind sie nämlich übereifrig in dieser Stadt. Früher, ja, da ist sie immer im Taxi nach Hause gefahren, aber nicht hierher, sondern in die List. Gute Gegend, andere Zeiten. Sie seufzt.

Niko setzt sich an den Tisch und säbelt eines der Brötchen in der Mitte durch. »Ist noch Kaffee da?«

Stella deutet mit dem Kinn auf die Maschine. In der Glaskanne dümpelt ein Rest vor sich hin.

»Ich mach lieber frischen.« Er steht wieder auf, schüttet den Inhalt der Glaskanne in die Spüle über das schmutzverkrustete Geschirr. »Heut' ist aber mal Putzen angesagt«, murmelt er dabei vor sich hin.

»Sag mal, hast du noch diesen Kumpel mit dem komischen Namen bei der Kfz-Stelle sitzen?«, fragt Stella, deren Gedächtnis gerade auf Hochtouren arbeitet.

»Den Sepp-Dieter meinst du? Ja, ich denke schon, dass der noch da arbeitet, wieso?«

Stella kritzelt mit ungelenken Fingern ein paar Zahlen und Buchstaben auf den Rand der Kiez-Zeitschrift. »Kannst du für mich rausfinden, wem diese Karre gehört?«

Niko setzt die Kaffeemaschine in Gang. »Ich kann's versuchen. Wieso?«

»Wieso, wieso! So halt.« Kann der Alte nicht einmal tun, was man verlangt, ohne einem ein Loch in den Bauch zu fragen?

Schon plustert sich Niko auf: »Hat wieder so ein Drecksack nicht bezahlt, so wie neulich? Sag ich nicht immer, verlang das Geld vorher? Mensch, du machst das doch nicht erst seit gestern!«

Stella wird nur ungern an den Vorfall erinnert, den Niko hier anspricht. Ihre Menschenkenntnis hatte sie total im Stich gelassen, der Typ wirkte grundsolide, schüchtern schon fast, sie hätte nie damit gerechnet, dass er sie nach vollendeter Arbeit ohne zu zahlen aus dem Auto wirft.

»War's so? Ja?«

Stella nickt. »War nur 'n Blowjob, reg dich nicht auf.«

»Wo?«

»Hier, um die Ecke.« Sie deutet vage aus dem Fenster in Richtung *Lidl*-Parkplatz, den sie schon häufiger für ihre Zwecke in Anspruch genommen hat.

»Dem Typen werd ich die Hölle heißmachen!«, ereifert sich Niko, während Stella eine Zigarette aus der Schachtel klopft. »Krieg's einfach nur raus, ja? Meine Angelegenheiten regle ich schon selbst.«

Isolde Lier ist Mitte fünfzig, von fülliger Gestalt, und der Topfschnitt ihres schwarz gefärbten Haares erinnert Jule an eine Playmobil-Figur. Sie hat Tränen in den Augen, als sie sagt: »Ich verstehe das nicht, Olaf war ein so guter Schüler und ein so angenehmer Junge …«

Angenehm. Also angepasst. Leider schützt das nicht vor Gewalt, würde Jule am liebsten antworten, aber sie fragt nur: »Sie sind seine Klassenlehrerin – seit wann?«

»Seit der neunten Klasse, ich unterrichte Deutsch und Englisch. Olaf hatte ja die Achte übersprungen und kam neu dazu. Ich finde so etwas ja nicht so gut, weil die Schüler dann oft keinen Anschluss an die Klasse finden. Aber Olaf hat sich gut eingefügt, und der Altersunterschied war kaum spürbar. Er konnte sich gut behaupten.«

»Wie behaupten? Hat er sich geprügelt?«, hakt Fernando nach.

Die Lehrerin sieht ihn strafend an, vergisst für einen Moment ihren Kummer und sagt streng: »An unserer

Schule wird sich nicht geprügelt. Ich meinte damit, dass er sich verbal durchsetzen konnte.«

»Gab es da bestimmte Kandidaten, gegen die er sich *verbal* durchsetzen musste?«, fragt Fernando unbeeindruckt.

»Nein. Das war nur so allgemein gesprochen. Olaf war bei den Mädchen sehr beliebt, deswegen wurde er manchmal aufgezogen. Kein Wunder, er war ja auch ein ausgesprochen hübscher Junge. Und er konnte sehr charmant sein.« Wieder stürzen Tränen aus ihren Augen, die sie mit einem Papiertaschentuch trocknet.

»Was heißt ›konnte‹? War er auch mal anders?«, erkundigt sich Jule.

Die Lehrerin zögert. »Ja, er war manchmal auch etwas mürrisch. Aber Erwachsenen gegenüber nicht, da vergriff er sich niemals im Ton. Er war sehr gut erzogen und wusste sich immer zu benehmen.«

»Anders als sein Bruder«, wirft Fernando ein. Frau Lier sieht sich um, aber außer ihnen ist niemand im Lehrerzimmer. Dennoch flüstert sie: »Ja, der Ruben ... der war etwas schwierig. Aber im Kern nicht schlecht, nur eben ...« Sie hält inne, scheint nach dem richtigen Wort zu suchen.

»Schwierig«, wiederholt Jule.

»Ja. Dabei sind die Eltern so nette Leute. Die Mutter ist sogar im Elternbeirat.«

Jule kommt wieder zum eigentlichen Thema zurück: »Ist Ihnen an Olaf in letzter Zeit etwas aufgefallen?«

Die Lehrerin schüttelt den Kopf. »Nein. Alles war wie immer, Olaf schrieb gute Noten, er beteiligte sich regelmäßig am Unterricht und zeigte Interesse und Engagement.«

»Ein wahrer Musterknabe also«, krönt Fernando den

Lobgesang der Pädagogin. Prompt trifft ihn wieder ein tadelnder Blick.

»Herr Rodriguez, die Zeiten haben sich geändert – zumindest an dieser Schule. Die jungen Leute wissen heute ganz genau, was auf dem Spiel steht und dass man nur mit guten Zeugnissen eine Chance auf Studienplätze an erstklassigen Universitäten hat. Ordentliche Noten sind für unsere Oberstufenschüler keine Schande, sondern ein Muss. Das sind keine Versager, die ihr Leben im Internet verplempern, diese jungen Menschen haben frühzeitig realisiert, dass sie möglicherweise zur ersten Generation gehören werden, die es nicht automatisch besser haben wird als ihre Eltern.« Nach dieser Lektion wendet sich die Lehrerin wieder Jule zu: »Haben Sie schon einen Verdacht, wer dieses Verbrechen begangen haben könnte?«

Jule verneint: »Es ist ja erst ein paar Stunden her, aber wir arbeiten mit allen verfügbaren Kräften an dem Fall.« Sie macht Fernando ein Zeichen, und die beiden verabschieden sich.

»Halleluja«, stöhnt Fernando. »Noch zwei Minuten, und der alte Drachen hätte ihn heiliggesprochen.«

»Ich wette, so hat noch nie eine Lehrerin über dich geredet«, grinst Jule.

»Nein, wirklich nicht. Dieser Olaf muss ja ein Riesenschleimer gewesen sein.«

Bodo Völxen sitzt in der Stadtbahnlinie 1. Er ist ohne Begleitung. Seinen Hund hat er mit der strikten Anweisung »keine Kekse!« bei Frau Cebulla gelassen. Die Zeit in der mit Schülern vollgestopften Bahn nutzt er, um sich von Jule Wedekin die Befragung von Olafs Freunden und der Lehrerin schildern zu lassen. Als sie zu Ende geredet hat, meint Völxen: »Dann fahrt jetzt nach Hainholz und seht euch dort mal gründlich um.« Danach ruft er Oda Kristensen an. »Ist er's?«

»Ja, natürlich. Die Eltern haben ihn zweifelsfrei identifiziert, wie es so schön heißt. Danach wollten sie auch noch den Tatort sehen. Es war furchtbar! Das nächste Mal kannst du das machen«, verkündet Oda vorwurfsvoll. Sie hat die Döhrings zum Rechtsmedizinischen Institut der Medizinischen Hochschule Hannover begleitet und wartet nun vor deren Haus auf Bodo Völxen. »Mir ist ganz flau im Magen. Man sollte meinen, dass man sich mit der Zeit daran gewöhnt und abstumpft, aber das Gegenteil ist der Fall: Je älter ich werde, desto weniger kann ich mich abgrenzen.«

»Geht mir genauso, ich muss mich auch dauernd gegen den Gedanken wehren ... He, pass doch auf, du Rüpel!« Ein Schüler, dem urplötzlich eingefallen war, dass er am Altenbekener Damm aussteigen muss, hat ihm mit seinem Rucksack fast das Telefon vom Ohr gefegt. »Hat Bächle noch was gesagt – zur ... zum *corpus mortui*?«

»Seit wann unterhalten wir uns in toten Sprachen?«, wundert sich Oda.

»Ich sitze hier zwischen lauter Schülern«, flüstert Völxen. Ihm gegenüber spielen zwei Mädchen im Teenager-Alter an einem Handy herum und probieren Klingeltöne aus. Womit haben sich die Leute eigentlich früher in der Bahn beschäftigt? Zeitung lesen. Und Bücher. Oder man hat einfach aus dem Fenster gesehen, vielleicht in der Nase gebohrt und seine Gedanken und Blicke schweifen lassen – falls man nicht im Tunnel fuhr. Passenderweise taucht die Stadtbahn in diesem Moment aus der Unterwelt an die Oberfläche auf und fährt auf dem Mittelstreifen der Hildesheimer Straße weiter.

»Bächle hat sich gar nicht sehen lassen«, beantwortet

Oda die Frage ihres Chefs. »Auf trauernde Eltern ist der auch nicht scharf, lieber zersägt er Kalotten. Er hat Frau Clement geschickt, seine Assistentin. Die hat mir aber versprochen, dass der Junge noch heute obduziert wird. Angeblich wollte Bächle nur die Identifikation durch die Eltern abwarten.«

»Döhrener Turm«, kündigt die wohlklingende weibliche Lautsprecherstimme an.

»Ich bin da, bis gleich.« Kaum ist Völxen ausgestiegen, klingelt sein Telefon. Es ist Dr. Bächle, wie das Display verrät. »Wenn man vom Teufel spricht«, murmelt der Kommissar und nimmt ab.

»Sag mal, Jule, findest du, dass ich wie ein Türke aussehe?«

Jule, die den Mini geschmeidig und zielsicher durch die Einbahnstraßen von Linden-Mitte laviert, wirft ihrem Kollegen einen prüfenden Seitenblick zu. »Wieso?«

»Jetzt sag schon!«

»Eher wie ein Italiener.« Jedenfalls wird ihr Kollege von ihrer Klientel oft genug als ›Spaghetti‹ oder ›Itaker‹ tituliert. »Vielleicht solltest du es mal mit weniger Haargel versuchen. Dein spezieller Freund Markstein zum Beispiel macht jetzt einen auf Bruce Willis, frisurmäßig. Und er sagte was von einer Bande Jugendlicher, die Hainholz und Vahrenwald unsicher macht, es stand wohl schon öfter etwas davon in seinem Blatt. Hast du darüber was gelesen?«

»Sehe ich aus, als würde ich die *BILD* lesen?«

»Ja.«

»Ich wirke also wie ein Italiener, der die *BILD*-Zeitung liest?«

»Was hast du heute nur dauernd mit deinem Aussehen?

Außerdem *weiß* ich, dass du die *BILD* liest!«, antwortet Jule ungeduldig.

»Du kannst bei Antonio im Hof parken.«

Jule passiert die schmale Einfahrt und parkt ihren Mini in dem engen Hinterhof, der größtenteils zur Autowerkstatt von Fernandos bestem Freund Antonio Ganni gehört. Sie haben sich auf ein rasches Mittagessen im Laden von Fernandos Mutter geeinigt. »Linden liegt ja fast auf dem Weg nach Hainholz«, hat Fernando behauptet.

»Nando, Jule!« Pedra Rodriguez begrüßt ihre Gäste mit schmatzenden Wangenküssen und einem spanischen Wortschwall, wobei sie moniert, dass Fernando sich mal wieder rasieren sollte. »Ich hab's dir heute früh schon gesagt!«

Jule verkneift sich ein Grinsen angesichts der dunkel beflaumten Oberlippe von Fernandos Mutter, die sich nun hinter der Kühltheke zu schaffen macht. Wie immer ist sie entzückt darüber, ihren Sohn und dessen Kollegin verköstigen zu dürfen.

»Für mich bitte nur eine winzige Portion!«, sagt Jule.

»*Que sí, que sí.*«

Natürlich fährt Pedra wenig später eine Platte mit Tapas auf, die fast den gesamten Tisch einnimmt. Jule läuft beim Anblick der Datteln im Speckmantel und dem Duft des Serranoschinkens das Wasser im Mund zusammen. Sie hat es sich inzwischen abgewöhnt, das Essen hier bezahlen zu wollen, der Versuch führt jedes Mal zu Diskussionen und einer grollenden Ladenbesitzerin. Sie kauft stattdessen hin und wieder ein paar Kisten vom teuren Rioja und hofft, die Verluste so wieder auszugleichen.

Eine Weile essen sie mit stummer Hingabe, während Pedra akribisch die Kaffeemaschine poliert. Sie ist riesig und hellblau und stammt aus einem italienischen Café.

Konkursware, Antonio hat sie ihnen günstig besorgt. Pedra hütet das Monstrum wie ihren Augapfel. Plötzlich geht die Tür hinter der Theke auf, und man erkennt ein Gesicht, dessen Hautfarbe sich kaum vom Hintergrund des dunklen Lagerraums abhebt. Jule kommt es so vor, als würde die Person zusammenzucken, als sie Fernando sieht, der bei ihrem Anblick die Stirn runzelt.

»Was soll ich machen mit Kisten?« Französischer Akzent, eine Stimme wie mürber Samt.

»Die Weinkartons? Lass sie erst mal stehen, die werden morgen abgeholt. Du kannst für heute Schluss machen, Jamaina.«

Jamaina: schwarze Augen unter schweren, weichen Lidern, ein farbenfrohes Tuch ist um das hoch aufgetürmte, drahtige Haar gewickelt. Die Frau wirft noch einen kurzen Blick auf Jule und Fernando, dann zieht sie die Tür wieder zu, und wenig später sieht man durch die Scheibe des Ladens eine junge, hochgewachsene Frau aufrecht und mit wiegenden Hüften den Gehsteig entlanggehen.

»Die ist ja immer noch da!«, schnauzt Fernando seine Mutter an.

»Natürlich. Warum sollte sie nicht mehr da sein?«

»Aber ich habe dir doch gesagt, dass das nicht geht!«

»Ich bin nun mal nicht mehr die Jüngste, ich brauche Hilfe im Laden, oder willst du, dass ich mich krummarbeite? Du bist doch nie da, wenn man dich mal braucht …«

Fernando fährt dazwischen: »Ich habe nichts dagegen, dass du dir eine Aushilfe nimmst. Aber nicht sie! Das habe ich dir doch lang und breit erklärt, Mama!«

»Warum nicht? Weil sie schwarz ist?«

»Blödsinn!« Fernandos Faust saust auf die Tischplatte. »Stell mich nicht als Rassisten hin!« An diesem Punkt wechselt die Unterhaltung ins Spanische. Jule bekommt dennoch mit, worum es geht: Schwarzarbeit und illegaler Aufenthalt. Pedra Rodriguez ringt die Hände in Richtung eines Schinkens, der über der Kühltheke hängt, und fragt ihren Sohn, ob die Frau seiner Meinung nach lieber betteln gehen oder als *prostituta* arbeiten solle. Schließlich habe die Ärmste ein Kind, einen kleinen Jungen, der hier in die erste Klasse der IGS Linden gehe. »Sie kommt aus Äquatorialguinea, und ihr Verlobter kam aus Garbsen, aber er ist zwei Wochen vor der Hochzeit gestorben, stell dir das vor!«

Fernando entgegnet, er wolle das alles gar nicht wissen, und Pedra schließt den Disput ab, indem sie mit grimmiger Miene klarstellt, das wäre ihre Sache, ihr Laden, und Fernando hätte das nicht zu entscheiden.

»Dann komm auch nicht zu mir, wenn du wegen ihr Ärger kriegst«, schnaubt Fernando und droht als erste Konsequenz ihrer Widerborstigkeit an, den Link zu ihrem Laden von seiner Facebook-Seite zu entfernen. Er wechselt erst wieder ins Deutsche, als er auf eine Schale deutet, die in der Mitte der Tapasplatte steht. »Was ist das für eine braune Pampe?«

»Chakalaka mit Mielie-Pap.«

»Wie bitte?«

»Maisbrei mit scharfer Soße. Ist afrikanisch«, fügt Pedra hinzu.

»Gibt es hier demnächst auch Krokodil?«

»Wenn's schmeckt. Probier doch mal.«

»Den Teufel werde ich tun!«

»Fernando!« Hektisch schlägt Frau Rodriguez dreimal ein Kreuz über ihrer Brust, um die finsteren Mächte, die ihr Sohn heraufbeschworen hat, zu bannen.

Jule probiert davon und urteilt wenig später: »Scharf, aber gut.«

»Hat Jamaina mitgebracht. Es schadet nicht, wenn wir hier etwas internationaler werden. Seit der Fußball-WM in Südafrika kennen die Leute afrikanische Gerichte und freuen sich, wenn sie so etwas in Linden bekommen.« Als Fernando nicht darauf eingeht, seufzt Pedra Rodriguez schwer. »Ich bin mal kurz weg, pass solange auf den Laden auf«, sagt sie zu ihrem Sohn und verschwindet ins Lager, wobei sie die Verbindungstür zum Laden heftig zuknallen lässt.

»Hast du was gegen Schwarze?«, fragt Jule süffisant.

»Jetzt fang du auch noch damit an«, knurrt Fernando und setzt eilig hinzu: »Du hast nichts gehört und nichts gesehen, ja?«

»Natürlich nicht. War ja spanisch.« Diese Online-Sprachkurse bringen doch so einiges, wenn man dranbleibt.

»Sie sieht es nicht ein, dieses sture Weib«, ereifert sich Fernando. »Es geht nicht darum, dass die Frau schwarz ist, sondern dass sie hier schwarzarbeitet! Sie kann doch nicht eine Illegale beschäftigen! Wenn das rauskommt, dann komme ich als Beamter in Teufels Küche.«

Jule nickt. »Aber ich kann deine Mutter schon verstehen. Manchmal geht Zivilcourage eben vor.«

»Was soll das heißen? Dass ich ein Feigling bin?«, ereifert sich Fernando.

»Nein. Aber sonst klebst du doch auch nicht an den Buchstaben des Gesetzes. Außerdem ist sie sehr hübsch, findest du nicht? Dieser schwermütige Blick, der stolze Gang …«

Fernando sagt nichts dazu, und eine Weile widmen sie sich schweigend dem Essen. Dann tippt Jule auf ihrem Handy herum, bis sie auf YouTube eine Aufzeichnung aus einem Konzert der *Grizzlys* gefunden hat. Sie reicht Fernando einen der kleinen Kopfhörer, beide beugen sich über das Display und wippen mit den Köpfen im Takt.

»Hört sich gar nicht so übel an«, findet Jule. »Für eine Nachwuchsband *performen* sie schon ganz passabel.«

Die beiden Chormädchen, Gwen und Fiona, bewegen sich die meiste Zeit recht synchron und wirken elegant in ihren kurzen schwarzen Kleidern. Rechts hinten sieht man Olaf am Schlagzeug sitzen. Sein Haar ist länger, als Jule es von heute früh in Erinnerung hat, er trägt ein Band um die Stirn und wirkt ziemlich cool. Auch Cornelius, der Sänger, und Florian mit der Klarinette kommen professionell rüber, nur Valentin, der Trompeter, hat noch ein paar antiquierte Rockerposen drauf, wie man sie von den *Scorpions* kennt.

»Ich fresse einen Besen, wenn diese Gwen nicht hochgradig anorektisch ist«, murmelt Jule.

»Was ist sie?«

»Magersüchtig. Schau doch nur, Schlüsselbeine wie Kleiderhaken. Würde mich nicht wundern, wenn sie sich auch ritzt. Dieser Kapuzenpulli mit den langen Ärmeln kam mir jedenfalls verdächtig vor.«

»Vielleicht war ihr nur kalt«, meint Fernando und nimmt den Kopfhörer aus dem Ohr.

Jule legt einen abgenagten Olivenkern auf ihren Tellerrand. »Jedenfalls wollte keiner freiwillig was über Olaf erzählen. Komisch, oder?«

»Vielleicht war er ein Arschloch.«

»Fernando! Was für Ausdrücke!«, kommt es missbilligend aus dem Hintergrund. Pedra hat sich unbemerkt wieder in den Laden geschlichen. Jule klickt den Auftritt der *Grizzlys* weg und meint: »Der Begriff Freundschaft schien sie jedenfalls zu überfordern. Aber ich wette, jeder von ihnen hat dreihundert ›Freunde‹ auf Facebook.«

»Die waren mir alle miteinander nicht symphatisch«, gibt Fernando zu. »Verwöhnte Wohlstandsblagen.«

»Das ist die Elite von morgen. Eines Tages werden die uns mal regieren«, prophezeit Jule scherzhaft. »Andererseits – Leute, die wirklich viel Geld haben, schicken ihre Kinder heute wieder auf Privatschulen, um ihnen die Aussichten auf die besten Jobs zu sichern. Und weil sie die Nase voll haben von Unterrichtsausfall, Turbo-Abi und Mobbing auf dem Schulhof.«

»Die armen Kleinen«, höhnt Fernando.

Jule wechselt das Thema: »Kennst du eigentlich diesen Rapper aus Hainholz, den eines der Mädchen erwähnt hat?«

»Oumra. Ja, vom Hörensagen. Er brüstet sich damit, dass seine Texte nicht Gewalt verherrlichend und sexistisch seien. Stattdessen singt er von der Liebe und dem Elend in Afrika.« Fernando rümpft die Nase. »Ich steh zwar generell nicht auf Hip-Hop, aber für mich klingt ›gewaltfreier Rap‹ ein bisschen wie ›koffeinfreier Espresso‹. Ach ja – willst du auch einen Kaffee?«

»Klar.«

Fernando geht hinter die Kühltheke und hantiert an der Kaffeemaschine herum, misstrauisch beäugt von seiner Mutter. »Mach sie nicht kaputt, Nando! Zerr nicht so am Hebel! Weniger Dampf, gleich fliegt hier alles in die Luft! Ah, geh weg, lass mich das machen!«

»Nein, ich kann das«, erwidert Fernando trotzig wie ein Dreijähriger und schiebt seine Mutter beiseite. Stolz balanciert er kurz darauf zwei Tassen Kaffee mit je einem Berg Milchschaum obendrauf an den Bistrotisch. »Ist dir aufgefallen, wie dieses eine Mädchen, diese Fiona, angezogen war?« Er wirft einen Blick hinter die Theke und flüstert: »Wie eine Nutte!«

»Die liefen doch fast alle so rum«, entgegnet Jule. Sie hat sich beim Gang durch das Schulgebäude die Mädchen angesehen, die vom Pausenhof kamen: viele sehr kurze Röcke und tief sitzende Hüftjeans, die Teile von Stringtangas offenbarten. »Ich möchte nicht wissen, wie der Dresscode an deiner alten Schule inzwischen aussieht.«

Fernando, der die Lindener Schüler jeden Morgen auf dem Weg zur Straßenbahn zu sehen bekommt, muss zugeben: »Nicht viel anders. Bei denen sind die Strumpfhosen noch dazu zerrissen, und sie haben mehr Blech im Gesicht. Das ist die eine Hälfte – die andere trägt Kopftücher.«

»Nando war ein sehr fauler Schüler«, mischt sich Pedra Rodriguez in die Unterhaltung ein. »Er hat oft geschwänzt und sehr viel Blödsinn gemacht. Deshalb ist er auch zwei Mal sitzen geblieben!«

»Mama, das interessiert doch jetzt keinen!«

»Doch, doch«, grinst Jule.

»Ich bin nur sitzen geblieben, weil mich die Lehrer nicht mochten!«

»Komm mir jetzt bloß nicht mit der Leier vom benachteiligten Gastarbeiterkind«, fährt Jule dazwischen. »Du bist sitzen geblieben, weil du ein notorischer Schulschwänzer warst, der lieber an seiner Karriere als Kleinkrimineller gebastelt hat.« Und weil es zum Großkriminellen nicht gereicht hat, bist du zur Polizei gegangen, fügt Jule in Gedanken hinzu.

»Und du – du warst sicher der Liebling der Lehrer«, hält Fernando dagegen.

»Stimmt, die Lehrer mochten mich gern, aber leider nur die Lehrer. Durch das Überspringen zweier Klassen war ich deutlich jünger als die anderen. Die meisten haben mich gar nicht beachtet.«

»Och! Erspar mir das Melodram vom einsamen Genie, sonst fang ich noch an zu heulen.«

»Pedra, die Tränenvase!«, ruft Jule.

Fernando grinst. »Du hättest zu uns an die IGS Linden wechseln sollen. Wir hatten immer viel Spaß. Und Sprachen habe ich dort auch gelernt: Türkisch, Italienisch, Griechisch, Russisch und Polnisch.«

»Schreckliche Schimpfwörter!«, klagt Pedra Rodriguez.

Beim Gedanken daran, was Jules Eltern zu dem Vorschlag, ihre Tochter auf eine Gesamtschule in Hannovers Multikulti-Viertel zu schicken, gesagt hätten, muss Jule laut auflachen. Dann meint sie: »Aber für eine Überfliegerin aus großbürgerlichen Verhältnissen bin ich doch ganz nett, oder?« Ihre Gelassenheit, was dieses Thema angeht, ist noch relativ neu. In ihren Anfangszeiten bei der Polizei hat Jule immer sehr empfindlich reagiert, wenn man sie auf ihre Herkunft ansprach. Als Tochter eines Professors an der MHH hat man es zwar in Medizinerkreisen einfacher, aber nicht unbedingt bei den Kollegen von der Streife. Inzwischen hat sie sich jedoch ein leidlich dickes Fell zugelegt und kann mit Spitzfindigkeiten, die ihr Elternhaus oder ihren Intellekt betreffen, souverän umgehen.

»Immer wieder musste ich zum Lehrer und mich für Nando entschuldigen«, berichtet Pedra, und schon erzählt sie zum wiederholten Mal die Geschichte, wie der jugendliche Fernando nach dem Tod seines Vaters der Ansicht war, als einziges männliches Familienmitglied zum Lebensunterhalt seiner Mutter und seiner älteren Schwester beitragen zu müssen, indem er klaute. »Dabei habe ich mit dem Laden viel mehr verdient als mein seliger Gatte bei der Hanomag«, erklärt sie nicht ohne Stolz.

»Aber der *comisario* hat mir geholfen. Der hat Fernando mitgenommen, auf die Nachtstreife, damit er sehen kann, wo er endet, wenn er so weitermacht.«

»Es ist genug«, schimpft Fernando. »Könnt ihr das nicht endlich mal vergessen, du und dein *comisario*?«

Mitten im schönsten Scharmützel zwischen Mutter und Sohn fängt Jules Handy an zu blöken. »Achtung!«

Fernando verstummt, sieht seine Mutter streng an und legt den Finger an die Lippen, während seine Kollegin den Anruf ihres Chefs entgegennimmt: »Ja, wir sind gerade in Hainholz angekommen. – Muss das sein? – Was für ein Staatsanwalt denn? – Gut, dann mach ich das.«

Als sie aufgelegt hat, sagt Fernando: »Wenn der Alte deinen neuen Klingelton hört, lässt er dich ins Emsland versetzen.«

»Würdest du mich vermissen?«

»Was wollte er denn?«

»Du musst leider alleine in die *banlieues*, ich muss sofort zu Bächle, die Obduktion hat schon angefangen, und dieser neue Staatsanwalt hat gefragt, wieso denn noch keiner von unserem Dezernat anwesend ist. Ich dachte, Oda geht hin, aber die war nur mit den Eltern dort, um die Leiche zu identifizieren. Das läuft dieses Mal wohl nicht so wie sonst – einfach gegen Ende mal vorbeischauen und das Protokoll unterschreiben«, seufzt Jule.

»Hast du den Typen schon mal gesehen?«, fragt Fernando.

»Nein. Soll ein ganz scharfer Hund sein.«

Fernando rutscht vom Hocker. »Dann viel Spaß bei Bächle. Du magst ja Obduktionen.«

»So was war immer mein Traum! Aber mit meinem Beamtengehalt wird das wohl auch einer bleiben.« Die Villa aus der Jahrhundertwende, vor der Oda einen Zigarillo rauchend auf ihren Vorgesetzten wartet, ist nicht die einzige in dieser Straße, die von prachtvollen Altbauten dominiert wird.

»Ja, eine nette Gegend«, muss auch Völxen einräumen, obwohl der Kommissar ein überzeugter Landbewohner ist. »Wohnt nicht der Kanzler inzwischen auch hier irgendwo?«

»Der Exkanzler«, stellt Oda richtig. »Ja, der wohnt nur zwei Ecken weiter von hier, direkt an der Eilenriede.«

»Was du wieder alles weißt«, wundert sich Völxen.

»Kantinenklatsch.« Oda tritt ihren Zigarillo aus und schubst ihn mit der Schuhspitze in einen Gully.

»Hat dir dein chinesischer Wunderheiler noch immer nicht das Rauchen verleiden können?«

»Nein. Aber er arbeitet daran«, versetzt Oda.

Die eiserne Gartenpforte steht offen, sie durchqueren den Vorgarten. Zwischen frisch aufgebrachtem Mulch blühen Hortensien und eine späte Rose.

Frau Döhring öffnet ihnen die Haustür, und sie betreten die Eingangshalle. Der Begriff Hausflur wäre hier unpassend, sieht Oda ein.

Völxen stellt sich vor und vergisst dabei nicht zu erwähnen, dass er das Dezernat leitet. Die Döhrings sollen wissen, dass der gewaltsame Tod ihres Sohnes Chefsache ist.

Während sie zu dritt die mit rotem Teppich ausgekleideten Marmorstufen hinaufsteigen, erzählt Frau Döhring, dass das Erdgeschoss der Villa von ihrer Mutter, also Olafs und Rubens Großmutter, bewohnt wird. In den Räumen der Döhrings, die den ersten Stock und das Dachgeschoss einnehmen, wurde ein Teil der Decke entfernt und eine Treppe führt hinauf auf eine Galerie und zu den oberen Zimmern. Im Wohnzimmer betreten sie matt schimmerndes Parkett, ein Sprossenfenster mit Rundbogen erlaubt den Blick auf eine gepflegte Rasenfläche. Oda schaut hinaus. Das rote Laub einer Felsenbirne sticht feurig aus dem Oktobergrau, im künstlichen Bachlauf, der in einen Teich mündet, badet eine Amsel. Wie gediegen und geordnet das alles wirkt. Und wie zerbrechlich es ist.

Rechts neben Döhrings Grundstück ist eine Frau in einem Norwegerpullover damit beschäftigt, Kastanienlaub aufzurechen. Ein schokoladenbrauner Retriever buddelt hinter ihrem Rücken in einem Rosenbeet herum. Herrin und Hund haben dieselbe Haarfarbe. Kein Zaun trennt die beiden Gärten, nur ein paar niedrige Heckenrosen und Buchsbaumkugeln markieren die Grundstücksgrenze. Man scheint sich gut zu verstehen. Der linke Nachbargarten dagegen, der zu einem größeren Anwesen mit mehreren Wohnungen gehört, wird von einer blickdichten und fast zwei Meter hohen Thujenhecke abgeschottet.

»Ist Ihr Mann auch hier?«, fragt Völxen.

»Er ist kurz in sein Büro gefahren, er muss sich ein paar dringenden Angelegenheiten widmen. Er wird aber gleich wieder zurückkommen.« Sie scheint dafür Verständnis zu haben, ist keine dieser Frauen, die ihren Männern damit in den Ohren liegen, mehr Zeit mit der Familie zu verbringen. Dafür wird ihr ja auch einiges geboten, denkt Oda und erkundigt sich, was der Hausherr beruflich mache. Frau Döhring nennt den Namen einer großen Versicherung. Ihr Mann sei dort Mitglied der Geschäftsleitung. Sie spricht ruhig und gefasst. Vorhin, in der Rechtsmedizin, hat beim Anblick ihres toten Sohnes die Verzweiflung für kurze Zeit die Oberhand gewonnen. Nun, in ihrer gewohnten Umgebung, hat sie sich wieder einigermaßen gefangen.

»Sind Sie berufstätig?«, fragt Oda.

»Ich war Lehrerin, Deutsch und Englisch, aber als die Kinder kamen, habe ich aufgehört. Ich gebe jetzt ehrenamtlich zwei Mal die Woche Nachhilfestunden in Deutsch für Kinder von Migranten in einem Jugendzentrum in Mittelfeld.«

Völxen bringt das Gespräch auf Olaf: »Was kann Ihr Sohn gestern Abend in Vahrenwald gewollt haben?«

Ratloses Schulterzucken. »Ich weiß es nicht. Sie – seine Band – haben in diesem Musikzentrum mal Aufnahmen gemacht, für ihre CD, und im Sommer war da ein Kurs für Bühnenauftritte. Aber er hat mit keinem Wort erwähnt, dass er gestern Abend dorthin wollte. Ich wüsste auch nicht, warum, um diese Zeit, Sonntagabend, das ergibt überhaupt keinen Sinn.«

»Sind das die Nachbarn, mit denen Sie gestern Abend im Varieté waren?« Oda deutet nach draußen. Gerade kommt ein hochgewachsener, breitschultriger Mann mit grauer Künstlermähne aus einem Gartenhaus, das einem japanischen Teehaus nachempfunden ist. »Es war doch das Varieté, oder?«

»Ja. Das sind Julian und Olivia Tiefenbach. Mein Mann hatte Freikarten, deshalb haben wir die beiden eingeladen. Aber dann ist nur er mitgekommen. Olivia hatte angeblich Migräne, aber vermutlich hatte sie einfach keine Lust. Sie ist manchmal etwas seltsam.«

»Inwiefern?«

»Sie umarmt Bäume im Park – wenn Sie verstehen, was ich meine.«

Potenzielle Kundschaft für Tians Naturheilpraxis. Ich sollte doch mal ein paar von seinen Visitenkarten einstecken, beschließt Oda.

»Als die Kinder klein waren, haben wir oft was zusammen gemacht«, erzählt Frau Döhring. »Für Luis war Olaf immer so was wie ein großer Bruder. Eben waren die beiden kurz hier. Luis hat es ihnen wohl gesagt. Ihre Kollegen haben ihn in der Schule vernommen.«

»Nur befragt«, stellt Völxen richtig.

»Geht er nicht in die Waldorf-Schule?«, entschlüpft es Oda, und tatsächlich huscht, soweit es das Botox zulässt, ein kleines, spöttisches Lächeln über Frau Döhrings Gesicht.

»Das würde er, wenn es nach seiner Mutter gegangen wäre. Aber Julian hatte wohl was dagegen.«

»Haben Ihre Nachbarn Urlaub?«, fragt Oda und fügt in Gedanken hinzu: Oder warum scharren sie im Garten herum, wenn normale Menschen arbeiten müssen?

»Olivia arbeitet in einer Stadtteilbibliothek, die hat montags zu, und Julian ist Professor für Informatik an der Leibniz-Uni. Das Semester fängt erst nächste Woche an. Aber wollen Sie sich nicht setzen?« Frau Döhring deutet auf die Couchlandschaft aus cremefarbenem Leder, die selbst in diesem großzügigen Raum riesig wirkt.

Völxen lehnt ab. Er hat Angst, dass er, einmal auf diesem Sitzmöbel gestrandet, nicht wieder in die Höhe kommt. Sein Kreuz tut ihm weh, er hat am Wochenende den Schafstall wärmegedämmt, was sich als üble Plackerei entpuppte. Er bittet Constanze Döhring um die Erlaubnis, Olafs Zimmer sehen zu dürfen.

»Nach oben, die rechte Tür. Entschuldigen Sie, wenn ich nicht mitkomme. Ich … ich schaffe das noch nicht.« Während der letzten Minuten wirkte Frau Döhring sehr beherrscht, aber nun bricht der Schmerz um ihren Sohn wieder durch.

Den Ermittlern ist ganz recht, dass sie unten bleibt. So kann man sich ungestört umsehen.

Olafs Zimmer misst an die vierzig Quadratmeter, und

man findet hier keine IKEA-Möbel, sondern maßangefertigte Einbauschränke aus Kirschholz unter der Dachschräge. An den sandfarben gestrichenen Wänden hängen Poster von Rugbyspielern und Konzertplakate. Die Namen der Bands sagen Völxen gar nichts, und auch Oda kennt nur die *Red Hot Chilli Peppers*. Für das Zimmer eines Teenagers ist der Raum recht ordentlich aufgeräumt, lediglich ein paar Kleidungsstücke liegen über dem breiten Bett mit dem knallroten Überzug. Eine hölzerne Weinkiste – Barolo – ist mit Hanteln und Gewichtsscheiben gefüllt. Der Korkboden wird von einem gestreiften Wollteppich bedeckt, der bereits ein paar Flecken und ein kleines Brandloch abbekommen hat. Offenbar wurde hier auch schon gefeiert. Neben der Tastatur liegen eine mathematische Formelsammlung und ein Spielplan des VfR 06 Döhren auf dem Schreibtisch. Oda kriecht unter das Möbel und stöpselt den Rechner ab, während Völxen den Inhalt des Regals betrachtet, das die Wand zwischen Tür und Bett einnimmt. Oben finden sich Relikte aus Olafs Kindheit: Stofftiere, Spielautos und Bilderbücher. Der ältere Olaf schien Mangas zu mögen und Stephen-King-Romane. Die meisten Computerspiele sind Ego-Shooter, die eigentlich erst ab 18 Jahren freigegeben sind, und auch seine Filmsammlung trifft nicht unbedingt Völxens Geschmack. »*Planet Terror, The Toolbox Murders, Dawn of the Dead, The Hills Have Eyes, 28 Days Later, Halloween* … Schrecklich, womit sich die Jugend heutzutage so entspannt. Ich hatte schon nach Hitchcocks *Die Vögel* wochenlang Albträume.«

»Ich habe mir in dem Alter *Psycho* und *Shining* angesehen. Und natürlich *Rosemarys Baby* vom alten Polanski, wunderbar gruselig.« Oda ergeht sich in einem wohligen Schauder und erinnert sich: »Nach *Chucky, die Mörder-*

puppe, habe ich alle meine Puppen weggesperrt. Aber an Halloween werden Veronika und ich uns wieder sämtliche Gruselschocker des Spätprogramms reinziehen. Überhaupt, was wäre Halloween ohne ein schönes Gemetzel von Michael Myers …«

Hauptkommissar Völxen sieht seine langjährige Kollegin voller Entsetzen an: »Du als studierte Psychologin mutest deiner Tochter solchen Schwachsinn zu? Von dir selbst ganz zu schweigen …«

Oda widerspricht: »Horrorfilme gehören zum Erwachsenwerden wie Pickel. Es geht um das kontrollierte Spiel mit der Angst. Denn eigentlich ist Angst positiv, sie schärft die Sinne, motiviert und beflügelt, setzt Stresshormone frei. Nach durchlebter Angst, wenn im Film die Ordnung wiederhergestellt ist, kehrt man gestärkt in den Alltag zurück.«

»Hm«, macht Völxen zweifelnd.

»Denk an die Märchen, wie grausig die immer schon waren. Und existieren Geisterbahnen nicht schon, seit es Jahrmärkte gibt?«

»Da bin ich auch nur ein Mal rein«, wirft Völxen ein. »Das war mir zu albern.«

Oda ist in ihrem Element: »In einer Gesellschaft, die für die meisten Menschen keine realen Bedrohungen mehr kennt, ist es ganz legitim, sich künstliche Inseln kleiner Ängste zu schaffen. Deshalb machen Leute Bungeejumping, Freeclimbing, S-Bahn-Surfen oder heizen wie irre mit dem Motorrad durch die Gegend. ›Furcht gibt Sicherheit‹, heißt es übrigens schon bei Shakespeare.«

Völxen knurrt: »Offenbar seid ihr Frauen da härter gestrickt. Sabine sieht sich auch ständig solche Sachen an. Und was für Bücher die liest! Hanebüchenes Zeug, aber Hauptsache brutal!«

»Ja, und manchmal holt einen die Brutalität auch im richtigen Leben ein«, seufzt Oda und widmet sich Olafs Schulmappe.

Völxen öffnet der Reihe nach die Türen der Einbauschränke. »Oda, sieh dir das an! Das ist jetzt wirklich unheimlich.«

Verblüfft betrachten beide den Schrankinhalt. Auch Oda hat so etwas noch nie gesehen. Und schon gar nicht im Zimmer eines Jugendlichen. Pullover, Polohemden und T-Shirts sind in drei Stapel getrennt und sorgfältig zusammengelegt; alle gleich groß, als hätte man eine Schablone dafür verwendet. Ein halbes Dutzend gebügelter Oberhemden hängt an der Kleiderstange, alle Kragen schauen in eine Richtung, kein Bügel ist verdreht. Die Unterhosen sind sauber gefaltet und bilden zwei gleich große Stapel in einer Schublade. Die Socken sind nach Farben geordnet. Und auch bei den Sportsachen gibt es kein Durcheinander, jedes Ding scheint genau seinen Platz zu haben.

»Mein Spind beim Bund war nicht so ordentlich wie dieser Schrank hier«, bekennt Völxen schließlich.

Oda schüttelt den Kopf. »Das sind diese Mütter, die nichts anderes zu tun haben, als den ganzen Tag um ihre Brut herumzuglucken. So züchtet man Machos! Die Frau hat bestimmt ihr Lebtag noch nie einen Elternsprechtag versäumt. Und zwischen Fitnessstudio und Kosmetiktermin findet sich sogar noch ein Zeitfenster, um sich um die Mühseligen und Beladenen zu kümmern. *Migrantenkinder aus Mittelfeld*!« Oda schnaubt sich eine Haarsträhne aus der Stirn. »Hoffentlich waren es keine Migrantenkinder aus Hainholz, die hinter dem Tod ihres Sohns stecken.«

»Aus dir spricht nur das schlechte Gewissen einer Vollzeit arbeitenden, alleinerziehenden Mutter«, stichelt Völxen.

»*Bullshit!*«

Völxen kennt Oda seit siebzehn Jahren, lange genug, um zu wissen, dass ihr Zynismus der Versuch ist, Distanz zu diesem toten Jungen und seiner Mutter gewinnen.

Oda wendet sich den Schreibtischschubladen zu.

»Vielleicht war es nicht die Mutter, vielleicht war Olaf ein Zwangscharakter«, meint Völxen.

»Nein«, antwortet Oda prompt. »Hier im Schreibtisch und in der Schultasche herrscht die ganz normale Unordnung eines Teenagers. Und die Mutter erzählte was von einer schlampig hingeworfenen Sporttasche am Sonntagabend, erinnerst du dich?«

»Stimmt. Die müssen wir uns auch noch vornehmen.«

»Was haben wir denn da?« Oda schwenkt ein Tütchen Gras zwischen ihren Fingern.

»Gibt's noch mehr davon?«

»Bis jetzt nicht.«

Völxen steht am Fenster. Von hier aus hat man einen Blick auf das Haus der Tiefenbachs, das dem der Döhrings ähnlich ist. Direkt gegenüber erkennt man Aufkleber an der Scheibe. Es muss das Zimmer des Nachbarjungen sein. Ein Eichhörnchen huscht über die Dachrinne der Doppelgarage. Er seufzt. »Gut, dass Sabine das nicht sieht.«

»Wieso?«

»Sie lässt in letzter Zeit oft Bemerkungen fallen, ob es nicht bequemer wäre, wenn wir uns was Kleineres in der Stadt suchen würden.«

»Ihr beide und der Hund und die Schafe.«

»Eben«, brummt Völxen. »Schafe in der Stadt – das würde nur Ärger geben.«

»Du kannst sie ja schließlich nicht auch noch mit auf die Dienststelle bringen«, grinst Oda.

»Ich denke, das war's hier.« Völxen klemmt sich Olafs

Rechner unter den Arm, und sie gehen die Treppe wieder hinunter. Aus der Küche tönt die Stimme eines jungen Mannes. Völxen und Oda bleiben vor dem übergroßen Spiegel in der Diele stehen und lauschen ungeniert.

»Und wieso sagt mir das keiner? Ich gehöre wohl nicht mehr dazu, was? Jetzt, wo ihr mich endlich losgeworden seid …«

»Rede nicht solchen Blödsinn!« Die aufgebrachte Stimme von Frau Döhring. »Ich kann dir ja schlecht auf die Mailbox sprechen, dass dein Bruder tot ist, oder?«

»Wo ist Papa?«

»Der musste ganz kurz …«

»Sag jetzt nicht, dass der ins Büro ist! An so einem Tag geht der einfach … nee, nä?«, kommt es schrill vor Empörung.

»Das verstehst du nicht«, erwidert Frau Döhring matt.

»Nein, das versteht wahrscheinlich niemand!« Etwas scheppert, es hört sich an wie Porzellan auf Granit. Völxen räuspert sich. Rasch kommt Frau Döhring aus der Küche.

»Sie haben doch nichts dagegen, wenn wir den Rechner Ihres Sohnes mitnehmen?«, fragt der Kommissar.

Sie verneint.

Hinter ihr erscheint ein junger Mann, der sie nur um wenige Zentimeter überragt. Sein dunkles Haar ist verwuschelt, die tief liegenden Augen blicken die Polizisten finster an. Völxen erkennt keine Ähnlichkeit mit seinem Bruder.

»Ruben Döhring, nehme ich an?«, fragt Völxen und stellt sich und Oda vor. »Es tut mir sehr leid, was mit Ihrem Bruder geschehen ist.«

»Ach ja?«, fragt Ruben und kräuselt hämisch die dünn beflaumte Oberlippe.

»Ja«, bestätigt Völxen ernst. »Wir möchten auch Ihnen ein paar Fragen stellen.«

»Meinetwegen«, sagt der junge Mann gönnerhaft. »Aber drüben.« Sie gehen ins Wohnzimmer, wo sich Ruben in die Ecke der riesigen Couch fläzt.

»Waren Sie gestern Abend hier?«, fragt Völxen, der ebenso wie Oda stehen geblieben ist.

»Ja.«

»Haben Sie Ihren Bruder gesehen?«

»Ja. Er hat sich in der Küche eine Pizza gemacht.«

»Wie spät war es da?«

»So acht vielleicht.«

»Was hat er dann gemacht?«

»Dann hat er sie gegessen«, antwortet Ruben und sieht die Ermittler genervt an. Oda pariert den Blick, während ihr Vorgesetzter fragt: »Haben Sie mit ihm gesprochen?«

»Nicht viel. Er hat erzählt, dass sie das Spiel gewonnen haben. Dann ist er rauf in sein Zimmer.«

»Hat er gesagt, dass er später noch mal wegwollte?«

»Nein. Aber ich hab gehört, wie er rausgegangen ist.«

»Wann war das?«

»Um neun, ungefähr.«

»Was haben Sie in der Zeit gemacht?«

»Ich habe hier gesessen und noch eine knappe Stunde ferngesehen.« Er weist mit dem Kinn auf die freie weiße Wand gegenüber. An der Decke über der Couch ist ein Beamer angebracht.

»Allein?«, fragt Oda.

»Ja. Waren ja alle weg. Ich habe eigentlich nur gewartet, bis der Wäschetrockner fertig ist. Danach habe ich meine Wäsche rausgenommen und bin zurück in die Nordstadt. Wir haben nämlich noch keine Waschmaschine in unserer WG.«

»Wie sind Sie dorthin gefahren?«, will Völxen wissen.

»Mit meinem Wagen. Steht vor der Tür.«

»Warum sind Sie überhaupt hergekommen? Wo doch erst gestern Waschtag war«, forscht Oda.

Ruben schnaubt. »Weil heute Morgen schon Riesenalarm war, ob ich Olaf gesehen hätte. Ich wollte wissen, was los ist. Außerdem habe ich gestern mein Laptop hier vergessen.« Er streicht sich durch sein wirres Haar und über den Nacken. Offenbar fühlt er sich unwohl unter den Blicken von Odas Gletscheraugen.

Auch Völxen betrachtet den Jungen prüfend, während er sagt: »Nach derzeitigem Ermittlungsstand wurde Ihr Bruder brutal erschlagen. Haben Sie irgendeine Vorstellung, wer ihm das angetan haben könnte?«

»Nein.« Rubens Miene ist unbewegt.

»Kennen Sie jemanden, der ihn nicht mochte, mit dem er Streit hatte?«

»Da müssen Sie schon seine Kumpels fragen. Ich hatte mit Olaf nicht so viel zu tun.«

»Wieso das?«

Wieder wird Rubens Stimme laut: »Vielleicht, weil er vier Jahre jünger ist als ich? Weil er andere Freunde hat?« Er verzieht trotzig den Mund und wirkt dabei sehr kindlich. Dann wird er wieder leise, beherrscht: »Aber ich bin eh raus hier, nicht wahr, *Mama*?«

Die Angesprochene steht mit ineinander verknoteten Händen in der Tür. »Ruben, bitte …«, beginnt sie, verstummt dann aber, dreht sich um und geht weg.

»Danke, das war's dann erst mal«, sagt Oda. »Wo können wir Sie erreichen?« Ruben Döhring nennt Oda seine Handynummer und seine Adresse in der Nordstadt. Oda notiert sich die Daten und fragt sich dabei: Warum spendet er seiner Mutter nicht ein kleines bisschen Trost, anstatt gerade jetzt auf ihr herumzuhacken? Was ist los in dieser Familie? Das sieht nach mehr aus als der üblichen Rivalität unter Geschwistern.

Als die Beamten aufbrechen, erscheint Constanze Döhring wieder und bringt sie zur Tür. Sie entschuldigt sich für ihren Sohn. »Er hat es eben erst erfahren. Sie müssen verzeihen, wenn er ein wenig ruppig war.«

»Kann ich mir die mal ansehen?« Oda deutet auf eine Sporttasche, die vor der Treppe zum Kellergeschoss steht.

Frau Döhring nickt. »Ich habe noch nicht reingeschaut«, sagt sie, während Oda mit spitzen Fingern den leicht nach Schweiß riechenden Inhalt zutage fördert: Vereinstrikot und Hose, beides schmutzig, eine Unterhose, ein Energy-Drink, fast leer, Duschzeug, ein Zahnschutz und ein Stirnband. In einem separaten Fach stecken Stollenschuhe, an denen Erde und Gras haften.

»Spielt man Rugby nicht mit Protektoren und Helm?«, wundert sich Völxen.

»Nein«, antwortet Frau Döhring. »Es ist nicht so hart wie American Football, das wird oft verwechselt. Beim Rugby wird nur der Spieler attackiert, der den Ball trägt. Und das nur bis zur Schulterlinie – so lautet jedenfalls die Regel. Das Spiel kommt aus England und hat die gleichen Wurzeln wie Fußball.«

Klingt wie eine Erklärung, die man Müttern gibt, um sie zu beruhigen, denkt Oda. Aber Frau Döhring ist keine Mutter, die etwas dem Zufall überlässt, sicher hat sie sich Training und Spiele genau angesehen, ehe sie ihren Sohn diesen Sport ausüben ließ. Dabei fällt Oda noch etwas ein: »Wo ist eigentlich Olafs Schlagzeug?«

»Im Probenraum.«

»Ist der im Keller?«

»In der Zeißstraße. Valentin Frankes Vater leitet eine

Cateringfirma, die dort ihr Lager hat. Er hat den Jungs eine Ecke in der Halle freigeräumt, wo sie üben können. Er ist übrigens auch der Trainer der Rugbymannschaft.«

Frau Döhring begleitet Oda und Völxen durch das Marmortreppenhaus nach unten. Vor der Wohnungstür im Erdgeschoss, an der ein goldenes Messingschild mit dem Namen *Beuer* prangt, bleibt Völxen stehen. »Wir würden dann gerne noch mit Ihrer Mutter sprechen. Vielleicht ist ihr gestern was aufgefallen.«

Frau Döhring macht eine abwehrende Handbewegung und flüstert: »Oh, bitte! Hat das nicht noch etwas Zeit? Ich habe es ihr noch gar nicht gesagt, und ich möchte nicht, dass sie es von Ihnen erfährt. Mein Gott, ich weiß gar nicht, wie ich ihr das beibringen soll! Mein Vater ist nämlich erst vor einem Jahr gestorben, und jetzt ...«

»Ist gut«, beruhigt Völxen die Frau. »Wir kommen noch mal wieder. Wir finden alleine raus, danke.«

In der Einfahrt steht ein dunkelgrauer VW Passat, nicht mehr ganz neu, aber gut in Schuss. »Komisches Auto für einen Studenten«, flüstert Oda. »Beige Ledersitze ...«

»Man hat's eben«, erwidert Völxen ebenso leise. »Oder der stammt vom verstorbenen Großvater.«

»Das kann sein. Also, wenn du mich fragst: Ruben scheint das schwarze Schaf zu sein – Verzeihung.«

»Schon gut«, meint Völxen, der inzwischen gegenüber den Schafswitzen seiner Mitarbeiter abgestumpft ist.

Ein schwarzer Audi Q7 biegt in die Einfahrt und parkt neben dem Passat. Herr Döhring steigt aus. Hauptkommissar Völxen geht zu ihm, stellt sich vor und versichert dem Vater des Mordopfers, dass der Fall seines Sohnes höchste Priorität hat. Herr Döhring nimmt das nickend zur Kenntnis. Einen Gruß murmelnd verschwindet er im Haus.

Jule hastet den Gang entlang und schlüpft durch die Tür des Sektionssaals. Sie kommt viel zu spät, Dr. Bächle legt gerade sein Diktiergerät weg und weist seine Assistentin an, den Brustkorb des Jungen wieder zuzunähen. Einen kurzen Blick auf den Toten werfend, muss Jule daran denken, wie sie Olaf eben auf dem Display ihres Handys in lässiger Haltung am Schlagzeug sitzen gesehen hat. Dieser zerschnittene Körper mit dem geschorenen Kopfhaar, der da auf dem Metalltisch unter der grellen Lampe liegt, hat kaum Ähnlichkeit mit dem Jungen am Schlagzeug, und noch nicht einmal besonders viel mit dem Toten, der heute Morgen auf der Straße gelegen hat. Jule hat normalerweise kein Problem mit Sektionen, meist findet sie sie sogar sehr interessant, aber in diesem Fall ist sie froh, dass die Prozedur schon vorüber ist. Neben dem Tisch der Pathologin steht ein hochgewachsener Mann mit kurz geschorenen Haaren. Dieser Chemotherapiepatienten-Look scheint gerade der Megatrend zu sein, registriert Jule. Der Mann hat ein schwarzes Notizbuch in der Hand, in das er gerade etwas hineinschreibt. *Das Klassenbuch*, durchzuckt es Jule. *Schülerin Alexa Julia Wedekin ist fünfzig Minuten zu spät zum Unterricht erschienen …*

Er steckt das Notizbuch ein, kommt auf Jule zu und drückt ihr kurz und einen Tick zu kräftig die Hand. »Hendrik Stevens, Staatsanwalt.« Ganz nach Vorschrift trägt er einen grünen Kittel und einen Mundschutz, den er jetzt abnimmt. Er dürfte Ende dreißig sein. Glatt rasiert, schmaler Mund, stechender Blick aus graugrünen Augen hinter einer dünnrandigen Brille. Ein Gesicht wie ein Leitzordner, findet Jule. Ob er überhaupt lächeln kann?

»Kommissarin Wedekin vom 1.1.K.«

»Wie schön, dass sich von Ihrem Dezernat auch mal jemand hier blicken lässt.«

Der soll sich mal nicht so aufplustern, dieser Wichtigtuer! Ehe Jule zu einer halbherzigen Entschuldigung ansetzen kann, springt Dr. Bächle wie ein weißer Ritter in die Bresche: »Es tut mir leid, Frau Wedekin, i alter Depp hob ganz vergesse', Ihne' zu sage', dass der Termin um eine Schtunde vorgezogen worden ischt.« Er zwinkert Jule schelmisch zu, während Stevens die Nüstern bläht wie ein Rennpferd vor dem Start. Seine Nase ist schmal und etwas schief, was man nur bemerkt, wenn man genau hinschaut.

Wenigstens kann Jule im folgenden Dialog mit ihrem ausgeprägten medizinischen Fachwissen und dem dazugehörigen Medizinerlatein glänzen. Auch die ›Hutkrempenregel‹, nach der man feststellt, ob jemand gestürzt ist oder erschlagen wurde, ist ihr ein Begriff. Die Obduktion hat den Eindruck ihrer ersten Inaugenscheinnahme des Leichnams bestätigt: Olaf Döhring wurde durch zwei Schläge mit einem stumpfen Gegenstand getötet. Der erste traf den Hinterkopf. Der Täter war entweder deutlich größer als der eins achtzig große Olaf, oder er wurde im Sitzen von einer schräg hinter ihm stehenden Person angegriffen. »Der Täter war ein Rechtshänder«, schlussfolgert Dr. Bächle aus der Lage der Wunde. Der zweite Schlag zertrümmerte das Schläfenbein und wurde vermutlich ausgeführt, als das Opfer schon am Boden lag. Am Schädelknochen haften Partikel von Eisen, die das Labor noch genauer untersuchen wird. »Es könnt' ein recht großer Hammer oder so ebbes g'wese' sei'«, erklärt Dr. Bächle dazu.

»Welcher Schlag war todesursächlich?«, fragt Jule.

»Im Grunde beide. Es ischt möglich, dass er nach dem erschten auf das Scheitelbein nicht sofort tot war, aber nach dem zweiten ganz beschtimmt.«

Eine weitere Erkenntnis ist, dass der Fundort nicht der

Tatort ist. Als die Leichenstarre einsetzte, befand sich der Körper nicht in der Lage, in der man ihn gefunden hat. Jule sieht sich die Fotos, die sie am Fundort von dem Toten gemacht hat, erneut an. Das obere Bein hat gar keine Bodenberührung, es sieht aus wie eine anstrengende gymnastische Übung. »Als hätte man ihn einfach so hingeworfen«, murmelt sie.

»Darf ich?«, fragt eine Stimme hinter ihr. Stevens schaut über ihre Schulter, Jule kann sein Eau de Toilette riechen. Wenigstens das ist ganz erträglich.

»Aber gern.« Sie überlässt ihm bereitwillig das Handy.

»Danke. Sehr aufschlussreich«, bemerkt er, nachdem er es ihr zurückgegeben hat.

»Freut mich, dass ich Ihnen helfen konnte.«

Hendrik Stevens' Mundwinkel zucken ganz leicht, so als wollte er lächeln und hätte es sich im allerletzten Augenblick doch noch anders überlegt. Hoffnungsloser Fall! Jule wendet sich wieder an Dr. Bächle: »Wie lange hat die Leiche gelegen, ehe man sie bewegt hat?«

»Des kann i ned seriös beantworten«, lautet die Auskunft des Mediziners. »Selbscht wenn sich schon *Livores*, also Leichenflecken, gebildet haben, so bilden sich diese leider wieder zurück, wenn der Körper umgelagert wird«, doziert Bächle in leidlichem Hochdeutsch, um das er sich immer dann bemüht, wenn es um fachliche Fragen geht.

»Können Sie den genauen Todeszeitpunkt angeben, Dr. Bächle?«

»Ich weiß nur: Die letschte Mahlzeit wurde eine bis anderthalb Schtunden vor Todeseintritt eingenommen. Ich tippe auf Pizza.«

Steven räuspert sich und sagt mit unterkühltem Tonfall: »Da ich das alles schon einmal gehört habe, verabschiede ich mich jetzt.«

Darüber ist im Sektionssaal niemand traurig, aber Jule hält den Staatsanwalt, der schon an der Tür ist, dennoch zurück. »Herr Stevens, noch eine Bitte: Ich hätte gerne Einsicht in die Akten der jugendlichen Intensivtäter, die in Hainholz und Umgebung in letzter Zeit auffällig geworden sind. Die Zeitungen haben darüber berichtet, Sie wissen sicher Bescheid.«

Er stutzt. Wahrscheinlich liest er keine Krawallpresse und hat keine Ahnung, wovon die Rede ist. Aber er ist nicht der Typ, der das zugibt, vermutet Jule.

»Ich werde das veranlassen, Frau Wedekin. Es gibt doch sicherlich heute noch ein Meeting in Ihrem Dezernat?«

»Besprechungen setzt mein Chef, je nach Notwendigkeit, kurzfristig an. Aber ich sage ihm, dass er Sie informieren soll, falls es eine gibt. Ihre Nummer hat er?«

Dem Neuen scheint diese Antwort nicht so recht zu gefallen, er knurrt etwas Unverständliches und macht sich mit einem knappen »Wiedersehen, die Herrschaften« vom Acker.

»Tschüss!«, ruft Jule frech, und Dr. Bächle winkt: »Adele!«

Beide sehen ihm nach. Dann, als die Tür des Sektionssaales hinter ihm zufällt, kreuzen sich ihre Blicke.

»Arroganter Pinsel«, murmelt Jule, und Bächle meint: »Schoofseggl.«

Fernando nimmt den Motorradhelm ab, schüttelt sein Haar auf und grinst. Fett, breit und auf Weißwandreifen verstopft der rosa Cadillac die Straße. Er hat ein bisschen herumfragen müssen. Zwar kannte man den Typen gleich am ersten Kiosk und wusste auch, dass ›Oumra‹ an den Nachmittagen oft im Musikzentrum unterrichtet, aber dort klärte man ihn auf, dass sich die Übungsräume des

Zentrums über die ganze Stadt verteilen. Man riet ihm, es im alten Luftschutzbunker in der Rotermundstraße zu versuchen. Nun ragt der dreistöckige Betonkoloss düster und bedrohlich vor Fernando auf. Der untere Teil ist mit Graffiti besprüht. Wein rankt sich an einer Ecke empor, das rote Laub sticht vom grauen Beton ab wie glühendes Eisen. Die Fenster sind zugemauert, vergitterte Lüftungsrohre sorgen für Sauerstoff. Fernando gruselt es, als er sich vorstellt, wie die Menschen bei Bombenalarm aus ihren Betten gerissen wurden, um dann hinter diesen dicken Mauern zusammengepfercht auszuharren, nicht wissend, wie ihr Zuhause aussehen würde, wenn sie wieder herauskamen.

Er geht einmal um den Bau herum und steht dann zögernd vor der stählernen Tür. Besonders einladend sieht der Bau wirklich nicht aus. Bestimmt ist es da drin saukalt. Er horcht. Ein Workshop mit Conga- und Bongo-Trommeln – da müsste man doch was hören. Quatsch! Das ist ein Bunker, das Ding ist bombensicher, die Wände sind über zwei Meter dick, und die Tatsache, dass man draußen nichts hört, ist ja wohl der Grund, warum sich Bunker als Übungsräume für Musiker gut eignen. Er muss wohl oder übel da hinein, es sei denn, er möchte für unbestimmte Zeit auf der Straße herumlungern und auf diesen Kerl warten. Er öffnet die schwere Tür. Abgestandene Luft schlägt ihm entgegen. Wie erwartet ist es, als würde man einen Kühlschrank betreten. Kalkausblühungen wuchern aus dem Stahlbeton und leuchten weiß im Neonlicht. Das Innere des Gebäudes war ehemals in kleine Kabinen unterteilt gewesen, deren Trennwände später entfernt wurden, sodass größere Räume entstehen konnten. Die Tür schlägt hinter ihm zu, Fernando fährt zusammen. Wenn jetzt das Licht ausgeht … Er widersteht mühsam dem Impuls, auf der Stelle umzukehren, als er den Klang von Trommeln hört. Das Geräusch kommt von oben. Fernando steigt eine schmale Treppe hinauf, wobei er versucht, dieses alberne Herzklopfen zu ignorieren. Ein langer Gang, Türen, Betonwände mit abgerissenen Plakaten und Graffiti. Er streckt vorsichtig den Kopf durch die Tür, hinter der er die Geräusche wahrnimmt. Er ist richtig. Oumra wendet sich um, ein gutes Dutzend Augenpaare sehen Fernando neugierig an. Ja, erinnert sich Fernando, er hat den Typen schon öfter gesehen, auf Plakaten oder in der Zeitung: ein farbiger Muskelprotz in schrillen Klamotten. Heute trägt er türkisfarbene Hosen von abenteuerlichem Schnitt, dazu eine silbrig schimmernde Weste, die die überbreite Brust nur knapp bedeckt. Natürlich darf die fette Goldkette dort nicht fehlen. An seinen trotz der fortgeschrittenen Jahreszeit nackten Füßen kleben Flipflops, seine Frisur ist ein Kompromiss zwischen Brikett- und Rasta-Look, den Fernando niemals für möglich gehalten hätte. In einem wiegenden Rappergang bewegt sich der Künstler auf ihn zu.

»Yo, Mann, was willst du? Hier ist Unterricht.«

Fernando erklärt ihm, worum es geht.

»Yo, Mann, geht klar. Du musst aber noch etwas warten, okay? Halbe Stunde, yo? Ich kann die Kids nicht früher wegschicken, das würden die mir krass übel nehmen, yo. Aber du kannst reinkommen, Mann. Setz dich hin.«

Widerstrebend folgt Fernando der Aufforderung. Immerhin ist der Raum hell und nicht gar so kalt. Poster zieren die Betonwände. Die »Kids« sind fünfzehn Jugendliche im Alter zwischen zehn und vierzehn Jahren. Vier Mädchen sind dabei und zwei schwarze Jungs. Sie sitzen im Halbkreis, teils auf Stühlen, teils auf niedrigen Hockern. Einige haben Trommeln unterschiedlicher Größe vor sich. In der Mitte des Raums stehen zwei große, hölzerne, mit Fell bespannte Congas auf einem Stativ. Ein ernst blickender Junge wartet davor.

Fernando findet einen freien Stuhl gleich neben der Tür. Neugierige Blicke streifen ihn, es entsteht ein Getuschel, das Oumra mit einer Handbewegung stoppt.

»Yo, lasst euch nicht stören, konzentriert euch wieder. Tayab, gib uns einen Sambarhythmus. Denk daran: Samba, das ist Lebensfreude, yo, das ist Feuer, also lächle, Bruda, *smile!*«

Der Unterricht geht weiter. Abwechselnd treten die Schüler an die große Trommel. Sobald der Rhythmus des Spielers sitzt, dürfen die anderen unterstützend oder mit Variationen einfallen. Begeistert und konzentriert trommeln die Kinder, und wer gerade keine Trommel hat, klatscht den Rhythmus. Es scheint ihnen großen Spaß zu machen. Nur wenige Male muss der Lehrer mahnend eingreifen, weil sie reden oder absichtlich falsch trommeln. Einmal reicht ein scharfer Blick, um den Lachanfall eines Mädchens zu stoppen. Oumra kennt die Namen aller seiner Schüler, in denen, abgesehen von den beiden Mohammeds, viele Ös und Üs vorkommen. Sind das die Integrationsverweigerer, fragt sich Fernando, die Kinder jener Parallelgesellschaft, die permanent durch die Medien geistert, die Opfer der deutschen Bildungsmisere?

Als die Stunde zu Ende ist und die Kinder aufspringen, steht auch Fernando auf. Er stellt sich sicherheitshalber vor die Tür und ruft: »Einen Moment bitte noch, ich habe euch etwas zu sagen. Ich bin Oberkommissar Fernando Rodriguez von der Mordkommission …« Auch wenn das nicht die korrekte Bezeichnung seines Dezernats ist, so hofft Fernando, dass dieser Begriff sowohl verständlich ist als auch Eindruck macht. Bei Erwachsenen funktioniert das meistens. Es scheint auch jetzt so zu sein. Die Kinder verharren auf ihren Plätzen, nur ein Junge schnaubt vorlaut: »Ii, 'n Bulle!«

»Ihr habt vielleicht schon gehört, dass heute Morgen ein Jugendlicher in der Emil-Meyer-Straße – das ist die Straße, die zum Musikzentrum führt – tot aufgefunden wurde. Wie es aussieht, wurde der Junge gestern Nacht ermordet …«

»Wie hat man den abgemurkst?«, unterbricht einer der Jungs. Er dürfte etwa zwölf sein und sieht Fernando aus pechschwarzen Augen gespannt an.

»Abgeknallt – peng!«, ruft einer, und ein etwas älterer meint: »Nö, abgeschlachtet, mit 'nem Messer.«

»Er wurde erschlagen«, korrigiert Fernando.

»Cool«, meint ein Dicker mit Topffrisur.

»Das ist überhaupt nicht cool, Mann!«, herrscht Oumra den Sprecher an. »Ein Junge ist tot, er war so alt wie dein Bruda, was ist daran cool, hä? Los, sag's mir!« Die Augen des Lehrers scheinen fast aus den Höhlen zu quellen, als er streng in die Runde blickt.

Die Kinder ziehen die Köpfe ein und verstummen. Fernando kramt in seiner Brieftasche und zieht einen Packen Visitenkarten hervor, die er verteilt mit den Worten: »Falls jemand von euch oder jemand aus eurer Familie etwas gesehen oder gehört hat, dann ruft mich bitte an.«

Man entreißt ihm die Visitenkarten mit dem roten Niedersachsenpferd als wären es Panini-Bildchen. Einige haben offenbar Mühe, das Gedruckte zu lesen. Aber dann klappt es doch: »Kok! Der heißt Kok!«

Einer, offenbar mit Französischkenntnissen, kräht wie der französische *Coq*. Ein anderer schreit: »Ey, der heißt Schwanz. *Cock* heißt Schwanz!«

»Nee, das heißt Hahn!«, beharrt der Frankophile.

»Ey, und deine Mutter bellt, wenn's klingelt! *Cock* ist englisch und heißt Schwanz!«

»Und deine Mutter …«

»Der heißt wirklich Pimmel?«, mischt sich ein Dritter in den Diskurs. »Ist ja voll fett!«

»K. O. K. ist eine Abkürzung für Kriminaloberkommissar.« Fernandos Erklärung geht im Gelächter unter. Er knirscht mit den Zähnen. Es wird wirklich höchste Zeit für eine Beförderung!

Ein Mädchen, zehn oder elf, dunkle Locken bis zur Taille, stupst ihn an und fragt: »Kann ich ein Autogramm haben?«

Verarscht sie ihn? Ihr Blick ist eine Mischung aus Scheu und Koketterie. Fernando nimmt die Karte, malt seinen Namen in Schönschrift auf die Rückseite und gibt sie dem Mädchen zurück, gefasst auf einen dummen Spruch, aber die Kleine strahlt und eilt zu ihren Freundinnen, die hinter vorgehaltenen Händen kichern. Die Jungs haben unter obszönen Scherzen und Gelächter den Rückzug angetreten.

Was für eine blöde Idee von ihm! Was sollten die Kinder schon gehört oder gesehen haben? Anständige Kinder schlafen nachts, und die anderen werden den Mund halten, oder dachte er etwa, dass einer auf ihn zukommt und sagt: »Mein großer Bruder ist gestern blutüberströmt nach Hause gekommen«? Außerdem gehören fast alle Kulturkreisen an, in denen das Gesetz der *Omertà* gilt. Selbst wenn sie was mitkriegen, werden sie es unter keinen Umständen einem Bullen stecken.

Der Kursleiter hat sich eine senffarbene Lederjacke angezogen und ist zum Gehen bereit. Er hält dem Kommissar sogar die Tür auf und schließt dann den Probenraum ab. Fernando folgt ihm den Flur entlang und die Treppe hinunter nach draußen. Mit einem dumpfen Laut fällt die Bunkertür hinter ihnen zu. Aufatmen. Endlich wieder Licht, Luft und sogar ein bisschen Sonne! Fernando beschließt, die letzten drei Minuten seines Lebens aus dem Gedächtnis zu löschen. Er teilt dem Lehrer seine Verwunderung über den disziplinierten Unterricht mit.

Oumra lächelt ein wenig von oben herab. »Yo, Mann, du wunderst dich, dass die freiwillig am Nachmittag hier sitzen und trommeln? Wo sie doch eigentlich mit Messerstechen, Drogendealen und der Planung von Ehrenmorden beschäftigt sein müssten?«

»Genau«, grinst Fernando.

Oumra nickt wissend. Auf dem Weg zu seinem pinkfarbenen Amischlitten erklärt er unaufgefordert: »Yo, Bruda, das hier ist nicht die Schule. Die Kids sind freiwillig hier. Wer stört, fliegt raus, da bin ich gnadenlos. In einem anderen Kurs ist mir neulich einer mit ›Fick dich doch‹ gekommen. Yo, den habe ich gepackt und an den Füßen aus dem offenen Fenster gehalten. Das war im zweiten Stock, yo, Mann.« Oumra kichert selbstzufrieden und klappert mit den Autoschlüsseln. »Die Kids haben Respekt vor mir, yo, Respekt! Die wissen genau, bei Oumra wird kein Quatsch gemacht. Aber sie wissen auch, ich bin für sie da, wenn sie doch irgendwie Scheiße gebaut haben, yo.«

»Womit wir beim Stichwort wären«, hakt Fernando ein. »Der Mord an dem Jugendlichen. Der Junge war Mitglied einer Band namens *Grizzly*. Sagt Ihnen das was?« Auch wenn dieser Oumra ihn plumpvertraulich duzt, belässt es Fernando doch lieber beim Sie.

Der Musiker winkt verächtlich ab. »Yo, Mann, so 'ne Poser-Band.«

»Die Jungs haben hier einen Workshop besucht …«

»Ich weiß.«

»… und bald wollten sie im Musikzentrum eine Abi-Party geben. Das scheint einigen hier nicht zu gefallen.«

»Wundert dich das, Bruda?«, fragt der Rapper zurück.

»Die Bandmitglieder sind auf offener Straße bedroht worden. Und Sie sollen den Streit geschlichtet haben.«

»Was für ein Streit, Mann? Ich erinnere mich an keinen Streit.« Oumra verschränkt die Arme vor seiner Brust. Die Muskeln verbeulen die Lederjacke. Kein Wunder, dass die Kids Respekt vor ihm haben.

»Ach, kommen Sie, doch nicht diese Leier«, winkt Fernando ab.

»Tut mir leid, Bruda.«

»Es gibt Zeugen dafür.«

»Yo, Zeugen, sagst du? Mag sein, Bruda, aber ich erinnere mich nicht.« Oumra macht Anstalten, sich in seinen Amischlitten zu setzen, aber Fernando stellt sich vor die Fahrertür.

»Ich möchte Ihre Papiere sehen.«

»Yo, Papiere, klar. Liegen da drin.«

»Dann holen Sie sie raus.« Die Hand dicht am Holster mit der Dienstwaffe beobachtet Fernando jede Bewegung, mit der Oumra seine Brieftasche zutage fördert. Er besitzt einen deutschen Personalausweis, aus dem hervorgeht, dass er mit bürgerlichem Namen Jamil Schaller heißt und am 4. April 1972 in Braunschweig geboren wurde. »Mein Vater war Deutscher. Meine Mutter stammt aus Gabun«, erklärt er ungefragt.

»Also, Herr Schaller. Es gibt jetzt zwei Möglichkeiten. Entweder Sie sagen mir, wer die Jungs sind, die das Mordopfer und seine Freunde bedroht haben, oder ich rufe jetzt einen Streifenwagen und lasse Sie auf die Dienststelle bringen. Dort können wir die Befragung dann fortsetzen.«

Oumra streckt die Hände gen Himmel, als wollte er um

Regen beten. »Yo, Bruda, kapier das doch: Ich kann hier niemanden hinhängen. Die Jungs hier vertrauen mir.«

Drei seiner ›Jungs‹ haben es bis zur nächsten Straßenecke geschafft, wo sie die Köpfe zusammenstecken und sich Zigaretten anzünden. Als sie sehen, dass Oumra und Fernando zu ihnen herüberschauen, grinsen sie.

»Versteh doch: Wenn sich hier rumspricht, dass ich Leute verpfeife, dann bin ich erledigt, yo. Ich kann dir nicht weiterhelfen, Mann!«

Fernando kann die Argumente des Rappers sogar nachvollziehen, aber schließlich geht es nicht an, dass ein Zeuge in einem Mordfall schweigt, weil er Angst um seine Weißwandreifen hat. »Wie Sie wollen!« Fernando greift zum Handy.

»Du machst einen Fehler, yo, Bruda, glaub mir.«

»Das sagen sie alle, *Bruda*«, antwortet Fernando, woraufhin der Rapper schweigt, bis der Streifenwagen um die Ecke biegt.

»Hier kommt dein Taxi. Ich lass dir keine Handschellen anlegen, aber mach keinen Scheiß, ja?«, mahnt Fernando, unwillkürlich zum Du wechselnd.

»Ich möchte aber Handschellen!« Der Rapper streckt Fernando seine üppig beringten Hände hin, obwohl jeder sehen kann, dass Fernando keine Handschellen mit sich führt. »Wenn du mich schon festnimmst, Mann, dann möchte ich das volle Programm, yo.«

Fernando sieht sich um. Die drei rauchenden Trommelschüler stehen noch immer an der Ecke, sehen zu ihnen herüber und halten die Daumen nach oben. Ach, so ist das! Oumra möchte was für seinen Ruf tun, und ein Abgang in Handschellen wäre natürlich obercool. »Handschellen, ja? Vielleicht auch noch das SEK dazu?«

»Ist nicht nötig, Mann«, winkt Oumra generös ab.

Der Wagen hält vor ihnen, zwei Beamte steigen aus. Fernando instruiert die Kollegen und sagt zu Oumra, der noch beim Einsteigen seinen Fans zuwinkt: »Wir sehen uns auf der Dienststelle.«

»Yo, Mann, geht klar, Bruda.«

»Luis hat Olaf immer so bewundert, er war wie ein großer Bruder für ihn.«

Olivia Tiefenbach hat ihre dünnen Beine in den engen Jeans um die des Küchenstuhls geflochten. Sie trägt jetzt eine blaue Leinenbluse, ihr Haar ist zu einem Pferdeschwanz zusammengebunden, was ihr Gesicht noch schmaler erscheinen lässt. Sie pult ein Papiertaschentuch aus einer Packung, die auf dem Tisch liegt, und wischt sich damit unter den Augen herum. Sie sind braun und mit schwarzem Kajal umrahmt, der nun verschmiert. Ihr Mann, Julian Tiefenbach, kocht Tee für die Beamten. Oda mustert seinen breiten Rücken in dem schwarzen T-Shirt und die graue Künstlermähne. Er ist älter als seine Frau, hart am Rande der besten Jahre. Was war er noch gleich? Ach ja, Professor für Informatik. Sieht eigentlich eher nach Philosophie oder Kunstgeschichte aus.

Frau Tiefenbach klagt zum wiederholten Mal, wie furchtbar das alles sei, dass sie es noch gar nicht fassen könne und dass sie sich große Sorgen mache, wie ihr Sohn Luis das Geschehen verkraften würde. Als er vorhin nach Hause kam, wurde der zarte Junge, der offensichtlich der Mutter nachschlägt, von seinen Eltern begrüßt, als wäre er knapp dem Tode entronnen. »Er hat schon in der Schule mit der Polizei gesprochen, müssen Sie ihn auch noch verhören?«, hat Frau Tiefenbach besorgt gefragt.

»Nein, erst mal nicht«, hat Oda geantwortet. Auf Geheiß seiner Mutter ist Luis dann in den Garten gegangen, wo er jetzt mit dem Hund spielt. Im Ofen bäckt eine vegetarische Fertiglasagne, für die sich die Hausfrau schon entschuldigt hat: »Normalerweise essen wir so was nicht, aber heute …«

Oda merkt, dass sie Hunger hat, und auch Völxen wirft begehrliche Blicke auf die Plastikschale hinter der Scheibe des Ofens.

Julian Tiefenbach beugt sich über den großen Küchentisch und gibt Oda die Gelegenheit, seinen Bizeps zu bewundern, während er aus einer schweren Eisenkanne Tee in die Tassen gießt. Er riecht wie frisches Heu. Vermutlich handelt es sich um selbst gepflückte Kräuter, denn quer durch den Raum hängen getrocknete Kräutersträuße an einer Schnur. Die Küche der Tiefenbachs ist eine gelungene Kombination aus Massivholz und Edelstahl und strahlt mehr Gemütlichkeit aus als die der Döhrings. Oda muss an Tians chinesische Kräuter denken, die in der Lage sind, Kopfschmerzen in Windeseile zu vertreiben und nichts als ein leichtes, schwebendes Wohlgefühl zurückzulassen. Ach, Tian … Oda fürchtet angesichts der Ereignisse um ihr geplantes gemeinsames Abendessen.

Als Tian sie vor fünf Monaten zum ersten Mal um eine Verabredung bat, war Oda bereits seinen Händen verfallen gewesen, denn seine Massagen bewirkten wahre Wunder bei ihrem chronisch schmerzenden Rücken. Davon abgesehen ging sie mit ihm aus, weil sie dachte, sie könnte sich einen Abend lang leidenschaftlich mit ihm über Gott und die Welt streiten. Bei den Massagen war das nicht möglich, dabei legte Tian Tang großen Wert auf beiderseitige Schweigsamkeit und Konzentration auf den Körper. Einem Disput mit einem klugen Menschen geht Oda niemals aus dem Weg, ganz im Gegenteil. Und es gibt wohl kaum zwei Menschen, die in ihren Ansichten und ihrem

Charakter unterschiedlicher sein könnten als dieser Chinese und sie – so dachte Oda und sagte kampflustig zu. Das kann ein lebhafter Abend werden, freute sie sich und wetzte im Geheimen schon die verbalen Messer. Lebhaft und leidenschaftlich wurde es dann tatsächlich, allerdings wurde dabei nicht allzu viel geredet … Ihre Gedanken drohen abzuschweifen, Oda ermahnt sich, zur Gegenwart zurückzukehren.

»Sie waren also mit den Döhrings im Varieté«, wendet sich Völxen soeben an den Hausherrn. »Sind Sie auch zusammen nach Hause gefahren?«

»Nein. Ralf und Constanze wollten noch ins *Oscar's*, aber ich war müde und hab mir ein Taxi genommen.«

»Wann waren Sie wieder hier?«

»Kurz nach elf, vielleicht halb zwölf. Ich bin dann gleich ins Bett. Meine Frau war auch schon schlafen gegangen.«

»Und Ihr Sohn?«

»Der war natürlich auch schon im Bett.«

»Warum sind Sie eigentlich nicht mitgegangen?«, wendet sich der Kommissar an die dünne Brünette.

»Wegen Emmi. Das ist unser Hund. Der hat gestern Nachmittag gebrochen, zwei Mal. Deshalb bin ich bei ihm geblieben.«

»Nicht wegen Migräne?«

»Das habe ich denen nur so gesagt«, räumt Herr Tiefenbach ein. »Ich dachte, sie würden vielleicht beleidigt sein, wenn Olivia die Einladung ausschlägt, nur weil der Hund kotzt.«

»Offensichtlich geht es Emmi heute wieder gut«, diagnostiziert Völxen nach einem Blick durch die Glastür. Der Hund jagt hinter dem Jungen her, der einen Ball an einer Schnur hinter sich herzieht und um das japanische Teehaus herumrennt.

»Er hat wohl nur zu viel Gras gefressen. Ich hatte aber gestern große Angst um ihn, und Luis auch. Sein Vorgänger wurde nämlich vergiftet.«

»War dann diese Notlüge mit der Migräne notwendig? Hätten die Döhrings kein Verständnis dafür gehabt, dass Sie sich um den Hund sorgen?«, wundert sich Oda.

Die Eheleute tauschen einen Blick, dann sagt der Hausherr: »Das Thema Hund ist etwas heikel. Die Döhrings beschweren sich ab und zu über braune Stellen in ihrem Rasen …«

»Wir werden wohl einen Zaun ziehen müssen«, seufzt Frau Tiefenbach. »Obwohl ich Zäune eigentlich nicht mag.«

Good fences make good neighbours, geht es Völxen durch den Kopf, und dabei fällt ihm unweigerlich sein Schafbock Amadeus ein, der im Frühjahr eine Lücke im Zaun ausgenutzt hat, um das Gemüsebeet der Nachbarin vollends kahl zu fressen und anschließend das Weite zu suchen.

»Und außerdem …« Herr Tiefenbach zögert. »… ich will niemanden zu Unrecht beschuldigen, aber wir hatten damals den Verdacht, dass Ruben unseren Harry vergiftet hat.«

»Wann war das?«

»Vor zwei Jahren. Wir waren damals alle sehr schockiert und traurig und haben lange überlegt, ob wir uns wieder einen Hund anschaffen sollen. Aber eigentlich möchte ich schon, dass Luis mit Tieren aufwächst, und jetzt, wo …«

»Sie meinen, jetzt, wo Ruben drüben ausgezogen ist, ist es weniger riskant«, vollendet Oda den Satz.

»Ja, so ungefähr«, gibt Frau Tiefenbach verlegen zu.

»Wieso verdächtigten Sie gerade Ruben Döhring?«, will Völxen wissen.

»Weil er der Einzige ist, dem ich das zutrauen würde«, antwortet Olivia Tiefenbach, ohne zu zögern, und sieht ihren Mann dabei an. »Das stimmt doch, oder, Julian?«

Dem scheint das Thema unangenehm zu sein. Er runzelt die Denkerstirn, zuckt mit den Achseln. »Wir wissen nicht, ob er es war. Aber es stimmt leider, zutrauen würde ich es ihm auch.«

»Und warum?«, forscht Oda nach.

»Warum«, wiederholt Frau Tiefenbach leicht ungehalten und öffnet die Hände wie ein Priester, der um den Segen bittet. »Einfach so. So wie er auch einfach so mit der Steinschleuder auf die Vögel an unserem Futterhaus schießt oder Frösche mit Zigaretten zum Explodieren bringt … Und ich bin ganz sicher, dass er uns den Gartenschuppen angezündet hat.«

»Gartenschuppen?« Völxens Blick wandert suchend nach draußen.

»Dort, wo jetzt das Teehaus steht, war bis vor drei Jahren ein alter Schuppen, der eines Nachts brannte. Man hat nie herausgefunden, wer das war«, erklärt Julian Tiefenbach und fügt hinzu: »Wir vermuteten damals nur, dass es Ruben gewesen sein könnte, aber wir wissen es nicht.«

Oda hebt eine Augenbraue und fragt: »Haben Sie mit seinen Eltern über Ihre Vermutung gesprochen?«

»Ich habe es nur mal angedeutet, aber da ist Constanze gleich ziemlich heftig aus der Haut gefahren«, berichtet Frau Tiefenbach. Auf ihren durchscheinenden Wangen entstehen unregelmäßige rote Flecken. »Man tut ihm womöglich unrecht, er kann ja nichts dafür, dass er … ich meine, man weiß halt nicht, wie seine ersten beiden Lebensjahre verlaufen sind. Constanze hatte ja immer eine Engelsgeduld mit ihm. Aber es stimmt, er war mir nie so ganz geheuer.«

»Warum weiß man nichts über seine ersten beiden Lebensjahre?«, fragt Oda irritiert.

Frau Tiefenbach reißt überrascht die Augen auf. »Ach, hat sie Ihnen das gar nicht gesagt? Das ist mal wieder typisch!«

Ihr Mann klärt die Beamten auf: »Ruben wurde adoptiert. Er kommt aus einem rumänischen Kinderheim. Knapp zwei Jahre nach der Adoption wurde Constanze überraschend doch noch schwanger, mit Olaf.«

Völxen und Oda tauschen einen Blick. »Interessant«, findet Oda. »Haben Sie damals auch schon nebeneinander gewohnt?«

Julian Tiefenbach antwortet: »Wir sind aus Berlin hierhergezogen, da war Ruben gerade drei. Die Döhrings wohnen schon länger da, es ist ja Constanzes Elternhaus.«

»Constanze hat mir erst einige Jahre später von der Adoption erzählt, da war Olaf schon lange auf der Welt«, berichtet Frau Tiefenbach. »Aber ich hatte es mir schon fast gedacht, so, wie der aus der Art schlägt.«

»Und Olaf? Wie war der so?«, fragt Völxen.

Luis' Mutter zuckt mit den Schultern und murmelt: »Ganz anders. Höflich, umgänglich. Gut in der Schule, sehr gut sogar. Hat eine Klasse übersprungen.« Völxen nippt an dem Tee, der besser schmeckt, als er riecht. »Und Sie, Frau Tiefenbach? Wie haben Sie eigentlich den Sonntagabend verbracht?«

»Ich habe gestrickt, nebenbei ein Hörspiel im Radio gehört, und dabei Emmi beobachtet. Um halb elf bin ich ins Bett gegangen, als ich sicher war, dass sie nicht noch einmal brechen wird.«

»Sie waren abends nicht mit ihr Gassi?«, fragt Oda.

»Nein. Ich war froh, dass sie so ruhig schlief.«

»War drüben bei den Döhrings noch Licht?«

»Darauf habe ich nicht geachtet. Das Wohnzimmer geht nach hinten raus, und ich war ja nicht im Garten.«

»Ist Ihnen sonst irgendwas aufgefallen?«

»Nein.«

»Und wo war Luis?«, erkundigt sich Oda.

»Die meiste Zeit in seinem Zimmer. Er wollte noch was am Computer für die Schule machen. Ab und zu kam er runter und hat nach Emmi gesehen.«

Wie auf sein Stichwort kommt Luis in die Küche und wirft den Beamten einen scheuen Blick zu. Der Hund hatte offenbar keine Lust mehr, dem Ball hinterherzulaufen, er hat sich dem Rosenbeet vor der Terrasse zugewandt und gräbt es um.

»Essen ist gleich fertig«, informiert Frau Tiefenbach ihren Sohn. »Hast du Hunger?«

Luis nickt abwesend, und seine Mutter sieht die Besucher auffordernd an. Die beiden erheben sich von den Stühlen, aber Oda ist noch nicht fertig. »Ein paar Fragen hätte ich noch an Luis.« Sie wendet sich, ohne die Erlaubnis der Eltern abzuwarten, an den Jungen: »Luis, kannst du von deinem Zimmer aus in Olafs Zimmer sehen?«

Luis lehnt am Kühlschrank und nickt. »Aber nur wenn Licht an ist und der Rollladen nicht zu ist.«

»Wie lange war da gestern Abend noch Licht?«

»Weiß ich nicht«, kommt es zögernd. Luis sieht bei dieser Antwort nicht die Polizisten, sondern seine Eltern an.

»Denk nach!«, drängt Oda.

»Ich weiß es nicht. Vielleicht war auch gar kein Licht an. Ich habe nicht darauf geachtet.«

»Ist dir gestern Abend sonst was aufgefallen?«, fragt Völxen.

»Nö.«

»Hast du vielleicht mit Olaf telefoniert oder gechattet?«

»Nö.«

»Wann hast du ihn zuletzt gesehen?«

»Weiß ich nicht genau. Vielleicht am Samstag?« Wieder huschen seine Augen zwischen Vater und Mutter hin und her. Sein Vater lächelt ihm aufmunternd zu. Der Backofen piept.

»Ich glaube, es reicht jetzt«, sagt Olivia Tiefenbach entschlossen und legt ihre schmale, knochige Hand auf die Schulter ihres Sohnes. »Luis muss das erst mal verdauen, das verstehen Sie doch, oder?«

»Dann wünsche ich mal guten Appetit«, entgegnet Oda und wendet sich zum Gehen. Als sie und ihr Chef die Einfahrt vor der Doppelgarage überqueren, murmelt sie: »Noch so eine Übermutter, ich krieg gleich das Kotzen.«

»Bin ich froh, dass Sabine nie so war. Oder merkt man es selbst gar nicht?«

»Kann sein«, antwortet Oda und zündet sich einen Zigarillo an. »Aber ich war ganz bestimmt nie so.« Sie nimmt einen tiefen Zug und meint dann: »Was hältst du vom ältesten Mordmotiv der Welt – Brudermord?«

»Stiefbrudermord, in dem Fall. Ja, gut möglich«, brummt Völxen. »Dieser Ruben scheint ja ein kleiner Soziopath zu sein. Den knöpfen wir uns heute nochmals gründlich auf der Dienststelle vor.«

»Au ja. Lass ihn mir«, bittet Oda.

Sie sind vor ihrem altem Golf angekommen, aber Oda muss erst noch ihren Zigarillo fertig rauchen. Völxen nutzt die Zeit und überprüft sein Handy, das er während der Befragung auf lautlos gestellt hat. Zwei entgangene Anrufe. Einer von Jule Wedekin, einer vom LKA. Er ruft Jule zurück und hört sich ihre Kurzfassung der Ergebnisse von

Dr. Bächles Obduktion an. Über den Lautsprecher lässt er Oda mithören.

»Und der Herr Staatsanwalt Stevens bittet darum, benachrichtigt zu werden, wenn es heute noch eine Besprechung zu dem Fall gibt. Das ist vielleicht ein eingebildeter Hammel – oh, Verzeihung!«

»Danke«, knurrt Völxen. »Ich sag ihm rechtzeitig Bescheid.«

Da Oda noch immer qualmt, ruft er Frau Cebulla an und bittet sie, alles Nötige zu veranlassen, damit Ruben Döhring am Nachmittag zum Verhör erscheine. »Eine Streife soll ihn abholen, das macht immer Eindruck. Was macht Oscar, ist er brav?«

»Ja. Aber er bettelt ganz herzzerreißend.«

»Haben Sie ihm einen Keks gegeben?«

»Nur einen einzigen …«

»Frau Cebulla, ich sagte doch ausdrücklich: keine Kekse!«

»Aber wenn er einen doch so ansieht!«, jammert die Sekretärin. »Ich habe ihm erst vor zwei Minuten einen gegeben – aber jetzt sitzt er schon wieder da mit diesem traurigen Blick.«

»Der Hund hat Alzheimer«, entgegnet Völxen. »Bleiben Sie hart.« Er legt auf und wählt die Nummer vom LKA.

Zurück im Büro wartet Fernando auf seinen Zeugen. Er hat den Pförtner informiert, wohin der Mann gebracht werden soll. Das war vor einer Viertelstunde. Eigentlich müsste der Rapper sogar vor ihm hier angekommen sein, denn Fernando hat noch einen kleinen Umweg über die Calenberger Neustadt gemacht, wo sein Friseur Ali seinen Salon führt. Um fünf hat Fernando noch einen Termin beim *maestro* ergattert. Das passt, dann kann er gleich von dort aus ins Fotostudio, um seine zweite Karriere zu starten. Jetzt wird ihm aber langsam unwohl. Wo bleibt denn der Typ so lange? Oder war er schon hier und ist einfach wieder gegangen? Verdammt, Fernando hätte doch das Motorrad stehen lassen und im Streifenwagen mitfahren sollen! Am Ende war die Nummer mit den Handschellen nur eine List, und der Typ ist getürmt? Aber dann hätten die Kollegen von der Streife doch …

Es klopft. Na endlich, der Herr Rapper! Aber anstatt der Haarpracht des Musikers erscheint nur Frau Cebullas blond gesträhnter Kopf im Türspalt. »Einen schönen Gruß von Hauptkommissar Völxen, und ich soll Ihnen ausrichten, Sie brauchen nicht länger auf diesen Herrn Schaller zu warten. Das hat sich erledigt.« Fernando springt auf, die große Hannover-96-Fahne hinter ihm gerät ebenso in Wallung wie sein Temperament. »Was? Wieso? Was soll das heißen?«

»Mehr weiß ich auch nicht. Der Chef sagte nur, er erklärt es Ihnen später selbst.«

»Leckt mich doch alle am …«

»Wie bitte?«, fragt Frau Cebulla streng.

»Doch nicht Sie«, beschwichtigt Fernando. »Sie doch nicht, *mi vida*!«

»Das will ich hoffen.« Kaum ist das Quietschen ihrer Gummisohlen verklungen, erscheint der Kollege Nowotny, der wegen eines Rückenleidens den Innendienst bevorzugt. »Rodriguez, was gibt's Neues?«

»Nichts.«

»Aber ich habe was! Der Bruder des Mordopfers, Ruben Döhring, ist Kundschaft von uns: leichte Körperverletzung, Vandalismus, Besitz von Betäubungsmitteln.«

»Auch Handel?«

»Nein, nur Drogenbesitz.«

»Interessant. Ich danke dir.«

»Gern geschehen. Es steht auch in der Ermittlungsakte, aber ich dachte, ich sag's dir lieber, weil du die Akte ja manchmal nicht so gründlich liest.« Fernando schluckt eine scharfe Antwort hinunter und säuselt stattdessen so zuckersüß, dass Nowotny sich fühlt, als würde er gleich Diabetes bekommen: »Richard? Tust du mir einen Riesengefallen?«

»Was denn?«

»Ich wüsste gerne alles über einen gewissen Jamil Schaller alias Oumra. Das ist sein Künstlername, er ist ein Rapper.«

Nowotny streicht sich über seine Glatze und grinst. »Nee, iss nich.«

»Wieso?«, braust Fernando auf.

»Weil der Chef mich gerade angerufen und mir gesagt hat, ich soll das ablehnen, falls du mich darum bittest. Der kennt eben seine Pappenheimer, der alte Silberrücken!«

Niko betritt die Telefonzelle am Vahrenwalder Platz. Er besitzt zwar ein Handy, aber meistens vergisst er, das Ding einzustecken. Häufig auch absichtlich, damit ihn Stella nicht vom Kiosk wegrufen oder sonst irgendwie herumkommandieren kann. Denn das tut sie nach wie vor gerne, auch wenn sie mittlerweile von ihm abhängig ist, was die Finanzen betrifft. Er und Stella leben inzwischen fast nur noch von seiner Rente, und das wird manchmal ganz schön eng. Natürlich liegt es nicht nur an der osteuropäischen Konkurrenz, dass Stella kaum noch was verdient. »Du bist einfach zu alt für den Job«, stellt Niko zuweilen fest. Manchmal denkt er es sich auch nur, um Streit zu vermeiden, denn Stella will nicht einsehen, dass sich ihre Karriere dem Ende zuneigt. Noch nicht.

Niko kennt das, das war bei ihm selbst ganz ähnlich. In jungen Jahren hat er gut verdient, damals ist er als Koch zur See gefahren. Mit dem mexikanischen Restaurant, das er später eröffnet hat, ist er allerdings pleitegegangen. Danach hatte er jahrelang einen gut bezahlten Job als Türsteher und Rausschmeißer im Steintorviertel. Doch Ende der Neunziger wurden diese Posten nach und nach von den Mitgliedern der *Hells Angels* besetzt, deren Chef bis heute das Sagen in Hannovers Rotlichtbezirk hat. Der Obrigkeit sind die *Angels* am Steintor zwar ein steter Dorn im Auge, aber ihnen im Endeffekt immer noch lieber als die Russenmafia oder die Albaner. In manchen Dingen herrscht in dieser Stadt ein erstaunlicher Pragmatismus, stellt Niko immer wieder belustigt fest. Er selbst arrangierte sich damals ebenfalls mit ›Frankie‹ und wurde Mädchen für alles in einem der Puffs. Zur selben Zeit etwa lernte er Stella kennen. Damals war sie noch gut im Rennen, da rauchte der Bordstein. »Am Anfang hat die mich kaum mit'm Arsch angeguckt«, schwärmt er noch heute vor seinen Kumpels am Kiosk. Vor zwei Jahren hat Niko seine Frührente beantragt und sich quasi zur Ruhe gesetzt. Ein Mann muss wissen, wann es genug ist.

Niko ist klar, dass Stella inzwischen kaum noch Kundschaft hat bis auf ein paar ganz wenige alte Stammkunden, *Viagra* sei Dank. Tritt dieser Fall ein, zahlt sie einer der schwarzen Nutten, die überm *Rocker* arbeiten, einen Zehner unter der Hand für die Zimmerbenutzung. Aber an den meisten Abenden muss sie dieses Arrangement gar nicht in Anspruch nehmen und gibt sich stattdessen eine Etage tiefer die Kante.

Stella isst zwar nicht viel und kauft sich auch schon lange keine neuen Klamotten mehr, aber ihr Konsum an Schnaps und Zigaretten geht ganz schön ins Geld. Ab und zu erledigt Niko deshalb noch den einen oder anderen Job für einen russischen Geschäftsmann. Genaueres darüber lässt er Stella gegenüber nicht raus. Weiber quatschen nun mal gerne, und was das Geschäftliche angeht, da hat er seine Prinzipien.

Sein Kumpel Sepp-Dieter von der Zulassungsstelle hat ihm bereits heute Mittag Name und Adresse des Fahrzeughalters genannt, dessen Kennzeichen sich Stella gemerkt hatte. Wie immer tat ihm sein Freund den Gefallen, ohne Fragen zu stellen. Dafür wird Niko ihm demnächst ein Fläschchen *Baileys* vorbeibringen, auf so Mädchenkram steht der nämlich. Die Angaben seines Freundes finden sich sogar prompt in dem drei Jahre alten Telefonbuch wieder, das zerfleddert und beschmiert in der Zelle liegt. Ein Telefonbucheintrag ist ja heutzutage auch schon eine Seltenheit, genauso wie ein halbwegs vollständiges Telefonbuch in einer öffentlichen Zelle – von denen es auch kaum noch welche gibt. Niko nimmt es als gutes Omen.

Er hat Glück, es meldet sich sofort eine Männerstimme. Natürlich tut der Typ erst mal so, als wüsste er nicht, worum es geht. *Wer sind Sie? – Was wollen Sie? – Das muss ein Irrtum sein. – Hab mit Nutten nichts zu tun …* Die alte Leier, war ja klar. Das versuchen solche Scheißkerle immer. Aber als Niko dem Mann die Autonummer seines Wagens nennt, dazu Zeit und Ort seiner Verfehlung, und auch noch erwähnt, dass er wisse, wo der feine Herr wohne, kehrt das Gedächtnis des Mannes schlagartig zurück. Und dazu eine Scheißangst, das ist deutlich zu hören. Die Gunst der Stunde nutzend, verlangt Niko nicht nur die Aufwandsentschädigung für die Dienstleistung seiner Lebensgefährtin, sondern packt noch einen gehörigen Aufschlag als Schweigegeld obendrauf. Irgendwie hat er das Gefühl, dass da was zu holen ist. Die Stimme klingt nach Geld.

Einen Tausender sollte dem Herrn Nikos Diskretion schon wert sein. Daraufhin wird es still in der Leitung, und Niko glaubt schon, seine Forderung zu hoch angesetzt zu haben, aber dann sagt der Typ: »Gut, einverstanden. Wann und wo?« Niko grinst. Na also, geht doch!

Teller, Tassen, Schälchen, Kerzenständer, Warmhalteplatten, Aschenbecher, Serviertabletts, Gläser in allen Formen und Größen, Pappbecher, Stehlampen, Tischbeine, Girlanden, Halloweenkürbisse aus Plastik, künstliche Pflanzen, echte Pflanzen – es ist das erste Mal, dass Oda das Lager einer Cateringfirma betritt, und auch Völxen staunt, was auf Partys so alles zum Einsatz kommt. Wozu braucht man drei Meter hohe Plüschaffen?

»Ein chinesischer Mobilfunkhersteller mit Affen im Logo hat die drei für eine *CeBIT*-Party gebraucht, nachdem ihm die Messeleitung verboten hat, echte Affen als Dekoration zu verwenden«, erklärt Wolfgang Franke dazu. Er ist ein kräftiger, grobschlächtiger Mann mit Stirnglatze und rosa Gesicht. »Sie haben die Tierchen dann einfach dagelassen, der Transport nach China war ihnen wohl zu teuer.«

An der Rückseite des Gebäudes hat man einen Bereich durch mobile Trennwände abgeteilt. Dahinter findet sich ein Durcheinander aus Kabeln, Verstärkern, Boxen und Stativen, mittendrin steht ein Schlagzeug. Ein zerschlissenes rotes Samtsofa und ein abgewetzter Sessel runden das Ambiente ab.

»Man muss das Engagement der Jugend nach Kräften unterstützen. Besser, sie machen Musik, statt am Computer rumzuhängen und Ballerspiele zu spielen. Hier können die Jungs Krach machen, ohne dass sie jemanden stören, und auch mal ein Bierchen zischen, ohne dass die

Eltern gleich alles mitkriegen«, verkündet der Inhaber der Fima *Leineparty* mit jovialem Augenzwinkern. Völxen spricht dem Mann die offenbar erwartete Anerkennung dafür aus.

Oda betrachtet indessen die Bassdrums und den Hocker davor. Sie repetiert im Geist, wie Jule Bächles Worte wiedergegeben hat: *Der erste Schlag muss entweder von einer deutlich kleineren Person ausgeführt worden sein, oder Olaf hat gesessen, als man ihn erschlug.*

»Wer hat alles einen Schlüssel zum Lager?«, fragt sie.

»Zwei meiner Mitarbeiter, mein Sohn Valentin und Olaf Döhring. Weil der sein Schlagzeug ja nicht mit nach Hause nehmen kann.«

»Und Sie«, ergänzt Oda.

»Ja, natürlich.«

»Wie viele Mitarbeiter haben Sie?«, fragt Völxen neugierig.

»Vier feste. Und meine Frau. Dazu kommen eine Menge Aushilfen für die Events, meistens Studenten.« Franke lächelt stolz. »Natürlich arbeitet mein Sohn Valentin auch ab und zu mit: Lieferwagen be- und entladen, Getränke ausschenken oder am Suppenbüffet stehen. Er soll ruhig merken, wie hart man sein Geld verdienen muss.«

»Haben die Freunde Ihres Sohnes auch mal für Sie gearbeitet?«, fragt Oda.

Franke verzieht den Mund. »Das haben die nicht nötig. Manchmal fragen Mädchen aus Valentins Schule nach einem Job, weil sie gerne auf irgendwelchen Promi-Partys servieren möchten. Aber die sind zu jung. Ich nehme keine Mädchen unter achtzehn, das gibt nur Ärger.«

»War am Sonntagabend noch jemand im Lager?«, will der Kommissar wissen.

Franke schüttelt den Kopf. »Ich war am Sonntag nach

dem Spiel noch kurz hier und habe nach dem Rechten gesehen. Da war niemand.«

»Kam Olaf auch allein zum Üben her?«, erkundigt sich Völxen.

»Ja, so ein, zwei Mal die Woche.«

»Auch abends?«

»Ja, manchmal auch.«

Oda sieht sich suchend um: »Eine Überwachungskamera gibt es hier nicht zufällig?«

»Nein. Wir haben eine Alarmanlage, aber keine Kamera.«

»Sie sind der Trainer von Olaf und den anderen Jungs …«, beginnt Völxen.

Franke nickt eifrig. »Ja, ich trainiere die Jugendmannschaft. Hat sich so ergeben. Ich selbst spiele nur noch in der Altherrenmannschaft.«

»Verstehe. Wie war Olaf denn so?«

»Er war ein recht guter Spieler. Konnte sich durchsetzen.«

»Also ein Draufgänger?«

Franke zögert. »Nicht direkt.«

»Was heißt das?«, insistiert Völxen hartnäckig.

Der Trainer blickt erst verlegen zu Boden, dann ins Gesicht des Kommissars. »Fouls. Fiese Fouls. Und immer hat er es so hingekriegt, dass der Schiri es nicht sah, darin war er perfekt. Und umgekehrt funktionierte es auch: Olaf war unser Schwalbenkönig. Der konnte eine Riesenshow abziehen, wenn ihn ein anderer nur gestreift hatte.« Der Trainer runzelt verlegen die Stirn. »Ich persönlich bin ja für Fair Play, aber ich muss zugeben – manchmal haben wir dadurch auch gewonnen.«

Oda fragt unverblümt: »Mochten Sie Olaf Döhring?«

Wolfgang Franke seufzt, als hätte er diese Frage schon

befürchtet. »Wenn Sie mich so fragen: nicht besonders. Aber er war gut, ausdauernd im Training, immer pünktlich und zuverlässig, da kann ich nichts gegen ihn sagen.«

»War Olaf im Training auch so wie bei den Spielen?«, fragt Völxen.

Franke schüttelt den Kopf. »Nein, im Training hat er schon gespurt.«

»Er wandte seine hinterhältigen Tricks also nur an, wenn es darauf ankam«, bringt es Völxen auf den Punkt.

Der Trainer macht ein Gesicht, als würde ihn die Formulierung des Kommissars nicht überzeugen.

»Oder?«, hakt Völxen nach.

»Na ja ... Valentin hatte mal einen Bänderriss wegen ihm. Aber ich habe nicht genau gesehen, wie das passiert ist.«

»Wann war das?«

»Das ist schon ein Jahr her. So was passiert halt mal.« Wolfgang Franke winkt ab, aber man sieht seiner säuerlichen Miene an, dass er Olaf noch nicht ganz verziehen hat. »Danach habe ich ihn scharf im Auge behalten und ihn öfter mal vom Platz gestellt, wenn er sich nicht korrekt verhalten hat.«

»Hat er sich das gefallen lassen?«

»Musste er ja wohl. Noch bin ich der Trainer!«

»Was heißt *noch*?«

»Gar nichts heißt das«, schnaubt Franke, aber als ihn Völxens graue Augen eingehend fixieren, lässt er seinem Groll schließlich freien Lauf: »Die kleine Ratte hat hintenherum gegen mich intrigiert. Hat beim Vorstand rumgemosert, meine Methoden wären veraltet, ich würde nicht den richtigen Ton treffen, die Spieler würden mich nicht ernst nehmen – so Scheiß eben, völlig aus der Luft gegriffen. Dabei sollten die froh sein, dass überhaupt jemand diesen Job macht!« Franke hat sich in Rage geredet, sein Gesicht ist jetzt rot wie ein Backstein, er hat Schweißperlen auf der Stirn. Völxen erkundigt sich, wie das gestrige Spiel verlief.

»Wir haben gewonnen.«

»Gab es einen Zwischenfall mit Olaf?«

»Nein. Gestern war er lammfromm. Ich hatte ihm aber auch angedroht, ihn rauszunehmen, wenn er nicht ordentlich spielt.«

»Sie persönlich sind also nicht besonders traurig über Olafs Tod, Herr Franke, oder?«, fragt Oda und lächelt den Trainer dabei verständnisvoll an.

Es scheint so, als würde sich Franke erst jetzt wieder darauf besinnen, wen er vor sich hat und unter welchen Vorzeichen dieses Gespräch steht. Er sieht die Kommissarin erschrocken an. »Nein! Doch! Das ist doch … also, was unterstellen Sie mir denn da? Natürlich ist das schrecklich, die armen Eltern!«

»Kennen Sie die Eltern?«, greift Oda das Stichwort auf.

»Ja. Nette Leute.«

»Und Olafs Bruder, Ruben Döhring, kennen Sie den auch?«, fragt der Kommissar.

»Ja, sicher. Den habe ich zwei Jahre lang trainiert. Mit sechzehn hat er dann aufgehört, hatte keinen Bock mehr. Eigentlich schade. Die körperlichen Voraussetzungen hätte er durchaus gehabt, aber da waren null Ehrgeiz und Disziplin. Er hat oft das Training geschwänzt, und dann konnte ich ihn natürlich nicht spielen lassen, das wäre ja den anderen gegenüber nicht fair gewesen. Er kam mit der Zeit immer seltener, hat wohl einfach die Lust verloren.«

»Hat er auch so unfair gespielt wie sein Bruder Olaf?«

Der Trainer verneint. »Der hat zwar auch öfter mal einen umgerannt oder angerempelt, aber er hat sich keine Mühe gegeben, es zu verbergen. Er war eher so ein kleiner Zinédine Zidane, wenn Sie wissen, was ich meine.«

Oda lächelt und Völxen ebenfalls, denn ihm fällt dabei seine Tochter Wanda ein, die neulich meinte, man sollte den Schafbock Amadeus in Zizou umbenennen, wegen seiner Kopfstöße.

»Wo waren Sie am Sonntagabend, Herr Franke?«

»Wo schon? Zu Hause, vor der Glotze. Da können Sie meine Frau fragen.« Odas Frage hat den Chef der Firma *Leineparty* anscheinend verärgert. »War's das?«, fragt er kurz angebunden.

»Ja, fürs Erste«, entscheidet Völxen. »Wo finden wir Ihre Frau?«

»In unserem Büro zu Hause, nehme ich doch an.«

Wolfgang Franke begleitet seine Besucher an dem Riesenaffentrio vorbei zum Ausgang des Lagers. Offenbar hat er seine Leutseligkeit rasch wiedergefunden, denn er erklärt mit Blick auf die Plüschmonster: »Ich wollte die Dinger immer mal bei eBay versteigern, die nehmen hier nur Platz weg. Haben Sie vielleicht Verwendung dafür?« Sowohl Oda als auch Völxen lehnen das Angebot freundlich ab. »Wenn es Schafe wären, wäre es was anderes«, meint Oda.

Als sie wieder vor der Tür stehen, sticht Oda der dunkelgrüne Jaguar ins Auge, der neben dem Gebäude parkt. »Offenbar wirft der Partyservice ordentlich was ab«, bemerkt sie mit einem wehmütigen Seufzen. »Ich sollte die Branche wechseln.«

»Seit wann begeistern dich Autos?«, wundert sich Völxen.

»Nur manche Autos«, korrigiert Oda und verrät: »Ich

habe durchaus einen Hang zu mondäner Lebensführung. Wenn ich beim Friseur bin, informiere ich mich immer in den entsprechenden Fachmagazinen, was gerade in Prominenten- und Adelskreisen angesagt ist. Leider reichen meine Mittel nicht aus, um mithalten zu können.«

»Falsche Berufswahl«, erkennt Völxen, während er den Wagen näher in Augenschein nimmt. Vom Rückspiegel baumelt ein kleines Rugby-Ei. »Sein Trainerjob scheint ihm immens wichtig zu sein.«

»Den Eindruck hatte ich auch«, bestätigt Oda. »Und dann kommt so ein arroganter Bengel daher und macht ihn schlecht … Wir sollten sein Alibi gründlich überprüfen.«

»Klar. Aber du weißt ja selbst, was Alibis von Ehefrauen wert sind.«

Sie sind bei Odas Wagen angekommen, und Völxen sagt: »Hör zu, ich hab noch was zu erledigen. Kannst du Frankes Frau allein befragen und mit der Großmutter von Olaf reden?«

»Sicher kann ich das, ich bin ja schon groß. Was gibt es denn so Wichtiges, hat dein Schafbock Bauchschmerzen?«

»Nein. Dienstgeheimnis.«

»Soso«, antwortet Oda leicht eingeschnappt.

»Okay, wenn du es unbedingt wissen musst: Ich gehe in die *Holländische Kakao-Stube* und treffe dort einen Rapper.«

»Schon gut. Verarschen kann ich mich selbst.«

Mutter und Tochter Niebel leben in einem gepflegten Hochhaus in der Nähe der Schule, die Wohnung im vierten Stock erlaubt den direkten Blick auf den Maschsee. Da Marlene trotz mehrmaligen Rufens nicht aus ihrem Zimmer gekommen ist, führt ihre Mutter Jule schließlich selbst hin und öffnet nach vergeblichem Klopfen die Tür.

Das Mädchen sitzt im Jogginganzug auf ihrem Bett und vollführt Zuckungen wie ein liebeskranker Aal. »Was ist denn?«, brüllt sie unfreundlich. Erst dann bemerkt sie Jule und zieht die Kopfhörer ab. Jule wundert sich nicht, dass es wegen ihr zwischen den *Grizzlys* Zoff gab. Marlene besitzt die leere Schönheit eines Shampoo-Models und ist damit wohl genau der Typ Mädchen, auf den Jungs wie Cornelius und seine Freunde abfahren. Sie ist groß, über eins achtzig, feingliedrig und schlank, aber nicht dürr. Ihr langes, dunkelbraunes Haar fließt ihr seidig um die Schultern, die Augenbrauen bilden zwei exakt gezupfte und nachgemalte Halbmonde, sie trägt rosa Lippenstift, passend zum Nagellack. Bei ihr wirkt das Make-up jedoch nicht aufgedonnert, wie bei Fiona, sondern so, als gehörte es schon immer zu ihr.

»Frau Wedekin ist von der Kriminalpolizei und will dich sprechen.«

Beide warten, bis Marlenes Mutter den Raum verlässt und die Tür zumacht. Jule könnte wetten, dass sie draußen stehen bleibt und horcht. Marlene hat wohl denselben Gedanken, denn sie gleitet vom Bett und reißt die Tür auf. Der Flur ist leer. »Kleine Vorsichtsmaßnahme.«

Jule lächelt. »Wie alt bist du, Marlene. Darf ich noch Du sagen?«

»Von mir aus. Ich bin vor zwei Wochen siebzehn geworden. Sie kommen sicher wegen Olaf. Bitte.« Sie deutet auf den Schreibtischsessel und Jule nimmt darauf Platz. Das Zimmer sieht aus wie die meisten Mädchenzimmer: verstreute Schulsachen und Klamotten, an den Wänden die üblichen Poster – Amy Winehouse, Peter Fox, den Rest kennt Jule nicht.

»Gibt es denn etwas, das deine Mutter nicht hören darf?«

Marlene hat sich wieder aufs Bett geschwungen und die langen Arme um die Knie gelegt. »Nö. Eigentlich nicht. Ich weiß auch gar nicht, warum Sie hier sind, zwischen Olaf und mir ist schon lange nichts mehr.«

»Und wie lange ist ›lange‹?«

»Seit den Sommerferien.«

»Und was war davor?«

»Wir waren zusammen. Zwei oder drei Monate.«

»Okay. Und wer war dein Freund vor Olaf?«

Marlene zieht eine mürrische Schnute. »Muss ich hier wirklich mein ganzes Liebesleben ausbreiten?«

»Soweit es Leute betrifft, die mit Olaf Döhring Kontakt hatten, ja. Es bleibt unter uns«, antwortet Jule.

»Vor Olaf war ich mit Cornelius Seifert zusammen. Fast ein Jahr.«

»Hast du wegen Olaf mit ihm Schluss gemacht?«

»So ungefähr, ja.«

»Ungefähr? Was heißt das?«

»Ja, wegen Olaf. Er kam mir so … cool vor. Und Cornelius und ich hatten uns schon ziemlich auseinandergelebt.«

Jule muss sich zusammenreißen, um ernst zu bleiben. »War Cornelius wütend auf Olaf?«

»Ja, schon. Aber wie Kerle eben sind: Irgendwann gehen sie zusammen einen saufen, und alles ist wieder gut.« Eine wegwerfende Geste verdeutlicht, was Marlene von so einem Benehmen hält.

»Das wäre bei dir nicht so.«

»Niemals! Wenn mir eine Freundin den Freund wegschnappen würde, die Schlampe würde ich nie wieder anschauen!«

»Und warum ging das mit Olaf zu Ende? Auch auseinandergelebt?«

»Nein. Wir passten nicht zusammen. Unsere Auffassung von Beziehung war doch sehr unterschiedlich.«

»Hatte er noch andere Mädchen?«

»Ja, das auch.«

»Wen?«

»Ich glaube, diese Chormäuse. Fiona und Gwen. Die haben sich ihm ja direkt an den Hals geworfen. Die machten alles, was er wollte.«

»Und was war das?«

Marlene senkte ihre Stimme. »Ich weiß nur, dass er von Fiona mal verlangt hat, sie solle Valentin einen blasen. Auf 'ner Party war das. Und diese dumme Kuh hat das gemacht!«

»Wieso Valentin?«

»Keine Ahnung. Vielleicht, weil der bei den Mädchen nicht so gut ankommt. Ist ja klar, dieser Fetti.«

»Hat Olaf von dir auch mal solche Gefälligkeiten verlangt?«

Eine zarte Röte überzieht den blassen Teint. »Nein!«

Jule ist ziemlich sicher, dass das Mädchen schwindelt. Würde sie wohl auch tun, an ihrer Stelle. »Was meinst du, warum hat er das Fiona machen lassen?«

»Keine Ahnung. Wahrscheinlich, um anzugeben, wie toll er diese Hühner im Griff hat. Er hatte ja immer die Sorge, die anderen drei könnten ihn nicht ernst nehmen, weil er jünger ist als sie. Ich glaube, deswegen war er auch mit mir zusammen.«

»Weil du älter bist.«

»Ja, fast zwei Jahre. Jungs in seinem Alter schmücken sich gerne mit der Eroberung älterer Mädchen.«

»Hast du mit ihm Schluss gemacht oder er mit dir?«

Sie senkt den Kopf, sodass ihr Gesicht hinter dem Haarvorhang verschwindet, und verknotet ihre Finger. Jule wartet. Plötzlich wirf sie den Kopf zurück, sieht Jule an und erzählt: »Wir waren auf einer Flashmob-Party hinterm neuen Rathaus. Olaf und ich hatten Zoff, nichts Wichtiges, nur so ein bisschen, wie es eben mal vorkommt. Und plötzlich sind Olaf, Cornelius und Florian mit so 'ner Tussi weggefahren, angeblich zu den Ricklinger Teichen, das habe ich noch mitbekommen. Aber die waren da bestimmt nicht nur zum Schwimmen, das schwöre ich Ihnen.«

»Wer war das Mädchen?«

»Keine Ahnung, irgendeine von der Party, ich kannte die nicht, aber die war höchstens vierzehn.«

»Und danach hast du Schluss gemacht.«

»Ja. Per SMS. Außerdem hatte ich noch Gerüchte gehört, dass er seit diesem *Performance*-Kurs im Musikzentrum mit Gwen rummachen würde. Er meinte, das wäre alles nur Spaß, er würde nur mit ihr flirten, aber das alles war mir dann echt zu blöde. Wofür hält sich dieser Mistkerl, für 'nen Rockstar?«

»Und danach? Hattet ihr noch Kontakt?«

»Nein, kaum. Also, wir haben uns schon noch gegrüßt, aber ansonsten war Funkstille, auch mit Cornelius. Über ein paar Ecken habe ich inzwischen erfahren, dass die drei das zu so einer Art Sport gemacht hatten: Sie nannten es ›Jungfrauen knacken‹.«

Jule stößt hörbar den Atem aus, während Marlene erklärt: »Ich will im Moment auch gar keinen Freund, ich konzentriere mich jetzt auf mein Abi.«

»Sehr vernünftig«, pflichtet ihr Jule bei. »Kennst du diese Gwen näher?«

»Nicht gut, die ist ja erst vierzehn oder fünfzehn.« Marlene wirft ihr Haar zurück und reckt das Kinn. »So ein junges, dummes Ding – das perfekte Opfer. Hat bestimmt seine ganzen perversen Wünsche erfüllt, nur damit sie in dem Scheißchor singen darf.«

»Wolltest du denn nie in der Band singen?«

»Nä«, kommt es voller Verachtung. Sie wirft sich in die Brust und verkündet: »Ich spiele Theater. Die Hauptrolle in der nächsten Schulaufführung – Romeo und Julia, auf Englisch. Und dafür musste ich niemandem einen blasen.«

Als Hauptkommissar Völxen am Kröpcke ankommt, wird er mit großformatigen Bildern von eingepferchten Hühnern, fettleibigen Puten und blutenden Schweinen konfrontiert. Wandas Demo! Die hatte er ja völlig vergessen. Vor ihm steht eine Gruppe von etwa zwanzig, dreißig jungen Leuten. Sie tragen Plakate, die die Grausamkeiten von Massentierhaltung und Tierversuchen in Bild und Wort anprangern. Aus einem Lautsprecher tönen grausige Schreie sterbender Tiere. Viele Passanten sind stehen geblieben und diskutieren mit den Agitatoren. Die Demo scheint anzukommen. Völxen muss lächeln. Es gefällt ihm, wenn junge Leute für ihre Überzeugungen auf die Straße gehen, er selbst hat das damals viel zu wenig getan. Ein paarmal hat er gegen Atomkraft demonstriert, aber wenn er ehrlich ist, hat er es nur getan, weil er auf eine der Mitdemonstrantinnen scharf war. Später, als junger Polizist, stand er dann auf der anderen Seite.

Völxen hält Ausschau nach Wanda, aber im selben Moment, in dem er seine Tochter sieht, bemerkt er noch etwas anderes: seine Schafe! Doris, Salomé und Angelina stehen auf einer Lage Stroh in einem improvisierten Pferch. Sie tragen Plakate mit Botschaften über ihren Rücken: *Ich will leben! – Ich bin ein Geschöpf Gottes, kein Kotelett! – Metzger sind Mörder!* Die Schafe sind ohne Zweifel die Attraktion der Demo, vor allem bei Müttern mit kleineren Kindern. Die Tiere wiederum interessieren sich wenig für die Passanten, aber dafür umso mehr für einen Pappkarton, der mit frischem Rasenschnitt und Karottenstückchen gefüllt ist.

Doch wo ist Schaf Nummer vier, Mathilde? Völxen entdeckt sie schließlich neben einem Studenten, der Flugblätter verteilt. Ihr Hals wurde fast kahl geschoren, und man erkennt darauf einen blutroten Strich, der wohl einen Kehlschnitt andeuten soll. Sie steht mit hängenden Ohren da, das Ganze scheint ihr nicht zu gefallen.

Erbost stapft Völxen auf seine Tochter zu, die mit einer Unterschriftenliste vor der Kröpcke-Uhr steht. »Sag mal, spinnst du?! Was machen die Schafe hier?!«

Wanda sieht ihren Vater verwundert an. »Hi, Dad! Was regst du dich so auf? Ich hab dich doch heute Morgen gefragt, ob sie mit zur Demo dürfen, und du hast Ja gesagt.«

»Ich? Ich soll das erlaubt haben?«

»Hast du Alzheimer?«

»Werde nur nicht frech!«

»Du hast es erlaubt, weißt du das nicht mehr? Oder hast du mir mal wieder nicht zugehört?«

Völxen fühlt sich ertappt und fragt etwas freundlicher: »Wie sind die hierhergekommen?«

»In Bennys VW-Bus. Schau, sie kommen wirklich prima an.«

Ein kleines Mädchen ist auf Mathilde zugegangen und fragt ihre Mutter, ob das Rote am Hals des Schafes Blut sei. Der junge Mann mit den Flugblättern klärt sie auf, dass es Farbe ist, nicht ohne darauf hinzuweisen, dass Schafe bluten und Schmerzen leiden, wenn man sie schlachtet. Ebenso wie Schweine, Rinder und Hühner. Das kleine

Mädchen fängt an zu weinen, die Mutter wirft ihm einen bösen Blick zu und zerrt ihr Kind hastig weg.

»Wahrscheinlich bekommt sie jetzt einen *Big Mac* zum Trost«, bemerkt Völxen.

»Kinder müssen lernen, dass hinter einem Würstchen ein lebendiges Tier steckt, das getötet wurde«, doziert Wanda.

»Ja, schon gut«, winkt Völxen ab. »Ich habe es verstanden. Wie lange dauert das hier noch?«

»Bis achtzehn Uhr.«

»Stellt Mathilde zu den anderen in den Pferch. Schafe sind nämlich Herdentiere, Frau Tierschützerin.«

»Okay, wird gemacht.« Sie gibt die Anweisung an den jungen Mann mit den Flugblättern weiter und fragt: »Was machst du eigentlich hier, Dad, wolltest du dir unsere Aktion ansehen?«

»Nein, ich treffe einen Zeugen in der *Holländischen Kakao-Stube*.«

»Oh!« Wandas Augen leuchten auf. »Bringst du mir einen Kuchen von dort mit? Ich habe einen Wahnsinnshunger.«

Völxen antwortet mit falschem Lächeln: »Das würde ich ja gerne, aber leider weiß ich nicht, ob die ihre Kuchen nicht mit Eiern von Käfighühnern backen. Das wäre gar nicht gut für dein Karma, oder, mein Schatz?«

Obwohl Lucinda Beuer eben erst vom Tod ihres Enkels erfahren hat, zeigt sie Haltung. Aufrecht sitzt sie da, das silberne Haar zu einer Art Jelinek-Frisur onduliert. Sie trägt einen strengen, dunklen Rock und eine cremefarbene Bluse über dem, was man zu ihrer Zeit eine stattliche Büste genannt hätte. Auch die Möblierung der Erdgeschosswohnung scheint sich seit Langem nicht mehr verändert zu haben, aber vor vierzig Jahren war das alles wohl recht repräsentativ gewesen. Dezent knarzt das Eichenparkett unter den schweren Sesseln, und würde in dem offenen Kamin ein Feuer brennen, dann wäre es hier auf eine angestaubte Art recht gemütlich, denkt Oda, die ein wenig fröstelt. Sie hat Tee angeboten bekommen, ihn aber abgelehnt, was sie nun bereut. Sicher wäre er hier besser als bei den Tiefenbachs. Auf dem Kaminsims steht nur ein einziges Foto: ein hagerer Herr mit vollem Grauhaar und wenig Kinn. An der Ecke des Bilderrahmens klebt eine schwarze Samtschleife.

Frau Beuer hat den Sonntagabend unspektakulär verbracht: Tagesschau, Tatort. Sie hat nicht gehört, wie Olaf das Haus verließ.

»Und Ruben? Vielleicht seinen Wagen?«

»Ich bedaure. Ich bin um zehn Uhr zu Bett gegangen, wie immer. Und das Schlafzimmer geht nach hinten raus, zum Garten.«

»Wie war das Verhältnis zwischen den beiden Brüdern?«

»Es war angespannt. Hat Constanze Ihnen gesagt, dass Ruben ein Adoptivkind ist?«

»Wir wissen es«, antwortet Oda diplomatisch.

»Das war alles sehr unüberlegt, wenn Sie mich fragen. Die beiden sind in Urlaub gefahren – angeblich – und kamen nach zehn Tagen mit einem fast zweijährigen Kind zurück. Mein Mann und ich waren wie vor den Kopf gestoßen. Verstehen Sie mich richtig. Wir waren keine Rassisten – aber wir hätten uns etwas anderes gewünscht als einen Enkel aus Rumänien, über dessen Gene man nichts weiß. So etwas ist doch wie ein Lotteriespiel.«

»Sind das leibliche Kinder nicht auch?«, gibt Oda zu bedenken.

»Da haben Sie auch wieder recht«, lautet die prompte Antwort.

»Weiß man etwas über Rubens Herkunft?«

»Nein. Er war in einem Kinderheim untergebracht gewesen, angeblich Vollwaise. Es müssen dort scheußliche Zustände geherrscht haben Anfang der Neunziger. Ich bezweifle allerdings, dass das heute besser ist.«

Ein Akt des Mitleids? Oder der verzweifelte Ausweg eines kinderlosen Paares?

Die alte Dame scheint das Gedanken gelesen zu haben, sie schüttelt den Kopf und sagt: »Ich bin überzeugt, dass die Idee von meinem Schwiegersohn stammte. Constanze hat nämlich unter ihrer Kinderlosigkeit gar nicht so sehr gelitten. Sie mochte ihren Beruf gern, sie war Lehrerin. Aber er …« Sie verzieht die Mundwinkel und winkt ab. »Sie hätte nicht nachgeben dürfen, schließlich ist sie die Mutter, es bleibt ja immer alles an den Müttern hängen.«

»Haben die beiden versucht, hier ein Kind zu adoptieren?«

Die Großmutter nickt. »Ja. Erst hat man sie ewig auf Wartelisten gesetzt, und dann waren sie Ende dreißig und damit angeblich zu alt. Babys sind ohnehin kaum zu bekommen.« Sie trinkt von ihrem Hagebuttentee und meint dann: »Es war schwierig mit Ruben. Ich glaube, Constanze hatte erwartet, dass sich die Mutterliebe von selbst einstellen würde, sobald das Kind im Haus ist. Aber so war es nicht. Sie hat sich Mühe gegeben, Ralf natürlich auch, aber es ist … es ist halt etwas anderes mit einem fremden Kind. Einmal hat sie mir gestanden, dass sie anfangs seinen Geruch nicht mochte, dass sie sich ekelte, wenn er in die Hosen oder ins Bett machte.«

Bei diesen Worten hat Oda sofort die triefenden Rotznasen von Veronikas einstigen Spielkameraden vor Augen. So unschön der Anblick auch war, sie hat es dennoch nicht fertiggebracht, ihnen die Nasen zu putzen. Und genau wie Frau Döhring fand auch Oda immer, dass die anderen Kinder nicht gut rochen. Was den Nachwuchs angeht, funktionierten Menschen offenbar wie Tiere.

»Constanze wollte es zunächst unbedingt geheim halten, dass Ruben adoptiert worden war«, erzählt Frau Beuer. »Erst im Kindergarten und dann sogar in der Schule. Das habe ich nicht gutgeheißen. Wer A sagt, muss auch B sagen, finde ich. Aber es war ihre Entscheidung, wir hatten uns da nicht einzumischen. Als Ruben vier war, wurde Olaf geboren. Meine Tochter und mein Schwiegersohn waren überglücklich und plötzlich viel entspannter. Automatisch konzentrierten sie sich nicht mehr ausschließlich auf Ruben. Der reagierte zunächst eifersüchtig und aggressiv, aber mit der Zeit wurde er ruhiger. Vielleicht lag es auch an der Behandlung …«

»Welche Behandlung?«

»Psychotherapie und Medikamente. Angeblich soll er diese Sache gehabt haben – wie heißt es noch gleich, was sie heute alle haben?«

»ADHS? Aufmerksamkeitsdefizit?«

»Ja, genau. Mein Mann hat immer gesagt, das wäre Unsinn, es gäbe halt auch lebhafte Jungs, und dass er in den Fußballverein gehen sollte, um sich auszutoben. Aber heutzutage geben sie den Kindern lieber Pillen und schicken sie zum Psychiater«, seufzt die Großmutter.

»Er hat Medikamente bekommen?«

»Ja. Ich weiß aber nicht, ab wann und wie lange. Als Schüler jedoch ganz bestimmt.«

»Ritalin?«

»Ja, ich glaube, so hieß das.«

»Und Ihr Enkel Olaf? Wie war der so?«

»Er wurde nach Strich und Faden verwöhnt!«

»Mehr als Ruben?«

»Ich fürchte, ja. Man versucht zwar, das zu vermeiden, nimmt sich vor, alle seine Kinder gleich zu behandeln, aber das gelingt nicht. Selbst bei leiblichen Geschwistern haben Eltern immer ein Lieblingskind, auch wenn sie es nicht zugeben. Ich zum Beispiel habe Constanze immer etwas lieber gemocht als ihre jüngere Schwester. Die war so wild und immer gegen mich, das legte sich erst, als sie selbst Kinder hatte. Jetzt wohnt sie in Bochum, wir verstehen uns inzwischen gut, aber ich glaube, mit Dörte könnte ich nicht unter einem Dach leben.«

»Ruben und Olaf …«, greift Oda mit sanfter Stimme ein, »… wie kamen die miteinander aus?«

»Ja, wie schon? Ruben war ja nicht blöd, der hat schon gemerkt, dass er nur ein Kind zweiter Wahl war.«

»Er wusste also schon immer, dass er adoptiert wurde?«

»Ja, er wusste es von Anfang an. Aber weil Constanze vor der Außenwelt so ein Geheimnis daraus machte, hat Ruben immer gedacht, es wäre etwas Schlechtes, ein Makel, den man verbergen müsse. Ich denke, er hätte weniger Unfug angestellt, wenn Olaf nicht gewesen wäre. Manches tat er sicher nur, um Aufmerksamkeit zu erregen. Das war seine Art, um Liebe zu betteln.«

»Was war das für Unfug?«

»Sachen kaputt machen, sich prügeln. Mit fünfzehn hat er sich mal das Auto seines Vaters geschnappt und ist damit in der Gegend rumgefahren. Die Fahrt endete am Zaun einer Gartenkolonie. Ich glaube ja, dass Ruben manchmal von Olaf angestiftet wurde. Der brauchte ihn nur einen Feigling zu nennen, und schon hat Ruben alles Mögliche getan – und musste dann alleine dafür geradestehen.« Sie seufzt. »Armer Junge. Wissen Sie, mein Mann und ich haben uns immer ganz gut mit Ruben verstanden, je älter er wurde, desto besser. Er hing vor allem sehr an meinem Mann, die beiden kamen gut miteinander aus. Seltsam, nicht wahr?«

»Sie haben nichts von ihm erwartet, deshalb hatte er nicht so eine Angst, Sie zu enttäuschen«, versucht Oda eine Erklärung. Frau Beuer sieht sie an, ein Lächeln glättet den Faltenkranz ihrer Lippen. »Ja, das ist durchaus möglich, Frau Kristensen. So habe ich es noch gar nie betrachtet. Sie sind eine kluge Kommissarin.«

»Danke.«

»Nachdem mein Mann gestorben war, es wird im Dezember ein Jahr, hat Ruben hier nichts mehr gehalten. Ist wohl auch besser so.«

»Glauben Sie, dass Ruben Olaf gehasst hat?«

Die grauen Augen der Großmutter richten sich auf die Kommissarin, sie blinzelt. »Ich weiß es nicht«, sagt sie leise. »Schon möglich.«

Für ein paar Momente ist es ruhig, nur eine Standuhr schlägt. Halb vier. Das wird heute nichts mit einem pünktlichen Feierabend.

»Warum fragen Sie so viel nach Ruben? Denken Sie, dass Ruben Olaf ermordet hat?«

»Wir ziehen es zumindest in Erwägung«, antwortet Oda. Sie hat das Gefühl, dass man Frau Beuer nichts vormachen kann. Deren Blick wandert zum Fenster hinaus und verfängt sich im Garten. Eine Amsel hüpft auf dem Rasen herum und zerrt an einem Regenwurm. Wieder ist es still, aber Oda spürt, dass die Frau noch etwas loswerden möchte, also wartet sie ab.

»Früher, als sie kleiner waren, habe ich oft hier am Fenster gestanden und die beiden heimlich beobachtet, wenn sie im Garten waren, zusammen oder allein. Einmal hat er einen Vogel gefangen, einen jungen Spatzen, nachdem er ihn mit seiner Zwille angeschossen hatte. Damals war er neun oder zehn. Er hat ihm zuerst die Federn ausgerissen, dann hat er sein Taschenmesser genommen und den Vogel seziert. Die Innereien hat er auf einem Stein ausgebreitet und mit einem anderen Stein zermatscht. Als ich Constanze davon berichtete, hat sie behauptet, das wäre jugendlicher Forscherdrang, Kinder wären manchmal unbewusst grausam. Sie hatte immer eine Entschuldigung für ihn parat.«

»Was heißt immer? Kam so etwas öfter vor?«

»Oft genug.«

»Sie hat also nicht mit Ruben über diese Dinge gesprochen?«

Die alte Dame sieht die Kommissarin verwirrt an. »Wieso denn mit Ruben? Ich spreche von Olaf. Olaf hat das getan.«

Das traditionelle Café mit der eigenen Konditorei in der Fußgängerzone ist gut besucht. Trotzdem ist Jamil Schaller nicht schwer zu finden, auch wenn er einen Tisch ganz weit hinten gewählt hat. Sein Kopf wird von einer Strickmütze in den jamaikanischen Landesfarben bedeckt, er trägt enge Jeans und hat den Kragen seiner senfgelben Lederjacke hochgeschlagen, obwohl es in dem Café recht warm ist.

»Ein schokofarbener Clown mit verfilzter Brikettfrisur und Pluderhosen, mit dem man kein vernünftiges Wort wechseln kann«, hat Fernando den Mann am Telefon beschrieben.

»Ein sehr origineller Treffpunkt, Herr Schaller«, bemerkt Völxen, nachdem er den Rapper begrüßt hat. »Wollten Sie sichergehen, dass Sie keinen Ihrer Fans treffen?«

»Nein, wieso? Ich bin hier, weil ich auf Kuchen stehe.«

Wie um diese Aussage zu bestätigen, stellt die Bedienung einen Becher Kakao und einen Teller mit zwei Stück Torte auf den Tisch. Käsesahne und Schwarzwälder Kirsch. »Und was darf es bei Ihnen sein?«, fragt sie Völxen, dem beim Anblick der Torten das Wasser im Mund zusammenläuft.

»Einen Earl Grey, bitte.«

»Sehr gern.«

»Und dazu …« *Nichts da! Denk an dein Gewicht! Du kannst nicht jedes Jahr ein Kilo zulegen. So eine Sünde müsstest du mindestens mit zwei Stunden Nordic Walking büßen – wenn's reicht!* Außerdem, fällt dem Kommissar ein, steht bald die jährliche sportliche Leistungskontrolle an: ein Erlass des Innenministeriums, durch die der niedersächsische Polizeibeamte dazu animiert werden soll, sich fit zu halten. Völxen hat noch nicht entschieden, ob er schwimmen, Rad fahren oder um den Maschsee laufen wird. *Vielleicht könnte ich doch die Torte essen, wenn ich dafür diese Woche noch zum Dienstsport gehe?* »… und eine Käsesahne!«, hört er sich sagen, aber die Bedienung ist schon zum nächsten Tisch geeilt. *Dann eben nicht. Besser so, das Schicksal hat entschieden.* Völxen widmet sich wieder seinem Gegenüber, der gerade das erste Stück Torte ansticht. »Herr Schaller, warum konnten Sie meinem Mitarbeiter nicht sagen, wer die Jungs sind, die sich mit Olaf Döhring gestritten haben?«

»Wie Sie ja inzwischen wissen, arbeite ich *undercover* für das LKA. Ich kann nicht jedem x-beliebigen Polizisten sagen, was Sache ist, sonst kann ich gleich mein Testament machen.«

Eitler, eingebildeter LKA-Fuzzi, hält sich wohl für den Größten und alle anderen für Idioten, ärgert sich Völxen und sagt: »Verstehe. Aber Rodriguez war selbst schon als verdeckter Ermittler fürs Rauschgiftdezernat unterwegs. Der hätte die Information bestimmt mit der nötigen Diskretion behandelt.«

»Das konnte ich ja nicht riechen.« Eine Ladung Torte verschwindet im Mund des Mannes, der nach genüsslichem Kauen und Lippenlecken schließlich einräumt: »Wissen Sie, es hat gedauert, bis ich dort akzeptiert wurde. Ich muss wirklich höllisch aufpassen, um das Vertrauen der Kids nicht zu verlieren.«

»Das verstehe ich ja, aber wir ermitteln in einer Mordsache!« Völxens Ton bewegt sich hart an der Grenze zur Ungeduld.

»Wie weit sind Sie denn mit den Ermittlungen?«, will der LKA-Mann wissen.

»Nicht sehr weit«, gesteht der Kommissar. »Wir wissen nur, dass Olaf Döhring sein Elternhaus gestern Abend gegen neun Uhr mit unbekanntem Ziel verlassen hat. Seine Jacke und sein Handy fehlen. Es könnte also auch ein Raubmord gewesen sein. Vielleicht wollte einer nur sein Handy ›abziehen‹, wie es so schön heißt, und die Sache ist außer Kontrolle geraten.«

»Und was hat ein Bengel aus Waldhausen bitte schön allein an einem Sonntagabend in dieser Gegend verloren?«

Völxen seufzt. »Genau das ist die Frage. Es ist zwar so gut wie sicher, dass der Fundort nicht der Tatort ist, aber wir müssen im Moment noch jeder Spur nachgehen.«

»Und da bieten sich natürlich die üblichen Verdächtigen an!«, stichelt Schaller.

»Das ist nur *eine* Spur. Immerhin gab es Streit und

Drohungen. Wir ermitteln auch intensiv im Umfeld des Getöteten.« Völxens buschige Augenbrauen bilden einen grimmigen Winkel.

Schaller bemerkt den Unmut des Kommissars und lenkt ein: »Schon klar, ich weiß, wie das läuft. Aber wenn jetzt die Kripo im Viertel rumschnüffelt, dann kann das die ganze Aktion empfindlich stören.«

»Welche Aktion?«

Jamil Schaller alias Oumra nimmt einen noch größeren Bissen Torte und Völxen ertappt sich dabei, wie sich sein Mund synchron mit dem seines Gegenübers öffnet und schließt. Die Bedienung stellt ein Tablett mit einem Kännchen Tee und einer Tasse vor Völxen hin.

»Danke«, seufzt der Kommissar und lauscht dem Knistern der zwei Brocken Kandiszucker nach, die in den heißen Tee fallen. Er wartet auf eine Antwort, aber Schaller kann gerade nicht reden, sein Mund ist gefüllt mit Käsesahne, ein Rest davon klebt an seiner Oberlippe. Völxen schluckt. Wie der Kerl die Torte in sich hineinschaufelt! Das ist wirklich kaum zu ertragen, dieses hemmungslose Geschlinge, noch dazu, wo Völxen heute nicht einmal zum Mittagessen gekommen ist. Sein Magen knurrt und seine Laune bewegt sich rasant auf den Gefrierpunkt zu. »Wenn ich kooperieren soll, dann muss ich wissen, worum es geht. Ich nehme an, um Drogen.«

»Natürlich«, räumt Jamil Schaller ein, als er endlich einmal den Mund halbwegs leer hat. »Natürlich geht es um Drogen. Kokain, Heroin, das volle Programm. Es gibt da in Vahrenwald und in Hainholz zwei, drei Familien aus dem maghrebinischen Raum, die ihre minderjährigen und noch nicht strafmündigen Kinder systematisch als Dealer und Drogenkuriere einsetzen. Denen wollen wir das Handwerk legen.«

Ein draller Arm fährt über den Tisch. »... und die Käsesahne für den Herrn, guten Appetit.«

Ein Sonnenaufgang geht über Völxens Gesichtszüge. *Gepriesen sei das scharfe Gehör dieser wunderbaren Frau!* Für kurze Zeit lässt er Drogen Drogen und Mord Mord sein und widmet sich der Torte. »Eine gute Wahl, die *Holländische Kakao-Stube*«, muss er zugeben, nachdem er die Käsesahne zur Hälfte verschlungen hat. Er war schon als Kind mit seiner Mutter hier gewesen. Ein Kakao und ein Stück Apfelkuchen waren die Belohnung, wenn er den verhassten Stadtbummel ohne allzu großes Gequengel durchgestanden hatte.

Schaller bleckt sein Persilgebiss. »Ich verstehe auch nicht, warum die Leute Drogen nehmen. Das hier ist meine Droge!« Er verputzt die Hälfte der zweiten Torte auf einen Sitz.

»Nur schlägt es bei Ihnen offensichtlich nicht so an wie bei mir«, seufzt Völxen, den schon erste Anflüge von Reue quälen.

»Lernen Sie Breakdance, dann können Sie Torte essen, so viel Sie wollen«, lacht der Rapper.

»Großartige Idee«, grinst Völxen, und die anfängliche Reserviertheit zwischen den beiden Ermittlern löst sich zusehends in Käsesahnewolken auf. »Sie erinnern sich also noch an den Streit auf der Straße, zu dem Sie dazukamen?«, fragt Völxen und zieht schon mal sein Notizbuch aus der Westentasche.

Schaller nickt mit vollem Mund.

»Wer waren die Beteiligten?«

»Mabili Turay, Tahir Nazemi, Sascha Lohmann und Sergej Markow. Die drei Letzten sind ziemlich derb drauf. Das hätte übel ausgehen können für diese naiven Vorstadt-Weißbrote.«

»Klingt, als hätten Sie ein Massaker verhindert«, rutscht es Völxen über die Lippen, aber zum Glück scheint Schaller für Ironie taub zu sein.

»Ja, schon möglich.«

Völxen lässt sich die Namen buchstabieren. »Können Sie mir was über die Jungs erzählen?«

»Tahir Nazemi ist afghanischer Abstammung, er dürfte bei Ihnen kein Unbekannter sein, er und seine Kumpels Sascha Lohmann und Sergej Markow hatten in letzter Zeit viel Presse: Ladendiebstahl, räuberische Erpressung, Körperverletzung, Brandstiftung … Diese Idioten haben erst vor zwei Wochen eine Schrebergartenhütte hinterm Hainhölzer Bad abgefackelt. Tahir ist sechzehn und so was wie der Anführer. Er kommt aus einer völlig verwahrlosten Familie, Vater kriminell, Mutter psychisch krank, er hat noch zwei ältere Brüder, alle einschlägig vorbestraft. Seit seinem zehnten Lebensjahr hat er mindestens zwanzig Straftaten begangen, zum Teil auch schwere. Unter anderem brach er einem Lehrer, der einen Streit schlichten wollte, den Kiefer. Er beschäftigt zahlreiche Psychologen, Sozialarbeiter und Vertreter des Jugendamtes und der Justizbehörden, aber die einzige Strafe, die er bis jetzt bekommen hat, war ein lächerlicher sozialer Arbeitseinsatz. Und was lernt er daraus? Dass er nach Lust und Laune Straftaten begehen kann – es geschieht ja nichts. Aus einem Heim, in das er mal kam, ist er nach zwei Tagen abgehauen, dabei hat er noch einer Erzieherin das Messer an den Hals gehalten. Wahrscheinlich wird erst durchgegriffen, wenn er einen umgebracht hat. Wundert es Sie, dass ich so etwas sage?«

»Nein, nein.«

»Es stimmt zwar, dass anfällige Jugendliche im Jugendknast womöglich noch krimineller werden, aber mit diesem Argument kann man doch nicht auf jede Strafe verzichten, oder?« Der LKA-Mann sieht Völxen mit weit aufgerissenen Augen fragend an.

»Sie haben vollkommen recht«, versichert Völxen. »Was meinen Sie, wie oft ich mich schon über Gerichtsurteile geärgert habe. Aber Sie wollten mir noch was über die anderen erzählen.«

»Ja, gewiss. Mabili Turay ist fünfzehn Jahre alt, die Mutter kommt aus Ghana, alleinerziehend, vier Kinder, einen Vater gibt es nicht, nur ab und zu einen Typen, der sich als solcher aufspielt und irgendwann wieder verschwindet. Mabili ist eigentlich kein schlechter Junge, er bräuchte nur dringend jemanden, der ihm sagt, wo es langgeht. Die anderen drei sind kein guter Umgang für ihn. Außerdem nennen sie ihn ›ihren Neger‹, das sagt ja schon alles. Sascha Lohmann stammt aus einer Familie, die in dritter Generation von Sozialhilfe lebt, und ich glaube, noch kein einziges Familienmitglied hat je einen Schulabschluss hingekriegt. Die Hälfte der männlichen Angehörigen sitzt im Knast, sein Vater war auch schon öfter dort, und bei ihm ist es nur eine Frage der Zeit, zumal er auch nicht der Intelligenteste ist. Sergej Markows Familie kam in den Achtzigern aus Weißrussland hierher. Die Eltern sprechen bis heute kaum Deutsch und verkehren nur mit ihresgleichen. Sergej hat zwei ältere Schwestern, die ohne Probleme ihren Realschulabschluss und eine Lehre absolviert haben und ein geregeltes, unauffälliges Leben führen. Nur bei ihm klappt das nicht. Schule geschmissen, Diebstahl, Einbruch, Schlägereien … Muss wohl am Testosteron-Überschuss liegen. Natürlich brauche ich Ihnen nicht zu sagen, dass in allen diesen Familien Alkohol, Drogen und Gewalt eine große Rolle spielen.«

»Sind das auch die Kinder, die die Drogen verticken?«

Jamil Schaller schüttelt den Kopf. »Nein. Die, hinter denen ich her bin, sind wirklich Kinder. Zwischen neun und maximal dreizehn, also nicht strafmündig. Sie stammen aus Algerien, Marokko und dem Libanon.«

»Verzeihen Sie meine naive Frage: Kann man denn nichts dagegen tun?«

Der Gefragte hebt die Handflächen in Richtung Decke. »Wissen Sie, Herr Völxen, das ist so: In diesen Familien ist das, was der Vater sagt, Gesetz, und nur das. Gewalt ist da ein ganz normales Erziehungsmittel. Um unsere deutschen Gesetze scheren sich diese Kinder null, denn sie fürchten die Strafen ihrer Väter weit mehr als die des Staates – zumal bei uns Minderjährige ja ohnehin keine Strafe zu befürchten haben. Das nutzen diese Leute gnadenlos aus.«

»Und wenn man diese Kinder aus ihren Familien entfernen würde, wenigstens für eine Weile? Würde das nicht abschreckend wirken?«

»Ich wette, dann wären im Nu andere ›Söhne‹ da. Diese Clans sind sehr weitläufig und unübersichtlich. Manche Familienoberhäupter haben noch ein, zwei Ehefrauen im Heimatland sitzen, die für Nachschub sorgen, und oft bin ich mir gar nicht sicher, ob die Jungs wirklich immer die leiblichen Kinder der Leute sind, die sich als ihre Eltern ausgeben. Die für das Ausstellen von Pässen und Geburtsurkunden zuständigen Behörden der jeweiligen Länder sind hoffnungslos korrupt. Es ist ein riesiger Sumpf.«

»Warum nehmen Ihre Kollegen dann die Eltern dieser Kinder nicht hoch, wenn Sie schon wissen, um wen es sich handelt?«

Schaller zuckt mit den Schultern: »Wissen reicht nicht, man braucht gerichtsfeste Beweise. Und nicht nur die

Kinder werden notfalls ausgetauscht, auch die Eltern – die wechseln dann einfach mal das Bundesland, wenn ihnen der Boden hier zu heiß wird. Deshalb arbeiten wir gerade mit dem BKA zusammen, wir wollen die Hintermänner kriegen. Denn eins ist klar: Dahinter steht eine straffe Organisation.«

Völxen spießt ein Stück Torte auf die Gabel und denkt: Klar. Hinter Drogenhandel steckt immer eine straffe Organisation. Genau wie hinter Menschenhandel. Anders geht es ja nicht. Er hört solche Geschichten nicht zum ersten Mal und kann inzwischen gut verstehen, warum Fernando seinerzeit wegwollte vom Rauschgiftdezernat. Es ist ein aussichtsloser Kampf. Kleine und mittlere Dealer festnehmen, was bringt das, außer einer Menge Schreibkram und vollen Gefängnissen? Hier und da ein größerer Drogenfund – na und? Der Nachschub scheint unerschöpflich, die Qualität des Heroins ist in den letzten Jahren sogar noch gestiegen, und fast jede Woche wird eine neue Designerdroge auf den Markt geworfen. Hat man mal einen dicken Fisch gefangen, stoßen sofort andere in die Lücke, und die sind oft noch professioneller, noch brutaler, noch skrupelloser als ihre Vorgänger. Es muss frustrierend sein. Aber einfach nichts tun und die Geschäfte ungehindert laufen lassen, kann der Staat natürlich auch nicht, noch dazu, wo er an diesen Drogen nicht mitverdient, denkt Völxen zynisch. Er verleibt sich die letzten Krümel der Käsesahne ein und brummt. »Da lobe ich mir doch eine anständige Mordermittlung.«

Jamil Schaller lehnt sich zurück und klopft sich mit einem wohligen Laut auf den vollen Magen. »Und wie kann ich Ihnen nun dabei helfen?«

»Haben welche von diesen Jungs auch schon Partys organisiert?«

Der LKA-Ermittler nickt. »Tahir und seine älteren Brüder Navid und Haschem. Die stellen ab und zu ein Event auf die Beine. Sascha und Sergej sind dann für die Sicherheit zuständig, fürs Organisieren sind die zu blöd.«

»Und welche Rolle spielen Drogen auf diesen *Events*?«

»Natürlich werden da auch Pillen eingeworfen. Ecstasy und anderes synthetisches Zeug. Und vor der Tür wird auch mal ein Joint durchgezogen. Das lässt sich kaum verhindern, da müsste man schon eine Leibesvisitation bei den Gästen vornehmen.«

»Das ist mir klar«, meint Völxen. »Ich habe selbst eine Tochter, die noch vor Kurzem zu jeder Abi-Party gegangen ist, ich weiß, wie es da zugeht.«

Jamil beugt sich über den Tisch und sagt leise: »Hören Sie, Völxen, denken Sie nicht, ich würde das nicht genau beobachten. Was hier bei den Partys läuft, ist das, was überall läuft: kleine Dealereien zum Sofortkonsum. Die Veranstalter verdienen ihr Geld mit dem Eintritt und dem Verkauf von Getränken. Das kann ein einträgliches Geschäft sein, wenn man es richtig anstellt.«

»Aber haben nicht Sie selbst die Jungs aus Waldhausen davor gewarnt, auf der Party Drogen zu verkaufen?«, wirft Völxen ein.

»Ja, habe ich. Rein prophylaktisch. Ich kenne die ja nicht.«

»Und dieser Hainhölzer Straßengang lagen dann wohl auch nur die Gesundheit der Partygäste und der Ruf des Veranstalters am Herzen, als sie die Band bedroht haben?«

Schaller stöhnt genervt. »Verdammt, ich weiß es nicht. Vielleicht haben sie einfach nur Streit gesucht. Leider sind die manchmal so drauf, dass sie gar keinen Anlass brauchen, um gewalttätig zu werden. Ich denke, es ging denen einfach tierisch auf den Sack, dass da diese Schnösel in ihren Poloshirts anspaziert kommen und eine fette Party schmeißen wollen. Die haben Angst vor der Konkurrenz, Angst, dass die es besser machen. Diese verwöhnten Elitekinder haben ja auch mehr Kohle in der Hand, die können ein finanzielles Risiko eingehen – der Papa wird es dann schon wieder richten. Verstehen Sie, bis jetzt waren die Jungs hier die Größten, wenn so eine Party gut lief. Die haben was zu verlieren.«

»Ja, ich verstehe«, räumt Völxen versöhnlich ein.

»Was ist mit dem Handy des Opfers?«, fragt der LKA-Ermittler.

»Es ist weg. Ein teures Blackberry. Die Verbindungsnachweise des Providers sind, wie üblich, noch nicht da, und die Ortung war bislang vergeblich.«

»Tun Sie mir einen Gefallen, Herr Völxen?«

»Der wäre?«

»Wirbeln Sie keinen unnötigen Staub auf, das würde die ganze Mühe der letzten Wochen zunichtemachen. Dafür biete ich Ihnen an, Augen und Ohren offen zu halten, falls ich was mitkriege in Sachen geklautes Handy oder was auch immer mit Ihrem Fall zu tun hat.«

»Einverstanden.« Völxen winkt der Bedienung zum Zahlen. »Darf ich Sie mal was fragen?«

»Klar.«

»Diese Rappersache – gehört das zu Ihrer Tarnung oder macht Ihnen das Spaß?«

»Beides. Ich hoffe, dass ich mal von meiner Musik leben kann. Im Moment sieht es gar nicht so schlecht aus. Ich kann es mir nämlich kaum noch vorstellen, den ganz normalen Dienst als Beamter.«

Die Kellnerin bringt die Rechnung, Schaller zieht ein paar zerknitterte Scheine aus seiner Hosentasche.

»Lassen Sie, das geht auf mich«, sagt Völxen. Rasch

sind die Scheine wieder verschwunden. Völxen hat gerade bezahlt, nicht ohne ein großzügiges Trinkgeld zu geben und noch einmal die Torte zu loben, als sich ein Junge zögernd ihrem Tisch nähert. Er ist etwa sechs, sieben Jahre alt und hat ein aufgeschlagenes Schulheft und einen Filzstift in der Hand. An seinem Ziel angekommen, wirft er einen unsicheren Blick über die Schulter, zu einer Frau, die zwei Tische entfernt sitzt und ein Baby aus einem Gläschen füttert. Sie nickt ihm aufmunternd zu, und der Junge murmelt mit schüchtern gesenktem Kopf: »Kann ich bitte ein Autogramm haben?«

»Von mir?«, fragt Völxen augenzwinkernd. Der Junge blickt auf, schüttelt voller Ernsthaftigkeit den Kopf und deutet auf Jamil Schaller alias Oumra. »Nein, von dem.«

Der Rapper entblößt seine komplette Zahnreihe und winkt das Kind heran. »Yo, Mann, komm her, Mann! Ein Autogramm willst du? Klar, Bruda, her mit dem Ding.« Er schnappt sich das Heft und wirft seinen Künstlernamen schwungvoll und ziemlich unleserlich quer über die Seite, während er Völxen entschuldigend zuwinkert, als wolle er sagen: *So ist das eben, wenn man ein Star ist.* Dann gibt er dem Kind das Heft und den Stift zurück.

»Danke!«, haucht der Junge, der inzwischen vor Aufregung knallrote Wangen bekommen hat.

»Yo, geht klar, Bruda!«

Der Junge wendet sich zum Gehen, dreht sich dann aber noch mal um und sagt mit piepsiger Stimme: »Und schießen Sie bitte weiter so viele Tore für 96, Herr Ya Konan.«

Fernando hat seine Füße neben der Tastatur abgelegt, kaut auf einem Bleistift herum und wippt dabei auf dem Schreibtischsessel vor und zurück. Was hat es mit dieser Geheimniskrämerei um diesen Oumra auf sich? Ist der Mann vielleicht Gegenstand eines Zeugenschutzprogramms? Aber solche Personen verhalten sich im eigenen Interesse möglichst unauffällig, treten nicht als Rapper auf und lassen sich erst recht nicht bei jeder Gelegenheit für Stadtmagazine und Konzertplakate ablichten. Egal, das wird sich klären, sobald er mit Völxen gesprochen hat. Bis dahin wäre es gut, wenn er rauskriegen könnte, wer diese Jungs waren, mit denen sich Olaf und seine drei Freunde gestritten haben – schon um Völxens Frage, die garantiert kommen wird, zu begegnen, was er denn den ganzen Tag gemacht hat. Ein Geistesblitz lässt ihn zum Handy greifen.

»Sag mal, Cornelius, dieses Konzert von eurer Band in der *Glocksee* in Linden … Es hat doch bestimmt irgendeiner deiner Kumpels ein Video davon gemacht, oder?«, fragt Fernando den *Grizzly*-Sänger und denkt dabei: Heutzutage wird doch alles aufgenommen, von der Dickdarmuntersuchung bis zum Gangbang.

»Ja, klar«, antwortet Cornelius Seifert. »So ein Typ aus der Zwölften hat mit 'ner richtigen Profikamera gefilmt. Der Anfang wurde schon auf YouTube hochgeladen. Aber dann haben diese Idioten ja das Konzert gestört.«

»Gibt es Aufnahmen, auf denen ›diese Idioten‹ zu sehen sind?«

»Sie meinen, sozusagen den *Director's Cut*?«

»Die gesamte Aufnahme, ja.«

»Der Typ hat die bestimmt noch. Soll ich ihn mal fragen?«

»Das wäre zu gütig.«

»Kein Problem, ich sag dem Bescheid. Wohin soll er die Datei schicken?«

Fernando nennt dem Jungen die dienstliche Mailadresse, legt auf und lächelt grimmig. Na also, geht doch!

Fürs Erste zufrieden sucht der Kommissar die Toilette auf. Während er sich die Hände wäscht, wirft er seinem Spiegelbild einen tiefen Blick zu. Seine Augen blicken tief zurück. Wenn ich so schaue, sehe ich Antonio Banderas wirklich unheimlich ähnlich, findet Fernando. Hoffentlich kriege ich diesen Blick auch vor der Kamera hin. Vorsichtshalber übt er ihn noch ein paarmal. Ja, den Kopf ein wenig gesenkt, das ergibt eine sehr geheimnisvolle, erotische Ausstrahlung. Soso, und den Dreitagebart findet Frau Dr. Böger also sexy. Die Dame hat offenbar Geschmack. Geschmeichelt feuchtet er sich die Finger an, fährt damit durch sein gegeltes Haar und streicht es zurück. Vielleicht die Lider etwas gesenkt und ein verhaltenes Lächeln – nein, das ist debil. Aber so sieht es gut aus, den Blick über die Schulter, das Kinn höher, stolz und aufrecht, eben durch und durch der Enkel eines Stierkämpfers. Man muss mein spanisches Temperament spüren können, wenn ich vom Plakat herunterblicke auf das gemeine Volk ...

»So siehst du aus wie der junge König Ludwig II.«

Fernando wirbelt herum. Oda lehnt spöttisch lächelnd im Türrahmen. »Verdammt, was machst du im Herrenklo?«

»Ich bin nicht *im* Herrenklo. Die Tür stand auf, und da sah ich dich herumposen wie einen Teenager. Hast du heute noch ein Date?«

Fernando, der bis unter die Haarwurzeln tiefrot angelaufen ist, murmelt, dass Oda das nichts anginge, und wäscht sich das Haargel ab, das an seinen Fingern klebt.

Oda geht weiter und zwitschert dabei: »Gleich ist Lagebesprechung in Völxens Büro. Mach dich hübsch, Süßer!«

»Wie es aussieht, ist der Fundort nicht der Tatort. Wir wissen von der Aussage des Bruders, dass Olaf um acht Uhr eine Fertigpizza gegessen und das Haus etwa um neun Uhr verlassen hat. Laut Dr. Bächle war die Verdauung sechzig bis neunzig Minuten fortgeschritten. Die Todeszeit muss demnach in etwa zwischen 21:00 und 21:30 Uhr liegen. Die Leiche wurde nach Eintritt der Leichenstarre noch einmal bewegt. Da die Leichenstarre in den Hüft- und Kniegelenken erst zwei bis vier Stunden nach dem Tod vollendet ist, war das also allerfrühestens um 23:00 Uhr.« Jule deutet auf die Pinnwand vor dem Fenster, an der mehrere vergrößerte Tatortaufnahmen hängen. »Das bedeutet, die Leiche wurde auf jeden Fall nach 23:00 Uhr an die Fundstelle verbracht. Wahrscheinlich wurde der Leichnam aus einem Wagen geworfen, es gibt postmortale Schürfwunden im Gesicht, in denen Partikel von Straßenschmutz gefunden wurden. Das könnte auf einen einzelnen Täter hindeuten, der sich mit der Leiche schwertat, immerhin wog der Tote siebzig Kilo. Getötet wurde er durch zwei kräftige Schläge auf den Kopf mit einem stumpfen Gegenstand aus Eisen, der das Scheitelbein und das Schläfenbein zertrümmerte. Der Täter ist entweder deutlich größer als das Opfer, oder der erste Schlag wurde ausgeführt, als Olaf irgendwo saß. Der zweite Schlag, der das rechte Schläfenbein traf, wurde ihm beigebracht, als er schon seitlich am Boden lag. Der Körper weist außer den Wunden am Kopf keinerlei Kampfspuren auf, nur ein paar ältere Hämatome an den Beinen, die vermutlich beim Rugbyspiel entstanden sind. Die Suche nach DNA-Spuren an der Leiche dauert noch an.« Jule hält inne und wirft einen Blick in die Runde: Außer Völxen, Oda, Fernando und Richard Nowotny ist noch Staatsanwalt Hendrik Stevens anwesend. Er hat seinen Stuhl weit in die Ecke geschoben, neben Oscars Hundekorb, als wolle er damit signalisieren, dass er nur ein stummer Zuhörer sein möchte.

Da niemand eine Frage hat, fährt Jule fort: »Olafs Klassenlehrerin hat in den höchsten Tönen von ihm geschwärmt. Er war offenbar ein sehr guter Schüler. Die Befragung seiner Freunde ergab, dass Olaf in einer Band spielte. Deren Mitglieder wurden vor einigen Wochen in der Nähe des Musikzentrums von einer Jugendlichengang aus Hainholz bedroht. Die Namen sind inzwischen bekannt, es handelt sich bei drei von ihnen um aktenkundige Intensivtäter ...«

Fernando unterbricht Jules Redefluss und fragt ebenso verwundert wie vorwurfsvoll: »Woher kennt ›man‹ die Namen dieser Jungs?«

»Ich habe mich mit einem Informanten unterhalten«, antwortet Völxen an Jules Stelle, und als Fernando zu einer weiteren Frage ansetzt, fährt Völxen ihm über den Mund: »Das muss erst mal so reichen.«

Fernando schweigt beleidigt, und Jule macht weiter: »Es handelt sich bei drei von ihnen um dieselben Jugendlichen, die in letzter Zeit Schlagzeilen in der Lokalpresse machen, nämlich Tahir Nazemi, Sascha Lohmann und Sergej Markow. Staatsanwalt Stevens war so nett, uns die Akten zukommen zu lassen.« Jule rafft sich dazu auf, dem in der Ecke sitzenden Staatsanwalt freundlich zuzulächeln. Der nickt kaum merklich, lächelt aber nicht zurück. Ob er das überhaupt kann?

Völxen ergreift das Wort: »Momentan gilt für uns der Adoptivsohn Ruben Döhring als Hauptverdächtiger. Nachbarn beschreiben ihn als latent gewalttätig und sadistisch veranlagt. Allerdings ...«, sein Blick wandert zu Oda, »... hat die Großmutter von Olaf Döhring Olaf ebenfalls als grausam und noch dazu hinterhältig beschrieben. Und sein Rugbytrainer hat auch keine allzu gute Meinung von ihm. Olaf hat gegen ihn intrigiert.«

»Der Trainer hat ein Alibi, allerdings nur von seiner Ehefrau. Beide wollen daheim gewesen sein, vor dem Fernseher«, wirft Oda ein.

»Dann ist da noch Marlene Niebel, eine Exfreundin von Olaf. Wegen dieses Mädchens gab es wohl einmal Streit zwischen Olaf Döhring und Cornelius Seifert, dem Sänger und Gitarristen der Band. Marlene will außerdem erfahren haben, dass Olaf während einer Party das Chormädchen Fiona Kück gezwungen hat, sexuelle Handlungen an seinem Freund Valentin Franke vorzunehmen. Sie meinte, solche Sachen wären der Preis, den die Mädchen zahlen müssten, um in den Chor zu kommen. Fiona Kück und Gwen Fischer gehen in die achte Klasse, Fiona ist fünfzehn, Gwen vierzehn. Unter Olaf Döhring und seinen Freunden Cornelius Seifert und Florian Wächter gab es nach Aussagen von Marlene außerdem so eine Art Wettbewerb, der sich ›Jungfrauen knacken‹ nannte.«

»Nette Jungs«, bemerkt Oda, die neben Jule auf dem kleinen Ledersofa sitzt.

»Und wie geht es nun weiter?« Hendrik Stevens hat die Frage mit leiser Stimme aus dem Hintergrund gestellt.

Alle sehen ihn an, und auch Hauptkommissar Völxen dreht seinen orthopädischen Sessel in Richtung des Staatsanwaltes, ehe er antwortet: »Ruben Döhring wird in diesem Moment aus seiner Wohngemeinschaft abgeholt, Hauptkommissarin Kristensen und ich werden ihn vernehmen. Wie es aussieht, hat er nämlich kein Alibi für die Tatzeit.«

»Wir sollten auch die Alibis von Cornelius und Florian noch einmal genau prüfen«, schlägt Fernando vor. »Angeblich haben sie online miteinander gespielt.«

»Und was geschieht mit den Jugendlichen aus Hainholz?«, fragt Stevens.

»Vorerst gar nichts«, antwortet Völxen.

Stevens hebt stumm die Augenbrauen und fixiert Völxen durch seine tadellos sauberen Brillengläser. Seine Mimik verrät, dass ihm Völxens Vorgehensweise nicht gefällt. Wäre er nicht so neu im Amt und Völxen nicht ein uralter Hase, würde er jetzt sicher motzen, denkt Jule und springt ihrem Chef bei: »Ich halte es ebenfalls für unwahrscheinlich, dass Olaf einen oder mehrere von diesen Jugendlichen am Sonntagabend getroffen hat. Er war ja nicht dumm, wieso sollte er sich in so eine Gefahr begeben? Der Meinung sind übrigens auch seine Freunde.«

»Na dann … wenn seine Freunde das sagen …«, meint Stevens abschätzig. Jule bedauert aufrichtig, dass sie diesen Mistkerl vorhin angelächelt hat. Und hätte ich doch bloß den Mund gehalten! Völxen wird auch ohne mich mit diesem Fatzke fertig. Dieser sagt gerade zu dem Hauptkommissar: »Dennoch schlage ich vor, dass wir die Alibis der Jugendlichen überprüfen und sie gegebenenfalls vorladen.«

»Das werden wir sicherlich tun«, entgegnet Völxen. »Aber was, wenn sie keines haben? Ich hätte schon gerne etwas mehr gegen die Jungs in der Hand, ehe wir ihnen auf den Zahn fühlen. Wie wollen wir die denn sonst zum Reden bringen? Wenn wir denen mit nichts als einer vagen Drohung auf der Straße kommen, lachen die uns doch nur aus.«

Man sieht dem Staatsanwalt deutlich an, dass er damit nicht einverstanden ist. Ein bisschen kann Jule es ihm sogar nachfühlen. Als sie vor drei Jahren in das Dezernat für *Todesermittlungen und Delikte am Menschen* kam, fiel es ihr auch schwer zu realisieren, dass man mit Abwarten manchmal mehr erreicht als mit Aktionismus – warten auf DNA-Auswertungen, auf Laborergebnisse, auf

Telefonverbindungsdaten oder die kriminaltechnische Untersuchung eines Fahrzeugs. Manche Todesfälle werden ganz schlicht in den Labors des Rechtsmedizinischen Instituts oder des LKAs aufgeklärt. Je mehr Fortschritte die forensischen Wissenschaften machen, desto öfter ersetzen sie die klassische Polizeiarbeit. Aber eigentlich müsste Stevens das doch wissen, er ist doch nicht erst seit gestern dabei.

»Aber es ist immerhin eine Spur, die man zu Ende verfolgen sollte«, meint Stevens beharrlich. »Ich möchte unbedingt vermeiden, dass wir uns von vornherein auf nur eine Ermittlungsrichtung festlegen.«

»Das wird nicht passieren, da können Sie ganz beruhigt sein«, antwortet Völxen, nun unverhohlen verärgert. »Schließlich habe ich nicht zum Spaß meinen Nachmittag geopfert, um ihre Namen herauszubekommen. Aber alles zu seiner Zeit. Im Moment deutet nichts auf einen Zusammenhang hin, außer einer längst zurückliegenden Straßenpöbelei.«

»Gut, wie Sie meinen«, antwortet Stevens spitz.

Zum Glück klopft Frau Cebulla in diesem Moment an die Tür und meldet, dass Ruben Döhring eingetroffen sei. Völxen nimmt dies zum Anlass, die Runde aufzulösen, nicht ohne Hendrik Stevens zum Abschied zu versichern, er werde ihn selbstverständlich auf dem Laufenden halten.

Und dann passiert es doch: Als der Staatsanwalt an der Tür fast mit Jule zusammenprallt, bleibt er abrupt stehen und lächelt: »Bitte nach Ihnen, Frau Wedekin.« Jule, immer noch sauer, lächelt nicht zurück und schlüpft vor ihm durch die Tür, die er ihr aufhält. Er muss sein Rasierwasser erneuert haben, bemerkt sie dabei. Er ist also ein bisschen eitel. Nun ja, besser als ungepflegt. Trotzdem ist er ein Arsch.

Völxen ruft Oscar zurück, der Frau Cebullas Spur aufgenommen hat, wohl in der Hoffnung, noch mehr Kekse zu ergattern. Er deutet auf den Hundekorb. »Platz!«

Mit unendlich langsamen, plötzlich sehr steifen Bewegungen steigt Oscar in den Korb, von wo aus er sich noch kurz auf ein Duell der Blicke mit seinem Herrchen einlässt, ehe er sich drei Mal um die eigene Achse dreht und schließlich mit missmutigem Seufzen auf sein Kissen sinkt, während Völxen ansetzt: »Ach, Fernando, wegen diesem Jamil Schaller …« Aber Fernando ist nicht mehr im Zimmer – es ist überhaupt keiner mehr da. »Alle weg«, sagt der Hauptkommissar zu seinem Hund. »Wie die Kakerlaken, wenn man das Licht anmacht.« Er verlässt ebenfalls sein Büro, um sich bei Frau Cebulla einen Tee zu holen, und sieht dabei Fernando in Richtung Treppe eilen, den Motorradhelm unter dem Arm. »Wo rennt der hin?«, fragt er Jule, die im Flur steht und ihrem Kollegen ebenfalls verwundert nachschaut.

»Keine Ahnung. Er sagte nur, Sie wüssten schon Bescheid.«

»Ich?«, fragt Völxen erstaunt. Verdammt, wird er allmählich tüdelig? Das ist nun schon das zweite Mal an diesem Tag, dass ihm so etwas passiert.

»Ja. Sie und der Vizepräsident«, wiederholt Jule Fernandos geheimnisvolle Andeutung.

Völxen schlägt sich vor die Stirn. »Ach, du Schande. Dieser Quatsch!«

»Um was geht es denn?«, fragt Jule, brennend vor Neugierde.

»Sie werden es bald sehen«, sagt Völxen und grinst dabei geheimnisvoll.

Es ist zehn nach sechs, als Fernando seine Guzzi Bellagio abstellt. Er sieht alles andere als frisch aus, und zum Friseur hat er es auch nicht mehr geschafft. So abgehetzt soll er *das neue Gesicht der Polizei Niedersachsens* werden? Hoffentlich ist jemand da, der ihn ein bisschen herrichten kann. Aber zu einem professionellen Shooting gehört schließlich auch eine Maskenbildnerin, das weiß man spätestens seit *Germany's next Topmodel*. In dem alten Industriegebäude unterhalb des Westschnellwegs sind etliche Büros, Ateliers und kleine Werkstätten untergebracht. Er folgt einem Schild, das auf das Fotostudio hinweist. Hier, hinter dieser weißen Stahltür, wird seine Karriere ihren Anfang nehmen. Fernando öffnet sie feierlich und stutzt. Der große Raum ist voller Menschen. Mindestens zwanzig Leute sind da, und alles Polizisten, das sieht Fernando auf den ersten Blick, nicht nur, weil einige ihre Uniform tragen. Ein paar davon kennt er sogar, und schon blökt Mike Czerny vom Raub: »Da ist er ja endlich! Mensch, Rodriguez, alles wartet auf dich!«

Schön, aber was, zum Teufel, machen die anderen alle hier? Ein langhaariger Typ, etwa in Fernandos Alter, drängelt sich zu ihm durch, ein Kameraobjektiv baumelt ihm vor dem Bauchansatz herum. »Ich bin Martin Reichel, der Fotograf, und Sie sind …« Fernando quetscht seinen Namen durch die zusammengebissenen Zähne. »Schön, Herr Rodriguez, dann können wir mit dem Gruppenfoto anfangen. Bitte stellen Sie sich in zwei Zehnerreihen vor diese Wand.«

Fernandos eben noch rosige Zukunftsaussichten schwärzen sich rasant. Ein Gruppenfoto? Von wegen *das neue Gesicht der Polizei Niedersachsens*. Jetzt sind es schon zwanzig neue Gesichter! Zwölf Männer, acht Frauen. Fernando kocht vor Wut. Man hat ihn reingelegt! Am liebsten würde er sofort wieder gehen, aber wie würde das aussehen? Ob diese scheinheilige Dr. Böger die anderen wohl auch mit so unverschämten Lügen geködert hat? Egal, bringen wir es hinter uns. Resigniert fährt er sich durch die Haare und stellt sich zu den anderen. Er muss auf den Zehenspitzen balancieren und den Hals lang machen, denn vor ihm steht so ein blonder Gaul von einer Frau …

»Moment mal, so geht das nicht! Sie da, Herr Rodriguez, kommen Sie nach vorn, und Sie, Frau …«

»Klaasen. Meike Klaasen.«

»Frau Klaasen, bitte tauschen Sie den Platz mit Herrn Rodriguez.«

Die Blonde – sie wäre ja hübsch, wenn sie nicht so riesig wäre – lächelt Fernando zu und schiebt sich in die hintere Reihe. Fernando platziert sich vor sie, ein paar Kerle grinsen. Fernando ballt die Fäuste.

»Sie müssen nicht alle lächeln, aber bitte auch nicht total finster dreinschauen. Versuchen Sie, ganz natürlich auszusehen. Herr Rodriguez, ein bisschen freundlicher, wenn's geht.«

Es ist gar nicht so einfach, wie Fernando gedacht hat. Mal müssen sich alle nach links, dann nach rechts drehen, dann in verschiedene Richtungen schauen. Mal sollen sie lachen, dann wieder nur lächeln, ein paar müssen noch die Plätze tauschen, aber Fernando bleibt in der ersten Reihe, ein verkrampftes Lächeln ins Gesicht gemeißelt. Nein, Model, das ist doch kein Job für ihn, erkennt Fernando, das ist was für Schwuchteln und Weicheier.

»So, das war's. Dann darf ich die Herrschaften verabschieden und mich ganz herzlich für Ihre Mitarbeit bedanken!« Der Fotograf legt seine Kamera auf den Tisch.

Gott sei Dank! Fernando löst sich aus der Gruppe und schnappt sich seinen Helm. Nichts wie raus hier! Zum

Glück habe ich Jule nichts davon erzählt, vielleicht erkennt mich auf dem Gruppenfoto ja gar keiner.

»Herr Rodriguez! Wo wollen Sie denn hin?«, ruft der Fotograf.

»Äh, ich?«

»Ja, Sie. Bleiben Sie bitte hier, von Ihnen und Frau Klaasen mache ich gleich noch die Einzelporträts.«

Fernando, schon in der Tür, dreht sich wieder um. Meike Klaasen hat bereits vor einem Frisiertisch Platz genommen und streicht sich mit einer Puderquaste über die Nase. Wenn sie sitzt, ist sie wirklich sehr hübsch.

»Sie beide werden doch *die neuen Gesichter der Polizei Niedersachsens*«, verkündet der Fotograf. »Hat Ihnen das Frau Dr. Böger nicht gesagt?«

»Doch, natürlich. Ich wollte nur mal kurz … Luft schnappen.«

»Also, wer möchte zuerst?«

»*Ladies first*«, lächelt Fernando und legt seinen Motorradhelm wieder hin.

»Jule, meinst du nicht, dass wir mit diesen Mädchen sprechen sollten?«

Jule lässt die Akte von Sascha Lohmann sinken, sie hat genug gesehen: ein sattes Straftatenregister für einen Sechzehnjährigen. Oda lässt sich in Fernandos Chefsessel fallen. Sie sieht müde aus, der Fall scheint ihr nahezugehen.

»Die Chormädchen? Ja, du hast recht.« Als Jule vorhin, während des Meetings, von ihnen gesprochen hat, war ihr derselbe Gedanke gekommen. Sie hat nochmals in ihren Notizen nachgelesen, welche Alibis Fiona Kück und Gwen Fischer angegeben haben. Fernsehen mit der Familie – Fiona. Das lässt sich leicht nachprüfen. Gwen Fischer – lernen in ihrem Zimmer.

»Vor allen Dingen würde ich gern mit Gwen, der jüngeren, reden. Die andere erschien mir etwas dickfelliger«, meint Jule.

Oda schätzt an Jule, dass sie rasch kapiert und Ratschläge annehmen kann, ohne beleidigt zu sein. Zumindest von ihr. »Gwen … Olafs Mutter hat diesen Namen erwähnt. Sie war wohl ab und zu bei Olaf zu Hause.«

»Jetzt sofort?«, fragt Jule.

»Nein, morgen. Völxen und ich müssen ja noch Ruben Döhring in die Zange nehmen, das kann dauern. Mach doch Feierabend.«

»Ja, gleich. Sag mal, findest du auch, dass der neue Staatsanwalt ein Riesenarschloch ist?«

Oda grinst nur.

»Was gibt es da zu grinsen?«, fragt Jule.

»Nichts. Ich find ihn ganz niedlich.«

»Niedlich? Den?« Ein paar Töne aus Chopins Klavierkonzert Nr. 1 in e-Moll beendet die Unterhaltung. Jule fischt ihr Handy aus der Tasche. Sie ahnt, weshalb ihre Mutter anruft. Einen Moment lang ist sie versucht, den Anruf wegzudrücken, andererseits wird sie hier, im Dienst, eher eine Ausrede finden, um das Gespräch kurz zu halten. »Meine Mutter«, seufzt sie, und Oda verlässt mit halb mitfühlendem, halb schadenfrohem Lächeln das Büro.

»Hast du es schon gehört?«

»Ja, Mama.«

»Und? Was sagst du dazu?«

»Es war vorauszusehen.«

»Dieser eitle alte Idiot! Nicht nur, dass es gewissenlos ist, in seinem Alter noch ein Kind in die Welt zu setzen, aber ich wette, der hat nicht ein einziges Mal daran gedacht, wie du und ich uns dabei fühlen!«

»Wenigstens sorgt er dafür, dass meine Pension gesichert ist«, wagt Jule einen schwachen Scherz, aber Cordula Wedekin ist nicht nach Scherzen.

»Garantiert hat ihn diese Schlampe reingelegt. Mir könnte das ja egal sein, aber ist dir klar, Alexa, dass dieser Bastard auch noch erbberechtigt ist, ist dir das klar? Ich habe schon Dr. Vockenstedt angerufen, man muss sehen, was man da noch retten kann, Gott sei Dank haben wir den Besitz vor der Scheidung aufgeteilt und alles vertraglich geregelt, sonst hätte der Bankert womöglich noch das Geld geerbt, das von meiner Mutter stammt …«

Jule hält das Telefon einen halben Meter von ihrem Ohr weg, während Cordula Wedekin Gift und Galle spuckt. Jule ist offenbar die Einzige, bei der sie sich aussprechen kann. Oder will sie nur wissen, auf welcher Seite ihre Tochter steht?

»Er hat mich eingeladen«, sagt Jule, als ihre Mutter endlich einmal Luft holt.

»Zu was? Zur Hochzeit? Du wirst doch nicht etwa hingehen, oder? Das wirst du doch nicht?« Ihr Stimme überschlägt sich. Der Schmerz über das Zerbrechen ihrer Ehe nach über dreißig Jahren sitzt tief, darüber helfen auch Affären mit jungen Golflehrern nicht hinweg.

»Er ist mein Vater.« Mich hat er ja nicht verlassen, fügt Jule in Gedanken hinzu, obwohl sie sein Verhalten missbilligt und ihr Verhältnis seither etwas abgekühlt ist. Sie treffen sich nur noch ab und zu auf einen Kaffee oder ein Glas Wein in der Stadt. In seiner Wohnung im Zooviertel, die er mit der neuen Lebensgefährtin teilt, war Jule nur ein einziges Mal, und selbst dazu brauchte es mehrere Anläufe. Über mangelnde Loyalität kann sich meine Mutter also wirklich nicht beklagen! Würden mich doch alle beide mit ihrem chaotischen Privatleben in Ruhe lassen!

»Ich muss jetzt Schluss machen, Mama, ich muss in ein Meeting. Ein fünfzehnjähriger Junge ist umgebracht worden. *Das* ist wirklich schlimm.«

»Denkst du, das weiß ich nicht?«, schreit ihre Mutter, und Jule durchzuckt ein eisiger Schrecken. Verdammt! Sie hat doch tatsächlich für einen Moment vergessen, dass auch ihre Mutter schon den Tod eines Kindes, Jules Bruder, verkraften musste. »Mama, es tut mir leid, ich ...«

Aufgelegt.

»Scheiße!« Jule schlägt mit der Faust auf den Tisch. Dann legt sie das Gesicht in ihre Hände und fühlt sich mies.

Das Aufnahmegerät ist eingeschaltet, Ruben Döhring wurde soeben von Oda Kristensen über seine Rechte belehrt. Er sitzt im Verhörraum, ihm gegenüber Oda und Völxen.

»Ich brauche keinen Anwalt, ich habe nichts gemacht.«

»Gut. Dann schildern Sie mir doch mal, wie Sie den gestrigen Tag verbracht haben.«

»Ich bin gegen Mittag aufgestanden, dann habe ich gefrühstückt, mit Leif, das ist ein Mitbewohner. Dann habe ich ... ich weiß nicht mehr ... bisschen im Internet gesurft und gelesen. Später habe ich meine Wäsche zusammengepackt und bin nach Waldhausen gefahren.«

»Mit Ihrem Wagen.«

»Ja.«

»Das ist ein ungewöhnliches Auto für einen Studenten«, bemerkt Völxen.

»Es gehörte meinem Großvater. Oma hat es mir geschenkt, nachdem er gestorben war.«

»Gut«, fährt Oda fort. »Sie fuhren also in Ihr Elternhaus. Wann?«

Genervtes Stöhnen. »Ahh, keine Ahnung. Oder doch: Ich war gegen sechs Uhr da. Meine Oma hat gerade zu Abend gegessen, sie isst immer um sechs.«

»Haben Sie Ihre Eltern noch getroffen?«

»Nein. Wie gesagt, ich war zuerst noch bei meiner Großmutter. Von dort aus habe ich dann gesehen, dass sie weggefahren sind. Unser Nachbar war auch dabei, der Tiefenbach.«

»Wussten Sie, wohin Ihre Eltern wollten?«

»Nein, aber Oma hat mir erzählt, dass sie Karten für dieses bescheuerte Varieté hatten. Sie war wohl auch eingeladen, aber sie kann nicht mehr stundenlang ruhig sitzen.«

»Wussten Ihre Eltern, dass Sie an diesem Abend zum Wäschewaschen kommen würden?«

»Ja. Ich hatte es angekündigt, am Samstag.«

»Haben sie Ihnen da gesagt, dass sie Sonntagabend im Varieté sein würden?«

»Nein. Ich hatte eine SMS geschrieben, dass ich komme.«

»Wem haben Sie die geschrieben?«

»Constanze.«

»Kam darauf eine Antwort?«

»Nein.«

»Wie lange lag der letzte Besuch zurück?«

Ruben überlegt. »Zwei Wochen.«

»Auch zum Wäschewaschen?«

»Ja, glaub schon.«

»Waren Sie enttäuscht, als Sie Ihre Eltern am Sonntagabend wegfahren sahen?«

»Nein.«

»Sie sind also nur dorthin gefahren, um zu waschen, nicht, um Ihre Eltern zu sehen«, stellt Oda fest.

»Ja. Ist das verboten?«

Oda antwortet nicht, fragt weiter: »Ihr Wagen stand vor der Tür?«

»Ja.«

»Also konnten Ihre Eltern sehen, dass Sie da waren. Haben die beiden nicht mal kurz bei Ihrer Großmutter reingeschaut, Ihnen Hallo gesagt?«

»Nö.«

»Warum nicht?«

»Was weiß ich denn? Wahrscheinlich hatten sie es eilig.«

»Hatten Sie Streit mit Ihren Eltern?«

Eine Zornesfalte gräbt sich zwischen Rubens dunkle Augenbrauen. »Nein, verdammt. Ich wollte sie nicht unbedingt sehen, und sie mich wohl auch nicht. Komme ich dafür nun ins Gefängnis?«

»Dafür nicht«, meint Oda. »Wie ging es weiter?«

»Ich bin rauf und habe die Wäsche in die Maschine getan.«

»Da war es wie spät?«

»Vielleicht sieben.«

»Wo steht die Waschmaschine?«

»Im Hauswirtschaftsraum neben der Küche. Dann habe ich mir ein Brot mit Käse gemacht, habe ein bisschen am Laptop rumgedödelt und nebenbei ferngesehen.«

»Was kam?«

»Irgendwas. Nachrichten und so. Hab öfter umgeschaltet.«

»Und wann kam Olaf?«

»Das habe ich doch schon gesagt, so gegen acht. Er ist gekommen und hat sich eine Pizza gemacht.«

Aber diese Angabe reicht Oda längst nicht mehr. Sie verlangt Details. Ob Olaf den Backofen vorgeheizt hat, welche Sorte Pizza es war, wann er sie in den Ofen schob, wann wieder herausholte. Sie will wissen, wo sich Olaf zwischen den einzelnen Arbeitsschritten aufhielt, wo Ruben in der Zeit war, was Olaf anhatte, was Ruben anhatte. Sie wird diese Details bei nächster Gelegenheit wieder abfragen, und Gnade ihm Gott, sollte sich da eine Abweichung ergeben.

»Und dann? Als die Pizza fertig war?«

»Dann kam er ins Wohnzimmer, mit seiner Pizza und 'ner Cola, und hat sich neben mich vor die Glotze gesetzt. Ja, jetzt weiß ich es wieder, da liefen gerade die Nachrichten. Er hat mir ein Stück angeboten, aber ich wollte keins.«

»Wie war die Stimmung zwischen Ihnen beiden?«

»Die Stimmung? Ganz normal. Wir hatten keinen Zoff, wenn Sie das meinen. Sonst wäre er ja wohl nicht ins Wohnzimmer gekommen und hätte mir von seiner Pizza angeboten.«

»Wie ging es weiter?«

»Nachdem er sie gegessen hatte, ist er rauf in sein Zimmer.«

»Was tat er dort?«

»Das weiß ich doch nicht!«, ruft Ruben. »Ich war unten und habe ferngesehen. Und zwischendrin mal die Wäsche von der Maschine in den Trockner gepackt.«

»Wann zwischendrin?«

»Herrgott, ich habe doch nicht auf die Uhr geschaut! Als sie eben fertig war. Das hört man, wenn die Küchentür auf ist und die Maschine schleudert.« Je aufgebrachter Ruben ist, desto ruhiger und beharrlicher befragt ihn Oda: »Haben Sie Ihren Bruder an dem Abend noch einmal gesehen?«

»Nein. Ungefähr um neun Uhr habe ich gehört, wie er die Treppe runterkam. Aber er ist nicht reingekommen, ich habe nur gehört, wie er seinen Schlüsselbund nahm, und kurz darauf schlug die Wohnungstür zu.«

»Wie? Heftig? Wütend?«

»Nein, ganz normal. Aber man hört es trotzdem.«

»Er hat sich also nicht von Ihnen verabschiedet.«

Ruben wirkt einen Moment nachdenklich, dann sagt er: »Nein, hat er nicht. Jetzt, wo Sie so fragen … Ja, das ist eigentlich komisch. Normalerweise hätte er das getan. Er war immer sehr auf Höflichkeit bedacht.«

»Gab es oft Brot und Pizza?«, fragt Oda.

Ruben sieht die Kommissarin verblüfft an. »Wie meinen Sie das?«

»Ihre Mutter – kocht sie nicht?«

»Doch, klar. Immer.«

»Ihre Eltern wussten, dass Sie und auch Olaf an diesem Abend allein zu Hause sein würden und dass Olaf wahrscheinlich hungrig vom Spiel kommt. Hat sie nichts zum Essen vorbereitet?«

Ruben lacht trocken auf. »Ach, das meinen Sie. Doch, doch. Sie hatte so einen Eintopf vorbereitet: Grünkohl mit Bregenwurst und Kassler. Kann auch sein, dass Oma den gemacht hat. Ja, ist sogar wahrscheinlich, die kocht oft so Zeug. Aber Grünkohl mochte ich noch nie besonders.«

»Mag Olaf auch keinen Grünkohl, oder warum hat er nichts davon gegessen?«

»Der hat den Deckel hochgehoben und gesagt: ›Nee, da drauf hab ich jetzt echt keinen Bock‹, und hat sich die Pizza rausgeholt.«

»Mögen Sie Ihre Großmutter?«

Er zuckt mit den Achseln. »Ja, schon.«

»Und Ihren Großvater?«

»Der war cool. Schade, dass der tot ist.«

»Er war damals gegen Ihre Adoption, wussten Sie das?« Oda und Völxen beobachten genau, wie Ruben auf diese Frage reagiert.

Ruben ist nicht überrascht. »Ja. Das hat er mir sogar gesagt. Er war nämlich keiner von diesen verlogenen, ekelhaften Gutmenschen.«

»Wer sind ›diese Gutmenschen‹, die Sie ekelhaft finden?«

»Na, Ralf und Constanze und ihre Freundin, die Mutter von Luis.«

»Wie ist Ihr Verhältnis zu Hunden?«

»Zu Hunden?«, wiederholt Ruben erstaunt. »Wieso? Ich mag sie nicht besonders ... Ah, jetzt weiß ich, was diese Frage soll. Hat die blöde Kuh von nebenan wieder behauptet, ich hätte ihren Köter damals vergiftet? Das hätte jeder tun können. Der Hund hat pausenlos gekläfft, wann immer der draußen war, und auch, wenn er mal allein im Haus war, das hat man bis draußen gehört.«

»Und – waren Sie es? Keine Angst, wir ermitteln nicht wegen Mordes an einem Hund.«

»Ich war das nicht!« Ruben ist laut geworden, seine Faust knallt auf den Tisch. »Die soll gefälligst nicht solche Lügen verbreiten, die blöde Schnepfe!«

Völxen räuspert sich, und Oda wechselt das Thema: »Sie nennen Ihre Eltern Ralf und Constanze?«

»Ja. Aber früher habe ich brav Mama und Papa gesagt. Musste ich sogar, damit es nicht auffällt, dass ich ein *Importkind* bin.«

»Nette Formulierung«, meint Oda.

»Stammt von Olaf. Das hat er gern an der Schule rumerzählt.«

»Erinnern Sie sich noch an die Zeit, bevor Olaf geboren wurde?«

»An Rumänien? Da war ich doch noch viel zu klein. Angeblich haben sie mich aus einem Kinderheim geholt. Aber wer weiß, vielleicht haben sie mich auch Zigeunern abgekauft.«

»Ich meinte Ihre Zeit hier«, unterbricht Oda. »Bevor es Olaf gab.«

»Nein. Kaum. Ich war vier, als der zur Welt kam. Ich glaube, am Anfang fand ich es ganz toll, einen Bruder zu bekommen.«

»Und später nicht mehr?«

»Nein. Mit der Zeit kapierte ich, dass nur er der kleine Sonnenkönig war.«

»Glauben Sie nicht, dass es allen älteren Geschwistern so geht wie Ihnen?«

Ruben verzieht einen Mundwinkel. »Kann schon sein. Aber bei mir herrschten erschwerte Bedingungen. Er war das leibliche Kind und ich das gekaufte.«

Oda und Völxen schweigen dazu. Auch Ruben sagt eine Weile nichts, hält die Stille aber nicht lange aus und erklärt: »Wissen Sie, das ist so, als ob man einen Hund aus dem Tierheim holt. Man lässt es sich zwar nicht anmerken, aber irgendwie verlangt man doch, dass der Hund einem dafür dankbar ist. Und wehe, er ist es nicht.«

»Sie sind es also nicht?«

»Finden Sie, dass ich das sein muss?«

Oda fragt zurück: »Sie studieren – was?«

»BWL. Das Semester fängt nächste Woche an.«

»Wovon leben Sie momentan?«

»Sie überweisen mir jeden Monat Geld.«

»Ihre Adoptiveltern, nehme ich an. Wie viel?«

»Achthundert.«

»Nicht schlecht, oder? Wenn man bedenkt, dass Sie ja auch zu Hause wohnen könnten.«

»Da sehen Sie mal, was es denen wert ist, mich los zu sein.«

»So kann man es natürlich auch sehen«, räumt Oda ein.

Ruben fragt: »Was hat das mit Olaf zu tun?«

»Nichts. Ich finde nur, Sie hätten es schlechter treffen können, als in einer Villa in Waldhausen aufzuwachsen.«

Ruben zuckt die Achseln. »Ein Kind aus so einem Scheißland wie Rumänien adoptieren – das macht man doch erst, wenn alles andere nichts gebracht hat, oder?«

»Fühlen Sie sich so? Zweitklassig?«

»Ich mich nicht. Aber für die bin ich es schon. Ich wette, sie bedauern, dass es Olaf getroffen hat und nicht mich.«

Sein Selbstmitleid beginnt Oda anzuöden. »Mag sein«, sagt sie. »Gab es Gründe, warum Sie sich nach Olafs Geburt zurückgesetzt fühlten? Bekamen Sie weniger Spielzeug, weniger Liebe, weniger Aufmerksamkeit?«

»Nein. Sie haben sich sehr bemüht, dass es ›gerecht‹ zugeht. Das ist ihr Lieblingswort: gerecht. Aber man hat es in ihren Augen gesehen: Die Art, wie sie ihren kleinen Prinzen Olaf angesehen haben – so haben sie mich nie angesehen, so stolz und gerührt. Blut ist eben doch dicker als Wasser. Und dabei hat er es gar nicht verdient, diese linke Ratte!«

»Inwiefern war Olaf eine ›linke Ratte‹?«

Ruben schnaubt erbost: »Der war so raffiniert! Wenn er was anstellte, hat er es immer geschafft, dass ich es in die Schuhe geschoben bekam. Wenn er vom Rad gefallen ist, hat er behauptet, ich hätte ihn geschubst. Er hat sich in den Finger gebissen und dann behauptet, ich wäre es gewesen. Oder er hat mich wirklich so lange gereizt, bis ich ausgerastet bin. Und wenn ich ihm dann wirklich mal eine geklebt habe, dann hat er gebrüllt wie am Spieß, als hätte ich ihn umbringen wollen.«

»Und? Wollten Sie?«, fragt Oda.

»Was?«

»Na, ihn umbringen, den kleinen Lügner, den hinterhältigen.«

»Als Kind schon ab und zu«, gibt Ruben zu.

»Sie hassten ihn also.«

»Ja, manchmal. Aber mehr noch Constanze, die immer auf ihn reinfiel, die immer ihm geglaubt hat, nie mir.«

Oda runzelt die Stirn. »Gut, aber es war nicht immer Olaf. Sie sind bei der Staatsanwaltschaft aktenkundig: Da hätten wir im Angebot: Körperverletzung, Besitz von Betäubungsmitteln, Vandalismus ... Und da war doch noch die kleine Spritztour im Auto Ihres Vaters, die an einem fremden Gartenzaun endete ...«

»Sie haben Ihre Hausaufgaben aber gründlich gemacht«, bemerkt Ruben zynisch. »Ja, ich hab auch manchmal Scheiße gebaut, klar. Aber ich habe es nie auf andere geschoben.«

»Verstehe. Und später, als Sie älter waren, wollten Sie Ihren Bruder da immer noch umbringen?«

»Ich wollte ihn nie umbringen ...«

»Aber das haben Sie doch eben zugegeben.«

»Nein, habe ich nicht. Ich war halt nur manchmal wütend auf ihn. Später hat sich das gelegt. Ich habe ihn langsam durchschaut und mich nicht mehr so leicht reinlegen lassen. Ich bin ihm, so gut es ging, aus dem Weg gegangen.«

»Aber nicht gestern Abend«, stellt Oda mit schneidender Stimme fest: »Da konnten Sie ihm nicht aus dem Weg gehen, und Ihre Eltern waren auch nicht da ... Was war los? Ein dummer Spruch von Olaf? Krach ums Fernsehprogramm? Hat er die letzte Pizza rausgenommen, die eigentlich Sie haben wollten?«

»Was? Nein!«

»Der berühmte nichtige Anlass, der dann eskaliert? Aber dieses Mal war ein Mal zu viel. Jahrelang haben Sie sich schikanieren lassen, jahrelang haben Sie sich wie das fünfte Rad am Wagen gefühlt. Ohne Olaf wären Sie der Prinz gewesen. Ein Import-Prinz vielleicht, aber ein Prinz. Doch durch Olafs Geburt wurde Ihr vermeintlicher Makel erst riesengroß.«

Ruben schüttelt den Kopf und verzieht spöttisch den Mund. »Was soll das hier werden? Eine Psychoanalyse? Wo ist die Couch?«

Oda beantwortet seinen Einwurf nicht. »Und gestern hat es Ihnen gereicht, gestern haben Sie sich endlich mal gewehrt gegen diese *linke Ratte*. War es nicht so?« Sie hat sich über den Tisch gebeugt, ihr Blick durchbohrt den jungen Mann, der jetzt protestierend die Hand hebt.

»Nein. Das ist doch totaler Quatsch. Es war so, wie ich es Ihnen gesagt habe. Es lief alles ganz cool ab.«

»Was? Was lief ›cool‹ ab?«

»Der Abend. Es gab keinen Streit. Ich hab ihm nichts getan.« Ruben lässt ein paar Augenblicke verstreichen, ehe er kurz auflacht und meint: »Das werden Sie mir jetzt zwar nicht glauben, aber komischerweise haben wir uns in letzter Zeit sogar ganz gut verstanden. Seit ich ausgezogen bin. Wir chatteten manchmal, und ich war sogar mal auf so einem Konzert von seiner Band. War ganz cool.«

Völxens Magen knurrt. Er räuspert sich, um das Geräusch zu übertönen, und fragt dann: »Wann haben Sie das Haus Ihrer Eltern wieder verlassen?«

»Gegen zehn. Als die Wäsche durch war. Das habe ich Ihnen doch schon alles gesagt.«

»Sie haben Ihr Laptop liegen lassen. Warum?«

»Keine Ahnung.«

»Was hat Sie so verwirrt?«, will Völxen wissen.

»Gar nichts. Ich habe es eben vergessen, auf dem Sofa. Ist Ihnen das noch nie passiert, dass Sie was liegen lassen?«, fragt Ruben den Kommissar nun sichtlich gereizt.

»Gut. Sie nahmen also Ihre Wäsche. Und dann?«

»Dann bin ich nach Hause. Also, in meine WG.«

»Direkt?«

»Ja.«

»Gibt es Zeugen?«

»Als ich ankam, habe ich Leif und seine Freundin getroffen, die sind noch mal raus, in die Kneipe. Und weil ich Lust auf ein Bier hatte, bin ich mit denen noch in die *Mottenburg*. Wir waren da bis halb eins. Ununterbrochen. Sie können sie fragen, falls ich ein Alibi brauche.« Ruben lächelt schnippisch. Man sieht ihm die Genugtuung an. Endlich konnte er diesen Trumpf, den er die ganze Zeit im Ärmel hatte, ausspielen.

»Ja, Sie brauchen eines«, räumt Oda ein. »Aber für die Zeit zwischen neun Uhr und zehn Uhr. In dieser Stunde starb Ihr Bruder. Für diese Zeit haben Sie keine Zeugen, wenn ich mich nicht irre?«

Der Triumph verschwindet aus seinem Gesicht, als hätte man einen Vorhang zugezogen. Ruben schluckt, ballt die Fäuste und sagt: »Wenn Sie irgendwas gegen mich in der Hand hätten, dann würden Sie schon längst in Waldhausen auf dem Parkett rumkriechen und nach Blutspuren suchen.«

Wo er recht hat, hat er recht, denkt Völxen und entscheidet: »Sie können gehen, Herr Döhring, vorerst. Aber wie heißt es so schön: Verlassen Sie bitte in den nächsten Tagen nicht die Stadt.«

Ruben steht auf, er lehnt eine Begleitung zum Ausgang ab. »Ich finde schon selber raus.«

»Ach, da ist doch noch eine Kleinigkeit«, schickt ihm Völxen nach. »Ihren Wagen lasse ich vorsichtshalber zur kriminaltechnischen Untersuchung abholen. Sind Sie nachher zu Hause, oder wollen Sie mir den Schlüssel lieber jetzt gleich geben?«

Ruben knallt den Schlüssel auf den Tisch und geht.

Oda schaltet das Aufnahmegerät ab. »Das ging ja ziemlich in die Hose.«

Völxen knurrt: »Fragt sich nur, ist er so clever oder ist er unschuldig?«

»Weißt du was, Völxen? Wir beide können uns glücklich schätzen mit unseren Kindern.«

Eigentlich hatte Jule vor, ihre Mutter anzurufen, sobald sie zu Hause wäre, um sich bei ihr für die unbedachte Äußerung von vorhin zu entschuldigen. Aber jetzt hat sie erst einmal Hunger und kocht sich Spaghetti mit Tomatensoße – so ziemlich das einzige Gericht, dessen Zubereitung sie beherrscht. Nachdem sie die Küche aufgeräumt hat und nun auf dem Sofa lümmelt, fällt ihr plötzlich ein, dass sie dringend mal wieder mit Britta telefonieren müsste. Vor gut einem Monat war sie Gast bei der standesamtlichen Trauung ihrer ehemaligen Kollegin vom Revier Hannover-Mitte. Es war schon die dritte Hochzeit in diesem Jahr gewesen, und Britta hatte allzu offensichtlich versucht, ihr den Brautstrauß zuzuwerfen. Aber Jule hat einfach nicht reagiert, und das rosa-weiße Gebinde kullerte ihr vor die Füße. Sie sei wohl ein hoffnungsloser Fall, hat die Braut dazu gesagt und den Strauß selbst wieder aufgehoben.

»Hi, Britta, wie geht's denn so?«

»Jule! Nett, dass du dich auch mal meldest, das hat ja Seltenheitswert. Gut geht es mir. Und Udo auch.« Letzteres wollte Jule gar nicht wissen, aber das ist bei Frischverheirateten wohl nicht anders als bei jungen Eltern: Fragt man die, wie es ihnen geht, bekommt man zur Antwort, dass das Kind Zähne kriegt. Doch Jule ist schon froh, dass ihr Britta wenigstens noch kein triumphierendes »Wir sind schwanger!« entgegenschmettert, denn das bedeutet, dass man sich mit ihr noch wie mit einem normalen Menschen unterhalten kann.

»Und bei dir? Was tut sich an der Männerfront?«

»Es ist kompliziert ...«

Ein halbes Glas Merlot später hat Jule ihrer ehemaligen Kollegin zwei Dinge entlockt: Erstens das Geständnis, ihren Ehemann über eine Internet-Partnervermittlung kennengelernt zu haben, eine Tatsache, die Jule längst bekannt war, denn auf der Hochzeit wurde ausgiebig darüber getuschelt. Zweitens den Rat von Britta, es doch auch einmal auf diesem Weg zu versuchen. Genau das wollte Jule hören, Britta war schon immer leicht zu manipulieren. Denn am Sonntagabend, zwischen *Tatort* und *Inspector Barnaby*, hat Jule eine Werbung für eine Internet-Partnervermittlung gesehen und dabei an Britta gedacht und flüchtig erwogen, so etwas tatsächlich einmal auszuprobieren.

»Was, ich? Du lieber Himmel, nein. So was ist nichts für mich«, wehrt Jule scheinbar entrüstet ab.

»Woher willst du das wissen? Wenn es bei mir gelungen ist ... Und ich war ja auch so ein hoffnungsloser Fall.«

»Quatsch!«, antwortet Jule, obwohl sie sich an dem Wörtchen ›auch‹ ein klein wenig stört. Britta ist drei Jahre älter als Jule, eine umgängliche, lebhafte Person, immer etwas zu stark geschminkt und zu blond gesträhnt. Britta selbst findet ihren Hintern zu dick, was wahrscheinlich eine recht realistische Einschätzung ist. Sie und Jule waren oft zusammen auf ›Hühnerstreife‹, wie ein mit zwei Frauen besetzter Streifenwagen bei den Kollegen genannt wird.

»Das kann auch bei dir klappen, wenn du bereit bist, einige Frösche zu küssen …«

›Frösche küssen‹ hört sich überhaupt nicht gut an, findet Jule und fragt: »War's denn so schlimm?«

»Udo war der Sechste – also der Sechste, mit dem ich mich überhaupt getroffen habe. Die, mit denen man nur mal so hin und her mailt oder einmal telefoniert und merkt, dass es nicht passt, zähle ich gar nicht mit.«

»Okay, ich verstehe«, sagt Jule und macht es sich auf dem Sofa bequem, das Laptop mit der Homepage einer Partnervermittlung auf den Knien. »Erzähl. Ich will alles wissen.«

Britta lässt sich nicht lange bitten. »Gleich beim Ersten hat alles scheinbar gestimmt. Wir haben uns länger gemailt, einige Male telefoniert, er sah auch akzeptabel aus, sowohl auf den Bildern als auch in Natura, und wir haben uns echt gut unterhalten. Ich glaube, ich habe ihm auch gefallen …«

»Aber?«

Britta seufzt. »Mundgeruch. Echt übel. Nicht nur Zwiebel oder Knoblauch, sondern wie der Leibhaftige. Das ging gar nicht.«

»Hast du es ihm gesagt?«

»Hab ich nicht fertiggebracht. War vielleicht falsch, aber ich konnte das nicht«, bekennt Britta und ist schon bei Nummer zwei angelangt: »Geschieden, Zahnarzt, schimpfte ständig auf seine Exfrau, während er seine verzogene neunjährige Tochter vergötterte. Es hätte mir aber schon verdächtig vorkommen müssen, dass er mir mehr Bilder von seiner Tochter geschickt hat als von sich«, erkennt Britta jetzt. »Der Dritte war so ein ganz sensibler, Ergotherapeut, aber nach der ersten gemeinsamen Nacht hat er mir alles über seine bisherigen Internet-Bekanntschaften erzählt. Und wenn ich ›alles‹ sage, meine ich wirklich *alles*. Ich habe Dinge erfahren, die ich echt niemals wissen wollte. Da dachte ich: Na toll, von mir wird er dann mal genauso reden. Bestimmt weiß schon die halbe Stadt, wie ich nackt aussehe!«

»Oje«, seufzt Jule und grinst dabei. »Da kann man ja wirklich nicht vorsichtig genug sein.«

»Ich sag's dir, es gibt so viele Verkorkste auf der Welt! Der Vierte zum Beispiel. Der war eigentlich ganz süß, obwohl er nicht besonders groß war. Mitte dreißig, Spanier, irgendwas Besseres bei der TUI ...«

»... und wohnte bei seiner Mutter«, ergänzt Jule.

»Äh – ja, genau. Woher weißt du das?«

»Geraten.« Jule verschweigt Britta, dass Fernando seinen Neueroberungen grundsätzlich erzählt, er sei Manager bei der TUI. Oder NDR-Redakteur.

»Und Nummer fünf war echt der Hammer. Wir waren zwei Mal nett aus, beim dritten Mal haben wir bei mir gekocht – romantisches Dinner bei Kerzenschein, im Bett gelandet, alles prima. Allerdings habe ich mich am Abend zuvor noch gewundert, warum er so eine große Tasche mit sich rumschleppt. Als er sich nach dem Frühstück verabschiedet, nimmt der doch tatsächlich ein Foto von sich – DIN A4 mit Goldrahmen – aus der Tasche und stellt es mitten in mein Wohnzimmerregal!«

»Nein!«, kreischt Jule.

»Doch!«

Während Jule noch immer lachen muss, ist Britta schon bei den praktischen Tipps angelangt: »Lass dir immer frühzeitig ein Foto schicken. Nichts ist peinlicher, als wenn man einen netten Mailkontakt abbrechen muss, weil man viel zu spät sieht, dass das einfach nichts werden kann. Wir sind ja nun einmal Augentiere …«

Jule, die sich Brittas Bräutigam Udo in Erinnerung ruft, wundert sich zwar ein wenig über diese Aussage, aber sie sagt trotzdem: »Klar.« Dann fragt sie ihre Exkollegin: »Sag mal, nach welchem Algorithmus werden eigentlich diese Persönlichkeitsprofile ausgewertet?«

»Algorithmus?«

»Angenommen, ich hätte gerne einen Mann, der gut kocht. Muss ich dann bei meinen Interessen auch kochen ankreuzen, weil bevorzugt Leute mit gleichen Hobbys zusammengeführt werden? Aber das wäre ja in meinem Fall glatt gelogen. Lasse ich es aber weg, dann werden mir die Männer, die kochen können, vielleicht nicht vorgeschlagen, verstehst du?«

»Nein.«

»Pass auf. Wenn einer im Urlaub nur immer ans Meer fährt, und der andere unbedingt in die Berge will, dann kann das kompliziert werden. Aber wenn einer gerne kocht, ist es nicht zwingend notwendig, dass die Partnerin auch gerne kocht, denn zwei Köche kommen sich nur in die Quere. Dagegen ist es wichtig, dass der andere gerne gut isst. Was ich damit sagen will: Ich finde, ehe man das ausfüllt, muss man doch wissen, wie das Programm die Daten verwendet: Ob es nur ganz simpel Gemeinsamkeiten abgleicht oder auch Komplementäre berücksichtigt, also sich ergänzende Verhaltensmuster zweier Menschen.«

»Mensch, Jule! Den Kerlen reichen Maße, Gewicht,

Alter und das Foto. Der Rest interessiert die nicht wirklich. Wenn du einen mit Geld willst, dann gib als Hobby golfen und segeln an«, rät Britta. »Aber weißt du was, Jule? Ich glaube, du bist mehr der Typ fürs Speed-Dating.«

»Super Idee. Dann noch einen schönen Abend.«

Jule klappt das Laptop zu. Sie hat genug gehört und ist zu der Überzeugung gelangt, dass man nicht jede Erfahrung selbst machen muss. Durch das Gespräch mit Britta aufgeheitert, schenkt sich Jule noch einen Merlot ein und schaltet den Fernseher an. Für den Anruf bei ihrer Mutter ist es jetzt zu spät, stellt sie nach einem Blick auf die Uhr fest. Constanze Wedekin schätzt Anrufe nach zwanzig Uhr nicht besonders. Ein Wilhelm-Busch-Zitat kommt Jule in den Sinn:

Wer einsam ist, der hat es gut,
weil keiner da, der ihm was tut.

Und schließlich: Uneingeschränkte Herrscherin über die Fernbedienung zu sein hat ja auch was.

Tian Tang füllt die Weingläser nach und setzt sich wieder neben Oda auf das Sofa. »Danke für das wunderbare Essen!«

»Aber du hast doch gekocht.«

»Aber durch deine Gegenwart wurde es erst zum Genuss!«

Oda lächelt. Sie fühlt sich wohl wie eine Katze beim Sonnenbad. Tian Tang kann wunderbare Komplimente machen und ausgezeichnet kochen. Abgesehen davon, dass kein Mensch auf der Welt die Kunst der Massage so gut beherrscht wie er. Was für ein Glück für sie und ihren Rücken, dass sie ihn vor einem halben Jahr als Zeugen in einem Mordfall vernehmen musste. Mordfall ... dieser tote Junge ... Was sie heute von Olafs Großmutter gehört hat, geht ihr immer noch nicht aus dem Kopf. »Tian, glaubst du, dass es Menschen gibt, die von Grund auf einfach böse sind – egal unter welchen Umständen sie aufwachsen?«

»Du meinst, ob es ein Psychopathen-Gen gibt?«

»Ja.«

»Nun, darüber streitet sich die Wissenschaft ja schon seit Jahrhunderten. Zurzeit ist man wohl gerade wieder der Meinung, dass es sowohl genetische als auch hirnorganische Voraussetzungen für Psychopathie gebe, was sich je nach Sozialisation und Umfeld der Person unterschiedlich auspräge: Die einen würden Verbrecher, die anderen Helden oder Staatspräsidenten.«

»Den Stand des wissenschaftlichen Diskurses kenne ich«, wirft Oda etwas ungeduldig ein.

»Der chinesische Philosoph Xunzi, der dreihundert vor Christus geboren wurde, vertrat die Ansicht, dass der Mensch von Grund auf böse sei. Sein Vordenker, Mengzi, einer der bedeutendsten Nachfolger von Konfuzius, meinte dagegen, der Mensch wäre von Natur aus gut, und nur die Umwelt und schlechte Erfahrungen entfernten ihn von seinem guten Kern. Das ist aber gar nicht so gegensätzlich, wie es auf den ersten Blick erscheint, denn beide glaubten, dass durch das Lernen die in jedem Menschen schlummernden Tugenden zum Vorschein gebracht werden könnten.«

»Interessant, deine Philosophen. Und was glaubst *du*?«

Tian Tang lächelt: »Ich glaube beiden.«

Oda seufzt. Dass er so antwortet, hätte sie sich denken können. Sie widersteht dem Drang, nach draußen zu gehen und einen Zigarillo zu rauchen, und nimmt stattdessen einen Schluck Wein. Man kann ja ein Laster durch das andere ersetzen.

Die feuchte Kälte kriecht durch Nikos Ledersohlen. Verdammt, wo bleibt der Kerl? Wehe, der verarscht ihn! Das kommt davon, wenn man Kompromisse macht. Niko wollte ihn ins *Little Italy* bestellen, aber der Mann lehnte ab. Hatte wohl Angst, erkannt zu werden, es treibt sich ja genug Schickeria in dem Lokal am Steintor herum. Also schlug Niko das Kontrastprogramm vor, die Kaschemme auf der anderen Straßenseite, das *Columbus*. Wer dort auf den Barhockern rumhängt, gehört garantiert nicht zu den oberen Zehntausend. Aber der Typ meinte ziemlich von oben herab, er würde sich auf gar keinen Fall im Rotlichtviertel mit ihm treffen, egal in welchem Lokal. In Nikos Augen eine völlig übertriebene Sorge. Das Steintorviertel ist schließlich nicht die Herbertstraße! Ja, klar, es gibt dort die Striplokale und die Bordelle, aber es ist auch ein Amüsierviertel für die Allgemeinheit. In den vielen Klubs dort verkehrt schon seit Jahren die Spaßgesellschaft, und längst nicht jeder, der da langgeht, kommt aus einem Puff. Muss ja ein ganz schön verklemmter Typ sein, jedenfalls sehr auf seinen guten Ruf bedacht. Ein Landtagsabgeordneter vielleicht? Sonst irgendwie bekannt in der Stadt? Wahrscheinlich. Aber Nutten auf der Straße aufgabeln und dann nicht zahlen, das hat man gern!

Niko steht vor dem Portal der Kreuzkirche, flucht und tritt ungeduldig von einem Bein aufs andere. Er hätte sich nicht auf diesen Scheißtreffpunkt »vor der *Kreuzklappe*« einlassen sollen, hier zieht es wie Hechtsuppe um das mächtige Kirchengemäuer. Eigentlich mag er diesen ruhigen Platz, der in unmittelbarer Nachbarschaft zum Steintor-Kiez liegt. Zwei Welten, wie sie unterschiedlicher nicht sein könnten: im Kiez die Leuchtreklamen, die Partygänger, die *Clubhopper*, die Nutten, die Freier, die Neugierigen, die Leute, die Geschäfte zu erledigen haben, die nach Diskretion verlangen, und ein paar Schritte weiter kaum Menschen, nur die stille, stolze Erhabenheit des alten Kirchenbaus, umgeben von Häusern wie aus Lebkuchen, die dem Gotteshaus ganz nah auf die Pelle rücken. Am Kopfende der Kirche liegt die *Kreuzklappe*, ein Lokal, in dem man schon im Mittelalter gesoffen hat. Dazwischen war es mal ein beliebter Treffpunkt von SA- und SS-Leuten gewesen, und heute ist da ein Türke drin. Im Sommer stehen Tische draußen, es gibt dann kaum ein lauschigeres Plätzchen in der Innenstadt. Aber jetzt sitzt da niemand, dafür ist es schon zu kalt.

Die Tür geht auf, zwei kichernde Pärchen kommen heraus und verschwinden in Richtung Altstadt. Ein heller Glockenschlag ertönt aus siebzig Metern Höhe. Er wird sofort beantwortet von dem dumpferen Schlag der größeren Marktkirche. Zwei Kirchen, die nicht einmal einen Kilometer voneinander entfernt stehen, beide aus dem Mittelalter. Was haben sich die Leute damals nur dabei gedacht? Niko stöhnt genervt auf. Viertel nach elf. Der kommt nicht mehr, der hat mich verarscht, oder er hat Muffe gekriegt. Dabei sollte er lieber Muffe haben, wenn er nicht zahlt. Niko beschließt, vorsichtshalber noch einmal die Kirche zu umrunden. Nicht, dass der dämliche Kerl auf der anderen Seite wartet. Er geht am Café der evangelischen Studentengemeinde vorbei. Alles dunkel da drin. Brave christliche Studenten liegen um diese Zeit wohl schon im Bett – oder sitzen in einer anderen Kneipe. Auf der Ostseite ragt die schnörkelige Duve-Kapelle aus dem ansonsten nüchtern gehaltenen Kirchenbau hervor. Eine Kapelle in einer Kirche, wo gibt's denn das?, hat sich

Niko schon öfter gedacht, sich aber nie die Mühe gemacht, die steinerne Inschrift an der Grabkapelle zu lesen. Davor ist noch Platz für einen sehr kleinen Kirchhof: eine Handvoll alter Grabsteine, die bemoost und windschief aus dem Rasen ragen, umgeben von einer hüfthohen, dornigen Hecke. Eine altmodische Laterne beleuchtet die Szenerie, die an die Kulisse eines Vampirfilms erinnert. Es nieselt schon wieder, das Pflaster ist glitschig, er muss aufpassen, dass er nicht ausrutscht mit seinen dünnen Sohlen. Von der zu erwartenden Kohle wollte er sich endlich mal wieder anständige Schuhe kaufen. Einen gepflegten Mann erkennt man vor allen Dingen an seinen Schuhen, das hat ihm mal eine Hure verraten.

Auch hinter der Kirche, vor dem *Café Kränzchen*, ist kein Mensch zu sehen. Der Vollständigkeit halber geht Niko auch noch an der Westseite der Kirche entlang. Eine Mauer umfasst hier einen winzigen gepflasterten Hof. Scheißdunkel hier. Was ist das? Ist der Kerl doch noch gekommen? An einem Mauervorsprung mit einer Treppe, die zu einem Seiteneingang führt, steht eine Gestalt. Es ist ein Mann, er trägt einen langen Mantel und einen Hut, den er tief ins Gesicht gezogen hat, wie in einem Agententhriller. Er schaut sich nervös um, dann kommt er langsam auf Niko zu. Irgendetwas an seiner Haltung gefällt Niko nicht, die ganze Situation gefällt ihm plötzlich gar nicht mehr, seine Instinkte schlagen Alarm. Nicht, dass er Angst hätte. Er war früher ein recht gefürchteter Buffer, nicht nur einmal ist er mit Messern, Schlagringen und sogar einem Baseballschläger angegriffen worden. Er kann sich wehren, noch immer, so was verlernt man nicht, das ist wie schwimmen oder Rad fahren. Nein, er hat keine Angst, es ist nur ein Gefühl der Wachsamkeit. Er muss aufpassen. Vielleicht hat der Typ ein Messer in der Tasche oder Pfefferspray, Typen wie der machen sich doch vor Angst in die Hosen, und dann sind sie zu allerhand Dummheiten fähig.

Der andere steht jetzt wieder reglos da. Niko nickt ihm zu, um ihm zu bedeuten, dass alles in Ordnung ist. Der Mann kommt ihm ein paar Schritte entgegen.

»Hast du die Kohle?«, fragt Niko. Der Kerl nickt und greift dabei in die Tasche seines Mantels. Jawohl, her mit der Knete, und dann nichts wie weg. Verdammt, was ist denn jetzt? Niko sieht das Metall der Waffe am ausgestreckten Arm des Fremden aufglänzen. Scheiße! Er hat einen Fehler gemacht, einen riesengroßen, dummen Fehler. Er hat seinen Gegner unterschätzt wie ein blutiger Anfänger. Nie hätte er gedacht, dass so einer eine Knarre dabeihat. Noch während Niko seinen fatalen Irrtum realisiert, hallt der Schuss von den Mauern wider, und Niko spürt, wie die Kugel durch sein Fleisch dringt und irgendwo im Innern seiner Brust etwas zerfetzt, etwas Wichtiges, das Herz, die Lunge. Niko ist sofort klar, das ist kein Amateur. Hat der Kerl einen Killer auf ihn angesetzt? Wegen läppischer tausend Euro? Sieht fast so aus, denn der Mann bückt sich nach der Patrone, ehe er sich mit eiligen, aber nicht zu hastigen Schritten entfernt. Da weiß einer, was er tut.

Niko wankt auf das Gebäude zu. *Die Mauer. Ich muss mich an die Mauer lehnen, an diesen festen Stein, ich muss mich dort anlehnen und um Hilfe telefonieren …* Er schafft es bis an den Fuß der Treppe und spürt dabei, wie sein Herz das Blut aus seinem Körper pumpt. Das Handy steckt in der Jackentasche, er bekommt es zu fassen, aber seine Finger gehorchen ihm nicht, es fällt ihm runter. Er tastet den Boden um sich herum ab. Das Ding ist weg. Niko sucht erst gar nicht länger danach, er weiß, dass es vorbei ist. Der Gedanke, dass er sein Leben ausgerechnet an einer Kirchenmauer beendet, hat sogar etwas Tragikomisches.

Bodo Völxen schreckt hoch, als sein Weinglas auf den Dielenboden fällt. Dabei wollte er doch nicht schon wieder vor dem Fernseher einschlafen. Zum Glück war das Glas leer, und es ist sogar noch ganz. In weiser Voraussicht hat er eins von der robusten Sorte gewählt. Schon halb eins. Er rappelt sich hoch, macht den Fernseher aus und geht ins Bad. Er müsste sich mal wieder die Nasenhaare schneiden, stellt er fest. Mach ich morgen früh. An was der zivilisierte Mensch alles denken muss …

Im Schlafzimmer brennt noch Licht. Sabine hat die Leselampe an und drei Kissen im Rücken. »Ich mach es gleich aus, nur noch dieses Kapitel!«

»Schon gut, stört mich nicht«, brummt Völxen. Er ist nach Dienstschluss noch eine Runde Rad gefahren und fühlt sich rechtschaffen müde. »Ist eigentlich Wanda schon nach Hause gekommen?«, fragt er seine Frau, während er sich sein Kopfkissen zurechtknüllt.

»Muss sie wohl. Immerhin sind die Schafe wieder da.«

»Ich meine danach – sie ist doch dann noch mal weg.« Vermutlich, um ihm aus dem Weg zu gehen, denkt Völxen.

Sabine löst sich von ihrer Lektüre und sieht ihn über ihre Lesebrille hinweg verwundert an. »Nein, wieso?«

»Weißt du denn, wo sie ist?«

»Ich vermute, sie schläft heute schon mal in ihrer WG. Sie hat doch am Wochenende ihr IKEA-Bett dort aufgebaut.«

»Weißt du das bestimmt?«

»Nein.«

»Wie kannst du dann so ruhig sein?«

»Bodo, sie ist jetzt erwachsen. Daran müssen wir uns gewöhnen.«

»Müssen wir wirklich?«

Sabine lächelt. »Übrigens habe ich den Verdacht, dass wir Nachwuchs bekommen.«

»Was?!« Alle Müdigkeit fällt binnen einer Nanosekunde von Völxen ab, er fährt in die Höhe und sitzt aufrecht wie eine Kerze im Bett, während er seine Frau mit Augen so groß wie Untertassen ansieht. Die taucht den Blick wieder in ihr Buch und sagt: »Ja, der Tierarzt war heute Abend drüben, bei Köpckes Hühnern, und hat sich bei der Gelegenheit noch die Schafe angesehen. Er meint, Mathilde käme ihm verdächtig vor.«

Völxen sinkt stöhnend zurück in die Kissen.

»Ich bin dafür, dass der Bock kastriert wird«, lässt ihn seine Ehefrau wissen – und das nicht zum ersten Mal.

»Gute Nacht!« Völxen dreht sich mürrisch auf die Seite. Das Nickerchen vor dem Fernseher rächt sich, natürlich kann er jetzt nicht einschlafen, obwohl Sabine, wie versprochen, das Licht ein paar Minuten später löscht. Der Fall des toten Jungen kreist in seinem Kopf herum. Haben wir alles richtig gemacht? Hätte man diesen Ruben Döhring nicht noch mehr unter Druck setzen sollen? Oder hat der neue Staatsanwalt doch recht, und man sollte diese Hainholz-Spur intensiver verfolgen? Er wird morgen Fernando darauf ansetzen, und sei es nur, damit dieser Schnösel endlich Ruhe gibt. Und hoffentlich beeilt sich die Telekom mit den Verbindungsdaten … morgen, es gibt viel zu tun, morgen … Er muss gerade erst eingeschlafen sein, als Sabine an seiner Schulter rüttelt. »Bodo! Aufwachen! Dein Handy klingelt.«

Tatsächlich, da rasselt etwas, und jetzt geht auch noch

das Licht an. Er fährt hoch, hält sich die Hand vor die geblendeten Augen und tastet nach dem lärmenden Gerät, das Sabine ihm hinhält. Es dauert, bis er genug sieht, um die Annahmetaste zu finden. »Nun mach doch«, hört er Sabine ungeduldig murmeln.

Es ist Jule Wedekin, die diese Woche Bereitschaftsdienst hat. Männliche Leiche hinter der Kreuzkirche, erschossen. Ob sich Völxen den Toten ansehen möchte.

»Ja, ja, sicher. Wie spät ist es eigentlich?« So gerädert und aus dem Tiefschlaf gerissen, wie er sich fühlt, muss es mitten in der Nacht sein.

»Fünf Uhr siebenundzwanzig.«

Doch schon. »Ich komme hin. Verständigen Sie schon mal die Spurensicherung und den Kollegen Rodriguez.«

Ob er auch Oda dazuholen soll? Lieber nicht. Sie ist unausgeschlafen immer so unausstehlich, und man muss ja nicht gleich in voller Besetzung am Tatort auflaufen.

Sabine hat sich bereits ihren Morgenmantel übergezogen. »Ich mach mal Kaffee.«

»Danke dir.« Völxen ist noch so müde, dass er beinahe über Oscar stolpert, der sich im Flur mit einem Filzpantoffel beschäftigt.

Das fehlte noch, jetzt ein zweiter Mordfall. Er wird Verstärkung anfordern müssen – und sie höchstwahrscheinlich nicht bekommen. Völxen quält sich aus dem Bett, die Radtour von gestern steckt ihm noch in den Knochen. Könnten Leichen nicht generell ein bisschen später gefunden werden? Vielleicht so ab acht? Aber nein – immer stolpern frühmorgens die ersten Hundespaziergänger, die frühen Jogger, die Zeitungsausträger, die Leute von der Müllabfuhr und die Pflegerinnen in den Altenheimen über die Toten der Nacht.

Oda Kristensen steigt vorsichtig aus dem Bett und zieht sich den bunt gestreiften Morgenmantel über. Dabei wirft sie einen Blick auf den schlafenden Mann, von dem nur das lackschwarze Haar zu sehen ist. Wird er lang genug schlafen, bis Veronika aus dem Haus ist? Oder soll sie ihre Tochter vorwarnen? Bisher haben sich Oda und Tian immer in seiner Wohnung im Zooviertel getroffen, und mit seinen Vorgängern hat sie es ähnlich gehalten. Aber andererseits: Veronika ist kein Kind mehr und sie kennt Tian Tang. »Der Chinese ist knuffig«, hat sie neulich bemerkt. »Und gar nicht so klein, wie die sonst immer sind.« Herrgott, das Mädchen ist siebzehn, sie wird schon keinen seelischen Schaden davontragen, wenn sie mitbekommt, dass ihre Mutter ihren Liebhaber bei sich beherbergt hat. Bis vor Kurzem hatte sie ja selbst einen Freund, der manchmal hier übernachtet hat – auch wenn Veronika offenbar denkt, ihre Mutter wüsste nichts davon.

Mütter! Oda muss über sich selber lächeln, während sie vor dem Schrank steht, dessen Inhalt fast ausschließlich aus schwarzer Kleidung besteht. Es ist eine Angewohnheit, mehr steckt nicht dahinter. Bequemlichkeit. Schwarz ist mit Schwarz einfach gut zu kombinieren, man muss sich keine Gedanken machen, ob einem die Farbe steht und ob sie mit den anderen Farben harmoniert. Schwarz passt außerdem gut zu ihren eisblauen Augen und den hellblonden Haaren, die sie im Dienst stets zu einem straffen Knoten windet. Inzwischen hat man sich dort so an ihre schwarze Erscheinung gewöhnt, dass sie jedes Mal, wenn sie doch einmal etwas Farbiges trägt, gefragt wird, ob sie frisch verliebt sei. Lediglich diesen bunt gestreiften Morgenmantel hat sie sich neulich gestattet, aber den bekommt ja auch nur ein eingeschränkter Personenkreis zu Gesicht.

Die Bettdecke gerät in Bewegung. Tian blinzelt, streckt sich lange und ausgiebig wie eine Katze. Offenbar hat er ihre Gedanken gelesen, denn nachdem er ihr einen guten Morgen gewünscht hat, sagt er: »Ich stelle mich noch so lange schlafend, bis deine Tochter aus dem Haus gegangen ist, einverstanden?«

Oda lächelt und nickt. Manchmal ist er ihr geradezu unheimlich, ihr ›Wunderheiler‹, wie sie ihn in Gedanken noch immer nennt. Oder bin ich so durchschaubar? Nein, Unsinn, weder noch, das ist keine Magie, das ist einfach ein gewisser Sinn für Anstand und Einfühlungsvermögen, von dem Tian Tang tatsächlich eine Menge besitzt. Das macht ihn ja so angenehm. Dennoch ist er keiner dieser nervigen, opportunistischen Frauenversteher. Tian hat durchaus seinen eigenen Kopf, und über manche Themen lässt sich mit ihm herrlich streiten. Zum Beispiel über das Rauchen.

Oda rafft ein paar Kleidungsstücke zusammen und steuert das Bad an. Die Tür ist abgeschlossen, was ungewöhnlich ist. Veronika hat also doch gemerkt, dass ihre Mutter nicht alleine nach Hause gekommen ist. Waren sie zu laut?

Notgedrungen sucht Oda die winzige Gästetoilette neben der Eingangstür auf, und als sie wenig später in der Küche die Kaffeemaschine in Gang setzt, hört sie Schritte auf der Treppe, die zur Galerie hinaufführt. Ungewohnte Schritte. Sie geht nachsehen. Ein junger Mann, den Oda noch nie zuvor gesehen hat, federt die Stufen hinab. Seinen Rucksack hat er lässig über die Schulter geworfen. »Guten Morgen«, grüßt der fremde Gast, strebt dann rasch zur Eingangstür, und schon ist er weg. Oben huscht Veronika ins Bad.

Oda klappt ihren Mund wieder zu und deckt den Frühstückstisch für zwei. Wenig später poltert ihre Tochter die Treppe hinab, macht sich einen Espresso und meint, nachdem sie ihn rasch hinuntergekippt hat, sie habe keine Zeit für ein Frühstück, sie sei spät dran. »Mach's dir mit Tian gemütlich, Mama.«

Als Veronika nach ihren Schuhen sucht, sie nach ausgiebigem Schuhschranktürengeklapper schließlich findet und sich die Schulmappe unter den Arm klemmt, kann sich Oda nicht länger zügeln: »Sag mal, wer war der junge Mann, der mir da eben begegnet ist?«

»Dennis«, antwortet Veronika und winkt im Hinausgehen ab. »Musst du dir aber nicht merken.«

Völxen parkt seine geliebte DS in der Knochenhauerstraße vor dem *Café Kränzchen*, das an der Rückseite der Kreuzkirche liegt, wohl wissend, dass er mit der gelben Umweltplakette eigentlich gar nicht in die Innenstadt fahren dürfte. Er steigt aus und nimmt Oscar an die Leine. Den Hund musste er heute schon wieder mitnehmen, da Sabine diese Woche zusätzlich zu ihren eigenen Stunden an der Musikhochschule einen erkrankten Kollegen vertreten muss. Und mit Wanda ist ab sofort ja nicht mehr zu rechnen. Aber irgendwie kann man sich an das Vieh auch gewöhnen, denkt Völxen und sagt: »Benimm dich, ja? Sonst kommst du ins Auto!« Eine leere Drohung, denn Völxen würde den Hund niemals unbeaufsichtigt im Wagen lassen, aus Angst um das Interieur der französischen Staatskarosse.

Rund um die Kirche ist schon reger Betrieb: Streifenwagen, Spurensicherung, ein paar Schaulustige hinter dem rotweißen Band. Er erkennt den Reporter Boris Markstein von der *BILD*-Hannover. Der scheint so gut wie nie zu schlafen. Auch der Leichentransporter der Rechtsmedizin ist schon da, der Notarzt hingegen rückt soeben wieder ab.

Rolf Fiedler kommt auf Völxen zu und wünscht ihm einen guten Morgen, ihm folgt Jule Wedekin, die sofort hervorsprudelt: »Ich habe hier seinen Ausweis, er war im Portemonnaie. Der Tote heißt Nikodemus Riepke, geboren am 20. November 1952 in Hannover, wohnhaft in Vahrenwald …«

»Und dabei dachte ich immer, ich hätte einen komischen Vornamen«, wirft Völxen ein.

»… und das hier ist wohl sein Handy. Das lag etwa zwei Meter neben ihm.« Es ist ein einfaches Nokia aus Zeiten, in denen mit Mobiltelefonen ausschließlich telefoniert wurde. »Ich habe den Namen von der Einsatzzentrale checken lassen, er hat drei Vorstrafen, Zuhälterei und Körperverletzung, die letzte ist aber schon acht Jahre her«, berichtet Jule weiter.

»Ja, ab fünfzig werden die Herren ruhiger«, seufzt Völxen. »Angehörige?«

»Nichts bekannt. Diese Straße, in der er wohnt – Auf dem Dorn –, das ist hinter dem Musikzentrum. Ganz in der Nähe von …« Jule, Völxen und Oscar wenden sich um, als ein gackerndes Lachen über den Kirchplatz schallt. Zwei Damen in pobackenkurzen Röcken und hochhackigen Stiefeln stehen rauchend vor dem Café, das um diese Uhrzeit noch geschlossen hat. Sie unterhalten sich mit Fernando Rodriguez, der sein aufgeschlagenes Notizbuch in der Hand hält. Eine der Damen winkt Völxen kokett zu. Oder meint sie Oscar? Seit er vor sechs Monaten den Hund eines Mordopfers aus seinem Dorf bei sich aufgenommen hat, wird Völxen häufiger von Damen angesprochen, das hat er erfreut zur Kenntnis genommen. Irgendeinen Nutzen muss das Tier ja schließlich haben, resümiert der Hauptkommissar und widmet seine Aufmerksamkeit wieder Jule Wedekin, die gerade erklärt: »Die zwei Damen haben den Toten auf dem Heimweg von ihrem Arbeitsplatz, einem Etablissement im Steintorviertel, entdeckt. Sie kennen ihn, er hat wohl mal in ihrem Bordell gearbeitet. Als so eine Art Hausmeister«, fügt sie hinzu, als sie Völxens verwunderten Blick bemerkt, doch dessen Staunen gilt etwas anderem: »Was habt ihr mit Markstein gemacht, dass der so brav hinter der Absperrung steht?«

»Fernando hat ihm Prügel angedroht und ich ihm einen Bericht versprochen, sobald die Spusi weg ist und das Café dahinten aufmacht.«

Völxen grinst. »Jeder hat so seine Methoden, nicht wahr? Hier, nehmen Sie mal kurz die Bestie.« Er drückt Jule die Hundeleine in die Hand und nähert sich, begleitet von Rolf Fiedler, dem Leichnam. Der liegt vor der Treppe, die an der Kirchenmauer entlang zu einem Seiteneingang mit einer schlichten Holztür führt. Es sieht so aus, als wäre er im Sitzen gestorben und dann umgekippt. Er wirkt ungepflegt, etwas halbseiden. Graues, strähniges Haar – fettig oder feucht vom Morgentau –, schlecht rasiert, die Absätze seiner Schuhe schief abgelaufen, die Sohlen fast durch. Die kognakfarbene Lederjacke war in den Achtzigern sicher mal der letzte Schrei. Nur das Einschussloch in der Brust ist frisch.

»Hülse?«

Fiedler verneint. »Hier lag keine. Aber Blutspuren. Es ist da drüben passiert, auf der Straße, dann hat er sich bis zur Mauer geschleppt, weiß der Teufel, warum.«

»Darf ich?« Eine junge Dame, die einen großen Aluminiumkoffer trägt, duckt sich unter dem Absperrband durch, und Hauptkommissar Völxen begrüßt sie mit den

Worten: »Morgen, Frau Clement. Ihr Chef schläft wohl lieber aus, was?«

»Nein, Dr. Bächle steht auf der *Drivingrange* und übt Abschläge, also habe ich mich erbarmt. Guten Morgen, die Herren.«

»Dann lass ich Sie mal Ihr blutiges Werk verrichten«, meint Völxen.

»Wie ich sehe, hat das schon jemand vor mir getan.«

Der Hauptkommissar gesellt sich zu Fernando und den beiden Damen. Die Dunkelhaarige sagt gerade: »Feinde? Niko? Näh. Das war sicher nur ein Irrtum, eine Verwechslung. Wer sollte dem denn was tun wollen? Und wieso? Der war schon längst nicht mehr im Geschäft.« Ihr Alter ist unter der dicken Schicht Make-up schwer auszumachen, sie spricht mit leichtem, osteuropäischem Akzent.

»In welchem Geschäft denn genau?«, fragt Fernando. »Morgen, Chef. Das sind Olga und Elena. Die Damen haben den Toten gefunden.«

»Ich weiß«, sagt Völxen und Fernando wiederholt seine Frage.

»Früher hatte er angeblich mal zwei, drei Mädchen auf der Herschelstraße stehen. Muss aber schon lange her sein. Bis vor zwei Jahren war er bei uns Wirtschafter. Ab und zu schaute er noch immer vorbei. Hatte wohl Heimweh.«

Elena ergänzt: »Ich vermisse ihn. Der hat einem auch mal 'ne Pizza geholt oder Aspirin, oder was man sonst so braucht.« Ihre prall aufgespritzten Lippen versuchen sich an einem Lächeln. Sie schnippt ihre Zigarettenkippe auf das historische Kopfsteinpflaster. »Arme Stella, die wird sich jetzt endgültig den Verstand wegballern.«

»Wer ist Stella?«, erkundigt sich Völxen.

»Seine Freundin«, antwortet Elena. »War mal 'ne große

Nummer auf der Ludwigstraße – behauptet Niko jedenfalls immer. Das ist aber auch schon so lange her, dass sich keiner mehr daran erinnert.«

»Da wurde noch in Reichsmark bezahlt«, lästert Olga. »Jetzt hängt sie in den Bars rum, säuft wie ein Loch und schleppt ab und zu mal noch einen alten Stammkunden auf 'ne Mitleidsnummer ab.«

Etwas poltert. Es ist ein Zinksarg, der unsanft abgestellt wird. Die zwei Damen bekreuzigen sich synchron und seufzen bedrückt.

»Stella – wie weiter?«, fragt Fernando.

»Keine Ahnung«, meint Olga und auch Elena zuckt mit den Schultern. »Die wohnt doch auch bei ihm, oder?« Sie sieht ihre Kollegin Olga fragend unter ihren falschen Wimpern hervor an.

»Ja«, bestätigt Olga. »Die tut mir ja echt leid, das alte Mädchen. Was soll die ohne Niko bloß anfangen?«

Jule und Fernando stehen vor dem nüchternen Wohnblock und drücken schon zum vierten Mal anhaltend auf den Klingelknopf mit dem Namen Riepke.

»Da steht kein zweiter Name, wahrscheinlich wohnt diese Stella gar nicht hier«, meint Fernando verdrossen. Jule schaut auf die Uhr. Fünf nach neun. Ehe sie hierherkamen, haben sie am Tatort noch ein paar Anwohner befragt. Es herrschte Konsens darüber, dass um Viertel nach elf ein Schuss gefallen ist. Aber deswegen ist keiner auf die Straße gegangen, keiner hat auch nur das Fenster aufgemacht. »Wenn Sie länger hier wohnen würden, würden Sie das auch nicht tun«, hat eine ältere Dame ihren Entschluss begründet. »Hier ist nachts häufiger mal Krawall.«

»Ja, aber ein Schuss ...«, hat Jule dagegengehalten und zur Antwort bekommen: »Erstens weiß man ja nie, ob es ein richtiger Schuss ist, und zweitens – was soll ich mich einmischen? Wenn sich das Gesindel gegenseitig abknallen will, bitte schön.«

»Wahrscheinlich sind wir zu früh dran. Manche Menschen haben einen anderen Lebensrhythmus«, überlegt Jule laut.

»Wir könnten irgendwo frühstücken gehen und es dann noch einmal versuchen«, schlägt Fernando vor.

»Ja, aber wo?« Jule sieht sich um. Wohnblocks mit Genossenschafts-Schildern neben der Haustür. Weit und breit kein Café, nur ein *Lidl* schräg gegenüber.

»Vielleicht können wir da …«, beginnt Fernando, aber als er sieht, wie Jule angewidert die Nase rümpft, seufzt er: »Okay, okay, wir suchen ein Café.« Ächzend steigt er wieder in den Mini.

»Hast du es wieder in der Muckibude übertrieben?«, erkundigt sich Jule.

»Nein. Ich habe gestern Nacht noch zwei Stunden Weinkisten durch die Gegend geschleppt, damit meine Mutter keinen Grund mehr hat, illegale Schwarzarbeiter zu beschäftigen.«

Jule bezweifelt, dass Fernandos Plan aufgeht. Sie kennt Pedra Rodriguez als höchst eigensinnige Person, und Fernando ist im Allgemeinen der Letzte, von dem sie sich etwas sagen lässt.

Sie finden eine Bäckerei mit ein paar kleinen Tischen am Vahrenwalder Platz. Jule gibt Kaffee und Croissants aus.

»Verdammt, zwei Mordfälle in zwei Tagen, das riecht gewaltig nach Überstunden«, mault Fernando. »Und dann noch einer im Milieu. Wie ich das hasse!«

»Mit Olga und Elena hast du dich doch prächtig unterhalten.«

»Ich bin nun mal ein Frauenversteher, ohne Ausnahme. Aber sag mal, habe ich mich getäuscht, oder bist du vorhin mit Markstein in diesem Café hinter der Kirche verschwunden?«

»Ich habe mich von ihm auf einen Cappuccino einladen lassen.«

»Wieso das denn?«, fragt Fernando entsetzt.

»Mir war kalt und ich hatte noch kein Frühstück.«

»Und ich war jung und brauchte das Geld.«

»Besser, er schreibt, was wir ihm sagen, als etwas zu erfinden.«

»Und du denkst, diese linke Ratte hält sich daran, nur weil du ihm beim Cappuccino schöne Augen machst?«

»Vielleicht«, entgegnet Jule. »Außerdem lautet doch der Erlass von oben, dass wir ein gutes Verhältnis zur Presse pflegen sollen.«

»Zur Presse, nicht zum Boulevard.«

»Er hat auch menschliche Züge«, verrät Jule. »Er hat mir erzählt, dass er an einer Story arbeitet, in der es um junge Mädchen aus Osteuropa geht, die entführt und hier zur Prostitution gezwungen werden. Und um Freier, denen das alles scheißegal ist oder die sich der Einfachheit halber was vorlügen.«

»Das ist ja ganz was Neues, dafür kriegt er sicher den Pulitzer-Preis«, höhnt Fernando. »Und wenn er sich mit der Russenmafia anlegt, dann dürfen wir ihn auch bald vom Pflaster kratzen. Darauf freu ich mich schon.«

»Fernando!«

»Ist doch wahr.«

»Manchmal ist er auch nützlich.«

»Seit wann bist du so aalglatt? Willst du in die Politik gehen?«

Jule kommentiert die Frage mit einer wegwerfenden

Geste. »Sag du mir lieber, wo du gestern nach dem Meeting so schnell hinverschwunden bist. Ich durfte die ganzen Berichte alleine schreiben!«

»Ich hatte einen Termin.«

»Was Privates?«, bohrt Jule.

»Sei nicht so neugierig, du Waschweib! Du bist schon wie Oda, und die ist wie Dr. House.«

»Jetzt stell dich nicht so an. Seit ich weiß, dass du Bollywoodfilme guckst, musst du keine Geheimnisse mehr vor mir haben.«

»Du wirst schon sehen«, verkündet Fernando mit einem sphinxhaften Lächeln.

Jule schnaubt verärgert. Was geht da vor? Hat nicht Völxen gestern wortwörtlich dasselbe gesagt? Aus ihrer Jackentasche erklingt die Melodie von *Auf der Reeperbahn nachts um halb eins*.

»Neuer Klingelton? Bisschen sehr retro«, findet Fernando.

Das Display des Handys von Nikodemus Riepke zeigt *Madame* an. Jule drückt auf die grüne Taste.

»Verdammt, wo steckst du?« Eine Frauenstimme, rau und brüchig wie Schotter.

»Hallo?«

»Wer ist denn da?«

»Wedekin, mit wem spreche ich bitte?«

Schweigen.

»Stella?«

»Jah...«, kommt es zunächst verunsichert, aber dann wird sie wütend: »Wer ist da dran? Gib mir sofort Niko, du elende Schlampe!«

Jule legt auf und sagt zu Fernando. »Austrinken, *Madame* ist zu Hause.«

Auch Stella hat offenbar schon gefrühstückt, jedenfalls riecht ihr Atem dezent nach Sprit, als sie den Ermittlern nach mehrmaligem Klopfen und Klingeln endlich die Tür öffnet. Strohiges, blondiertes Haar umrahmt ein faltiges Gesicht, ihr Teint zeigt das kranke Gelb einer Gänsestopfleber.

»Was gibt's?«

»Kripo Hannover, können wir bitte reinkommen?«

Sie weicht zurück, macht eine knappe, einladende Geste. »Bitte.«

Die beiden folgen ihr in die Küche. Eine graue Katze nimmt Reißaus. Die Geruchsmischung aus kaltem Rauch, muffiger Kleidung und Katzenpisse raubt einem schier den Atem. Im Spülbecken türmt sich ein Berg schmutziges Geschirr, der Küchenfußboden klebt bei jedem Schritt wie Fliegenleim, in den Wänden hockt der Qualm vieler Jahre. Nach einem Blick auf die zwei *Lidl*-Tüten voller leerer Flaschen im Flur ist auch klar, dass man sich in diesem Haushalt mit Softdrinks erst gar nicht lange aufhält.

»Auf dem Briefkasten unten steht Heidrun Bukowski – sind Sie das?«, fragt Fernando.

»Ja, Süßer, das bin ich. Stella ist mein Künstlername.« Sie setzt sich mit einer grazilen Bewegung auf einen Küchenstuhl und schlägt dabei die Beine übereinander, gelernt ist gelernt. Dabei fällt ihr Morgenmantel auf. Beine, so dünn wie Stelzen und von einem Netz kleiner blauer Adern überzogen. Die Füße stecken in rosa Plüschpantöffelchen, über den zierlichen Absätzen wölbt sich ein Ring aus rissiger Hornhaut.

Jule gibt sich einen Ruck. »Frau Bukowski, wir müssen Ihnen eine traurige Mitteilung machen …«

Es dauert ein paar Sekunden, bis die Botschaft bei ihr angekommen ist, dann springt Heidrun Bukowski auf, kreischt, dass das eine Lüge wäre, und sieht die beiden Polizisten hasserfüllt an. Fernando entschärft die Situation, indem er zum Kühlschrank geht, in dem sich an manchen Stellen schon intelligentes Leben zu bilden beginnt. Er nimmt die Wodkaflasche heraus, säubert ein Wasserglas über der Spüle und gießt ihr einen großzügig bemessenen Schluck ein. »Hier, auf den Schock.«

Stella lässt sich wieder auf den Stuhl sinken und trinkt. Man kann förmlich zusehen, wie das Gehörte langsam in ihr Hirn sickert. Jule setzt sich ihr gegenüber und versucht, dabei nicht die klebrige Tischplatte zu berühren. »Wann haben Sie Ihren Freund zuletzt gesehen?«

»Gestern Abend. Da ist er noch mal weg. So um halb elf.«

»Wo wollte er hin, hat er Ihnen das gesagt?«

»Der sagt mir doch nie, wo er hingeht. Aber ich weiß eh, wo er die meiste Zeit rumhängt. Am Kiosk auf der Vahrenwalder. Oder bei seinem alten Puff in der Scholvinstraße.«

»Hatte er Streit mit jemandem? Wurde er vielleicht bedroht?«

Sie schüttelt den Kopf. »Der alte Wichtigtuer, der hat doch schon lange nichts mehr zu melden, wer sollte den denn bedrohen? Wegen was denn?«

»Wovon lebte Ihr Freund?«

»Frührente, seit zwei Jahren. Davor war er Wirtschafter in der *Eros Gasse*.«

»Wirtschafter? Was ist das?«, will Jule wissen.

Stella sieht Jule an, als käme sie von einem anderen Stern, und aus ihrer Sicht ist das wahrscheinlich auch so. »Das sind die Jungs für alles.«

»Sie arbeiten ebenfalls im Gewerbe?«, fragt Fernando vorsichtig.

Stella nimmt Haltung an. »Ich war Tänzerin. Und ja, später bin ich anschaffen gegangen. Ich bin angemeldet, alles nach Vorschrift. Nicht wie die ganzen Illegalen von Gott weiß woher, die einem inzwischen das Geschäft versauen!«

»Arbeiten Sie auch in einem der Bordelle am Steintor?«

Sie schüttelt den Kopf. »Ich bin selbstständig.«

»War Herr Riepke Ihr … Manager?«, erkundigt sich Fernando.

»Ob Niko mein Lude war?«

»Äh, ja.«

»Nein«, kommt es empört. »So was hab ich nicht nötig. Nur als ganz Junge war ich angestellt. Zuerst in einem sehr gepflegten Haus in der Ludwigstraße und später am Steintor. Damals war das Steintor noch ein ordentlicher Rotlichtbezirk, keine Partymeile, so wie jetzt. Sie kennen sicher das *Heartbreakhotel* und das *Eve* – das waren früher alles Puffs.« Sie seufzt. »Das waren wilde Zeiten damals, Russen, Kurden, Albaner und Jugoslawen haben sich bekriegt. Glücksspiel, Drogen, Frauenhandel – da waren viele Millionen zu holen, und darum haben die sich geprügelt und gegenseitig abgestochen. Die Bordellbesitzer bekamen plötzlich von allen Seiten Drohungen und Schutzgeldforderungen. In einem Jahr, ich glaube es war '96, gab's mal drei Morde aufm Kiez, man war seines Lebens nicht mehr sicher. Dann ist der Frank Hanebuth mit einer Handvoll anderer Bordellbesitzer den *Bones* beigetreten – kennen Sie die überhaupt noch, junger Mann?« Sie sieht Fernando herausfordernd an. Der nickt.

»Klar kenn ich die *Bones*. Die Knochenhand auf dem Handschuh. Ich fahre auch Motorrad«, wirft sich Fernando in die Brust.

»Die *Bones* waren die größte Motorradgang Deutschlands«, erklärt Stella. »Schwere Jungs mit schweren Maschinen. Niko hat das damals verpennt, der hatte nichts mit Motorrädern am Hut. ›Was soll ich bei den *Bones*, das ist mir zu albern‹, hat er immer gesagt. '95 war das, ich erinnere mich noch gut, da lernten wir uns gerade kennen. Niko war Türsteher und Rausschmeißer. Aber nach und nach wurden diese Posten von *GAB-Security* ersetzt, also von Frankies Leuten. Niko, dieser Döspaddel, hat viel zu spät erkannt, dass es nicht nur um Motorräder ging. Wer weiß, sonst wäre er jetzt vielleicht auch 'ne große Nummer aufm Kiez.« Sie zündet sich eine Zigarette an. Für einen Moment scheint sie ihren aktuellen Kummer vergessen zu haben. Ihr Gesichtsausdruck wird lebhaft, als sie nun erzählt: »Wenn sich die *Bones* im Kiez getroffen haben, dann kamen über zweihundert von diesen Kerlen auf schwarzen Bikes angedonnert. Angst und Bange konnte es einem da werden. Aber es hatte auch was! Dem ganzen anderen Gesocks war sofort klar, wer hier das Sagen hat. Man hat sich unblutig geeinigt, das muss man Frankie lassen, das hat er irgendwie hingekriegt. Euer Verein ...«, ihr spitzes Kinn zeigt auf Fernando, »... war damals auch dabei. ›Präsenz zeigen‹, nannte euer damaliger Chef das. Wochenlang sind Bullen mit Maschinenpistolen durch den Kiez gelaufen, ich weiß es noch wie heute. Das war gar nicht gut fürs Geschäft. Aber immerhin, die Bullen und die Rockerbande haben gemeinsam aufgeräumt, und die Journaille hat's gefeiert – alle, nicht nur die *BILD*. ›Endlich Schluss mit den Bandenkriegen!‹, haben sie geschrieben, und der Hanebuth war ihr Held. So was mag ja die Presse.«

Ein weiteres Glas Wodka spült noch mehr Erinnerungen hervor.

»Aber Niko war endgültig raus aus dem Geschäft. Aus der Traum vom eigenen Bordell am Steintor, mit mir als Hausdame – damit hat er mir nämlich immer die Ohren vollgesülzt, um mich rumzukriegen, aber das konnte er sich abschminken. Die Bordellbesitzer, die bei den *Bones* waren, haben ihre Mädchen untereinander ausgetauscht, immer wieder kam frische Ware aus Hamburg oder Bremen. Das hat den Freiern natürlich gefallen, und die Puffs haben ein Heidengeld gemacht und die Konkurrenz nach und nach aufgekauft. – Hau ab, du Biest!« Die graue Katze ist hereingekommen und reibt sich an ihren Beinen. Die Abgewiesene versucht es bei Jule, die das Tier zögernd streichelt.

»Und '99 war der Zug dann total abgefahren. Da wechselten Frankie und seine Gang von den *Bones* zu den *Hells Angels*. Das war der Einstieg ins internationale Geschäft. Ein Jahr später eröffnete der erste Klub am Steintor. Plötzlich wimmelte es aufm Kiez vor Nutten aus Brasilien, Thailand, Venezuela, den Philippinen und weiß der Teufel, was noch. Etliche von denen waren Illegale, arme Dinger, denen man die Pässe abgenommen hatte. Von da an hat Niko keinen Fuß mehr auf den Boden gekriegt. Er konnte froh sein um seinen Job als Wirtschafter und hat brav die Schnauze gehalten. Es gab übrigens damals schon Sexpartys extra für VW-Manager. Das kam erst Jahre später alles raus. Aber glauben Sie ja nicht, wir einheimische Huren hätten viel davon gehabt. Ich jedenfalls nicht. Für mein Geschäft war dieser Rummel gar nicht gut, ich bin ausgewichen auf die Herschelstraße. Straßenstrich, eine Scheiße ist das.« Sie nimmt einen tiefen Zug von ihrer Zigarette und bläst den Rauch aus, wie man es sonst nur in alten französischen Filmen sieht. Dann spricht sie weiter: »Im November gab es dann diese Riesenrazzia: Hunderte von Polizisten haben die Puffs in ganz Norddeutschland auseinandergenommen. Da war die Hölle los aufm Kiez. Ich fand es eigentlich ganz gut, dass danach erst mal die ganzen Illegalen weg waren, wenigstens für eine Weile. Aber einige Leute haben ein paar Jahre lang gesessen. Sogar Niko kriegte sechs Monate wegen Zuhälterei und Körperverletzung, obwohl der doch gar nicht verantwortlich war, der war doch nur angestellt, der hat bloß gemacht, was man ihm gesagt hat. Aber mitgefangen, mitgehangen, so läuft das eben. Seitdem wird der Kiez immer mehr zur Spaßmeile nach dem Motto: fressen, feiern, ficken. Im *Little Italy* hocken die Unterweltgrößen zusammen mit der Schickeria aus Politik und Wirtschaft, die ganze Maschsee-Mafia und ihr Dunstkreis, die Künstler, die Journalisten … Ist ja auch so schön verrucht, seine Scampi in Gesellschaft der Unterwelt zu essen. Manche behaupten sogar, Hannover hätte das netteste Rotlichtviertel von ganz Deutschland. Aber Leute wie Niko und ich sind dabei auf der Strecke geblieben. Das Milieu verzeiht keine Fehler.« Stella gießt ihren Kummer mit einem dritten Wodka hinunter. Danach scheint sie wieder im Hier und Jetzt angekommen zu sein, denn sie fragt: »Vor der Kreuzkirche, sagen Sie? Was hatte der denn abends vor einer Kirche verloren, das ist doch wohl ein Witz!«

»Das wüssten wir auch gerne«, antwortet Jule. »Hat er wirklich nicht gesagt, was er vorhatte?«

Kopfschütteln.

»Hatte er vielleicht Ärger mit gewissen einflussreichen Leuten?«

»Mit den *Angels*, meinen Sie? Nein. Er war ja nicht bescheuert.« Stellas Blick wandert nachdenklich zum Fenster hinaus. Auch Fernando, der am Kühlschrank lehnt, betrachtet die Aussicht. Man kann hier im zweiten Stock durch die Büsche, die auf einem verwilderten Grundstück stehen, die Rückseite des Musikzentrums erkennen. Olaf Döhrings Leiche lag gestern früh nur einen Block weiter. Seltsamer Zufall.

Das Ergebnis von Stellas Kopfarbeit ist nicht angenehm: »Jetzt muss ich ja wohl aus der Wohnung raus, oder? Ich steh doch gar nicht im Mietvertrag, die Bude läuft doch auf Niko. Was wird denn jetzt aus mir?« Sie sieht Fernando, dem sie anscheinend die Lösung solcher existenziellen Lebensfragen eher zutraut als Jule, mit angstgeweiteten Augen an.

»Hatte er vielleicht eine Lebensversicherung?«, fragt Fernando.

»Keine Ahnung.«

»Dürfen wir mal seine Unterlagen sehen? Vielleicht finden wir ja was«, schlägt Jule vor.

»Drüben. Diese Rumpelkammer, die er sein Arbeitszimmer nennt.«

Zwischen Putzeimern, Katzenstreu und einem eingeklappten Bügelbrett steht ein Schreibtisch, bedeckt mit allerlei Papierkram. Rechnungen, Mahnungen, Werbesendungen, eine Zeitung ... Kein Computer?

»Nein, so was hat der nicht«, bestätigt Stella, während Jule das Durcheinander betrachtet. Womit soll man da anfangen? Am besten alles einpacken. Stella scheint nichts dagegen zu haben, sie gibt Jule sogar eine zerknitterte Plastiktüte.

»Hatte Niko Verwandte?«, fragt Jule.

Stella verneint.

»Dann müssten Sie ihn identifizieren, im Rechtsmedizinischen Institut. Meinen Sie, Sie schaffen das?«

Stella nickt. »Und wie komm ich da hin?«

»Wir können Sie hinbringen.«

»Jetzt gleich?«

»Heute Nachmittag. Ich rufe Sie vorher an. Und ich glaube, Ihre Katze hat Hunger.«

»Es ist ein Kater, und der gehört Niko. Den können Sie gleich ins Tierheim bringen. Ich hab kein Geld, das Vieh durchzufüttern.«

»Müssen wir die Alte in die MHH fahren? Kann sie da nicht alleine hin?«, mault Fernando, als sie in Jules Wagen steigen.

»Die Frau hat doch nicht mal genug Geld für die Straßenbahn. Und dann findet sie es womöglich nicht …«

»Hast du mal das Handy gecheckt?«, fragt Fernando.

»Nein. Mach du, ich muss noch mal kurz da rein.« Jule drückt ihm das Telefon in die Hand und zeigt auf den Supermarkt gegenüber.

»Ich dachte, du setzt keinen Fuß in so einen Laden«, wundert sich Fernando.

»Es gibt Ausnahmen.«

Kopfschüttelnd lehnt sich Fernando ans Auto und geht die Anruflisten durch, während Jule im *Lidl*-Markt verschwindet. Fünf Minuten später kommt sie mit einer vollen Plastiktüte auf dem Arm wieder heraus. Sie würdigt Fernando keines Blickes, klingelt sich wieder in Stellas Haus rein und ist eine Minute später wieder da – ohne Tüte.

»Kein Kommentar«, sagt sie warnend zu Fernando, während sie in den Wagen steigen. Der grinst nur.

»Wohin jetzt?«, fragt Jule. »Präsidium oder Puff?«

»Erst Kiosk, dann Dienststelle«, entscheidet Fernando.

»Ist mir auch lieber.«

»Hast du was gegen Puffs?«

»Das fragst du mich nach drei Jahren PI Mitte? Ich

habe praktisch drei Jahre auf dem Straßenstrich zugebracht. Wie oft mich diese schmierigen Typen auf der Herschelstraße angequatscht haben! Und so friedlich, wie die gute Stella behauptet, ist es drüben am Steintor auch wieder nicht. Es wird zwar nicht jede Woche einer erschossen oder abgestochen, aber da hätten wir noch randalierende Besoffene, gewalttätige Zuhälter, Drogenhändler ...«

»Schon gut. Bist ein toughes Mädchen.«

»Was sagt uns das Handy?«

»Sehr übersichtlich. Da ist überwiegend die Festnetznummer von *Madame* drauf. Ein paarmal eine Handynummer, immer dieselbe, und noch eine Festnetznummer aus Hannover, die er gestern Mittag angerufen hat. Wenn du mir für einen Augenblick dein kostbares iPhone überlässt, dann google ich die mal eben, vielleicht haben wir ja Glück.« Jule reicht ihm das Telefon. »Wolltest du dir nicht schon längst ein *Blackberry* kaufen?«

»Vom Weihnachtsgeld vielleicht«, murmelt Fernando und meint wenig später: »Die Zulassungsstelle. Klingt jetzt nicht gerade alarmierend.«

»Hatte der ein Auto?«, wundert sich Jule. »Sah mir eher so aus, als würden alle beide aus dem letzten Loch pfeifen.«

»Du kannst deine neue Freundin ja heute Nachmittag danach fragen«, schlägt Fernando vor.

»Quatsch, ich lass es von Frau Cebulla überprüfen.«

Zweihundert Meter weiter hält es Fernando nicht mehr aus: »Lass mich raten: Katzenfutter?«

»Und Wodka.«

»Scheiße, wo ist meine Sonnenbrille? Dein Karma strahlt so, es ist kaum zum Aushalten.«

»Halt doch einfach mal die Klappe!«

Fernando grinst und wählt die Handynummer, die auf Nikos Apparat gespeichert ist. »Der Teilnehmer ist nicht erreichbar …«

Am Kiosk weiß der Inhaber, ein älterer Türke mit einem respektablen Schnauzbart, sofort, von wem die Rede ist. »Niko, ja. Der ist jeden Tag hier. Trinkt Bier und Wodka.« Der Mann deutet auf die Sammlung kleiner Fläschchen, die man durch das Fenster bewundern kann. »Und kauft Zigaretten für seine Frau.«

»Kommt die auch ab und zu hierher?«

»Kaum. Manchmal holt sie ihn nach Hause. Aber seit er ein Handy hat, ruft sie ihn an.« Er murmelt etwas, das sich wie ein türkisches Schimpfwort anhört.

»Wann war er zuletzt hier?«, fragt Fernando.

»Gestern Nachmittag. War gut drauf, hat einen ausgegeben.«

»Wem?«

»Denen, die jeden Tag herkommen.« Er wirft einen Blick auf die dicke goldene Armbanduhr an seinem haarigen Handgelenk. »Bisschen zu früh.«

»Hat er gesagt, warum er einen ausgegeben hat?«

»Nö. Einer hat gefragt, ob er im Lotto gewonnen hat. Aber Niko hat nur gegrinst und gesagt: ›So ähnlich.‹ Warum wollt ihr das wissen? Ist ihm was passiert?«

Zumindest eine gute Botschaft gibt es an diesem Vormittag. Nach ausgiebigem Jammern, Sülzen und Schleimen an den entsprechenden Stellen wurden Hauptkommissar Völxen zwei Zusatzkräfte vom FK, dem Dezernat für Organisierte und Schwerst-Kriminalität, leihweise bewilligt. Die beiden Herren sitzen jetzt mit einer Tasse Kaffee in der Hand auf dem kleinen Ledersofa in Völxens Büro, bewacht von Oscar, der die beiden in seinem Korb mit gesträubtem Nackenfell aus sicherer Distanz mustert. Der Hauptkommissar blickt in die erweiterte Runde und sagt: »Ich möchte euch unsere Verstärkung vorstellen. Das ist Hauptkommissar Heinz Dünnbier. Oda und ich kennen Heinz aus unserer Zeit beim Kriminaldauerdienst.«

Dünnbier ist ein stiernackiger, nachlässig rasierter Endvierziger mit stark geröteten Triefaugen und einer auffällig breiten Nase. Sein jüngerer Kollege – undurchdringliche Miene, Gesicht wie ein Bullterrier – trägt schwarze Lederklamotten und stellt sich selbst mit »Artur Petrowitsch Iwanow« vor.

»Unsere Kollegen arbeiten sonst für die *Arbeitsgruppe Milieu*«, erläutert Völxen. »Sie werden im Fall Nikodemus Riepke die Recherchen im Steintorviertel durchführen.« An Jule und Fernando gerichtet fragt er: »Was habt ihr bisher in Erfahrung gebracht?«

»Nicht viel«, antwortet Jule und berichtet von ihrem Besuch bei Stella.

»Der kann keine große Nummer aufm Kiez sein, sonst würden wir den kennen«, sagt Dünnbier.

»Das würde mich auch wundern. Die beiden leben in sehr bescheidenen Verhältnissen, um es mal vorsichtig auszudrücken.«

»Die Wohnung ist ein Drecksloch«, präzisiert Fernando.

»Kann es sein, dass er sich mit den *Angels* angelegt hat?«, fragt Oda.

Dünnbier wiegt den breiten Kopf hin und her und meint schließlich mit müder Stimme: »Sein kann alles. Aber die Herrschaften sind im Moment sehr bemüht, sich ehrenwert und sauber zu geben. Selbst wenn ihnen dieser Niko irgendwie ans Bein gepisst hat, werden sie ihn wohl kaum in unmittelbarer Nachbarschaft ihres Herrschaftsgebiets auf offener Straße erschießen, noch dazu vor einer Kirche. Das wäre ja eine ganz miese PR.«

»Seh ich auch so«, meint Iwanow und verschränkt dabei die Arme vor der breiten Brust. Seine Gesichtshaut erinnert Jule an Nahaufnahmen vom Mond.

Oscar knurrt und wird von Völxen ermahnt.

»Aber in unserem geliebten Rechteck tummeln sich ja noch 'ne Menge anderer schräger Vögel. Wir werden uns umhören«, verspricht Dünnbier.

»Danke für eure Hilfe«, sagt Völxen.

»Ist uns doch ein Vergnügen.« Die beiden stehen auf und verlassen das Büro, wobei sie artig ihre leeren Kaffeetassen mitnehmen. Erst als die Tür zu ist, riskiert es Oscar sich hinzulegen, jedoch nicht, ohne sich vorher dreimal um die eigene Achse zu drehen.

»*Arbeitsgruppe Milieu.* Und ich dachte schon, eine Drückerkolonne vom AWD hätte sich in unser Dezernat verirrt«, flüstert Jule, und Fernando meint: »Der Russe sieht aus, als würde er kleine Kinder fressen.«

Völxen räuspert sich. »Wenn ihr dann fertig seid mit Lästern, können wir uns dem Fall Olaf Döhring zuwenden. Es gibt Neuigkeiten, der Provider hat die Daten von Olafs Handy geschickt, und eines ist interessant: Letzten Mittwoch, vier Tage vor seinem Tod, wurde Olaf Döhring von einem Handy angerufen, das Tahir Nazemi gehört. Das ist einer der Jungs, die in letzter Zeit durch mehrfache Straftaten auf sich aufmerksam machen. Und er war auch bei denen dabei, die Olaf und seine Freunde bedroht haben. Da scheint unser eifriger neuer Staatsanwalt also doch gar nicht so falschzuliegen, deshalb werden wir der Sache schleunigst nachgehen. Fernando, kümmer du dich darum, und nimm Jule mit. Die Adresse liegt auf deinem Schreibtisch.«

»Aye, aye, Sir. Krieg ich den Dienstwagen?«

»Meinetwegen. Und jemand muss rausfinden, wann der tote Zuhälter obduziert wird.«

»Ich mach das«, erklärt sich Oda bereit. »Hat die KTU das Auto von Ruben Döhring schon untersucht?«

»Der Luminoltest ergab keine Blutflecken. Wäre ja auch zu einfach gewesen. Und den Rest können sie sich eigentlich schenken. Olafs DNA im Wagen seines Bruders ist kein Beweis.«

Jule meldet sich zu Wort: »Ich finde, wir sollten noch einmal diese Gwen Fischer befragen, das Chormädchen. Sie war wohl so etwas wie Olafs Freundin. Vielleicht wäre es gut, wenn Oda und ich das machen würden.«

»Einverstanden«, erklärt Völxen. »Dann komme ich mit nach Hainholz. Ich muss nur noch rasch ein paar Anrufe erledigen, warte auf mich, Fernando.«

»Meinst du, ich werde mit so einem Früchtchen nicht allein fertig?«

»Ich komme mit«, beharrt Völxen. »Der Junge ist angeblich fix mit dem Messer und hat noch zwei einschlägig vorbestrafte Brüder.«

»Da hilft uns sicher der Kampfhund«, brummt Fernando.

»Oscar bleibt bei Frau Cebulla«, entscheidet Völxen und sieht kopfschüttelnd seinen Hund an, dessen Ohren sich beim Namen der Sekretärin wie kleine Satellitenschüsseln in seine Richtung bewegen. Bestimmt ist in seinem Hundehirn der Name der Sekretärin als Synonym für Kekse abgespeichert, denkt der Kommissar missmutig.

»Wollen wir das Mädchen herbestellen?«, wendet sich Jule an Oda.

»Nein, wir fahren hin. Ich bin immer neugierig, wie die Leute so wohnen. Aber lass mich erst mal rausfinden, wann sie heute Schulschluss hat, damit wir sie auch erwischen.«

»Schön, dann haben wir ja alle was zu tun«, meint Völxen und macht eine Geste, mit der man sonst Hühner verscheucht. »*Vamos*, an die Arbeit …«

»Sag mal, Fernando …«, beginnt Jule, als sie zurück in ihrem Büro sind, »… du hast dir doch jetzt den Dienstwagen gekrallt …«

»Und?«, fragt Fernando, ohne den Blick vom Bildschirm zu nehmen. Olafs Freund Cornelius hat ihm endlich die Aufzeichnung des *Grizzly*-Konzerts in der *Glocksee* geschickt. Zwar braucht er das Video nun nicht mehr, um die Hainhölzer Gang zu identifizieren, aber er schaut sich die Sache dennoch an. Tahir Nazemi ist wie erwartet ganz vorn dabei, Fernando hat sein Bild in einer der Akten gesehen und kann ihn nun unter den Randalierern ausmachen. Auch Sergej Markow erkennt man sofort an seinen Tattoos, die unter dem Muscle-Shirt hervorkriechen.

»Ich habe doch Frau Bukowski versprochen, sie in die Rechtsmedizin zu bringen. Aber jetzt soll ich ja mit Oda diese Gwen Fischer …«

»Heißt das etwa, ich soll den alten Drachen im Dienstwagen dorthin kutschieren?« Fernando stoppt das Video und sieht Jule finster an.

»Die wäre sicher auch begeistert, wenn du sie mit deiner Maschine abholst.« Jule lächelt spöttisch. »Sie hat ganz leuchtende Augen gekriegt, als sie von Motorrädern sprach.«

»Die waren bloß glasig vom Suff.«

»Ach, komm schon. Dafür haben Oda und ich ja auf den Dienstwagen verzichtet.«

»Ihr habt nicht verzichtet, ich war schneller«, stellt Fernando klar und schlägt mit hämischem Grinsen vor: »Frag doch Völxen, ob er dir seine DS dafür leiht.«

»Guter Witz! Das Heiligtum darf ja nicht mal seine Frau fahren.«

»Mich wundert schon, dass der Köter da reindarf«, meint Fernando und schaut auf die Uhr. »Wo bleibt der Alte denn jetzt so lange? Ich könnte den Typen schon längst geschnappt haben.«

»Bei Karre fällt mir doch was ein ... Wo ist Nikos Handy?«

Zwei Minuten später hat Jule herausgefunden, dass in Hannover kein Fahrzeug auf den Namen Nikodemus Riepke zugelassen ist. »Komisch«, murmelt sie. »Die letzte Nummer, die er gewählt hat, war doch eine Durchwahl der Zulassungsstelle. Was wollte er da?« Sie drückt auf *Anruf*, und es meldet sich ein Herr Vegesack, der Stimme nach ein etwas älterer Herr.

»Wedekin von der Polizeidirektion Hannover, Herr Vegesack, haben Sie gestern auch an diesem Platz mit dieser Durchwahl gesessen?«

»Allerdings.«

»Gestern Mittag um 12:26 Uhr erhielten Sie einen Anruf von einem gewissen Nikodemus Riepke, ist das richtig?«

»Hier rufen jede Menge Leute an«, kommt es ausweichend.

»Herr Riepke hat aber gar kein Fahrzeug, warum sollte er die Zulassungsstelle anrufen? Kann es sein, dass der Anruf privater Natur war?«

»Warum will die Polizei das wissen?«

»Antworten Sie bitte, Herr Vegesack, sonst lasse ich Sie vorladen.«

»Ja, okay. Ich kenne Niko … Herrn Riepke. Es war ein Privatgespräch. Nun zufrieden?«

»Nein. Worum ging es?«, fragt Jule.

»Um nichts Besonderes.«

»Er ruft Sie im Dienst an, wegen nichts Besonderem?«

»Ja, das macht der immer. Ich hab ihm schon hundertmal gesagt, dass er nicht immer hier anrufen soll, aber der vergisst das immer wieder.«

»Noch einmal, Herr Vegesack: Was wollte er?«

Genervtes Aufstöhnen, ein wenig zu theatralisch, um echt zu sein. »Er fragte, wann der nächste Skatabend ist. Er meinte, er hätte das Datum verbummelt. Ich hab es ihm gesagt, und der Fall war erledigt. Sind Sie jetzt zufrieden? Was ist denn eigentlich los?«

»Herr Riepke wurde letzte Nacht erschossen.«

»Was? Was sagen Sie da?«

Ohne ihre Worte zu wiederholen, legt Jule auf. Sie würde jede Wette eingehen, dass Vegesack sie angelogen hat. Oder zumindest etwas verschweigt. Den knöpfe ich mir bei Gelegenheit noch einmal vor, beschließt sie und macht sich daran, den Papierkram von Nikos Schreibtisch zu sortieren – Rechnungen, Einkaufszettel, Werbeprospekte, ein Kalender, die Kiez-Zeitschrift … »Schau mal, da ist was für dich.« Sie schiebt das Blatt mit den Veranstaltungshinweisen und Bordellreklamen über den Tisch zu Fernando hin.

»So was hab ich nicht nötig.«

Der Dienstapparat klingelt. »Geh du ran«, drückt sich Fernando.

Eine muntere weibliche Stimme, die nach Fernando Rodriguez verlangt. Jule kommt sie irgendwie bekannt vor, aber sie kann ja schlecht nachfragen, also gibt sie den Hörer weiter und beobachtet mit gespitzten Ohren, wie

Fernando sich im Schreibtischsessel zurücklehnt, die Füße auf die Tischplatte legt und sagt: »Ah, nett, dass du anrufst. Ich wollte auch schon … aber bei uns ist die Hölle los. Der Mord im Steintorviertel und gestern der Junge. – Ja, ich fand es auch schön. – Nein, keine Kopfschmerzen. Ja, gerne. – Weiß ich noch nicht. Wie gesagt, hier ist Land unter. – Ich melde mich, wenn es nicht zu spät ist. – Ja, übermorgen ginge eventuell auch. – Sehr schön. – Ja, dann … ciao, ciao!«

Fernando legt auf, nimmt die Füße wieder vom Tisch und widmet sich einen Tick zu intensiv seiner Lektüre.

»Eine Kollegin?«, forscht Jule.

»Was?«

»Die Frau eben. Hast du wieder eine Kollegin angebaggert?«

»Wie kommst du denn darauf?«

»Einer Außenstehenden hättest du nicht von unseren Fällen erzählt.«

»Ich wüsste nicht, was dich das angeht!«

»Jetzt kommt schon! Ich erfahre es ja doch.«

»Sie ist beim KDD.«

»Hübsch?«

»Ziemlich. Und auch nett, lustig. Wir waren einen Wein trinken nach … ist ja egal. Nur … na ja … sie ist …«

»Fast einen Kopf größer als du«, vollendet Jule den Satz, denn beim Stichwort KDD hat sie sich sofort an die Stimme von Meike Klaasen erinnert, die sie gestern früh geweckt hat.

»Richtig. Woher weißt du …?«

»Dein Gesicht ist ein offenes Buch für mich.«

»Zu blöd. Die wäre sonst echt heiß.«

»Fernando, du musst dich von diesen traditionellen Rollenklischees lösen. Wir leben im Zeitalter der Emanzipation, Frauen müssen sich keine Hünen mehr suchen, und Männer dürfen durchaus größere Frauen haben, das wirkt nicht lächerlich.«

»Doch. Ich käme mir vor wie so ein Spinnenmännchen, kurz bevor es gefressen wird.«

»So ein Quatsch!«

»Würdest du einen Mann haben wollen, der einen Kopf kleiner ist als du?«

Jule überlegt: »Da ich eins siebzig groß bin, wäre der dann ungefähr eins fünfzig – also ein Hobbit. Das kann man nicht vergleichen.«

»Hm.«

»Offensichtlich mag sie dich, sonst hätte sie nicht angerufen, oder?«

»Ja. Mal sehen.« Er hält demonstrativ die Zeitung in die Höhe, um zu signalisieren, dass das Thema damit abgeschlossen wäre.

Die Tür geht auf, es ist Oda. »Jule, Gwen hat heute schon um halb drei Schulschluss, also können wir … Sag mal, Fernando! Zeitung lesen im Dienst?«

»*Steintor-News*. Hier, das ist doch hochinteressant: *Am 3.12.2010 von 11:00 bis 0:00 Uhr will eine Frau mindestens 146 Männer kostenlos oral befriedigen und damit den Weltrekord nach Hannover holen. Wir brauchen eure Hilfe!*«

Während Oda den Golf am Maschsee entlangsteuert, sieht sich Jule die Anrufliste von Olafs Mobiltelefon an. Hinter den meisten Nummern sind in Richard Nowotnys akribischer Handschrift die Namen der Teilnehmer vermerkt. »Neben einer Handynummer steht Heiko Fischer«, fällt Jule auf.

»Das wird Gwen Fischer sein. Veronikas Handy ist auch auf mich angemeldet – als Partnerkarte.«

Jule blättert in ihrem Notizbuch: »Nein, die von Gwen habe ich hier, die taucht auch noch öfter auf. Die andere aber nur ein Mal, am Samstag um 12:15 Uhr.«

Oda biegt links ab und parkt wenig später in einer Seitenstraße, die auf den Fiedelerplatz in Döhren zuführt. Entlang des Platzes sind Marktstände aufgebaut. »Bauernmarkt, jeden Dienstagnachmittag«, erfahren sie von einer älteren Dame, die zwei volle Taschen davonträgt.

Die Fischers wohnen im ersten Stock eines hübschen roten Klinkerbaus aus der Jahrhundertwende. Gwen selbst öffnet die Tür und sagt »Hallo« als sie Jule erkennt.

»Das ist meine Kollegin Oda Kristensen. Dürfen wir reinkommen, wir hätten noch ein paar Fragen an dich.«

Das Mädchen führt sie in die Küche, in der es nach angebrannter Tomatensoße riecht. Sie fährt mit einem Lappen nachlässig über den Tisch, auf dem ein aufgeklapptes Buch mit den Seiten nach unten liegt. Jack Kerouac, *Unterwegs*.

»Das habe ich auch gelesen, vor zwanzig Jahren etwa«, erinnert sich Oda. Gwen lächelt nicht. Sie trägt das violette Kapuzensweatshirt von gestern und zieht sich krampfhaft die Ärmel lang. Jule und Oda setzen sich auf die Bugholzstühle. Die Wand hinter ihnen ist mit zahlreichen Tellern aus bunt glasierter Keramik zugehängt. Es stehen auch einige Vasen auf den Küchenoberschränken, die verdächtig nach Töpfer-Workshop aussehen.

»Bist du alleine hier?«, fragt Oda.

»Ja. Mein Vater kommt erst um fünf von der Arbeit.«

»Was macht er?«

»Er arbeitet bei der *Heimkehr*.«

Eine der großen Wohnungsgenossenschaften der Stadt, Oda hat sich neulich deren Bestand angeschaut, denn

Veronika drängelt immer mehr, aus Isernhagen weg – und in einen der innerstädtischen Bezirke zu ziehen. Am liebsten natürlich nach Linden.

»Und deine Mutter?«

»Die liegt zurzeit im Krankenhaus.«

»Seit wann?«

»Seit letztem Mittwoch. Sie hatte eine Gallenoperation, aber am Samstag kommt sie wieder zurück.«

»Hast du noch Geschwister?«

»Nein.«

Oda fährt fort: »Du warst mit Olaf zusammen?«

»Manchmal.«

»Was heißt das?«

»Manchmal heißt manchmal. So ab und zu eben«, erklärt Gwen unwillig.

»Du warst also nicht offiziell seine Freundin.«

»Nein.«

»Wärst du es gern gewesen?«

Gwen zuckt mit den Schultern.

»Gab es noch andere Mädchen, mit denen er ›ab und zu‹ zusammen war?«

»Keine Ahnung«, kommt es schroff.

»Warst du verliebt in ihn?«

»Das ist doch jetzt egal. Er ist tot, verdammt!« In ihren braunen Samtaugen beginnt es zu glitzern.

Oda lächelt sie mitfühlend an. »Es ist schlimm, wenn man in jemanden verliebt ist, der einen nur ›gern mag‹. Das ist fast schlimmer, als wenn er einen gar nicht beachtet, nicht wahr?«

»Wenn Sie meinen.«

»Du warst ein paarmal bei ihm zu Hause, sagt Olafs Mutter.«

»Ja, und? Ist das verboten?«, kommt es trotzig.

»War er auch mal hier?«

Gwen schüttelt den Kopf.

Nun richtet Jule das Wort an Gwen: »Du hast gestern angegeben, dass du am Sonntagabend in deinem Zimmer gelernt hast, stimmt das?«

»Ja, klar.«

»Von wann bis wann genau?«

»Was? Keine Ahnung. Den ganzen Abend halt. Jedenfalls bis zehn. Danach hab ich ferngesehen, dann bin ich schlafen gegangen.«

»Kann das jemand bezeugen? Dein Vater?«

»Der kam erst später, so um elf, halb zwölf. Ich hab schon halb gepennt, ihn bloß noch gehört. Wieso fragen Sie das?«

»Wir überprüfen routinemäßig alle Alibis«, schwindelt Jule, und Oda will wissen: »Seit wann singst du bei den *Grizzlys* im Chor?«

»Seit dem Sommer ungefähr.«

»Gab es eine Vorgängerin?«

»Nein. Fiona und ich waren die ersten. Davor hatten sie keinen Chor.«

»Wieso gerade ihr beiden?«

»Da war so ein Aushang in der Schule am Schwarzen Brett. Daraufhin haben Fiona und ich uns gemeldet.«

»Wart ihr die Einzigen?«

»Nö. Es haben sich über vierzig Mädchen gemeldet. Das hat Cornelius zumindest immer behauptet. Sie haben zehn vorsingen lassen, und Fiona und ich waren es dann eben.«

»Weil ihr so gut wart?«

»Klar, warum denn sonst? Na ja, ein bisschen haben sie wohl auch auf das Aussehen geachtet.«

»Ist Fiona deine Freundin?«

»Nein, sie geht nur in meine Klasse. Außerhalb der *Grizzlys* haben wir nicht allzu viel miteinander zu tun.«

»Magst du sie nicht?«

»Was heißt hier ›mögen‹? Fiona ist 'ne Schlampe.«

»Wie meinst du das?«

»Na, wie schon? Ich mag nicht, wie sie sich anzieht und schminkt. Aber seit wir im Chor sind, verstehen wir uns trotzdem ganz gut.«

»War es schwierig, in den Chor zu kommen?«

Gwen schnauft. »Das hab ich doch gerade erklärt.«

Oda beobachtet das Mädchen. Sie zerrt immer noch an den Ärmeln ihres Sweatshirts, die schon ganz ausgeleiert sind.

»Uns ist zu Ohren gekommen, dass es da gewisse Gefälligkeiten sexueller Art gab, die verlangt wurden, damit man im Chor sein durfte.«

Über Gwens Magnolienteint huscht eine zarte Röte. »Das ist nicht wahr«, murmelt sie. »Wer hat den Scheiß erzählt, Fiona?«

Oda und Jule tauschen einen Blick.

»Es gibt da ein paar Chatprotokolle auf Olafs Computer …«, behauptet Oda.

»Mir egal, was die chatten«, murmelt Gwen sichtlich verlegen. »Warum wollen Sie so was überhaupt wissen? Denken Sie, ich habe ihn umgebracht? Warum sollte ich das tun?«

»Eifersucht, enttäuschte Liebe, Wut, Scham … es findet sich immer ein Grund«, antwortet Oda.

Gwen sieht Oda böse an: »So ein Quatsch! Wie soll ich das denn gemacht haben?«

Diese Frage stellt sich Oda allerdings auch. »Wie alt bist du, Gwen?«

»Ich werde im November fünfzehn.«

»War Olaf der erste Junge, mit dem du Sex hattest?«

Gwen verschränkt die Arme und antwortet patzig: »Mein Privatleben geht keinen was an!«

»Es soll zwischen Olaf, Cornelius und Florian so eine Art Wettbewerb gegeben haben. Sie nannten es ›Jungfrauen knacken‹.«

Das Mädchen springt auf: »Hören Sie auf, Olaf schlechtzumachen, Sie sind genau wie mein Vater. Er ist tot! Finden Sie lieber seinen Mörder!«

»Setz dich bitte wieder hin«, sagt Oda mit ruhiger Strenge.

Gwen kommt der Aufforderung nach, und Jule hält Gwen die Handynummer, die sie sich vorhin notiert hat, unter die Nase. »Wem gehört diese Nummer?«

»Wieso?«

»Derjenige hat am Samstagmittag mit Olaf telefoniert.«

Gwen starrt die Nummer an, sie wirkt verwirrt. »Das ist die von meinem Vater. Aber warum …?« Gwen unterbricht sich.

Oda und Jule können förmlich zusehen, wie es in ihrem Kopf arbeitet. Nach einigen Sekunden reißt es sie erneut vom Stuhl, ihre Stimme überschlägt sich, als sie herausplatzt: »Dann fragen Sie doch mal meinen Vater, wo er am Sonntagabend war! Der konnte Olaf nämlich überhaupt nicht leiden, der hat ihn dauernd schlechtgemacht und mir eingeredet, er sei nichts für mich, der würde mich nur ausnutzen und lauter so Mist!«

Womit er ja auch recht hat, denkt Oda und fragt das Mädchen: »Und wo finden wir ihn?«

Erst nach anhaltendem Klingeln öffnet sich die Wohnungstür der Familie Nazemi gerade so weit, dass ein etwa zehnjähriges Mädchen die beiden Beamten misstrauisch beäugen kann. Drinnen läuft ein Fernseher, Werbung. Völxen zeigt ihr seinen Dienstausweis. »Wir möchten zu Tahir.«

»Der ist nicht da.«

»Bist du seine Schwester?«

»Ja.«

»Und wo finden wir ihn?«, fragt Fernando. Das dunkle, lockige Haar des Mädchens ist zu einem Pferdeschwanz zusammengebunden. Sie kommt ihm bekannt vor, er überlegt angestrengt, wo er sie schon einmal gesehen haben könnte.

»Weiß ich nicht.« Die Luft, die durch den Türspalt nach draußen dringt, riecht abgestanden.

»Ist sonst jemand zu Hause?«

Sie zögert ganz kurz, ehe sie sagt: »Mein kleiner Bruder.«

»Wie alt ist der?«

»Fünf.«

»Hast du eine Ahnung, wo Tahir stecken könnte?«

»Nö. Keine Ahnung.«

»Okay. Wir kommen wieder«, verspricht Fernando. Die Tür wird zugezogen. Völxen tritt zur Seite und legt den Finger an die Lippen. Drinnen hört man eine Frauenstimme in einer fremden Sprache etwas rufen. Dann die Stimme des Mädchens. Ihrer kurzen Rede folgt eine Kaskade schriller Laute, gefolgt vom Geschrei eines Kindes und dem Geschrei der Frau beim Versuch, das Geschrei des Kindes zu übertönen. Völxen und Fernando lauschen noch eine Weile dem häuslichen Treiben, aber es scheint tatsächlich sonst niemand in der Wohnung zu sein. Sie gehen die zwei Treppen wieder hinab, vorbei an Schuhregalen, einem Dreirad, Leergut. Die Wände des Hausflurs sind voller Graffitis; die üblichen Obszönitäten, ein paar arabische Schriftzüge und die Buchstaben PKK.

Jetzt fällt es Fernando wieder ein, woher er das Mädchen kennt: Die Kleine hat ihn gestern nach dem Trommel-Workshop um ein Autogramm gebeten, nachdem seine Visitenkarten für allgemeine Erheiterung gesorgt hatten. Ein Moment seines Lebens, den er bereits erfolgreich verdrängt hat.

Dann stehen die beiden wieder vor dem Mietshaus, von dem der Putz bröckelt. Die Grünanlagen sind als solche nur schwer zu erkennen, der Rasen ist braun mit kahlen Flecken, die Büsche ins Kraut geschossen. Eine Krähe pickt an einem Stück Pappe herum, zwei Jungs spielen Fußball in einem Garagenhof. Die Tore sind rostig, davor wächst Unkraut durch das Pflaster. Ein Werbeschild der GBH, Gesellschaft für Bauen und Wohnen, auf der anderen Straßenseite verheißt Großes, nämlich eine *Modernisierungsoffensive*. Und tatsächlich, die Blocks gegenüber machen einen sauberen, ordentlichen Eindruck.

Eine alte Frau, die einen Einkaufstrolley hinter sich herzieht, kommt den Gehweg entlang auf sie zu. Ein schäbiger, schlammfarbener Trenchcoat schlackert um ihre dünne Gestalt, das kastanienbraun gefärbte Haar versteckt sich unter einem kessen schwarzen Hütchen, das auch schon bessere Tage gesehen hat. »Sind Sie von der Stadt?«, fragt sie Völxen und Fernando.

»Nein«, antwortet Völxen, aber die Frau hat bereits zu schimpfen angefangen: »Eine Sauerei ist das! Schauen Sie nur – die da drüben, die kriegen alles neu gemacht. Nur wir nicht. Wir vom Bömelburgviertel schauen mal wieder in die Röhre! Unseren Komplex hier hat die Stadt nämlich vor sechs Jahren verkauft. Für 52 Millionen. Davon werden jetzt die anderen saniert. *Soziale Stadt*, die

Neue Mitte von Hainholz. Aber ich sag Ihnen was: Ich brauche keine ›Soziale Stadt‹ und keine ›Neue Mitte‹, ich möchte eine Dusche, die funktioniert, und Fenster, durch die es nicht reinzieht. Und nicht lauter Gesindel im Haus. Wenn die Türkin über mir ihre Gören badet, steigt das Wasser in meiner Wanne, können Sie sich das vorstellen?« Ihre grauen, harten Augen mustern den Kommissar. Der auberginenfarbene Lippenstift hat sich bis in die vielen kleinen Fältchen um ihren Mund herum verkrochen.

»Nein«, antwortet Völxen wahrheitsgemäß und fragt: »Wem gehören denn jetzt diese Häuser?«

Die Frau winkt ab. »Die werden dauernd verkauft. Erst waren es Amis, dann Holländer, dann Australier, das muss man sich mal vorstellen, und jetzt ist es eine Schweizer Immobilienfirma. Aber die tut auch nichts. Immer wechseln die Verwalter, man weiß nie, an wen man sich wenden soll. Aber das ist der Plan, wissen Sie, das hat Methode. Die lassen unsere Häuser mit Absicht verfallen, und wenn dann nichts mehr zu retten ist, vergraulen sie die letzten paar Mieter, reißen die ganze Chose ab und kassieren einen Haufen Geld für das Grundstück. Die sind ja dann was wert, wenn drum herum erst mal alles wieder nett gemacht ist. Aber ich werde das Ende hier sowieso nicht mehr erleben, ich gebe bald den Löffel ab.«

»Aber Sie sehen doch noch sehr fit aus, wenn ich das bemerken darf«, hängt Völxen den Charmeur heraus. Irgendwie rührt ihn die alte Dame, die trotz ihres Alters und einer nun deutlich wahrnehmbaren Fahne einen gewissen, wenn auch etwas abgewetzten Chic ausstrahlt.

»Na ja. Wenn Sie es sagen.« Sie lächelt müde. »Wiedersehen, die Herren.« Sie greift nach ihrem Hackenporsche und tippelt in ihren knöchelhohen Stiefeln mit den dünnen Absätzen auf den Eingang des Nachbargebäudes zu, wobei sie einen Hundehaufen elegant umschifft.

Als sie darin verschwunden ist, schlägt Fernando vor: »Cruisen wir doch ein bisschen durch die Gegend und halten die Augen offen.«

»Oder wir versuchen es zuerst noch bei seinen Freunden Sascha Lohmann und Sergej Markow«, lautet Völxens Gegenvorschlag. »Lohmann wohnt hier gleich um die Ecke.«

»Herr Fischer, darf ich mal kurz Ihr Handy sehen?«

»Warum das denn?«

»Ich will nur wissen, ob Sie es noch haben. Oder ob es Ihnen vielleicht gestohlen wurde oder Sie es verloren haben.«

Offensichtlich verwirrt von Odas Frage deutet Heiko Fischer auf ein schwarzes, ultraflaches Gerät, das auf seinem sehr aufgeräumten Schreibtisch liegt. »Da ist es.«

»Demnach haben also Sie am Samstagmittag um 12:15 Uhr knapp drei Minuten lang mit Olaf Döhring telefoniert. Was war der Anlass?«

»Ich? Wieso? Wie kommen Sie denn darauf?«

Oda erklärt es ihm. »Und wir wissen von Ihrer Tochter, dass sie es nicht war, die vielleicht von Ihrem Handy aus Olaf angerufen hat. Also noch einmal, was wollten Sie von Olaf Döhring?«

Oda und Jule sitzen auf ledernen Freischwingern in Fischers modisch-nüchtern eingerichtetem Büro, das sich in einem schicken Neubau in der Südstadt befindet, ganz in der Nähe von Tian Tangs Praxis.

Heiko Fischer, ein schlanker Mann mit dunklem Haar und grauem Vollbart, fährt mit den Fingern über die Tastatur, die auf seinem gläsernen Schreibtisch liegt, und antwortet auf Odas Frage: »Ich habe Olaf Döhring verboten, sich weiterhin mit meiner Tochter zu treffen.«

»Weshalb?«

»Ich hielt ihn einfach nicht für den richtigen Umgang für Gwen.«

»Das würde ich gern genauer wissen, warum Sie das so sehen.«

»Eine Vierzehnjährige braucht noch keinen Freund und muss nicht auf Partys gehen, bei denen Alkohol getrunken wird und Drogen im Umlauf sind, so sehe ich das!«

»Aber Sie haben ihr doch erlaubt, im Chor der *Grizzlys* zu singen, und die Auftritte sind nun mal in den einschlägigen Klubs«, hält Oda dagegen.

»Ich habe ihr das nie erlaubt. Sie hat das anfangs ohne unser Wissen gemacht. Hat uns erzählt, sie würde bei ihrer Freundin übernachten. Es ist nicht so einfach, einem Mädchen in dem Alter etwas zu verbieten.«

»Ich weiß, ich habe selbst eine nicht ganz einfache Tochter«, antwortet Oda und muss dabei an Musst-du-dir-nicht-merken-Dennis denken. Dennoch wäre sie nie auf die Idee gekommen, bei einem Jungen anzurufen, der ihr nicht passt. Das wäre ja eine Bankrotterklärung. »Herr Fischer, das verstehe ich immer noch nicht ganz: Warum dieses strikte Umgangsverbot? Hätte es nicht gereicht, ihr die Partys zu verbieten?«

Heiko Fischer schüttelt nur schweigend den Kopf.

»Ist etwas vorgefallen? War Ihre Tochter mal betrunken oder auf Drogen? Hat Olaf ihr irgendetwas angetan? Oder einer seiner Freunde?«

Fischer zögert, zupft an seinem Bart und meint: »Man muss ja nicht abwarten, bis es so weit ist, oder?«

Den besorgten Vater nimmt Oda ihm nur bedingt ab,

sie hat das Gefühl, dass Heiko Fischer etwas verschweigt. »Wie hat Olaf das Verbot aufgenommen?«

»Pampig. Hat gemeint, das müsse Gwen selbst entscheiden. Als ich versuchte, ihm meine Bedenken auseinanderzusetzen, hat er großkotzig verkündet, er würde schon auf Gwen aufpassen. Es klang ziemlich von oben herab. Von einem Jungen, den alle Welt so nett und wohlerzogen findet, hätte ich, ehrlich gesagt, etwas anderes erwartet.«

Plötzlich scheint sich Fischer daran zu erinnern, was mit Olaf Döhring geschehen ist, und er fügt halbherzig hinzu, dass er dessen Tod natürlich sehr bedaure. »Ein Drama, meine Tochter nimmt das sehr mit.«

Seine Worte erinnern Oda an die der Mutter des Nachbarjungen Luis. Auch bei Frau Tiefenbach stand zuallererst die Sorge ums eigene Kind im Vordergrund und wie es denn wohl den Tod des anderen Kindes verkraften würde. Eltern sind wirklich grausame Egoisten, erkennt Oda mit einem Anflug von Abscheu, während sie sich gleichzeitig fragt, ob sie nicht auch so reagieren würde.

»Wie stand denn Ihre Frau zu Gwens Beziehung mit Olaf?«, meldet sich Jule zu Wort.

»Ähnlich. Aber sie kann sich bei Gwen noch weniger durchsetzen. Sie wissen ja, Mütter und Töchter – das ist schwierig, besonders in dem Alter.«

Nicht nur in dem Alter, weiß Jule, und Oda fragt: »Aber *Sie* haben ein gutes Verhältnis zu Ihrer Tochter?« Die Sie indirekt des Mordes beschuldigt hat, fügt sie in Gedanken hinzu.

»Ja, sicher. Es ist eben nur …«

»… schwierig, ja, ich weiß«, sagt Oda.

Jule betrachtet indessen das Foto, das auf einem Aktenschrank steht. Die Familie vor einem Wohnmobil: Fischer selbst, Bart und Haar etwas länger, eine dunkelhaarige Frau, molliger Typ, und Gwen im Alter von etwa zehn Jahren. Damals schien Gwen noch nicht so dünn gewesen zu sein wie heute. Eher sogar ein bisschen pummelig. »Herr Fischer, seit wann ist Gwen magersüchtig?«

Jules Frage trifft ins Schwarze, man kann sehen, wie der Mann zusammenzuckt.

»Sie ist nicht …«

»Doch, sie ist!«, beharrt Jule, und Oda meint beinahe entschuldigend: »Sie hat mal Medizin studiert, man kann ihr nichts vormachen.«

»Meine Tochter hat ein paar Probleme. Auch psychischer Art, Depressionen, und eine Essstörung. Das fing mit der Pubertät an, so mit zwölf, dreizehn. Sie ist aber in Behandlung. Seit einem halben Jahr geht sie auch noch zu so einem Naturheilkundler, gleich hier um die Ecke.«

»Und, hilft das?«, fragt Oda neugierig.

»Ja. Seither ist sie etwas ausgeglichener geworden.«

»Freut mich.« Oda kann sich das Grinsen nur schwer verkneifen. Sie erkundigt sich nach dem Krankenhausaufenthalt seiner Frau. Fischers Angaben decken sich mit denen von Gwen.

»Herr Fischer, und wo waren Sie am Sonntagabend?«

»Bitte?«, kommt es entrüstet.

Oda wiederholt die Frage.

»Also, das ist doch … denken Sie etwa, ich hätte den Jungen umgebracht?«

»Ich denke gar nichts, ich ermittle«, knallt ihm Oda die Standardantwort auf seine Standardfrage hin. »Also?«

»Ich war bei meiner Frau im Henriettenstift.«

»Den ganzen Abend?«

»Nein, bis sieben, halb acht.«

»Wie sind Sie hingefahren?«

»Mit meinem Auto.«

»Und danach?«

»Danach war ich zu Hause.«

»Ach, wirklich? Ihre Tochter behauptet da etwas anderes.«

»Die!«, schnaubt Fischer. »Die sitzt oft den ganzen Abend in ihrem Zimmer am Laptop, mit den Kopfhörern auf. Die hört doch gar nicht, wann jemand kommt oder geht. Man könnte die Wohnung ausräumen, die würde es nicht mitkriegen.«

»Sie hat aber deutlich gehört, wie Sie nach Hause gekommen sind. Und das war nach elf.«

Fischer wendet verlegen den Kopf ab und reibt sich seinen Bart. Oda kommt zu dem Schluss, dass sie den Mann nicht mag, und so bereitet es ihr fast ein kleines Vergnügen, als sie nun sagt: »Herr Fischer, ich muss Sie vorläufig festnehmen, wenn Sie mir nicht sagen können oder wollen, wo Sie in der fraglichen Zeit waren. Sie haben nämlich ein ziemlich gutes Motiv für die Tat – väterliche Eifersucht. Oder nennen wir es Besorgnis«, räumt Oda ein, als Fischer zum Protest ansetzt. »Ohne Alibi sieht das jedenfalls gar nicht gut aus für Sie.«

»Wenn ich es Ihnen sage, bleibt das dann unter uns?«

»Ja«, versichert Oda und kann sich schon denken, was jetzt kommt. Prompt gesteht der Mann, dass er seit einem Dreiviertel Jahr eine außereheliche Beziehung führt und den Sonntagabend bei der bewussten Dame verbracht hatte.

»Name, Adresse?« Jule zückt ihr Notizbuch.

»Muss das sein?«

»O ja«, versichert Oda.

Als sie kurz darauf im Aufzug stehen und nach unten fahren, atmen beide tief durch.

»Ich hoffe, sein Alibi ist glaubhaft«, meint Jule.

»Wieso? Wenn nicht, hätten wir doch einen prima Verdächtigen«, antwortet Oda sarkastisch.

»Trotzdem. Als ich das Foto sah und mir Gwen vorstellte, wie sie jetzt aussieht, und dazu diese Krankengeschichte … Für einen Moment dachte ich, dass Gwen ein Missbrauchsopfer sein könnte. Dass er deshalb nicht will, dass seine Tochter einen Freund hat.«

»Ging mir ähnlich«, bestätigt Oda. »Als ich das mit der Eifersucht sagte, da wollte er schon auf mich losgehen, ich hab's ihm angesehen. Und du glaubst also, wenn es stimmt, dass er eine Geliebte hat, dann ist unsere Befürchtung überflüssig?«

»Keine Ahnung. Vielleicht. Der Krankenhausaufenthalt der Mutter wäre ja sonst die ideale Gelegenheit, sich der Tochter zu widmen. Da wäre es schon fast beruhigend, wenn sich herausstellt, dass er tatsächlich bei einer Geliebten war. Oder siehst du das anders?«

Oda runzelt die Stirn. »Ich weiß nicht, ob das eine das andere ausschließt. Jedenfalls wollte Gwen den Mordverdacht auf ihren Vater lenken, und das kann verschiedene Gründe haben: Sie hat eine Wut auf ihn wegen der Verbote und wollte ihm eins auswischen, sie wird missbraucht und will ihn auf diese Weise loswerden, oder sie denkt wirklich, dass er es getan haben könnte.«

»Wollen wir die Dame gleich mal fragen?«, schlägt Jule vor.

»Vorher würde ich mich gerne mal mit den Freunden von Olaf unterhalten. Vielleicht können die noch was Erhellendes zu Gwen und Olaf beitragen oder zu Gwens Vater.«

Völxen und Fernando gehen das kurze Stück bis zu Sascha Lohmanns Wohnsitz zu Fuß. Ein ähnlicher Wohnblock, eine Nuance gepflegter. Keiner öffnet auf ihr Klingeln, doch als sie zum Wagen zurückgehen und Fernando gerade losfahren möchte, sieht er zwei Gestalten im Rückspiegel. »Dreh dich doch mal unauffällig um. Ist das nicht unser Freund Nazemi? Der mit der Lederjacke über dem Kapuzenpulli?«

»Ja«, sagt Völxen, die Augen auf den Spiegel geheftet. Die zwei Jungs – nach dem Foto in den Akten und dem Video von dem gestörten *Grizzly*-Konzert müsste der mit der umgedrehten Baseballkappe Sascha Lohmann sein – sind jetzt auf ihrer Höhe angekommen und gehen auf den Eingang von Lohmanns Haus zu.

»Drinnen oder draußen?«, fragt Fernando.

»Draußen. Und zwar jetzt!«

Sie steigen ohne Hast aus, doch irgendein Instinkt scheint den Jungs zu sagen, dass etwas nicht stimmt. Wenige Meter vor dem Eingang zu Lohmanns Wohnblock dreht sich der Junge mit der Baseballkappe ruckartig um. Auch Tahir bleibt stehen und nimmt sich eine Sekunde Zeit, um Völxen und Fernando argwöhnisch anzusehen.

»Tahir Nazemi? Ich würde dich gern mal …«

»Scheiße, Bullen!«, ruft Lohmann, und schon quetscht sich Tahir zwischen zwei parkenden Autos durch und sprintet die Straße entlang davon.

»Mist, das war ja klar«, zischt Fernando und nimmt die Verfolgung auf. Auch Sascha Lohmann entschließt sich zu fliehen, allerdings in die entgegengesetzte Richtung. Hauptkommissar Völxen verzichtet auf den Versuch, ihn einzuholen. Er hat es zwar neulich mit Ach und Krach in vierzig Minuten um den Maschsee herum geschafft, als er im Rahmen des Dienstsports zum Joggen angetreten ist, aber mit einem mit Adrenalin vollgepumpten Sechzehnjährigen nimmt er es lieber gar nicht erst auf, das kann nur blamabel enden. Außerdem wollen sie ja in erster Linie Tahir Nazemi sprechen. Der Kommissar bewegt sich stattdessen mit flotten Schritten zum Wagen und folgt dem Flüchtenden und seinem Verfolger.

Fernando hat es nicht einfach, Tahir ist ein guter Läufer, schon verschwindet er um eine Ecke, und als Fernando dort angekommen ist, sieht er, dass der Junge schon ein gutes Stück weiter gerannt ist. Fernando bleibt dran, doch der Kerl ist flott unterwegs. An der nächsten Kreuzung nimmt sich der Junge sogar die Zeit, sich umzudrehen, hämisch zu grinsen und seinem Verfolger den gestreckten Mittelfinger zu zeigen, ehe er weiterläuft. Fernando ist, als hätte er ihn sogar noch etwas wie »Fick dich, Scheißbulle« rufen hören. Seine Wut auf diesen Kerl, der ihn offensichtlich verarscht und dabei auch noch ziemlich alt aussehen lässt, mobilisiert Fernandos Kräfte, er wird schneller, und obwohl er schon ziemlich außer Atem ist, brüllt er ihm nach: »Bleib stehen, oder ich knall dich ab, du kleine Ratte!« Doch schon an der nächsten Kreuzung verliert er den Jungen wieder aus den Augen, er sieht ihn nur noch nach rechts abbiegen.

Als Fernando schließlich um die Ecke gerannt kommt, ist von Tahir nichts mehr zu sehen. Verdammt, wo ist der hin? Ein Müllwagen von *aha*, der städtischen Entsorgungsfirma, steht schräg auf der Straße, und Fernando ist schon fast an dem Wagen vorbeigesprintet, als er im Augenwinkel den Fahrer herausspringen sieht. Seine Bewegung ist hektisch. Gar nicht typisch für einen Angestellten des öffentlichen Dienstes, registriert Fernando und hört nun, wie der Mann etwas Unverständliches ruft. Ein noch diffuses, ungutes Gefühl lässt Fernando stoppen. Er dreht sich um.

Der Dienstwagen hält mit quietschenden Bremsen neben dem Müllfahrzeug. Fernando sieht zwei weitere Müllmänner, die vor dem Wagen stehen und sich nach etwas bücken, er sieht Völxen, der aussteigt und zu den Männern geht, und schließlich, durch die orangefarbenen Beine der Müllmänner hindurch, sieht er den Jungen, der ausgestreckt auf der Straße liegt. Fernando keucht. Nicht nur wegen der Anstrengung, die ihn der schnelle Lauf gekostet hat, sondern weil ihm augenblicklich schlecht wird vor Angst. Er will nicht glauben, was er da sieht: den Jungen auf der Straße, das Blut … Jetzt beugt sich Völxen über ihn, was macht er da? Erste Hilfe? Also ist er noch am Leben? *¡Válgame dios, Santa Madre!* Bitte, lieber Gott, lass ihn nicht tot sein! Einer der Müllmänner telefoniert, der Fahrer schwingt sich ins Führerhaus und würgt den Motor ab. Es breitet sich eine unheimliche Stille aus, in der Fernando nur noch das Rasseln seines Atems hört. Mit Schritten, die ihm so schwerfallen, als müsste er durch ein reißendes Gewässer gehen, nähert er sich dem Geschehen. Dabei wünscht er sich nur noch, dass das ein Albtraum sei, aus dem er gleich erwachen möge.

Das Zimmer von Cornelius Seifert ist fast halb so groß wie Jules Dreizimmerwohnung in der List. Oda und Jule haben auf dem Sofa Platz genommen, hinter ihnen hängt ein gerahmtes Kinoplakat von *Matrix*. Cornelius und Florian, der gerade bei seinem Freund zu Besuch ist, lümmeln sich auf dem französischen Bett herum, die beim Eintreten der beiden Ermittlerinnen rasch zugeklappten Laptops zwischen ihnen. Gerade hat Oda die Freunde nach ihrem Verhältnis zu Gwen Fischer gefragt.

»Verhältnis? Da ist kein Verhältnis, Gwen singt bei uns im Chor, das ist alles«, behauptet Cornelius.

»War sie nicht mit Olaf zusammen?«

»Nö, nicht so richtig.«

»Aber in unserem gestrigen Gespräch habt ihr angedeutet, dass sie in ihn verliebt war«, erinnert Jule. »Kann es sein, dass Olaf das ausgenutzt hat?«

»Ja, schon möglich«, räumt Florian etwas patzig ein. »Wir waren ja nicht seine Aufpasser.«

Oda wird deutlich: »Und wie sieht so etwas dann aus? Musste sie einem von euch einen blasen, so wie das andere Mädchen, Fiona?«

Ein schneller Blickwechsel zwischen den beiden, dann sagt Cornelius mit aufgesetzter Empörung: »Ich weiß gar nicht, wovon Sie reden.«

»Von eurem perversen Hobby, das ihr ›Jungfrauen knacken‹ nennt.«

»Auweia«, murmelt Florian und streicht sich verlegen durch seine Engelslocken, aber Cornelius hat sich bereits wieder gefangen. Er sieht Oda herausfordernd an und meint: »Wir hatten im Sommer mal eine kurze promiskuitive Phase, das gebe ich ja zu. Und Fiona – ich meine, nichts gegen das Mädchen, aber die will es ja nicht anders. Die ist gern 'ne Schlampe, um es mal salopp auszudrücken.«

»Und Gwen?«

»Gwen nicht. Gwen ist ein Sensibelchen. Aber sie kann gut singen.« Cornelius lächelt Oda selbstbewusst an.

So jung und schon so aalglatt, denkt Oda und verkündet: »Auf Olafs Computer sind jede Menge Mails und Chatprotokolle zwischen euch und ihm. Und die Nerds, die im LKA sitzen, sind zur Stunde noch dabei, die auszuwerten …«

»Wissen Sie, im Chat redet man auch viel Mist. Vieles davon ist reines Wunschdenken«, wirft Cornelius ein.

»… und wenn eines der Mädchen, von denen da die Rede ist, jünger als vierzehn sein sollte, dann könnt ihr nur beten, dass wir sie nicht ausfindig machen, denn sonst seid ihr wegen Kindesmissbrauchs dran. Also noch mal: Habt ihr mit Gwen auch solche Spielchen gemacht? Musste sie irgendwelche sexuellen Dienstleistungen vollbringen, um im Chor singen zu dürfen?«

Beide schütteln die Köpfe. »Nein, Quatsch«, murmelt Florian, der rot geworden ist.

»Falls sie so was behauptet, lügt sie«, sagt Cornelius mit fester Stimme.

Jule fragt: »Olaf hat am Samstag einen Anruf von Gwens Vater bekommen. Hat er mit euch darüber gesprochen?«

»Nein, mit mir nicht.«

»Mit mir auch nicht«, versichert Florian und fragt: »Warum hat der Olaf angerufen?«

»Das wollen wir ja gerade herausfinden«, versetzt Oda. »Er erwähnte uns gegenüber Alkohol und Drogen und Partys …«

»Ja, und? Wir sind doch nicht die Kindermädchen von Gwen«, ereifert sich Cornelius. »Sie hat sich für den Chor beworben, und wir sind davon ausgegangen, dass sie das mit ihren Eltern geklärt hat.«

Oda lässt es dabei bewenden, und Jule fragt: »Wie war das noch mal, was habt ihr beiden am Sonntagabend gemacht?«

»Wir haben gezockt, Florian und ich«, antwortet Cornelius. »Meine Eltern waren auch hier, meine Mutter ist sogar zwei Mal hier reingekommen und hat genervt, weil angeblich das Geballere zu laut war.«

»Meine Eltern waren auch zu Hause, die können Sie fragen, wenn Sie wollen«, gibt Florian an und zuckt mit den Achseln.

Oda wechselt das Thema. »Es gab noch einen interessanten Anruf auf Olafs Handy, letzten Mittwoch. Er kam von Tahir Nazemi.«

Wieder tauschen Cornelius und Florian einen intensiven Blick aus. Es entsteht ein Moment des zögerlichen Schweigens, dann hat Cornelius Seifert offenbar beschlossen, dass es in diesem Fall wohl besser ist, etwas zu sagen. »Ja, wir wissen von dem Anruf. Er hat mit der Band darüber gesprochen.«

»Was wollte Nazemi?«

»Fünfhundert Euro, wenn das nächste Konzert ungestört über die Bühne gehen soll.«

»Und wie habt ihr euch entschieden?«

»Wir hatten zuerst überlegt, die Sache zu *canceln* und die Party woanders zu machen. Aber womöglich würden sie dort auch auftauchen, so wie in der *Glocksee*«, erläutert Cornelius. »Also beschlossen wir, das Konzert durchzuziehen und selbst für Schutz zu sorgen. Valentin hat vorgeschlagen, dass wir für die fünfhundert lieber eine eigene Security anheuern. Sein Vater hat da Beziehungen, der macht dauernd Veranstaltungen mit Sicherheitsdienst. Uns einfach erpressen lassen von dieser Vorstadt-Mafia – das geht doch auch nicht, oder? Das machen die doch dann immer wieder!«

»Wieso kannte Tahir Nazemi Olafs Handynummer?«, will Oda wissen.

Cornelius antwortet: »Er kann sie eigentlich nur aus dem Musikzentrum haben. Dort haben wir die Party angemeldet, und in dem Terminplaner stand Olafs Nummer, die wollten einen Ansprechpartner haben.«

»Der liegt da im Büro rum, da kann jeder reinschauen«, ergänzt Florian.

»Auf die Idee, es vielleicht der Polizei zu melden, seid

ihr nicht gekommen, was?«, bemerkt Jule verärgert. »Wenigstens gestern hättet ihr uns davon erzählen können.«

»Herrgott, der hat zu Olaf gesagt: *Wenn du das den Bullen steckst, dann fick ich deine Mutter*«, bricht es aus Florian heraus, und Cornelius ergänzt in altkluger Manier: »Das ist vermutlich nicht wörtlich zu verstehen, aber er wollte wohl damit ausdrücken, dass sie in diesem Fall auch unsere Familien bedrohen würden. Das ist bei denen ja so üblich.«

»Ihr hattet also Angst?« Odas Frage ist überflüssig, es liegt auf der Hand, aber sie möchte es diese eingebildeten Fatzkes sagen hören. Hoffentlich schleppt mir Veronika nicht eines Tages so einen ins Haus, denkt sie grimmig.

»Ja«, gibt Cornelius zu.

Oda beugt sich vor und fixiert die beiden mit ihren Gletscheraugen. »Sagt mir jetzt die Wahrheit, das ist wichtig: Hat Olaf oder einer von euch diesem Tahir euren Entschluss mitgeteilt?«

Die beiden schütteln energisch die Köpfe. »Nein. Olaf hat gefragt, was er tun soll, wenn der wieder anruft. Wir haben ihm gesagt, er soll einfach auflegen und notfalls die Handynummer wechseln. Wir haben beschlossen, dass man mit dem Pack am besten gar nicht erst spricht.«

Stella ist wütend. Diese Polizistin hatte ihr versprochen, sie in die MHH zu fahren, stattdessen hat sie ihr einen Streifenwagen geschickt. Wie einer Verbrecherin! Hätte sie nicht der hübsche Spanier abholen können, der ihr bestimmt auch die Tüte mit Katzenfutter und Wodka vor die Tür gestellt hat? Der hatte wenigstens Verständnis für sie. Ach, diese Südländer, die wissen, was sich gehört.

Eine Bahre wird in den kleinen Raum geschoben, die

zwei Polizisten aus dem Streifenwagen drücken sich gegen die Wand. Ein weißes Leintuch bedeckt den Körper. Stella wird auf einmal ganz feierlich zumute. Sie ist froh, dass sie sich ein wenig chic gemacht hat, sie trägt ein schwarzes Kleid, das für den Anlass höchstens eine Idee zu kurz ist, dazu Nahtstrumpfhosen und hohe Stiefeletten, beides schwarz, und darüber einen abgewetzten Persianer, den sie letzten Winter ihrer Mutter abgeschwatzt hat. Es riecht nach Desinfektionsmittel und aus dem Persianer nach Mottenkugeln. Eine junge Frau in einem grünen Kittel fragt, ob sie bereit ist. Als Stella dies bejaht, schlägt sie das weiße Tuch so weit um, dass Nikos Gesicht zum Vorschein kommt. Wie anders er aussieht! Die Augen sind geschlossen, die Haut wie schmutziges Wachs, die Wangen eingefallen, der Mund ein grimmiger Strich. Es ist ein Gesichtsausdruck, den er zu Lebzeiten nie gezeigt hat. Weiß der Teufel, was die bereits mit ihm angestellt haben, das kennt man ja alles aus *CSI*.

»Frau Bukowski, ist das Ihr Lebensgefährte Nikodemus Riepke?«, fragt das junge Ding.

Stella nickt.

»Möchten Sie noch einen Moment mit ihm alleine verbringen?«

Ehe wir ihn auseinandernehmen, oder was? »Nein.«

Tuch drüber, Bahre raus. Sie muss ein Formular unterschreiben und wird wieder nach draußen gebracht. Erst vor der Tür merkt sie, dass ihr doch etwas flau im Magen ist. Und plötzlich überkommen sie Schuldgefühle. Sie hat die Polizisten heute Morgen angelogen. Als Niko gestern aus dem Haus ging, ahnte sie sehr wohl, was er vorhatte. Es gab Streit. Stella verlangte die Adresse, die Niko von seinem Freund Sepp-Dieter bekommen hatte. Sie brüllte, sie wolle sich gefälligst selbst um ihre Angelegenheiten kümmern. Vor allem um diese. Denn Niko wusste ja gar nicht, worum es ging, der würde sich mit einem Hunderter abspeisen lassen, wo viel mehr zu holen war. Aber Niko machte einen auf coolen Macker, und sie ließ ihn schließlich gewähren – ohne ihn aufzuklären. Soll er doch ruhig schon mal einen Vorschuss kassieren, hatte sie gedacht. Sie selbst könnte immer noch nachsetzen, auf eigene Rechnung. Wer einmal zahlt, tut das auch ein zweites Mal. Deshalb gab sie nach, ließ ihn den großen Beschützer spielen, und als er im Bad war, um sich Pomade in sein Haar zu schmieren, schlich sie an seine Jacke und fand den Zettel mit dem Namen und der Adresse des Fahrzeughalters. Aber wie idiotisch von Niko, sich nachts allein an der Kreuzkirche mit dem Mann zu treffen! Typische männliche Selbstüberschätzung. Allerdings, das fällt Stella nun voller Reue ein, wusste Niko ja auch nicht, dass er es mit einem Mörder zu tun hatte. Der dachte, er hätte so einen geizigen Freier am Haken, der zittern und zahlen würde, nur damit das Frauchen zu Hause nichts von seinen Eskapaden erfuhr. Mist, verdammter!

Sie kriecht in den Fond des Streifenwagens, kramt in ihrem Handtäschchen nach dem Flachmann und nimmt unter den mokanten Blicken der beiden Polizisten, die sie im Rückspiegel beobachten, einen ordentlichen Schluck. »Verzeih mir, Niko!«, flüstert sie und wischt die Tränen, die ihre Wangen kitzeln, mit dem Ärmel des Persianers weg.

Sie lässt sich vor dem Kiosk an der Vahrenwalder absetzen, wo die um diese Zeit immer dort verkehrende Gesellschaft schon versammelt ist. Man begrüßt Stella mit respektvollem Nicken, und dann teilen sie den Kummer, ein paar Erinnerungen und etliche Getränke mit ihr.

Diese Szenen wird Fernando nie mehr aus seinem Kopf bekommen: der Körper des Jungen auf dem Asphalt vor den Reifen des völlig unbeschädigten Müllwagens. Die erst entsetzten, dann hasserfüllten Blicke von Sascha Lohmann und Sergej Markow, die wie Gewitterwolken am Unfallort auftauchen. Deren *Mörder-* und *Scheißbullen*-Geschrei, als Völxen sie geistesgegenwärtig von den anwesenden Streifenbeamten festnehmen und in die PD bringen lässt. Dann die Sanis und der Notarzt: knappe Befehle, der leblose Körper auf der Trage, die Tür fällt zu, und dann geht es mit ohrenbetäubendem Sirenengeheul ins nächste Krankenhaus. Sogar der zitternde Müllwagenfahrer wird wegen seines Schocks mit einer Ambulanz weggebracht. Zurück bleiben zahlreiche Schaulustige und der Blutfleck auf der Straße, ein Fall für die Spurensicherung, die Völxen sofort angefordert hat. Er will auf Nummer sicher gehen, nichts darf im Unklaren bleiben, schon der Hauch eines Verdachts, dass etwas vertuscht würde, wäre fatal.

Später dann die sich öffnenden Flügeltüren der Intensivstation, dem Tor zur Hölle, aus dem eine Ärztin heraustritt, sich den Mundschutz herunterreißt und mit gesenkten Lidern den Kopf schüttelt. Die furchtbaren Schreie der Mutter, eine verhärmte Frau in langen schwarzen Kleidern. Das aschfahle Gesicht des Vaters, der blanke Hass in seinen Augen und in denen des jungen Mannes an seiner Seite – einer der Brüder von Tahir. Er zischt Fernando etwas in seiner Sprache zu, vermutlich eine Drohung oder eine Verwünschung oder beides. Fast nicht zu ertragen aber ist der Blick von Tahirs kleiner Schwester: voller Traurigkeit und Enttäuschung.

Fernando möchte etwas zu ihnen sagen, ihnen erklären, wie leid es ihm tue, aber Völxen hindert ihn daran.

»Nicht jetzt«, befiehlt er ebenso leise wie eindringlich, packt Fernandos Oberarm und zerrt ihn weg, wobei er vor sich hin schimpft, dass sie am besten gar nicht erst hergekommen wären. Aber Fernando hatte darauf bestanden und Völxen wollte ihn nicht allein lassen.

Höchste Zeit zu gehen, lautstarke Flüche von Vater und Bruder hallen jetzt durch den Gang, ein wütender Abgesang, der ihre hastigen Schritte begleitet.

Eine Schwester läuft ihnen hinterher. »Herr Kommissar! Warten Sie mal!«

Mit vielsagendem Augenaufschlag überreicht sie Völxen eine Plastiktüte, in der sich die Jacke des Jungen befindet. »Sie sollten mal in die Taschen sehen.«

Im Wagen kontrollieren sie die Jacke. Die Ausbeute ist beachtlich: ein Springmesser, etwa zehn Gramm Kokain und eine Sammlung verschiedener Pillen.

Fernando hört Völxen zum wiederholten Mal sagen: »Eins ist klar: Du kannst nichts dafür. Es war seine Schuld, er ist weggerannt ...«

»Aber er würde noch leben, wenn ich ihm nicht nachgerannt wäre!«, stößt Fernando nun hervor.

Völxen sieht ihn unter seinen buschigen Augenbrauen heraus eindringlich an. »Fernando, wie oft bist du schon einem Dealer hinterhergerannt, als du beim Rauschgift warst?«

Fernando weiß, was sein Chef meint. Das Wegrennen gehört dazu, es ist fast wie ein Ritual, sie versuchen es immer. Darüber hat er neulich mit Jule gesprochen, die dieselbe Erfahrung gemacht hat. Und noch eine andere: Die kleine, halbmondförmige Narbe auf ihrer linken Wange stammt von einem Dealer, der erst wegrannte, dann aber sein Messer zog. Wahrscheinlich so eines wie das, was sie eben in Tahirs Jacke gefunden haben. Ja, er war ein Dealer, ein Gewalttäter, das alles weiß Fernando, und doch … »Aber er war noch ein Kind, verdammt!«

»Mag sein, aber du hattest einen Grund, ihn zu verfolgen. Noch einmal: Du bist nicht schuld! Wenn überhaupt jemand Schuld an der Sache trägt, dann die Eltern, die sich nicht um ihren Jungen gekümmert und ihn nicht erzogen haben, die seit Jahren zulassen, dass er eine Straftat nach der anderen begeht, die zulassen, dass er mit Drogen handelt und Leute verprügelt. *Die* sollten sich die Schuldfrage stellen, nicht du. Mehr habe ich dazu nicht zu sagen.«

Auch Fernando schweigt. An die Rückfahrt erinnert er sich nicht mehr, er kommt erst wieder einigermaßen zu sich, als Völxen hinter dem Laden seiner Mutter parkt und ihr kurz darauf erklärt, was geschehen ist.

Pedra, sonst gerne laut, hysterisch und flatterhaft, kann in Krisensituationen erstaunlich ruhig bleiben. Sie bekreuzigt sich lediglich drei Mal und ruft dann nach Jamaina. Die kommt herbei, ein ängstlicher Blick auf Fernando und Völxen. Pedra tuschelt mit ihr, dann stellt sich Jamaina hinter die Theke, während Pedra Rodriguez mit Fernando und Völxen nach oben geht, in ihre gemeinsame Altbauwohnung über dem Laden.

»Pedra, koch uns einen Tee. Irgendwas Beruhigendes.«

Völxen setzt sich mit Fernando an den Küchentisch mit der Wachstuchtischdecke. »Wir müssen durchgehen, was passiert ist. Schritt für Schritt.«

»Was, jetzt?«, fragt Fernando. Er spürt auf einmal rasende Kopfschmerzen.

»Ja, jetzt«, sagt Völxen erbarmungslos. »Morgen wird die Hölle los sein. Die Presse wird einen Mordswirbel veranstalten, die Staatsanwaltschaft wird gegen dich ermitteln, und es wird eine interne Untersuchung geben. Deshalb sollten wir beide nach Möglichkeit dasselbe aussagen, damit du heil aus der Sache rauskommst.«

»Aber … aber wir müssen doch nicht lügen«, stottert Fernando. »Du hast doch selber gesagt …«

»Stimmt. Aber das menschliche Gedächtnis funktioniert selektiv. Manchmal erinnern sich zwei Leute an verschiedene Dinge, das kennst du doch: Augenzeugenberichte ein und derselben Sache fallen oft ziemlich unterschiedlich aus. Deshalb müssen wir uns abstimmen. Glaub mir, ich habe mal das Theater mitbekommen, wie zwei meiner Kollegen vom KDD auf einer Einsatzfahrt einen Fußgänger angefahren haben. Der Mann war sturzbetrunken und ist ihnen vom Gehsteig runter quasi vors Auto gekullert, sie hätten so oder so keine Chance gehabt. Aber da war ganz schön was los, besonders weil die Schilderungen minimal voneinander abgewichen sind. Also …«

Fernando wirft zwei Aspirin in ein Glas Wasser und sieht den taumelnden Tabletten beim Sichauflösen zu. Völxen hat recht, und er will ihn nur schützen.

Pedra bringt den Tee. Sie kauen das Geschehene noch einmal durch. Und danach noch einmal, und dann streikt Fernando.

Völxen steht auf. »Ich muss sowieso zurück. Über der Dienststelle kreisen womöglich schon die ersten Geier.«

»Danke, Völxen. Du bist ein guter Chef«, sagt Fernando erschöpft.

»Bleib heute zu Hause. Soll ich nachher Oda herschicken?«

»Nein, ich komm schon klar, ich brauche kein Kindermädchen«, protestiert Fernando matt. Aber in Wirklichkeit würde er ganz gerne Oda um sich haben. Sie hat das Talent, die Dinge wieder geradezurücken, wenn das Leben durcheinanderzugeraten droht. Oder auch Jule. Er schätzt ihre klare Nüchternheit und ihren analytischen Verstand, hinter dem sich ein butterweiches Herz verbirgt. Ob die zwei eigentlich wissen, dass sie sich trotz des Altersunterschieds ziemlich ähnlich sind?

Er zuckt zusammen, als es an der Tür klingelt. Es ist Jamaina, die Pedra die Ladenschlüssel übergibt. Er hört die beiden im Flur miteinander flüstern, dann trägt Jamaina eine weiße Terrine in die Küche. Der Inhalt dampft und riecht fremdartig, aber nicht schlecht.

Jamaina stellt einen Suppenteller vor Fernando hin. Schlanke, schwarze Finger auf weißem Porzellan, es sieht schön aus. Sie schöpft eine breiige, bräunliche Masse in den Teller. Fernando versucht ein Lächeln und sagt: »Das ist sehr nett, aber ich kann jetzt nichts essen.«

Jamaina setzt sich an den Tisch und hält ihm einen vollen Löffel unter die Nase, als wäre er ein kleines Kind. »Iss. Das hilft.«

Fernando nimmt ihr den Löffel aus der Hand und fängt an zu essen. Erst jetzt merkt er, wie hungrig er ist. Fast schämt er sich für seinen Hunger in dieser Situation.

Für Völxen ist es einfach, denkt Fernando, während er die Suppe löffelt. Dessen Jugendsünden erschöpfen sich wahrscheinlich mit dem Diebstahl von Kaugummi und einer harmlosen Klopperei auf dem Schulweg. Aber Fernando sieht sich selbst, mit dreizehn, vierzehn, fünfzehn. Nach dem Tod seines Vaters war er auf dem besten Wege, einer wie Tahir zu werden. Auch er hat gestohlen, hat sich geprügelt, hat geholfen, Dinge zu verticken, die ›vom Laster gefallen‹ waren. Auch er hatte ein Messer bei sich, sogar ein Butterfly, und es war ein gutes Gefühl gewesen, es am Körper zu tragen. Für ein nach seinen damaligen Maßstäben großzügiges Taschengeld war er ein willfähriger Handlanger für größere Gauner gewesen. Die Sache mit den gefälschten Fußballtickets für Hannover 96, wegen der er schließlich aufflog, war dabei noch das Harmloseste. Man hatte ihm zwar nie gesagt, was er da mit seinem Fahrrad vom Hafen in Limmer nach Linden oder in die Nordstadt beförderte, aber Fernando war schließlich nicht blöde. Er wusste, dass es Drogen waren, und hätte ihn damals ein Bulle angehalten, wenn er gerade auf Kurierfahrt war, dann wäre auch er davongerannt. Dann hätte womöglich seine Mutter, die damals völlig ahnungslos war, weinend im Krankenhaus vor der Flügeltür gestanden.

Er schiebt den Teller zurück, fasst sich an die Schläfen. Wann helfen endlich diese verdammten Tabletten? Sein Schädel fühlt sich an wie kurz vor dem Zerbersten.

Natürlich hat Völxen recht, in erster Linie sind die Eltern für ihre Kinder verantwortlich, aber Fernando muss sich die Frage stellen: Hätte ihn seine Mutter damals allein zur Raison bringen können? Wohl kaum. Nur der gemeinsamen Anstrengung von Pedra, Völxen und einer Lehrerin, die an ihn glaubte, obwohl er nicht gerade ihr einfachster Schüler war, ist es zu verdanken, dass er seinerzeit die Kurve gekriegt hat. Vielleicht wäre Tahir Nazemi jetzt nicht tot, wenn er schon vor Monaten auf einen Richter gestoßen wäre, der ihn strenger bestraft hätte, anstatt nur mit ein paar Stunden Sozialdienst. Ja, er kennt die Argumente derer, die behaupten, im Jugendknast würden aus Kleinkriminellen Schwerkriminelle. Das ist aber nur die halbe Wahrheit, und noch dazu eine sehr bequeme. Denn einige lernen dort auch zum ersten Mal, was es heißt, morgens aufzustehen, Verpflichtungen zu haben, einem geregelten Tagesablauf zu folgen. Manche machen im Knast eine Ausbildung und finden später einen Job. Und für einige ist das Gefühl, eingesperrt zu sein, tatsächlich Strafe und Anlass genug, um ihrem bisherigen Leben eine Wende zu geben. Vielleicht hätte Tahir nur ein paar Erwachsene gebraucht, die ihm seine Grenzen aufzeigten, die sich um ihn bemühten – Lehrer, Psychologen, irgendwer in diesem ganzen verdammten Apparat. Vielleicht sogar so einen schrägen Typen wie diesen Rapper Oumra, dessen Arbeit Fernando jetzt in einem ganz anderen Licht sieht. Aber offenbar hat man Tahir einfach gewähren und ihn buchstäblich in den Tod laufen lassen. Und ihn, Fernando, hat irgendein perfides Schicksal zum Vollstrecker auserkoren. Morgen wird in der Zeitung stehen: *Jugendlicher Intensivtäter auf der Flucht vor der Polizei überfahren* oder so ähnlich, und die meisten Menschen, die das beim Frühstück lesen, würden mehr oder weniger heimlich denken: *gut so, einer weniger.* Aber niemand würde die Schreie der Mutter hören und die traurigen Augen des Mädchens mit den lockigen Haaren vor sich sehen.

Auf einmal fühlt Fernando zwei Hände an seiner Stirn. Jamaina ist hinter ihn getreten, ihre Finger sind kühl und glatt, sie massiert seine Schläfen, seine Stirn, die Kopfhaut, den steinharten Nacken. Fernando ist nun alles egal, er lässt es geschehen, und wundersamerweise löst sich der Schmerz unter ihren Händen fast vollkommen auf. Aber an seine Stelle tritt etwas anderes. Fernando fühlt plötzlich eine große Traurigkeit in sich aufsteigen, er kann nicht dagegen ankommen, es überrollt ihn geradezu, und schon laufen ihm Tränen über die Wangen. Jamaina hat aufgehört, ihn zu massieren. Ganz leise ist sie gegangen, wohl wissend, dass Fernando ihr nie verzeihen würde, wenn sie ihn in diesem Moment der Schwäche sähe. Fernando steht auf und schließt sich in sein Zimmer ein, wo er den Tränen freien Lauf lässt.

Staatsanwalt Hendrik Stevens, der Vizepräsident und der Pressesprecher warten bereits seit zehn Minuten in Völxens Büro. Völxen, der von Oscar lediglich mit einem lässigen Klopfen seines Schwanzes auf den Fußboden begrüßt wird, lässt Frau Cebulla eine zweite Lage Kaffee hinbringen. Die Sekretärin schlägt vor, Oscar für die Dauer der Unterredung bei sich im Büro zu behalten. »Ist jetzt keine so gute Stimmung da drin«, erklärt sie, und Völxen akzeptiert ihren Vorschlag dankbar. Dann geht er entschlossen in sein Büro und erklärt den Herren haarklein, wieso Fernando und er Tahir Nazemi sprechen wollten, schildert, wie sie zuerst an dessen Wohnung waren, danach zur Adresse seines Freundes gegangen sind und schließlich die beiden Jungs auf der Straße entdeckten und ansprachen. »Daraufhin sind die beiden in verschiedene Richtungen geflohen, und Oberkommissar Rodriguez hat Tahir zu Fuß verfolgt, die ganze Bömelburgstraße hinunter. Ich ging zum Wagen, den wir in der Nähe des Eingangs zu Tahirs Wohnung geparkt hatten, und bin den beiden nachgefahren. An der Ecke zur Fenskestraße verloren Rodriguez und ich ihn aus den Augen. Und als wir etwa zeitgleich um die Ecke bogen, war das Unglück schon passiert. Einer der Müllmänner hat ausgesagt, dass sie gerade ihre Tour beendet hatten und auf der Rückfahrt waren, weshalb sie schneller fuhren als sonst. Im Übrigen möchte ich darauf hinweisen, dass bei dem Verunglückten eine größere Menge Drogen – Kokain und noch nicht näher identifizierte Pillen – gefunden wurde. Das war wohl der Grund für seine panische Flucht. Oberkommissar Rodriguez ist keinerlei Vorwurf zu machen.«

»Wo ist Herr Rodriguez denn jetzt, warum kann er uns das nicht selbst erklären?«, fragt Stevens.

»Ich habe ihn nach Hause geschickt. Er ist verständlicherweise sehr mitgenommen von den Ereignissen.«

»Aber Sie sind doch auch hier. Und sagten Sie nicht, sie wären zeitgleich am Unglücksort angekommen?«

»Was soll das werden, Herr Stevens?«, fragt Völxen, und sein Ton ist sehr, sehr leise geworden. »Wem von uns beiden wollen Sie was unterstellen?«

»Nichts, ich wundere mich nur. Ist Rodriguez so sensibel, oder sind Sie so abgebrüht? Und wenn Rodriguez keine Schuld trifft, wie Sie uns hier versichern, dann muss er sich doch nicht verstecken.«

Eins muss man Stevens lassen, ein Schleimer ist er definitiv nicht. Der Staatsanwalt scheint vielmehr eine Wette abgeschlossen zu haben, sich in kürzester Zeit bei jedermann unbeliebt zu machen. Für Völxen ist nun aber endgültig der Zeitpunkt gekommen, den Eiferer in die Schranken zu weisen. »Herr Stevens, ich bin hier, weil ich der Chef der Abteilung bin, und das nicht erst seit gestern. Wenn ich es für angebracht halte, einen Mitarbeiter nach Hause zu schicken, dann haben Sie diese Entscheidung nicht anzuzweifeln! Mit *Verstecken* hat das überhaupt nichts zu tun.«

Der Rüffel prallt an Stevens ab, als wäre er aus Teflon. Unbeirrt bohrt er weiter: »Sehe ich das richtig, Sie und Oberkommissar Rodriguez haben Tahir Nazemi nicht verfolgt, um Drogen sicherzustellen?«

»Nein«, bestätigt Völxen. »Wir wollten von ihm Auskunft über den Anruf auf Olaf Döhrings Mobiltelefon am letzten Mittwoch.«

»Also war diese Hetzjagd durch das ganze Viertel unnötig, oder, Herr Hauptkommissar? Es ging nur um eine Aussage, der Junge hatte einen festen Wohnsitz – Sie hätten warten können, bis er wieder nach Hause kommt.«

»Das ist doch Unsinn«, antwortet Völxen aufgebracht, und nun wird es auch dem Vizepräsidenten zu bunt: »Wenn einer bei einer Verkehrskontrolle einfach wegfährt oder bei einer Personenkontrolle flüchtet, wird er verfolgt, und zwar auch dann, wenn man seinen Wohnsitz kennt. Wer sich einer Kontrolle entzieht, macht sich immer verdächtig. Der Beamte Rodriguez hat sich nur an die übliche Vorgehensweise gehalten. Dass sich der Verfolgte durch seine Flucht in tödliche Gefahr brachte, kann man Rodriguez nicht anlasten. Das alles ist eine Verkettung unglücklicher Umstände.«

»Aber es geht um einen Jugendlichen. Ich frage mich, ob man da bedingungslos die ›übliche Vorgehensweise‹ anwenden kann«, setzt Stevens nach.

Völxen platzt der Kragen. »Ach! Gestern noch wollten *Sie* die Jungs am liebsten ans Kreuz nageln, und heute verlangen Sie, dass man sie mit Samthandschuhen anfasst. Ja, was denn nun? Sollen wir künftig jeden Jugendlichen, der uns den Stinkefinger zeigt und vor einer Befragung flüchtet, laufen lassen, nur weil er einen festen Wohnsitz hat und sich durch seine Flucht in Gefahr bringen könnte?«

Ehe der Staatsanwalt etwas erwidern kann, hebt der Vize beschwichtigend die Hände. »Meine Herren, bitte! Schuldzuweisungen bringen uns jetzt nicht weiter. Es wird eine gründliche interne Untersuchung geben, wie immer in solchen Fällen, und die sollten wir abwarten. Wichtig ist jetzt, was wir der Presse sagen.«

»Genau«, seufzt der Pressesprecher, der den Disput bisher schweigend verfolgt hat. »Ist dieser tote Junge denn verdächtig, was den Mordfall Döhring angeht?«

»Das wissen wir noch nicht«, antwortet Völxen. »Ich würde der Presse noch keinen Hinweis auf einen Zusammenhang mit dem Fall Olaf Döhring geben. Mein Vorschlag ist folgende Erklärung für die Medien: Wir wollten ihn vernehmen, er ist geflohen, weil er die Taschen voller Koks und Pillen hatte. Und ein verbotenes Springmesser war auch dabei.«

»Genau«, stimmt ihm der Vize zu. »Wir dürfen den Jungen nicht verteufeln, aber es muss auch klar werden, dass er kein Unschuldslamm war. Nicht dass es auf die Schlagzeile hinausläuft: *Böser Bulle treibt unschuldiges Migrantenkind in den Tod.*«

»Es entspräche auch absolut nicht den Tatsachen«, knirscht Völxen. »Als wir in Hainholz waren, hat Hauptkommissarin Kristensen zeitgleich noch einmal mit den Freunden von Olaf Döhring gesprochen. Die haben angegeben, dass es sich bei Tahirs Anruf auf Olafs Handy um eine Schutzgelderpressung handelte. Tahir und seine Freunde verlangten fünfhundert Euro, damit das nächste Konzert von Olafs Band ungestört ablaufe.«

»Und warum erfahre ich nichts davon?«, beschwert sich Stevens.

»Tun Sie doch gerade«, versetzt Völxen giftig. Dass er es selbst eben erst zwischen Tür und Angel von Oda gehört hat, muss dieser Wadenbeißer ja nicht wissen. »Damit ist er als Verdächtiger raus«, hat Oda noch bemerkt. »Man bringt ja nicht die Kuh um, die man noch melken möchte.«

»Das halten wir aber vor der Presse noch zurück«, mahnt der Vize. »Man sollte immer einen Trumpf im Ärmel behalten – nur für den Fall, dass sie uns dumm kommen.«

Gute drei Stunden mussten Sascha Lohmann und Sergej Markow in je einer der Verwahrzellen des Polizeipräsidiums auf ihre Vernehmung warten, und das hat ihre

Stimmung nicht gerade gebessert. Das verbliebene Dezernat hat sich aufgeteilt: Oda und Völxen widmen sich Sascha Lohmann, während Jule und Richard Nowotny zur selben Zeit seinen Freund Sergej Markow in die Mangel nehmen.

Sascha Lohmann sitzt in Handschellen auf einem Stuhl im neuen Seminarraum. Breite Schultern, breiter Schädel, dumpfer Blick. Sein Haar ist kurz geschoren bis auf eine längere Tolle am Haaransatz, die ihm in der Stirn klebt. Man hat ihm nicht nur sein Butterfly-Messer, sondern auch sein Handy abgenommen, daher weiß er noch nicht, dass sein Freund Tahir tot ist. Dennoch stößt er bei Völxens Anblick sofort wüste Beschimpfungen aus. Als sein Wortschatz schließlich erschöpft ist, schaltet Oda das Aufnahmegerät ein und klärt Lohmann über seine Rechte auf. Oda ist nicht ängstlich, aber angesichts dieser Aura der Gewalttätigkeit, die der massive Körper und diese von mangelnder Intelligenz geprägten Gesichtszüge ausstrahlen, ist sie froh, dass es Handschellen gibt und dass Völxen auch noch im Raum ist.

»Anwalt? Ich brauch keinen Scheißanwalt. Was ist mit Tahir?«

»Später«, antwortet Oda. Die Personalien werden aufgenommen: Sascha Lohmann, geboren am 12. Mai 1994 in Seelze bei Hannover, zurzeit arbeitslos, Hauptschule im Juli 2009 nach acht Pflichtschuljahren ohne Abschluss verlassen.

Völxen lässt Oda den Vortritt, sie stellt die Fragen, während der Hauptkommissar mit verschränkten Armen an der Stirnseite sitzt und die finsteren Blicke des Jugendlichen pariert.

»Wovon lebst du?«, will Oda als Erstes wissen.

Er hat das Du ohne Protest akzeptiert und antwortet:

»Ich wohn zu Hause, bei meinen Eltern. Und ab und zu hab ich auch 'nen Job. Prospekte austragen und so was.«

»Was würdest du denn gerne machen – beruflich?«

»Security. Hab mich bei *Protec* beworben.«

»Du und deine Freunde, ihr veranstaltet manchmal öffentliche Partys, stimmt das?«

Er nickt und erzählt stolz: »Bis jetzt waren es erst zwei. Eine im Musikzentrum und eine im Bunker. War voll geil! Wir haben 'ne *Metal*-Band gebucht, nicht so 'ne Schwuchtelmucke wie …« Er unterbricht sich im letzten Augenblick und reibt sich verlegen die Nase, wobei die Kette seiner Handschellen leise klirrt.

»Was war deine Aufgabe dabei?«, fragt Oda, die den Beinahe-Ausrutscher bewusst ignoriert.

»Alles Mögliche. Bestuhlung, Getränke herschaffen – und natürlich die Security, zusammen mit Sergej.«

»Klar«, lächelt Oda. »Und was macht Tahir bei solchen Events?«

»Der macht den Raum klar und sieht zu, dass die Flyer gedruckt werden und unter die Leute kommen.«

»Er ist sozusagen der Boss?«

»Na ja, wenn es um die Partys geht, schon. Der kann so was. Leute bequatschen und so.«

»Aber wenn es Ärger gibt, dann ruft er dich und Sergej, nicht wahr?«

»Ja«, grinst Lohmann selbstzufrieden.

»Ihr seid alle erst sechzehn. Wie kommt ihr an die alkoholischen Getränke?«

»Tahirs Brüder Navid und Haschem machen das. Die sind schon über zwanzig, Navid unterschreibt auch für den Raum und die Lautsprecher und den ganzen Kram und besorgt die Getränke. Aber Tahir organisiert das alles, Navid muss nur unterschreiben.«

»Lohnt sich so eine Party?«

»Geht so.«

»Wie viel springt da für jeden raus?«

»Das letzte Mal war's 'n Hunni.«

»Warum trägst du ein Butterfly mit dir herum?«

Der abrupte Themawechsel irritiert Lohmann sichtlich, aber er antwortet schließlich: »Bloß so. Falls mir mal einer blöd kommt.«

»Du weißt, dass das eine verbotene Waffe ist?«

»Haben Sie mich festgenommen, um mich so eine Scheiße zu fragen?«, kommt es aufsässig zurück.

»Ja«, antwortet Oda, die genau registriert hat, wie schnell Lohmanns Stimmung von gleichgültig auf ziemlich aggressiv umschlagen kann. »Gegen dich läuft ein Verfahren wegen Brandstiftung, jetzt kommt noch unerlaubter Waffenbesitz dazu … So langsam wird es eng für dich.«

Darauf weiß Lohmann nichts zu sagen, und Oda kommt zur Sache: »Der Mord an Olaf Döhring …«

Den Namen will Sascha Lohmann noch nie gehört haben, erst als Oda seine Band nennt, scheint es zu funken. »Ach, diese Arschgeigen! Ja, die kenne ich.«

»Woher?«

»So halt. Die laufen ab und zu im Musikzentrum rum.«

»Warst du mal auf einem ihrer Konzerte?«

»Ich bin doch nicht bescheuert«, kommt es voller Inbrunst.

»Und was war mit dem Konzert vor zwei Wochen in der *Glocksee*?«

»Keine Ahnung, was Sie meinen.«

»Es gibt ein Video, darauf bist du sehr gut zu erkennen. Beim Randalieren, zusammen mit deinen Freunden.«

Die Antwort ist ein Schulterzucken, dann ein dümmlich freches Grinsen. »Na und? Uns hat die Scheißmucke nicht gefallen.«

Auf die Bedrohung der Band vor einigen Wochen angesprochen, meint Sascha Lohmann, das wäre »bloß Spaß« gewesen.

»Ah, *Spaß*«, wiederholt Oda. »Also habt ihr nichts gegen das Konzert der *Grizzlys* am übernächsten Wochenende im Musikzentrum einzuwenden?«

Lohmann zuckt mit den Schultern.

»Was habt ihr vor?«, fragt Oda und sieht den Jungen eindringlich an.

»Gar nichts.«

»Gar nichts? Ihr lasst euch das einfach so bieten? Da kommen diese reichen Typen aus der Vorstadt und veranstalten eine coole Party in eurem Bezirk. Und ihr schaut euch das einfach so an, ja?«

Er schweigt.

»Ich habe die Information, dass es die *Grizzlys* was kostet, wenn nichts passieren soll.«

Lohmanns Pupillen flitzen kurz hin und her, dann hat er sich wieder im Griff und spielt den Ahnungslosen. Nein, von einer Schutzgeldforderung weiß er überhaupt nichts.

»Dann hat dich dein Freund Tahir also gelinkt. Kassiert von den *Grizzlys* einen satten Tausender und gibt dir nichts davon ab.«

»Wieso Tausend?«

»Richtig, es waren ja nur fünfhundert. Du wusstest also davon. Muss ja so sein, denn falls sie nicht zahlen, wäre es dein Job gewesen, den Laden aufzumischen, oder?«

»Ja, und? Eine gute Security ist eben teuer! Die haben doch genug Geld, die sollen ruhig blechen, wenn sie sich schon in unser Revier reindrängeln.«

Security scheint sein Lieblingswort zu sein, erkennt Oda.

»Wo warst du am Sonntag zwischen neun und elf Uhr abends?«

»Was?«

Oda wiederholt die Frage.

»Hören Sie, ich hab dem nichts getan. Das könnt ihr mir nicht anhängen. Wir wollten doch Geld von denen, warum sollten wir also einen davon umbringen?«

»Sag uns einfach, wo du warst.«

»Na, zu Hause. Rumgehangen, ferngesehen. Sonntag ist doch überall tote Hose.«

»Hat noch jemand mit dir *rumgehangen*?«

»Ja, mein älterer Bruder und mein Vater und meine Mutter.«

»Gut. Wir werden das morgen nachprüfen.«

»Dann kann ich jetzt gehen?«

»Nein. Erst, wenn wir dein Alibi überprüft haben.«

»Dann prüfen Sie es doch! Mein Alter ist zu Hause oder am Kiosk ...«

»Tut mir leid. Wir müssen ja noch deinen Freund verhören, und danach haben wir Feierabend.«

Sascha Lohmann springt auf. »Du blöde Bullenfotze, was glaubst du eigentlich ...«

Jetzt ist auch Völxen aufgestanden. »Vorsicht! Hinsetzen. Und kein Wort mehr gegen meine Kollegin, sonst gibt's noch eine Anzeige wegen Beleidigung obendrauf.«

»Mir doch egal.«

»Du wirst sehr schnell wütend«, stellt Oda fest. »War's vielleicht ein Totschlag im Affekt? Habt ihr euch getroffen, hat Olaf gesagt, dass er nicht zahlen wird?«

Aber die Aussicht auf eine Nacht im Gefängnis hat Sascha Lohmann die Laune endgültig verdorben, er presst die Lippen aufeinander und sagt kein Wort mehr. Völxen ruft die zwei Polizisten herein, die ihn hergebracht haben. In der Tür fragt Sascha noch einmal: »Was ist mit Tahir?«

»Er ist tot«, antwortet Völxen in nüchternem Tonfall. Wie zu erwarten war, fängt Lohmann erneut an zu toben, die beiden Polizisten haben Mühe, ihn zu bändigen, trotz der Handschellen. »Das werdet ihr büßen, ihr Scheißbullen! Ich mach euch platt!«, brüllt er, während er davongeschleift wird.

Das Verhör mit Sergej Markow verlief ähnlich, das lässt Jule ihren Chef wenig später bei einem kleinen Zusammentreffen in dessen Büro wissen. Auch Markow will von der Schutzgeldforderung nichts gewusst haben, und als Alibi für den Sonntagabend gibt er an, bei seiner Schwester in Anderten zu Besuch gewesen zu sein.

»Beide Alibis prüfen wir morgen nach«, entscheidet Völxen und wirft einen neidischen Blick auf Oscar, der sich in seinem Korb lang macht und – vermutlich vollgestopft mit Keksen – tief und fest schläft. »Vielleicht sollte man ihn in *Leibniz* umtaufen«, hat der Hauptkommissar bemerkt, als er den Hund vorhin aus Frau Cebullas Büro abgeholt hat.

»Ich glaube aber nicht, dass sie es waren«, meint Oda. »Das sind aggressive Schläger, die prügeln gerne. Hätten die beiden oder einer von ihnen Olaf in die Mangel genommen, hätte er bestimmt zahlreiche Hämatome und eventuell sogar Stichwunden gehabt.«

»Ich gebe dir recht«, räumt Völxen ein. »Aber eine Nacht im Bau wird denen bestimmt nicht schaden. Und solange sie da drüben sitzen, können sie wenigstens nicht vor die Presse treten«, fügt er mit einem grimmigen Lächeln hinzu.

»Wer war eigentlich der junge Mann heute Morgen?«

»Welcher junge Mann?«, fragt Oda.

»Der, der aus dem Zimmer deiner Tochter kam«, präzisiert Tian Tang.

»Ach, der. Keine Ahnung, ich habe ihn noch nie gesehen und Veronika hat klargestellt, dass es wohl eine einmalige Sache war. Offenbar hat er ihren Ansprüchen nicht genügt.«

»Sie schlägt wohl dir nach.«

»Wie meinst du das?«, entgegnet Oda empört.

»Was die hohen Ansprüche angeht.«

»Ach so. Ja, kann sein«, antwortet Oda beschwichtigt. Sie lächelt ihn über den Rand ihrer Suppenschale hinweg an. Tian und Oda sitzen bei *bok city* im Untergeschoss des Bahnhofs. Es war Odas Vorschlag, sich hier zu treffen, ehe sie von dort aus mit der Bahn nach Linden fährt und bei Fernando vorbeischaut. »Tja, ich fürchte, meine Tochter ist eine Schlampe.«

»Unsinn!«

»Ich weiß nicht, ob ich es gut finden soll, dass sie ihre One-Night-Stands in unsere Wohnung schleppt.«

»Wäre es dir lieber, sie bliebe über Nacht weg und du müsstest dir Sorgen um sie machen?«

»Mir wäre es lieber, sie bliebe weg und sagt mir Bescheid. Andererseits – so komme ich in den Genuss des Anblicks knackiger junger Männer. Den nächsten finde ich vielleicht nackend in der Dusche.«

»Das ist natürlich ein Aspekt, den man nicht außer Acht lassen darf«, grinst Tian Tang. Sein Essen wird von der winzigen Asiatin hinter der Theke ausgerufen, und er holt sich das gebratene Gemüse mit Reis ab. Ein paar Minuten essen sie schweigend, dann rückt Oda mit der Sprache heraus.

»Sag mal, bei dir ist doch ein Mädchen namens Gwen Fischer in Behandlung …«

»Sie ist die Freundin eures Mordopfers, nicht wahr?«, entgegnet Tian Tang.

»Ja. Hat sie mal über ihn gesprochen?«

»Ja.«

»Was hat sie gesagt?«

Tian sieht Oda mit schief gelegtem Kopf und gerunzelter Stirn an.

»Okay, Schweigepflicht, schon klar. Ich weiß, dass sie an Depressionen leidet und magersüchtig ist. Aber da ist noch was. Jule und ich haben den Verdacht, dass ihr Vater sie missbraucht.« Aufmerksam beobachtet Oda das Gesicht ihres Liebhabers, obwohl sie genau weiß, dass dessen Miene nie etwas verrät, das er nicht verraten will.

»Habt ihr konkrete Hinweise?«

»Nein, es ist nur so ein Gefühl, wir können uns auch irren. Ich dachte, du wüsstest vielleicht Näheres darüber.«

»Oda, selbst wenn ich etwas darüber wüsste …«

»Schon gut«, unterbricht Oda. »Es würde mich enttäuschen, wenn du mir davon erzählen würdest. Ich will schließlich auch nicht, dass irgendjemand von meinem schiefen Lendenwirbel erfährt. Aber ich möchte dich trotzdem um einen Gefallen bitten: Wenn sie wieder mal bei dir ist, dann könntest du das Thema ganz vorsichtig anschneiden.«

»Wie stellst du dir denn das vor?«, erwidert Tian.

»Was weiß denn ich? Bin ich hier der Wunderheiler oder du?«

»Na ja …!«

»Du natürlich! Meinem Rücken ging es noch nie so gut wie seit ein paar Wochen, und das alles ohne Spritzen oder Tabletten. Und ohne Sport!«, schwärmt Oda, wohl wissend, dass Tian Tang nicht zu manipulieren ist, weder durch Provokationen noch durch Schmeicheleien. Immerhin quittiert er ihren Versuch mit einem nachsichtigen Lächeln.

Oda seufzt. »Dann leg wenigstens ganz dezent und zufällig diese Karten in den Behandlungsraum, wenn sie das nächste Mal einen Termin bei dir hat.«

Sie nimmt einen kleinen Stapel Visitenkarten einer entsprechenden Hilfsorganisation aus ihrer Handtasche und schiebt sie über den Tisch. Tian steckt sie in die Tasche seines langen Mantels und sagt: »Gut.« Dabei ist sein Gesichtsausdruck völlig undurchlässig.

Er könnte ja wenigstens mal mit einer winzigen Geste andeuten, ob ich eventuell richtigliege, findet Oda. Das kommt davon, wenn man sich mit einem Chinesen einlässt. Sie hat ihn eigentlich noch um Rat fragen wollen, wie man einen Kollegen tröstet, der sich die Schuld am Tod eines Sechzehnjährigen zuschreibt, aber sie lässt es dann doch bleiben. Zwar ist er der Wunderheiler, aber sie hat immerhin ein Diplom in Psychologie. Also begnügt sich Oda für den Rest ihres kurzen Treffens damit, sich heimlich an dem anmutigen Bogen von Tians Wangenknochen zu erfreuen und in dem geschickten Spiel seiner eleganten Hände mit den Essstäbchen aufzugehen.

»Hören Sie gut zu. Ich will Zehntausend, dann erfährt die Polizei nicht, wo ich Ihr Auto am Sonntagabend gesehen habe. Und ich lass mich nicht an einer dunklen Ecke abknallen, ich bin nicht so blöd! Wenn mir was passiert, dann bekommt die Polizei automatisch einen Brief … Also, schaffen Sie bis morgen Mittag das Geld ran, dann melde ich mich wieder!« Stellas Puls rast, als sie dem Barmann vom *Rocker* sein Handy zurückgibt. Schließlich telefoniert man ja nicht jeden Tag mit einem Mörder. Sie bestellt sich noch einen Wodka, zur Beruhigung. Der Typ ist neu, er will gleich kassieren. Stella muss die letzten Münzen zusammenkratzen und dann fehlen noch immer fünfzig Cent. Der Barmann winkt genervt ab, Stella lächelt. Ab morgen wird das anders. Ab morgen bin ich wieder flüssig.

Jule steigt aus der Stadtbahn Linie 10 und überquert den Bahnhofsvorplatz. Sie will den Rest ihres Heimwegs zu Fuß gehen, sie braucht dringend frische Luft. Es ist kurz vor acht, vielleicht kann sie im Bahnhof noch ein Brot kaufen. Natürlich hat Pedra Rodriguez ihr etwas zu essen angeboten, aber Jule wollte nichts. Sie hat sich eine knappe Stunde mit Fernando unterhalten, nach ungefähr zwanzig Minuten kam auch Oda dazu. Die ganze Szenerie erinnerte an einen Krankenbesuch, nur dass Fernando nicht im Bett lag, sondern bleich wie ein Sellerie im Wohnzimmer zwischen den dunklen spanischen Möbeln saß. Pedra bereitete nebenan in der Küche die Tapas für den nächsten Tag vor.

Immer wieder wurde über den Vorfall gesprochen, vor allen Dingen über die Schuldfrage, bis sich die Unterhaltung im Kreis zu drehen begann. Irgendwann riss Oda der Geduldsfaden und sie sagte: »Hör endlich auf, ihn mit dir zu vergleichen, nur weil du als Kind auch mal ein paar krumme Dinger gedreht hast. Das mit Tahir ist etwas ganz anderes, und das weißt du auch. Du hattest immer ein gutes, ordentliches Elternhaus, auch nach dem Tod deines Vaters. Dieser Junge aber ist in einem kriminellen, verwahrlosten, gewalttätigen Umfeld groß geworden, und wenn er jetzt nicht tot wäre, hätte er womöglich früher oder später selbst einen umgebracht. Wer weiß, vielleicht hat er das ja sogar. Er hat eine Akte mit Straftaten, die so dick ist wie das Telefonbuch einer Großstadt, und ich frage mich, was die Behörden, die Justiz und allen voran das Jugendamt getan haben, um ihn vor seinen unfähigen Eltern zu schützen, ihn da rauszuholen und ihm eine Chance zu geben. Du hast nichts falsch gemacht, genauso wenig wie der Fahrer dieses Müllwagens. Du warst nur zufällig das letzte Glied in einer Kette, in der all diejenigen versagt haben, die sein Schicksal etwas angehen sollte.«

Dem war wenig hinzuzufügen, und schließlich erlöste Fernando sie beide aus der beklemmenden Atmosphäre, indem er vorgab, müde zu sein und sich hinlegen zu wollen.

Jule hat gerade zwei Vollkornbrötchen erstanden, als sie hinter sich eine Stimme fragen hört: »Haben Sie so lange Überstunden gemacht?«

Oh, nein! Heute bleibt ihr wohl nichts erspart. »Guten Abend, Herr Stevens. Ja, sozusagen.«

»Es war ja auch ein ereignisreicher Tag.«

»Das ist wahr.« Jule lässt die Tüte mit den Brötchen in ihrer Handtasche verschwinden.

Die Verkäuferin der Bäckerei sieht Stevens auffordernd an, aber der winkt ab, und die Frau wendet sich dem nächsten Kunden zu.

»Ich muss dann mal los. Einen schönen Abend noch«, sagt Jule zu Stevens, der ihr zwischen Bäckertresen und einem abgestellten Koffer im Weg steht.

»Wo wohnen Sie?«, fragt er.

»In der List.«

»Ich auch. Nehmen Sie die Stadtbahn?«

»Nein, ich laufe. Ich brauche frische Luft.«

»Darf ich Sie begleiten?

»Ja, gerne«, lügt Jule, die wenig erbaut ist über die Aussicht, dieses Ekelpaket von einem Staatsanwalt auch noch auf dem Nachhauseweg auf der Pelle zu haben. Schweigend schlängeln sie sich durch das abendliche Gewusel des Bahnhofs. Erst hinter dem Raschplatz bricht es aus Jule heraus: »Das war nicht nett, was Sie zu meinem Chef gesagt haben, das mit der Hetzjagd.«

»Hat er gepetzt?«

»Er nicht, aber der Pressesprecher.«

»Man kann nicht immer nett sein in meinem Beruf.«

»Immer nicht. Aber Sie könnten es ja wenigstens einmal versuchen.«

»Ich fürchte, ich habe nur das vorweggenommen, was die Presse morgen schreiben wird. Und apropos Hetzjagd – rennen Sie eigentlich immer so?«

Tatsächlich hat Jule ein forsches Tempo angeschlagen, Stevens kann ihr nur mit weit ausgreifenden Schritten folgen.

»Ja, meistens«, sagt sie und wird langsamer, aber nur ein klein wenig. Schließlich hat ihn niemand gebeten, sie zu begleiten, und wenn er nicht mit ihr Schritt halten kann, dann soll er es eben sein lassen. Erneut gehen sie stumm und zügig nebeneinanderher, hasten über eine rot werdende Ampel und weichen entgegenkommenden Fußgängern aus, doch am Beginn der Lister Meile hält es Jule nicht länger aus, sie bleibt abrupt stehen, sieht Stevens direkt in seine grünen Reptilienaugen und sagt: »Die Presse ist eine Sache, aber Ihr Misstrauen gegen unser Dezernat ist völlig unangebracht. Mein Chef ist nicht nur sehr erfahren, sondern auch absolut integer, der würde es nicht unter den Teppich kehren, wenn einer von uns Mist baut. Und eins kann ich Ihnen versprechen: Wir werden diese beiden Mordfälle aufklären, auch wenn wir mal nicht auf die Minute pünktlich bei einer Obduktion anwesend sind. Wir sind nämlich ein gutes Team, wir mögen uns, und wir vertrauen einander, und deshalb haben wir eine Aufklärungsquote von annähernd hundert Prozent. Und das Letzte, was wir dabei brauchen, ist ein Paragrafenreiter, der uns auf die Finger klopft und auf Vorschriften besteht.«

Stevens Augenbrauen sind während Jules Rede immer mehr nach oben gewandert und jetzt, wo er sie durch seine glasklaren Brillengläser schweigend ansieht, dämmert es Jule, dass das eben Gesagte ihrer künftigen Karriere sicherlich nicht gerade förderlich war. Sie spürt, wie sie rot wird, vor Verlegenheit und vor Ärger über ihr vorlautes Mundwerk. Soll sie sich entschuldigen? Nein, du machst jetzt keinen Rückzieher, befiehlt sie sich. Es musste mal gesagt werden, auch wenn der Ton vielleicht ein bisschen zu rau war.

Zu ihrer Überraschung lächelt Stevens plötzlich und sagt: »Sie haben vielleicht Haare auf den Zähnen.«

»Medizinisch betrachtet ist das unmöglich«, widerspricht Jule.

»Und Sie müssen auch immer das letzte Wort haben.«

»Nicht immer.«

Stevens schaut auf die Uhr. »Ich hätte einen Vorschlag: Da drüben ist das *Café Mezzo*. Man sagte mir, dass es dort die besten Flammkuchen der Stadt gibt. Darf ich Sie zu einem einladen?«

Jule würde lieber nach Hause gehen, aber wenn sie jetzt ablehnt, dann ist er womöglich wirklich beleidigt, und einen Staatsanwalt muss man sich nicht unbedingt zum Feind machen. Sie hat sich ohnehin ganz schön weit aus dem Fenster gelehnt. Und was die Flammkuchen betrifft – damit hat er ja ausnahmsweise recht. »Gut, einverstanden.«

Sie kehren um, wobei ihr Stevens auf eine etwas steife,

altmodische Art seinen Arm anbietet. Fast automatisch hakt sich Jule bei ihm ein. Notwendigerweise müssen sie nun ihre Schritte harmonisieren, was nach wenigen Metern tatsächlich funktioniert, indem sie das Tempo herunterschrauben, und schließlich gehen sie den Weißekreuzplatz entlang, einträchtig wie ein altes Ehepaar beim Sonntagsspaziergang, wobei Jule denkt: Das ist jetzt das zweite Mal heute, dass ich mit einem Mann in ein Café gehe, den ich eigentlich gar nicht ausstehen kann.

Die Mondsichel steht schon hoch am Himmel, aber Völxen lungert immer noch draußen am Zaun seiner Schafweide herum. Die Tiere haben sich unter dem Apfelbaum versammelt, der seine schon ziemlich entlaubten Äste in den Nachthimmel reckt. Ab und zu verdunkelt ein Wolkenfetzen den Mond, aber die hellen Schafe sieht Völxen trotzdem. Sie scheinen im Stehen zu schlafen. Glückliche, sorglose Kreaturen – dem Anschein nach zumindest, denn wer kann schon mit Gewissheit sagen, ob und wann ein Schaf glücklich ist? Wandas Demo haben sie jedenfalls gut überstanden.

Die Worte des Staatsanwaltes sitzen Völxen noch immer wie ein Stachel im Fleisch. Vielleicht hat dieser Stevens ja recht. Vielleicht war es eine unnötige Verfolgungsjagd, vielleicht hätte man wirklich warten können, bis der Junge wieder nach Hause kommt. Aber hätte er Personal bekommen für eine Observierung? Eher nicht. Ist der Junge also ein Opfer der Sparmaßnahmen, des Personalmangels? Nein, das wäre zu einfach. Solche Dinge passieren eben, daran trägt niemand ›Schuld‹, und hinterher ist man immer schlauer – auch wenn das ein reichlich abgewetztes Klischee ist.

Wie es Fernando wohl gerade geht? Wird er damit fertigwerden? Hoffentlich steigert er sich nicht zu sehr in seine Schuldgefühle hinein. Völxen selbst hat vor vielen Jahren einem flüchtigen Bankräuber ins Bein geschossen, und noch heute wird ihm flau, wenn er daran denkt. Aber Fernando hat ja nicht einmal geschossen, fällt Völxen ein, und doch ist nun ein junger Mensch tot. Für einen törichten Moment wünscht sich Völxen, dass Tahir Nazemi wenigstens der Mörder von Olaf Döhring wäre. Aber würde das etwas an der Sache ändern, hätte er durch diese Tat seinen eigenen Tod ›verdient‹? Blödsinn! Völxen kapituliert. Er wird jetzt zu Bett gehen und versuchen zu schlafen.

»Nando, iss was, du brauchst heute gute Nerven.«

»Mama, ist dir schon mal aufgefallen, dass ich morgens nie etwas esse?«

»Ja, aber, ich mein doch nur …«

Fernando stöhnt auf. Die intensive Fürsorge, die sie seit gestern an den Tag legt, geht ihm auf die Nerven. Sie benimmt sich, als litte er an einer unheilbaren Krankheit. Er stürzt seinen Kaffee hinunter und steht auf. »Mach dir keine Sorgen, man wird mir schon nicht den Kopf abreißen.« Ganz sicher ist er sich da allerdings nicht.

Pedra Rodriguez eilt herbei, stellt sich auf die Zehenspitzen und küsst ihren Sohn auf die Stirn, als wäre er ein Erstklässler, der zum ersten Mal alleine zur Schule geht.

»Bis später, Mama.« Fernando schnappt sich seine Jacke und flieht.

»Mach's gut, und pass auf dich auf, Nando!«, ruft Pedra ihm durchs Treppenhaus nach.

Draußen angekommen nimmt er einen tiefen Atemzug. Ich sollte ausziehen, jetzt wirklich, beschließt Fernando – nicht zum ersten Mal. Er biegt um die Ecke, zum nächsten

Kiosk. Bevor er zum Dienst fährt, muss er wissen, was die Presse über ihn schreibt. Tapfer bleibt er vor der Auslage stehen und überfliegt die Schlagzeilen.

Flucht in den Tod

Jugendlicher Serientäter auf der Flucht vor der Polizei von Müllwagen überfahren – Kripo findet bei Tahir N. Koks und Pillen …

Fernando ist erleichtert. Die *BILD*-Schlagzeile klingt weniger reißerisch, als er befürchtet hatte. Noch dazu muss sich Tahir die Titelseite mit dem Fall »Niko R.« teilen:

Schüsse vor der Kreuzkirche

Exzuhälter Niko R. von unbekanntem Täter vor der Kreuzkirche erschossen. Die Szenerie gleicht einer Hinrichtung.

Dass es nur ein Schuss gewesen ist – geschenkt.

Auch die *Neue Presse* hält sich zurück und titelt:

Jugendlicher Drogendealer auf der Flucht vor der Polizei verunglückt

und

Nächtliche Schießerei an der Kreuzkirche

»Geht es jetzt wieder los mit der Gewalt im Milieu?«

fragt das Blatt und zählt alle schweren Kriminalfälle der letzten Jahre im Steintorviertel noch einmal auf.

Als Fernando schließlich zwischen anderen morgenmüden Menschen in der Stadtbahn sitzt, fühlt er sich schon ein wenig besser. Nicht einmal sein Erzfeind Boris Markstein hat ihn in der Luft zerrissen. Aber wenn man, so wie Fernando jetzt, in Ruhe darüber nachdenkt, war das eigentlich zu erwarten. Die *BILD* hat zuvor wochenlang recht einseitig über jugendliche kriminelle Ausländer berichtet und in Sarrazin'scher Manier nach einem schärferen Vorgehen von Polizei und Justiz gerufen. Es wäre ein zu harter Schwenk, wenn man jetzt, wo ein solcher Polizeieinsatz schiefgegangen ist, allzu sehr auf die Tränendrüse drückte oder gar auf die Polizei einprügelte. Außerdem nimmt das Blatt ja gerne für sich in Anspruch, das Sprachrohr von Volkes Stimme zu sein, und die meisten Leser werden den Tod eines jugendlichen Intensivtäters wohl wenig bedauern. Und wenn Fernando ganz ehrlich zu sich selbst ist, hat er bis gestern auch noch so gedacht. Oder zumindest in diese Richtung. Natürlich hat der Pressesprecher Fernandos Namen nicht genannt, und so, wie es da steht, klingt es, als handelte es sich um einen tragisch verlaufenen Einsatz des Rauschgiftdezernats. Spätestens heute wird auch bis zu Markstein und Konsorten durchsickern, wer den Jungen verfolgt hat, aber dann ist die Nachricht schon nicht mehr frisch, es wird also höchstens ein kleines Nachtreten geben, das rasch verpufft.

Solchen Überlegungen nachhängend schaut Fernando aus dem Fenster, während die Bahn durch Linden rattert. Grau und so monströs, als käme es nicht von dieser Welt, ragt das Ihme-Zentrum in den milchigen Morgenhimmel. Die Straßenbäume tragen gelbes Laub. Plötzlich zuckt Fernando wie elektrisiert zusammen, denn er blickt sich selbst entgegen. Daneben lächelt Meike Klaasen. Vor lauter Schreck kommt er gar nicht dazu, den Text zu lesen. Diese verdammte Kampagne! Er hat gar nicht mehr daran gedacht, und niemand hat ihm gesagt, dass das so schnell gehen würde. Wahrscheinlich hängt schon die ganze Stadt voll mit Bildern von ihm. Und tatsächlich, eine Station weiter prangt das Gruppenfoto auf einer Litfaßsäule. Verstohlen sieht sich Fernando in der Bahn um. Hat ihn schon jemand erkannt? Die Frau gegenüber löst ein Sudoku. Hinter sich hört er ein Kichern. Verstohlen wirf er einen Blick über die Schulter. Zwei Mädchen amüsieren sich über eine SMS. Fernando wagt kaum noch, den Kopf zu heben. Du lieber Himmel, was ist, wenn die Angehörigen von Tahir Nazemi so ein Plakat entdecken? Den vermeintlichen Mörder ihres Sohnes in der ganzen Stadt hängen sehen, immer wieder, lächelnd, als wollte er sie verhöhnen?

In einem Anfall von Panik stürzt Fernando an der nächsten Haltestelle aus der Bahn und ruft Völxen an.

»Ach, du Scheiße! Ausgerechnet jetzt! Ich rede sofort mit dem Vize, der muss diesen Unfug stoppen. Ach, und du, du kannst gleich weiterfahren in die MHH. In einer halben Stunde obduziert Bächle den toten Zuhälter.«

Normalerweise erfindet Fernando immer tausend Ausreden, um sich vor Leichenöffnungen zu drücken. Allein der Geruch da drin! Vom Anblick ganz zu schweigen. Nicht nur einmal hat er sich auf der Toilette der Rechtsmedizin übergeben. Aber heute ist er seinem Chef dankbar, dass er ihn dorthin schickt. Er hätte alles getan, nur um nicht in die PD zu müssen, wo er bestimmt Mitleid, Spott und Häme im Überfluss zu erwarten hat. Zu Fuß eilt er zurück nach Hause und startet sein Motorrad, das im Hinterhof steht. Er ist geradezu froh, sich den Helm über den Kopf stülpen zu dürfen. Am besten, den nimmt er die nächsten Wochen gar nicht mehr ab.

»Hast du schon das Plakat gesehen?«

»Oh ja. Ich hätte deswegen fast einen Unfall gebaut.« Das Rauchverbot ignorierend zündet sich Oda einen Zigarillo an und bläst einen dicken Kringel in die Luft.

»Das war es also. Die ganzen letzten Tage hat er schon so geheimnisvoll getan.« Jule kichert. »*Du brauchst uns – wir brauchen dich. Deine Polizei in Niedersachsen.* Wer denkt sich nur solche Sprüche aus? Sicher eine sündteure Werbeagentur.«

»Wahrscheinlich die im Innenministerium. Die haben doch sonst nichts zu tun, außer einen mit dämlichen Erlassen über sportliche Leistungsnachweise zu quälen«, grollt Oda.

»Er sieht ja ganz gut darauf aus«, findet Jule. »Ziemlich cool.«

»Ja – wenn man ihn nicht kennen würde …«

»Gut, dass es nur ein Porträt ist. Neben der blonden Friesin vom KDD hätte man ihn auf einen Hocker stellen müssen.«

Sie grinsen sich zu. Lästereien über Fernando gehören zu ihrem Alltag, und eine solche Steilvorlage kann einfach nicht unkommentiert bleiben.

»Allerdings ist das Timing denkbar schlecht«, gibt Oda zu bedenken.

»Stimmt«, seufzt Jule. »Seit gestern möchte ich nicht in seiner Haut stecken.«

Odas altes Tischtelefon schrillt los, sie geht ran.

»Einen wunderschönen guten Morgen, Frau Krischtensen.«

»Guten Morgen, Dr. Bächle. Was gibt es denn so früh?«

»I hob grad die Leich' von der Kreuzkirch' aufm Disch und wollt Ihne' bloß sage, dass die Kugel vom Kaliber 9 mm ischt. Der Schuss erfolgte aus acht bis zehn Metern Entfernung, hat einen Lungenflügel zerfetzt und tuschierte den Herzmuschkel. Entweder es war ein Zufallstreffer oder der Schütze war ein Profi. Falls Ihne' des weiterhilft.«

»Vielen Dank. Sonst irgendwelche Auffälligkeiten?«

»Eine schöne COPD. *Chronic obschtructive pulmonäry disease*. Auf deitsch: Raucherlunge.«

»Mein Gott, Bächle, Sie schwäbeln ja sogar auf Englisch! Aber wieso rufen Sie mich an, ich denke, Rodriguez nimmt an der Obduktion teil?«

»Ach, der! Der hockt scho' wieder grasgrün aufm Flur.«

»Cebulla vom 1.1.K hier. Herr Stevens, ich soll Ihnen von Hauptkommissar Völxen ausrichten, dass in einer Viertelstunde unsere Morgenbesprechung beginnt. Nur für den Fall, dass Sie daran teilnehmen möchten.«

»Danke, Frau Cebulla. Seien Sie so freundlich und sagen Sie Herrn Völxen, er möchte mich auf dem Laufenden halten, falls es wichtige Neuigkeiten gibt. Ansonsten denke ich, ist meine Anwesenheit nicht unbedingt erforderlich.«

»Wie Sie meinen.«

»Ich wünsche Ihnen noch einen schönen Tag, Frau Cebulla.«

»Ebenso«, erwidert die Sekretärin verblüfft und fragt sich, was wohl mit dem neuen Staatsanwalt los ist. Gestern war der doch noch ein richtiger Büffel. Kopfschüttelnd steht sie auf und gießt erst einmal den Ficus.

»Was heißt, man kann das nicht stoppen? Wenn man Plakate aufhängen kann, dann kann man sie doch auch wieder runternehmen und neue drucken!«, ärgert sich Völxen.

»Sagten Sie nicht gestern noch, der Beamte Rodriguez habe in keiner Weise gegen eine Dienstvorschrift verstoßen bei dieser Aktion?«

»Das stimmt ja auch!«, bestätigt Völxen eilig.

»Also sehe ich keinen Grund, die Plakate nicht im Umlauf zu halten. Ich gebe zu, dass das kein sehr glücklicher Zeitpunkt ist, aber selbst die Boulevardpresse …«

»Verstehen Sie denn nicht?«, fällt Völxen seinem Vorgesetzten ins Wort. »Wenn die Familie des Jungen das sieht …«

»Gewiss. Aber diese Leute sind nicht objektiv in dem Fall. Was glauben Sie wohl, was das Ganze den Steuerzahler gekostet hat?«

Das interessiert Völxen im Moment wenig. Er appelliert an das Fingerspitzengefühl der entscheidenden Personen.

Der Vize seufzt. »Gut, ich bespreche das mit dem Präsidenten und der zuständigen Stelle im MI. Im Übrigen wird es eine interne Untersuchung des gestrigen Vorfalles geben, halten Sie und Rodriguez sich bitte heute bereit. Sollte sich ergeben, dass Kriminaloberkommissar Rodriguez' Dienstverhalten nicht korrekt war, dann kann man immer noch über eine Einstellung der Kampagne nachdenken.«

Mit einem knappen »Danke, Wiederhören« schmettert Völxen den Hörer so heftig auf den Apparat, dass Oscar erschrocken in die Höhe fährt. Der Hauptkommissar fühlt sich wie in einer griechischen Tragödie. Die reinste Zwickmühle: Egal, welchen Schritt man tut, es endet immer böse. Ein Klopfen ertönt. »Ja«, ruft er, noch letzte Zornesreste im Ton.

Eine gepflegte, dunkelblonde Frau um die vierzig fegt zur Tür herein, wirft einen irritierten Blick auf Oscar, der Anstalten macht, auf sie zuzulaufen, und fragt dann: »Sind Sie der zuständige Kommissar, der den Tod von Olaf Döhring bearbeitet?«

»Platz«, donnert Völxen und sagt dann zu der Frau: »Ja, ich bin Hauptkommissar Völxen, was kann ich für Sie tun?«

»Ich bin die Mutter von Florian Wächter, einem Freund von Olaf Döhring. Und das hier war heute früh in unserem Briefkasten!« Sie knallt ein weißes DIN-A4-Blatt in einer Prospekthülle auf Völxens Schreibtisch. Darauf steht in übergroßen, fett gedruckten Lettern: *Du wirst auch bald sterben.*

Darunter wurden mit dickem schwarzem Filzstift ein paar arabische Schriftzeichen gemalt.

»Und Cornelius Seifert hat dasselbe bekommen!«, erzählt Frau Wächter atemlos.

»Jetzt beruhigen Sie sich erst einmal. Wir gehen der Sache umgehend nach.«

»Das reicht mir nicht. Ich möchte Polizeischutz für meinen Sohn!«

»War ein Umschlag dabei?«, fragt Völxen.

»Nein. Es war so im Briefkasten, einmal gefaltet. Die Hülle stammt von mir. Ich dachte, wegen der Fingerabdrücke.«

»Das war sehr klug von Ihnen«, lobt Völxen. »Wer von Ihrer Familie hat es noch angefasst?«

»Nur ich!«

»Wir brauchen Ihre Fingerabdrücke zum Vergleich. Dann schicken wir es ans LKA.«

»Und was ist mit dem Polizeischutz?«

»Das halte ich vorerst nicht für notwendig.«

»Was?!«, ruft sie erbost.

»Ehrlich gesagt, sieht mir das doch eher nach einem geschmacklosen Streich aus.«

»Haben Sie diese arabischen Schriftzeichen nicht gesehen?«

»Doch. Die kopiert man sich aus dem Internet, damit es gefährlich wirkt.«

»Sie haben ja Nerven«, schnaubt die Besucherin.

»Die brauche ich auch«, versetzt Völxen und will wissen: »Hat Ihr Sohn eine Vermutung geäußert, wer dahinterstecken könnte?«

»Nein. Aber eins sage ich Ihnen: Wenn meinem Sohn etwas zustößt, mache ich Sie persönlich dafür verantwortlich.«

»Das ist mir klar«, antwortet Völxen ruhig. »Und sagen Sie Cornelius Seifert, dass wir seinen Drohbrief auch brauchen. Mit möglichst wenig Fingerabdrücken darauf.«

»Unser verschiedener Freund hat gelegentlich für einen Inkassodienst gearbeitet, der wiederum Kredithaie als Klienten hatte. Ihr wisst schon, diese Anzeigen in den Zeitungen: *Bargeld sofort ohne Schufa-Auskunft*. Der Inhaber der Firma ist – wie soll es auch anders sein – ein Russe.« Dünnbier und Iwanow sitzen auf dem Sofa in Völxens Büro und berichten, was sie über den ermordeten Niko Riepke herausgefunden haben.

»Der Inkassomann hat natürlich ein Alibi für den Montagabend«, fügt Iwanow hinzu.

»Von anderen Russen«, ergänzt Dünnbier, und Oda wirft ein: »Bächle meint, der Schuss hat gesessen. Ein Profi oder ein glücklicher Zufall.«

»Das würde ja passen. Aber warum sollte der Inkasso-Typ Niko erledigen wollen?«, überlegt Völxen laut.

»Vielleicht wollte er aussteigen und wusste zu viel«, orakelt Dünnbier. »Mein Kollege hier …«, er wirft Iwanow einen vielsagenden Blick zu, »… hat immerhin aus ihm rausgequetscht, wer die letzten Kunden waren, denen Niko einen Besuch abgestattet hat.«

Iwanow grinst, und von Völxens Hund einmal abgesehen ist jedem im Raum klar, dass man ›rausgequetscht‹ in diesem Fall wörtlich nehmen kann.

»Das waren zwei Kneipeninhaber, einer aus der Nordstadt und einer aus Ricklingen, und zwei alleinerziehende Mütter aus Linden. Netter Nebenjob, Müttern Angst einjagen. Werde ich auch mal machen, wenn ich in Rente bin«, bemerkt Dünnbier.

»Die Kneipiers, habt ihr euch die angesehen?«, fragt Völxen.

»Ja, klar. Der aus Ricklingen hat ein Alibi, die Kneipe war offen. Der aus der Nordstadt hat am Montag Ruhetag und war angeblich allein zu Hause. Die Adresse habe ich eurer Sekretärin gegeben, ihr könnt ihn ja vorladen.«

»Also ich an seiner Stelle würde eher den Inkasso-Menschen oder noch besser den Kredithai selbst erledigen«, überlegt Jule. »Dieser Niko war doch nur der Bote.«

»Ja – du«, entgegnet Oda gedehnt. »Es gibt aber zu bedenken, dass solche Taten häufig nicht mit einem Hochschulabschluss einhergehen.«

Dünnbier grinst. Er und Iwanow verabschieden sich, Völxen dankt den beiden, und Oscar knurrt ein wenig.

»Kein Problem. Wenn ihr es wieder einmal alleine nicht gebacken kriegt, sagt ruhig Bescheid.«

»Raus!«

Kaum sind Dünnbier und Iwanow gegangen, sagt Völxen: »Dieser Kneipenbesitzer aus der Nordstadt kann bis heute Abend warten. Der Fall Olaf Döhring hat jetzt erst einmal Priorität. Es müssen noch eine ganze Reihe Alibis überprüft werden, darunter die von Lohmann und Markow. Das machen Oda und ich, Fernando möchte ich erst einmal aus dieser Gegend da raushalten. Und was ist mit diesem Fischer, dem Vater von Olafs Freundin?«

»Seine Geliebte hat seine Angaben bestätigt«, antwortet Oda.

»Wir sollten für alle Fälle seinen Wagen überprüfen lassen. Dasselbe gilt für diesen Rugbytrainer. Alibis von Ehefrauen und Geliebten sind wenig wert. Frau Wedekin, leiten Sie das in die Wege. Wir müssen endlich ein paar brauchbare Ergebnisse vorweisen können, das kann doch so nicht weitergehen.«

Die ganze Nacht hat sich Stella im nun viel zu großen Bett herumgewälzt. Die Trauer um Niko, die Sorgen um ihre Zukunft, und vor allem das Entwickeln eines Plans für die Geldübergabe haben sie wach gehalten, bis die ersten Tauben gurrten. Sie möchte nicht unbedingt von Angesicht zu Angesicht einem Mörder gegenüberstehen, auch wenn sie sich durch ihre Drohung, es würde ein Brief an die Polizei gehen, falls ihr etwas zustößt, einigermaßen sicher fühlt. Aber jetzt, nach einem schwarzen Kaffee und einem Guten-Morgen-Schluck, hat sie eine Idee. Sie zieht sich an, füttert den Kater und geht hinunter auf die Straße. Auf ihrem Prepaid-Handy ist kein Guthaben mehr und sie weiß nicht, wie man die Karte auflädt. Ihre Festnetznummer möchte sie einem Mörder aber lieber nicht hinterlassen, und wie man die unterdrückt, weiß sie ebenfalls nicht. Solche Dinge hat immer Niko geregelt.

Verdammt noch mal, gibt es in dieser Stadt überhaupt noch eine Münztelefonzelle?, fragt sich Stella wenig später, nachdem sie am Kiosk aufgetankt hat. Als sie endlich fündig wird, ist ihre Kehle wie ausgetrocknet und ihr Puls rast. Mit zittriger Hand wirft sie eine Münze in den Schlitz und wählt. Er ist sofort am Apparat.

»Haben Sie das Geld?«

»Ja.«

»Zehntausend?«

»Ja.«

Sie erklärt ihm, was er zu tun hat: Er soll das Geld in

eine Pappschachtel packen und diese in Geschenkpapier einwickeln. Dann soll er im *Crazy Sexy* in der Reuterstraße nach Selima fragen und ihr das Päckchen mit der Botschaft überreichen, das sei ein Geschenk für Stella. Das alles hat bis heute Mittag 13 Uhr zu passieren.

»Und nur Selima darf es kriegen, sonst niemand«, mahnt Stella und findet nicht zum ersten Mal, dass es nützlich ist, einen Künstlernamen zu tragen.

Zurück in ihrem Büro ruft Jule als Erstes Fernando an. »Wo bleibst du?«

»Bin schon unterwegs. Was ist denn los?«

»Völxen macht Druck, wir müssen ein paar Alibis überprüfen.«

Fernando verspricht, in zwanzig Minuten hier zu sein. Jule nutzt die Zeit, um dem Chaos auf ihrem Schreibtisch Herr zu werden: Erst einmal sorgfältig trennen, was mit Niko Riepke einerseits und mit Olaf Döhring andererseits zu tun hat. Völxen hat recht, man kann schlecht an zwei Fronten kämpfen, und wenn auch alle Toten irgendwie gleich sind, so liegt der Öffentlichkeit sicherlich die Aufklärung des Mordes am fünfzehnjährigen Sohn einer Leistungsträgerfamilie mehr am Herzen als die Aufklärung des Todes von einem ehemaligen Zuhälter. Diesen Pragmatismus kann Völxen keiner verübeln, und außerdem war Olaf chronologisch gesehen der frühere Mordfall. Sie sucht sich einen leeren Ablagekorb und packt die Sachen, die sie von Nikos Schreibtisch aufgesammelt hat, dort hinein. In einem seiner Ordner hat sie eine Lebensversicherungspolice über knapp dreißigtausend Euro gefunden, und die dazugehörige Korrespondenz weist Heidrun Bukowski als Begünstigte aus. Ein Mordmotiv? Streng genommen ja, aber Jule kann es sich nicht vorstellen, dass Stellas Ahnungs- und Hilflosigkeit nur gespielt war.

Was ist mit den *Steintor-News?* Die könnte man doch eigentlich wegschmeißen, oder? Jule will das Blättchen eben in den Papierkorb befördern, als ihr eine Kritzelei am Rand des Deckblattes auffällt. Jemand hat dort mit blauem Kugelschreiber ein paar Zahlen notiert: X 296S. Komisch. Was ist das? Ein Passwort? Könnte eine Autonummer sein, wenn das S nicht wäre. Jule betrachtet das hastig hingeschmierte Geschreibsel noch einmal von allen Seiten. Das S könnte auch eine Fünf sein. Also X 2965. Vermutlich eine Nummer aus Hannover, deshalb hat man sich das H geschenkt. Niko Riepkes letzter Anruf, fällt Jule nun wieder ein, galt doch seinem Freund Sepp-Dieter Vegesack von der Zulassungsstelle. Jener unfreundliche Mensch, mit dem sie gestern am Telefon gesprochen hat. Hat Niko ihn angerufen, um den Halter eines Fahrzeugs dieser Nummer zu ermitteln? Das wäre von Vegesack ein Verstoß gegen den Datenschutz, deshalb kam er wahrscheinlich mit dieser Geschichte vom Skatabend, die Jule ohnehin keine Sekunde geglaubt hat. »Na warte, dich krieg ich!« Jule klemmt sich hinters Telefon.

»Sie schon wieder. Was ist denn noch?«, bellt Vegesack, der offenbar heute nicht besser gelaunt ist als tags zuvor.

»Ich setze gerade das Protokoll unseres gestrigen Telefonats auf. Sie wissen ja, ohne den lästigen Schreibkram geht es nun mal nicht. Ich will mir nur noch mal schnell eine Sache bestätigen lassen: Sie sagten, Herr Riepke hätte Sie am Montagmittag angerufen, um Sie zu einem Doppelkopf-Abend einzuladen.«

»Ja, genau«, antwortet Vegesack.

»Hm. Das ist jetzt seltsam. Gestern sagten Sie noch, dass Sie Skat spielen wollten.«

Stille am anderen Ende, dann kommt es zögernd: »Wir spielen alles Mögliche.«

»Herr Vegesack, entweder, Sie sagen mir jetzt sofort, was Niko Riepke wirklich von Ihnen gewollt hat, oder ich lasse Sie von einer Streife abholen und hierherschaffen, das volle Programm!«

»Okay ...« Vegesack kling plötzlich recht kleinlaut. »Er wollte den Halter eines Fahrzeugs von mir wissen. Sie machen mir doch deswegen jetzt keinen Ärger, oder?«

»Hier geht es um einen Mord, nicht um die Missachtung einer Dienstvorschrift«, beruhigt Jule den Mann. »Hat er gesagt, wozu er die Nummer brauchte?«

»Nein. Ich nehme aber an, es war ein Freier von Stella, mit dem es Probleme gab. Das war schon ein, zwei Mal vorher der Fall«, berichtet Vegesack, plötzlich ganz entgegenkommend.

»Wie war die Nummer?«

»Das weiß ich nicht mehr.«

»Der Name des Halters? Erinnern Sie sich vielleicht noch an den Namen?«

Vegesack bedauert. »Mein Gedächtnis ... Warten Sie ... irgendwo habe ich vielleicht den Zettel noch ...«

Jule wartet. Man hört Papier rascheln und Vegesack fluchen. Es dauert fast eine Minute, dann kommt es ein wenig atemlos: »Hier hab ich sie: H – X 2965.«

»Und wem gehört der Wagen?«, fragt Jule.

»Moment, ich sehe noch einmal nach.« Tastaturgeklacker. Als Vegesack schließlich den Namen nennt, schnappt Jule überrascht nach Luft.

»War's das jetzt?«, fragt Vegesack genervt.

»Ja, vielen Dank«, sagt Jule und legt den Hörer auf, während sich in ihrem Kopf plötzlich ein paar Puzzleteile zusammenfügen.

Gerade will Oda mit Völxen in Richtung Hainholz aufbrechen, um mit den Familien von Lohmann und Markow zu sprechen, als das Telefon auf ihrem Schreibtisch losscheppert. Es ist ein älteres Modell, von dem Völxen behauptet, es würde ihn eines Tages noch zu Tode erschrecken. »Ganz zu schweigen davon, dass man es bis in mein Büro hört!« Er beschwert sich fast jede Woche ein Mal darüber. Auch jetzt fährt er vor der Tür zusammen, während Oda noch einmal zurück an den Schreibtisch eilt. »Mist, ich habe vergessen, auf Frau Cebulla umzustellen – Polizeidirektion Hannover, Dezernat 1.1.K, Kristensen.«

Am Apparat ist Ruben Döhring. »Mir ist noch was eingefallen. Ich weiß nicht, ob das wichtig ist.«

»Egal, raus damit.«

»Also, ich habe ja Olaf nicht gesehen, als er hinausging, nur gehört. Aber als ich gegangen bin, da hing seine Jacke noch am Haken. Deswegen habe ich mir auch nicht so viel dabei gedacht, als er ohne Gruß abgehauen ist. Weil die Jacke noch da war, dachte ich, er kann ja nicht weit sein. Vielleicht ist er unten bei Oma, oder im Garten, eine rauchen. Aber für Oma war es um zehn Uhr eigentlich schon zu spät, da geht die schon schlafen.«

»Rauchte er?«

»Manchmal. Aber nur heimlich hinter dem Gartenhaus von den Tiefenbachs. Er wollte ja vor Mammi und Papi immer sauber dastehen.«

»Hatte er nur diese eine Jacke?«

»Er hatte natürlich mehrere. Aber die mit dem Leder am Kragen mochte er am liebsten, die hatte er immer an, außer, wenn es sehr kalt war.«

»Und Sie sind sich ganz sicher, dass die Jacke noch da hing, als Sie gegangen sind?«, wiederholt Oda.

»Ja.«

»Vielen Dank, Ruben.« Sie legt auf, sieht Völxen an und wiederholt Rubens Worte. Die beiden wechseln einen langen, nachdenklichen Blick, dann fragt Oda: »Wann gehst du trotz kühler Witterung ohne Jacke aus der Wohnung?«

»Wenn ich das Haus gar nicht verlassen will«, antwortet Völxen. »Du denkst an die Großmutter?«

»Nein, nicht die Großmutter. Obwohl die einen recht resoluten Eindruck macht. Aber würdest du eine Jacke anziehen, wenn du nur mal eben zu deinem Nachbarn gehst?«

»Sicher. Zum Hühnerbaron sind es über hundert Meter, da kann man sich den Tod holen.«

»Ich meine, wenn du an Olafs Stelle wärst und nicht ein verfrorener alter Mann, der in den Outbacks lebt.«

Völxen runzelt die Stirn und denkt laut nach: »Ruben sagt, die Jacke war um neun Uhr noch da. Er ist um zehn gegangen. Olafs Eltern haben angegeben, dass die Jacke am Morgen fehlte. Also, entweder lügt einer von denen oder jemand hat zwischen zehn Uhr und der Rückkehr der Döhrings um Mitternacht die Jacke geholt, damit es so aussieht, als wäre Olaf ausgegangen.«

»Und guten Nachbarn gibt man gern mal einen Schlüssel …«, ergänzt Oda.

»Na, dann los!« Völxen und Oda streben auf den Aufzug zu, gefolgt vom kläffenden Oscar. Jule kommt aus ihrem Büro, sieht sie vorbeilaufen, sprintet hinterher und ruft aufgeregt: »Halt! Wartet!« Vor dem Lift angekommen verkündet sie triumphierend: »Ich weiß, wer Niko Riepke umgebracht hat!«

Pedra Rodriguez steht hinter der Theke und schrubbt die kleinen Kartoffeln für ihre *Papas arrugadas con Mojo*. Sie macht sich Sorgen um Fernando. Zwar wirkte er heute früh wieder recht aufgeräumt, aber sie kennt ihren Sohn, er nimmt den Tod dieses Jungen sehr schwer, auch wenn er nichts für ihn kann. Dieser schreckliche Beruf! Einerseits ist sie stolz auf ihn, andererseits vergeht kein Tag, an dem sie sich nicht ausmalt, wie er bei einer Schießerei ums Leben kommt. Und nun das! Die Bimmel der Ladentür reißt sie aus ihren Gedanken. Zwei junge Männer, die Pedra noch nie hier gesehen hat, betreten das Geschäft. Der eine trägt eine Kapuze und grüßt mit einem knappen Nicken. Beide sehen sich nach allen Seiten um, als würden sie etwas oder jemanden suchen. Die zwei gefallen Pedra nicht. Ein Instinkt treibt sie hinter ihrer Theke hervor. »Kann ich helfen?«, fragt sie mit fester Stimme.

Sie hat noch nicht ausgeredet, als es knallt. Der mit der Kapuze hat mit einer einzigen Armbewegung mindestens ein Dutzend Flaschen aus dem Regal gefegt, die auf dem Betonboden sofort zersprungen sind. Pedras Aufschrei wird von einer Hand erstickt, die sich über ihren Mund legt. Gleichzeitig hält einer der Männer sie an den Haaren fest. Pedra versucht, um sich zu schlagen, und tritt nach hinten aus, aber der Kerl ist zu kräftig, er lacht nur, während sie zappelt wie eine Katze, die gerade ersäuft wird. Der andere holt einen Stuhl heran und zwingt sie, sich hinzusetzen. Die Hand löst sich von ihrem Mund, und Pedra nutzt die Gelegenheit, um aus Leibeskräften nach Hilfe zu rufen. Doch schon im nächsten Moment schiebt man ihr ein zusammengeknülltes Stück Stoff in den Mund und fixiert es mit Klebeband. Panik erfüllt sie. Sie bekommt kaum noch Luft und leistet keinen Widerstand mehr, als man ihr die Arme auf den Rücken dreht und sie mit einem weiteren Stück Klebeband an den Stuhl fesselt. Ein Paar dunkle Augen, schmal wie Messerrücken, sind das Letzte, was sie sieht, ehe man ihr eine Mütze oder einen Sack über den Kopf stülpt.

Eng legt sich der Stoff an ihre Nasenlöcher. Pedras Angst zu ersticken ist jetzt noch größer als ihre Angst vor den beiden Männern. Sie kann nur noch eines denken: Luft. Ich muss atmen. Trotz ihrer Todesangst kann sie hören, wie die beiden in einer fremden Sprache miteinander flüstern, und sie hört ihre Schritte. Was haben sie vor? Was suchen sie, Geld, die Kasse? Die hätte sie ihnen auch so gegeben, da ist heute noch nicht viel drin. Erneut bimmelt die Ladentür. Kommt jemand? Pedra schöpft Hoffnung. Gehen sie weg? Werden sie ihr nichts tun? Sie fährt zusammen, als es erneut klirrt. Offenbar hat einer noch eine Flasche durch den Laden geworfen. Die Tür fällt zu, danach ist es still. Sie sind weg! Es ist überstanden. Der nächste Kunde wird sie finden, vielleicht Fernandos Freund Antonio, der seine Werkstatt über dem Hof hat und am späten Vormittag immer einen Kaffee bei ihr trinkt. Er wird die Polizei rufen, er wird sie retten ... Aber was ist das? Was riecht hier so seltsam? Das ist Feuer! Rauch! Die Luft ist voller Rauch, sie atmet nur noch Rauch. Luft! Sie braucht Luft! Aber da ist keine, da ist nur Qualm, der ihr die Nase verstopft und sich wie ein Film über ihre Lungen legt.

Jule merkt, wie eine Art Jagdfieber von ihr Besitz ergreift. Dies sind die Momente, in denen ihr wieder klar wird, warum sie ihr Medizinstudium hingeschmissen und eine aussichtsreiche Karriere als Medizinerin aufgegeben hat. Okay, vielleicht hätte sie sich diesen Kick auch am OP-Tisch holen können, aber dann hätte sie die Chirurgie wählen müssen, so wie ihr Vater, und wäre ständig im Schatten des ruhmreichen Professors für Transplantationschirurgie gestanden. So, wie es jetzt ist, ist es ihr lieber. Darüber hat sie gestern bei Flammkuchen und Riesling mit Hendrik Stevens gesprochen, dessen Vater Richter am Bundesgerichtshof ist – was so manches erklärt, findet Jule. Außerdienstlich ist der Mann einigermaßen umgänglich. Er hat sie eingeladen und in allen Ehren nach Hause gebracht, wobei sie feststellten, dass er nur zwei Blocks weiter wohnt. Sie sind immer noch beim Sie und es ist offen, ob es weitere gemeinsame Abende geben wird, aber auch das findet Jule in Ordnung. Eine ihrer Regeln lautet: keine Affären mit Kollegen. Das eine Mal, als sie diese Regel missachtet hat, ist ihr das gar nicht gut bekommen. Und ein Staatsanwalt gehört zum erweiterten Kollegenkreis. Noch schlimmer, er gehört einer vorgesetzten Behörde an. Aber was mache ich mir eigentlich solche Gedanken, nur weil wir uns zufällig über den Weg gelaufen sind und was getrunken haben?, versucht Jule sich abzulenken. Außerdem gibt es Wichtigeres. Vielleicht kann ihr Dezernat der Staatsanwaltschaft noch heute zwei aufgeklärte Mordfälle präsentieren, das ist doch was!

Zwischenzeitlich ist Fernando zurückgekommen, blass, was Jule auf die Obduktion schiebt. Sie setzt ihn über die neuen Erkenntnisse ins Bild.

Fernando reibt sich die Hände. »Den schnappen wir uns, worauf warten wir noch?«

»Auf Völxen«, knirscht Jule.

Tatsächlich dauert es noch über eine Stunde, ehe Völxen, Oda und sie endlich aufbrechen können, denn Völxen will unbedingt einen richterlichen Beschluss zur Hausdurchsuchung bei den Tiefenbachs in der Tasche haben, ehe er etwas unternimmt. Er ordnet auch an, dass Fernando hierbleiben soll. »Es macht einen schlechten Eindruck, wenn dich die Staatanwaltschaft oder die Kollegen von der Internen sprechen wollen und du bist nicht da.«

»Wieso? Ich sitze schließlich nicht in der Kneipe, sondern übe meinen Beruf aus. Oder hast du Angst, dass ich wieder einen zu Tode hetze?«, meckert Fernando dünnhäutig, aber Völxen bleibt bei seiner Entscheidung.

»Du kannst ja Berichte schreiben und aufpassen, dass Oscar nicht zu viele Kekse frisst.«

Dann, endlich, sitzt Jule weit nach vorne gebeugt auf der Rückbank des Dienstwagens und erläutert: »Ich denke, es war so: Niko oder Stella, einer von den beiden, hat in der Nacht von Sonntag auf Montag beobachtet, wie Olafs Leiche abgeladen wurde, oder den Wagen in der Nähe des Musikzentrums gesehen. Es ist ein Phaeton, also nicht gerade alltäglich in dieser Gegend. Er oder sie hat sich das Kennzeichen gemerkt. Als sie dann von dem Mord hörten, haben sie eins und eins zusammengezählt und beschlossen, den Fahrer des Wagens zu erpressen. Um rauszukriegen, wem das Auto gehört, hat Niko seinen Freund Sepp-Dieter Vegesack bei der Zulassungsstelle angerufen – das war der Anruf am Montagmittag. Danach hat Niko Julian Tiefenbach zu dem Treffpunkt an der Kirche bestellt. Warum er für die Geldübergabe einen so abgelegenen Ort gewählt hat, ist mir noch nicht klar. Möglicherweise hat er seinen Gegner einfach unterschätzt. Denn gerade eben hat mir Nowotny folgende Mail geschickt … Moment …« Jule tastet auf dem Display ihres Smartphones herum, während Oda und Völxen angesichts ihres fiebrigen Eifers ein verstohlenes Lächeln austauschen. Jule liest vor: »*Laut Julian Tiefenbachs Xing-Profil hat er bei der Bundeswehr Informatik studiert und war insgesamt fünfzehn Jahre dort. Außerdem hat er eine Ausbildung zum Einzelkämpfer erhalten.*«

»Und so einer heiratet eine Frau, die Bäume umarmt«, wundert sich Oda.

»Es stimmt also doch, dass Gegensätze sich anziehen. Sieht man ja an dir und deinem Chinesen«, bemerkt Völxen. Er sucht im Rückspiegel Jules Blick und meint: »Aber für den Mord an Olaf kommt Julian Tiefenbach nicht infrage, zur Tatzeit war er mit Olafs Eltern im Varieté.«

Ehe Jule antworten kann, sagt Oda: »Das mit Olaf war entweder Luis oder seine Mutter. Erinnerst du dich noch, wie übertrieben positiv sie über Olaf gesprochen hat? Obwohl doch alle anderen durchblicken ließen, dass Olaf gar nicht so nett war, darunter sogar seine eigene Großmutter.«

»Seine Lehrerin hat ihn auch gelobt – aber wohl nur, weil sie dem kleinen Schleimer auf den Leim gegangen ist«, wirft Jule ein, und Oda fährt fort: »Olivia Tiefenbach hat den Verdacht geschickt auf Ruben Döhring gelenkt, indem sie so ganz nebenbei das mit der Adoption erwähnt und ihn außerdem beschuldigt hat, vor zwei Jahren ihren Hund vergiftet und im Jahr davor den Gartenschuppen angezündet zu haben.«

»Die hat uns ordentlich an der Nase herumgeführt«, muss Völxen zugeben. »Ich wette, die hätte seelenruhig zugesehen, wie wir Ruben verhaften und anklagen. Hauptsache, das eigene Kind ist fein raus.«

»Ich weiß schon, warum ich dieser Sorte nicht über den Weg traue«, knurrt Oda. »Äußerlich zart und zerbrechlich wie ein Reh, aber im Kern hart und kalt wie Granit.«

»Und es ist immer wieder schockierend, wie unglaublich brutal und rücksichtslos Eltern sind, wenn es um den eigenen Nachwuchs geht«, stellt Völxen fest und spinnt den Faden weiter: »Vielleicht war das mit dem ersten

Hund in Wirklichkeit Olaf. Und weil der neue Hund an dem Abend gekotzt hat, dachten sie, dass Olaf auch diesen vergiftet hätte. Vielleicht wollten sie ihn zur Rede stellen, und es gab einen Streit, der außer Kontrolle geraten ist.«

»Und als Olaf tot war, haben sie Julian Tiefenbach angerufen. Deshalb ist er nicht mehr mit den Döhrings ins *Oscar's*. Er wurde dringend zu Hause gebraucht. Er hatte die Beseitigung der Leiche und das Verwischen sonstiger Spuren zu organisieren«, ergänzt Oda. »Er muss auch, noch bevor die Döhrings nach Hause gekommen sind, Olafs Jacke aus der Wohnung geholt haben, damit es so aussieht, als wäre Olaf ausgegangen.«

Völxen setzt den Blinker und nickt. »Und dann lädt er ihn in dem Viertel ab, das in den letzten Wochen ohnehin schon schlechte Presse hatte. Nimmt ihm das Handy ab und die Jacke, und lässt es wie einen Überfall aussehen.«

»Ganz schön kaltblütig«, tönt es von der Rückbank.

»Das traue ich ihm, ehrlich gesagt, auch zu«, bekennt Oda. »Als Berufssoldat hat er ja sicher gelernt, wie man in kritischen Situationen einen kühlen Kopf bewahrt und die richtigen Entscheidungen trifft.«

»Und genauso eiskalt hat er seinen Erpresser beseitigt«, ergänzt Jule. »Wobei er Glück hatte, dass ihn Riepke nicht von seinem Handy aus angerufen hat. Wahrscheinlich aus Sparsamkeit. Er hatte wohl nur Tiefenbachs Festnetznummer aus dem Telefonbuch oder Internet, und Festnetzanrufe sind mit einem Prepaid-Vertrag recht teuer.«

»Ja, schade«, bedauert Völxen. »Seine Nummer auf Nikos Handy wäre ein schönes Indiz gewesen. Denn was machen wir, wenn Tiefenbach nicht gesteht und Niko Riepke der einzige Zeuge war, der ihn in der Nähe des Leichenfundorts gesehen hat? Wir müssen unbedingt forensische Beweise finden, im Haus oder in Tiefenbachs Wagen«, resümiert der Hauptkommissar und erklärt: »Deswegen habe ich auf den Durchsuchungsbeschluss gewartet.«

»O du weiser Mann«, grinst Oda.

»Wir haben noch Stella«, erinnert Jule. »Heidrun Bukowski, seine Lebensgefährtin. Wahrscheinlich war sie es, die das Auto gesehen hat. Sie ist ja von Berufs wegen häufiger nachts unterwegs, und Prostituierte, die schon mal auf der Straße gearbeitet haben, sind darin geübt, sich Kennzeichen zu merken.«

Völxen stimmt ihrer Vermutung zu und ordnet an: »Frau Wedekin, bitte mailen, simsen, twittern oder trommeln Sie Fernando, dass er dafür sorgen soll, dass diese Frau sofort auf der Dienststelle erscheint. Eine Streife soll sie abholen. Die ist ja nun unsere wichtigste Zeugin, wir sollten gut auf sie aufpassen, solange Nikos Mörder frei herumläuft.«

»Wo fahren wir jetzt eigentlich hin?«, erkundigt sich Oda, als der Wagen das NDR-Gebäude am Maschsee passiert.

»Zur Bismarckschule. Wir holen Luis ab, und ihr beide bringt ihn zurück zur Dienststelle. Vielleicht lässt sich in einem vertraulichen Gespräch aus dem Jungen rauskitzeln, wo der Totschlag passiert ist, und vielleicht gibt es sogar noch eine Tatwaffe – apropos Tatwaffe! Nach dem, was ich gerade über Tiefenbach gehört habe, denke ich, es wäre klüger, ihn vom SEK festnehmen zu lassen. Immerhin besitzt der Mann eine Schusswaffe, da will ich kein Risiko eingehen. Mir reicht schon der Schlamassel von gestern.«

»Och, ich wäre aber gern bei der Verhaftung dabei gewesen«, grummelt Jule und erinnert Völxen dabei stark an seinen Terrier, wenn man ihn von einer heißen Kaninchenspur abruft.

Dass ein Mann seine Familie zu beschützen hat, ist für Julian Tiefenbach keine hohle Phrase. Besonders nicht seit dem Sonntagabend. Hätte sein Sohn Luis nur schon früher mit ihm gesprochen! Andererseits hat ja gerade er, sein Vater, ihm beigebracht, dass ein richtiger Kerl nicht mit jedem Wehwehchen angerannt kommt, sondern erst mal versucht, seine Probleme selbst zu lösen. Erst jetzt erkennt Tiefenbach, dass er den zarten, sensiblen Luis, der leider ganz nach seiner Mutter schlägt, damit überfordert hat. Allerdings lässt sich das, was sich Olaf erlaubt hat, auch nicht unter ›Wehwehchen‹ einordnen. Julian Tiefenbach ist sicher, dass ihm Luis längst nicht alles erzählt hat, aber das, was er in jener verhängnisvollen Nacht erfahren musste, treibt ihm noch heute die Zornesröte ins Gesicht. Von klein an hat Olaf den jüngeren Luis dominiert und ihn als seinen Sklaven behandelt. Nachdem Constanze Döhring beschlossen hatte, die Zimmer ihrer Jungs aus erzieherischen Gründen nicht mehr von der Putzfrau säubern zu lassen, musste Luis regelmäßig Olafs Zimmer reinigen und seine Sachen bis hin zum Inhalt der Schränke in Ordnung bringen. Dazu gehörte sogar, dass er Olafs Schuhe putzte und seine T-Shirts bügelte. Als Luis vor zwei Jahren von der Polizei nach Hause gebracht wurde, weil er versucht hatte, in einem Supermarkt Alkohol und Zigaretten zu stehlen, hat Julian Tiefenbach seine aufgebrachte Frau noch beruhigt und gemeint, das sei normal, dass Jungs in dem Alter mit solchen Dingen experimentierten und auch mal was mitgehen ließen. Schließlich sei er selber früher auch kein Waisenknabe gewesen. Deshalb fiel seine Strafpredigt recht milde aus und endete mit Luis' Versprechen, es nie wieder zu tun.

Herrgott, was für ein blinder Idiot war ich! Ich hätte doch sehen müssen, dass so eine Tat gar nicht zu Luis passt. Der ist doch aus ganz anderem Holz geschnitzt als ich!

Stattdessen hielt Julian Tiefenbach es für eine Art Mutprobe unter Jungs und war im Geheimen sogar ein bisschen stolz auf seinen Sohn, den er bis dahin für ein Weichei gehalten hatte. Nie wäre er auf die Idee gekommen, dass sein Sohn gezwungen wurde, für Olaf zu stehlen. Und zwar regelmäßig. Als Druckmittel benutzte Olaf einerseits simple Gewalt und andererseits die Drohung, Luis und seiner Familie etwas anzutun. Als Luis sich eines Tages widersetzte und damit drohte, seinen Eltern alles zu erzählen, brannte der alte Gartenschuppen. An dessen Stelle ließ Julian Tiefenbach dann das Gartenhaus im Stil eines japanischen Teehauses errichten, womit er Olivia eine große Freude machte. Das war vor drei Jahren gewesen, und nie wäre Tiefenbach auf die Idee gekommen, dass der Sohn der Nachbarn hinter dem Brand steckte. Nicht *dieser* Sohn, zumindest. Auch der vergiftete Hund ging natürlich auf Olafs Konto. In den Augen seines Vaters hat Luis richtig gehandelt, als er sich endlich gewehrt hat, wenn auch auf die falsche Art. Was genau der Tropfen war, der das Fass zum Überlaufen brachte, hat ihm sein Sohn nicht erzählt. Hätte Luis ihm nur früher Bescheid gesagt, anstatt ihn nun von einer Straftat zur nächsten zu treiben. Warum hatte der Junge so wenig Vertrauen zu ihm? Oder hat er sich einfach zu sehr geschämt?

Aber egal was geschehen ist, jetzt ist es geschehen, und Julian Tiefenbach hat seiner Frau und seinem Sohn versprochen, die Sache in Ordnung zu bringen. Das ist das

Mindeste, was ein Vater tun kann, der seinen Sohn so lange im Stich gelassen hat.

Doch dann hat ihn dieses dumme Arschloch, dieser Exzuhälter, wie es heute in der Zeitung stand, offenbar beim Abladen der Leiche gesehen. Seitdem ist Julian Tiefenbach ein Getriebener, denn was blieb ihm anderes übrig, als diesen gefährlichen Zeugen für immer zum Schweigen zu bringen? Und dasselbe wird er mit dieser geldgierigen Schlampe machen müssen, die ihn nun belästigt und seine Familie bedroht. Ihre Geschichte von dem Brief, der an die Polizei geht, sollte ihr etwas zustoßen, beeindruckt ihn wenig. Dasselbe würde ich an ihrer Stelle auch behaupten. Nein, solche Leute schreiben keine Briefe an die Polizei.

Vor zwei Stunden hat er einem jungen Türken, der an einer Imbissbude herumhing, fünfzig Euro in die Hand gedrückt, mit der Anweisung, den Puff in der Reuterstraße aufzusuchen und das in rotes Weihnachtspapier eingewickelte Päckchen bei einer Nutte namens Selima abzugeben. »Kannst ja gleich noch eine Nummer schieben«, hat er dem verdutzten Jungen gesagt, und der ist mit dem wertlosen Päckchen in der Hand freudestrahlend abgezogen. Seither beobachtet Tiefenbach den Eingang des Puffs. Der Stimme nach muss diese Stella um die fünfzig sein, wenn nicht älter. Aber keine Frau, die Stella sein könnte, betritt oder verlässt das Etablissement, nur der junge Türke kommt nach einer Viertelstunde mit einem zufriedenen Grinsen im Gesicht wieder heraus. Die Schlampe ist also vorsichtig. Klar, wäre ich auch, wenn man bereits meinen Luden erschossen hätte.

Mit entschlossen zusammengepressten Lippen betritt Tiefenbach das Bordell und fragt den Typen am Empfang nach einer gewissen Selima. Der Kerl telefoniert, und kurz darauf steht der Professor für Informatik in einem abgerockten Zimmer mit schäbig-kitschiger Einrichtung, in dem es süßlich-muffig riecht. Eine junge, ziemlich fette Schwarze breitet ein großes Handtuch auf dem Bett aus. Ihn ekelt. Er war während seiner Bundeswehrzeit ein paarmal mit betrunkenen Kameraden in Puffs, aber er ist nie mit einer aufs Zimmer gegangen. So besoffen konnte er gar nicht werden, um daran Gefallen zu finden. Nein, Tiefenbach kann nicht verstehen, wie Männer in so einer Umgebung überhaupt einen hochkriegen. Wenn es nach ihm ginge, würden nicht nur solche Schmuddelläden, sondern auch Gegenden wie das Steintorviertel erst gar nicht existieren. Wen wundert es, dass auf so einem Nährboden das organisierte Verbrechen blüht und gedeiht, dass hier jede Menge kriminelles Pack eine Geschäftsbasis findet, und das alles vor den Augen der Polizei? Warum wird in diesem Land nicht härter durchgegriffen? Im Gegenteil, als Steuerzahler alimentiert man das Gesocks sogar noch.

Das Päckchen ist nirgends zu sehen. Ist Stella schon da gewesen, hat der Laden einen Hinterausgang? Egal, er wird sie kriegen, so oder so.

Die Prostituierte bittet ihn in gebrochenem Deutsch und sanft gurrendem Tonfall, sich zu waschen. Sie hat noch nicht ausgeredet, da hat sie schon seinen Unterarm an der Kehle, und der Lauf der Makarow bohrt sich in ihre Schläfe. Er hat die Pistole von einem ehemaligen NVA-Soldaten nach der Wende gekauft, als in Berlin jede Menge russischer Waffen verhökert wurden. Die Pistole ist nicht die einzige Waffe, die er damals günstig erstanden hat.

»Kein Laut, oder ich blas dir das Hirn weg.« Er lockert den Griff, die Pistole bleibt, wo sie ist. »Wer ist Stella? Wo wohnt sie?« Ihre Augen quellen hervor, er kann ihren

Angstschweiß riechen und ihr schwüles Parfum. Widerlich!

Als sie nicht antwortet, dreht er ihr den Arm auf den Rücken und reißt ihn nach oben. Sie wimmert vor Schmerz. »Weiß nicht, wo Stella wohnt. Hab nur Telefon«, kommt es gepresst.

Tiefenbach gibt sich mit der Festnetznummer zufrieden, die reicht ihm. Er macht der Frau eindrücklich klar, dass sie tot sei, sollte sie irgendjemandem von dieser Begegnung erzählen. Dann lässt er sie los. Sie nickt, noch immer völlig verängstigt, und reibt sich ihr Schultergelenk. Mit einer Geste der Gönnerhaftigkeit wirft ihr Tiefenbach fünfzig Euro auf die pinkfarbene Bettdecke und verlässt das Etablissement mit einem zufriedenen Gesichtsausdruck – so wie die meisten Besucher.

Der Anruf kommt von Meike Klaasen vom KDD. Fernando ist im ersten Moment ein wenig genervt, ehe er schlagartig begreift, dass es ihr nicht um das Einfädeln einer Verabredung geht.

»Fernando, eben wurde uns ein Brand in Linden-Mitte gemeldet, und die Adresse – ich glaube, das ist euer Laden, die Feuerwehr ist vor Ort …«

»Was ist mit meiner Mutter?«, brüllt er zurück, aber über das Schicksal der Ladenbesitzerin weiß die Kollegin nicht Bescheid. Fernando stürmt aus dem Büro, hastet die Treppen hinunter und rast wenig später auf seiner Maschine durch die Stadt. Mama! Was, wenn ihr etwas geschehen ist, was, wenn sie …? Er wagt den Satz nicht zu Ende zu denken. Schon bereut er es heftig, heute Morgen so muffelig zu ihr gewesen zu sein, und schlittert panisch um die letzte Ecke.

Eine Menschenansammlung hat sich auf der Straße hinter der Absperrung der Feuerwehr gebildet, die mit zwei Löschfahrzeugen vertreten ist. Drei Einsatzwagen der Polizei sind vor Ort und zwei Rettungswagen. Fernando erkennt einige Bewohner des Hauses, dessen Fassade bis zum zweiten Stock hinauf vom Qualm geschwärzt ist. Das Feuer scheint bereits gelöscht worden zu sein, eben wird ein dicker Schlauch wieder eingerollt, nur der beißende Geruch nach Verbranntem liegt noch in der Luft. Aber wo ist seine Mutter? Gerade als Fernando einem Streifenbeamten seinen Dienstausweis zeigt und auf den völlig ausgebrannten Laden zurennt, wird aus der Hofeinfahrt eine Trage gerollt. Zwei Sanitäter, eine Ärztin und ein Mann, auf dessen Weste *Leitender Notarzt* steht, begleiten das Gefährt, hinter ihnen sieht Fernando seinen Freund Antonio. Pedras Gesicht wird von einer Sauerstoffmaske verdeckt. Auf Fernandos Rufe reagiert sie nicht. »Was hat sie? Was ist mit ihr?« Keiner beantwortet seine Frage, die Trage verschwindet samt Pedra und der Ärztin im Inneren des Transporters. Fernando macht Anstalten, den beiden zu folgen.

»Sie bleiben draußen!«, herrscht ihn der Notarzt an.

»Aber ich bin ihr Sohn!« Fernando ist kurz davor, hysterisch zu werden. »Was ist mit ihr? Nun reden Sie doch!«, brüllt er den Mann an und kann sich gerade noch beherrschen, denn am liebsten würde er ihn am Kragen packen und die Worte aus ihm herausschütteln, die richtigen Worte, er will sofort hören, dass es ihr gut geht, dass sie überleben wird …

»Schwere Rauchvergiftung, wir bringen sie ins Siloah«, antwortet der Notarzt, knallt die Hecktür zu, springt auf den Beifahrersitz, das Blaulicht flammt auf, die Sirene hallt ohrenbetäubend von den Häuserfronten wider. Für einen irrsinnigen Moment wird Fernando von einem heftigen Déjà-vu überwältigt. Gestern Nachmittag, war es da nicht genauso? Wird sein Schicksal jetzt nur noch von abfahrenden Krankenwagen bestimmt?

Eine Hand legt sich auf Fernandos Schulter. Es ist Antonio. »Komm, ich fahr dich.«

»Nein, mit dem Motorrad bin ich schneller!«

»Schneller im Graben, ja. Los, mitkommen, *avanti*!« Antonios Stimme duldet keinen Widerspruch, und Fernando weiß, dass ihn sein alter Schulkamerad und Nachbar zur Not auch unter Anwendung von Gewalt am Motorradfahren hindern würde. Also folgt er ihm in den Hinterhof, wo Antonios Autosammlung vor seiner Werkstatt steht. Dort warten drei Kollegen von der Brandermittlung darauf, dass die Feuerwehr das Gebäude freigibt. Fernando reicht einem von ihnen seine Visitenkarte und bittet darum, ihn auf dem Laufenden zu halten.

»Es ist der Laden meiner Mutter.«

Der Mann nickt, dann schaut er Fernando prüfend an. »Ah, du bist der vom Plakat!«, ruft er und grinst. Noch ein falsches Wort, und ich polier dir die Fresse, denkt Fernando. Seine Nerven liegen blank. Aber der Mann hält den Mund, und Fernando dreht sich wortlos um und steigt in Antonios alten Alfa Giulia. Auf der Rückbank sitzt eine verhüllte Gestalt, bei deren Anblick er erschrocken zusammenzuckt. Erst auf den zweiten Blick erkennt Fernando Jamaina, die ihr Kopftuch tief ins Gesicht gezogen hat.

Muss diese Frau neuerdings immer dann zugegen sein, wenn es mir dreckig geht, rätselt Fernando und fragt laut: »Was machst du denn hier?«

Antonio gibt Gas und schießt aus der Einfahrt, mit der Hupe verscheucht er die Schaulustigen, die noch immer davor herumlungern. Er antwortet an Jamainas Stelle. »Sie muss hier weg, es wimmelt hier von Bullen.«

Offenbar ist Antonio über die Besonderheiten dieses

Arbeitsverhältnisses im Bilde, stellt Fernando leicht gekränkt fest. Womöglich hat er es erfahren, noch bevor ich Bescheid wusste! Mit quietschenden Reifen biegt der Alfa um die Ecke, auf der Spur des Krankenwagens.

»Was du nicht sagst. Als ob wir jetzt keine anderen Probleme hätten«, mault Fernando, aber Antonio fährt ihm grob über den Mund: »Du kannst ihr auf Knien danken, *cretino!* Ohne sie wäre deine Mutter jetzt ein Brikett.«

»Stimmt das?«, fragt Fernando, vor dessen innerem Auge dank Antonios Wortwahl grässliche Bilder entstehen.

Jamaina gibt einen zustimmenden Laut von sich. Sie lässt ihr Kopftuch sinken, und jetzt bemerkt Fernando, dass sie am ganzen Leib zittert.

»Ist dir was passiert, bist du verletzt?«, fragt er besorgt. Als sie nicht antwortet, meint Fernando zu Antonio: »Sie hat einen Schock oder so was. Sie muss auch ins Krankenhaus.«

»Nein!«, ruft Jamaina erschrocken. »Es ist gut, mir geht gut.«

Das ist zwar übertrieben, aber Fernando sieht ein, dass er die Frau niemals dazu bewegen wird, zu einem Arzt zu gehen. Jedenfalls nicht in einem Krankenhaus, wo man sie sofort nach ihrer Versicherungskarte fragen würde. Was für ein schreckliches Leben sie führen muss: immer im Untergrund, nie darf sie auffallen.

»Pass auf, ich kenne einen Arzt, der Leute wie dich … ich meine, Leute, die keine Versicherung und so weiter haben, behandelt, ohne Fragen zu stellen. Antonio wird dich hinbringen.«

Jamaina schüttelt heftig den Kopf.

»Was ist passiert?«, will Fernando nun wissen.

Jamaina bricht in Tränen aus und Antonio reicht ihr ein schon etwas zerknülltes Taschentuch. Schließlich berichtet sie, wie sie im Lager war, als sie das Klirren von Flaschen und Pedras Schrei hörte. Sie sei zur Tür gestürzt, habe aber gezögert, als sie arabisch klingende Männerstimmen hörte. Durch den Riss in der alten Holztür, die den Laden vom Lager trennt, konnte sie beobachten, wie die Männer Pedra an einen Stuhl fesselten, ihr eine Mütze über den Kopf zogen und das Geld aus der Kasse nahmen. »Dann ich konnte sie nicht mehr sehen, und es war ruhig. Ich denke, sie sind weg, also ich komme raus aus dem Lager, aber da fliegt eine Flasche herein. Und dann alles hat gebrannt …« Jamaina legt das Gesicht in ihre Hände und schluchzt erneut auf.

Antonio vollendet den Bericht. »Sie hat die Fesseln nicht aufgekriegt, also hat sie deine Mutter mitsamt dem Stuhl durchs Lager geschleppt. Vorne raus ging es ja nicht, da hat es schon überall gebrannt. Dann ist sie zu mir gerannt, und ich habe deine Mutter auf den Hof verfrachtet und die Feuerwehr und den Notarzt gerufen. Pedra war nicht ansprechbar, aber geatmet hat sie noch.«

»Jamaina, ich weiß gar nicht, wie ich dir jemals dafür danken soll«, beginnt Fernando verlegen.

»Dir wird schon was einfallen«, meint Antonio und haut Fernando grob auf die Schulter.

»Was ist mit Pedra?«, fragt Jamaina ängstlich.

»Ich weiß es nicht. Rauchvergiftung«, wiederholt Fernando die Worte des Notarztes. Sagte er nicht sogar »schwere Rauchvergiftung«? An Rauchvergiftung, das weiß Fernando, kann man sterben.

Lieber Gott, lass Mama nicht sterben, ich habe doch nur sie, betet er im Stillen, während Antonio kurzzeitig in die Ermittlerrolle schlüpft: »Jamaina, du hast die Kerle also gesehen?«

»Ja«, sagt sie kaum hörbar.

»Die waren nicht maskiert?«, wundert sich Fernando.

»Nein.«

»Kannst du eine Personenbeschreibung abgeben?«, fragt Fernando, der hellhörig geworden ist.

»Ich nicht gehe zur Polizei!«

»Aber mir kannst du doch wenigstens …«

Jamaina vergräbt ihr Gesicht wieder unter dem Tuch. Aber Fernando ist längst klar, wer hinter der Sache steckt. Eine irrsinnige Wut überkommt ihn. Den Laden abfackeln ist eine Sache, aber seine Mutter auf einen Stuhl zu fesseln, damit sie bei lebendigem Leib … Er kann diesen Gedanken kaum zu Ende denken. Er verspürt einen überwältigenden Drang, diese Kerle umzubringen, sie vorher noch zu quälen, und sie dann zu töten …

»Wir sind da«, unterbricht Antonio Fernandos Gewaltphantasien. Fernando reißt die Wagentür auf, kaum dass der Alfa zum Stehen gekommen ist, und stürmt auf den Eingang der Klinik zu.

Antonio ruft ihm nach: »Ich bringe Jamaina nach Hause, ruf mich an, ja?«

Völxen lässt sich vor der Einmündung zur Grazer Straße absetzen und wartet dort auf die angeforderten Einsatzkräfte. Es dauert nur wenige Minuten, dann stehen acht Kollegen vom SEK und vier Leute vom Erkennungsdienst bereit.

Olivia Tiefenbach wird leichenblass angesichts der zwei martialisch anmutenden SEKler, die Völxen bis zur Tür begleitet haben. Der Rest hat das Haus bereits umstellt. Sie behauptet, nicht zu wissen, wo ihr Mann sei, woraufhin die Kollegen von der Spezialeinheit das Haus vom Dach bis zum Keller überprüfen. Doch Julian Tiefenbach ist tatsächlich nicht zu Hause, und auch sein Auto steht nicht in der Garage. Das SEK rückt wieder ab. Völxen präsentiert Frau Tiefenbach den Durchsuchungsbeschluss, und noch während sie sich darüber echauffiert, streifen die vier Spurensicherer ihre Handschuhe über und beginnen mit einer gründlichen Durchsuchung der Villa. Olivia Tiefenbach erkundigt sich aufgeregt nach Luis und stellt sofort klar, dass ihr Sohn nicht ohne ihre Zustimmung und schon gar nicht ohne einen Rechtsbeistand verhört werden darf.

»Keine Sorge, Ihr Sohn wurde lediglich in Gewahrsam genommen, eine Psychologin ist bei ihm«, sagt Völxen, womit er Oda meint. Dann greift er zum Telefon und leitet die Fahndung nach Julian Tiefenbach in die Wege. Dessen Ehefrau hört dem Kommissar mit weit aufgerissenen Augen zu. Als Völxen sein Telefonat beendet hat, wendet er sich an sie. »Frau Tiefenbach, es gibt Zeugen, die das Fahrzeug Ihres Mannes Sonntagnacht am Fundort der Leiche von Olaf Döhring gesehen haben. Am besten, Sie sagen mir, was an jenem Abend geschehen ist.«

»Ich möchte meinen Anwalt anrufen.« Ihre Stimme klingt gehetzt, Völxen spürt, dass sie mit den Nerven am Ende ist und nur noch mit Mühe Haltung bewahrt.

»Bitte. Aber nur von meinem Handy aus«, sagt Völxen streng, denn es gilt auf alle Fälle zu vermeiden, dass sie statt der Nummer des Anwalts womöglich die ihres Mannes wählt und ihn warnt. Während Frau Tiefenbach in ihrer Handtasche wühlt, vermutlich nach einem Adressbuch, ruft eine Stimme von oben: »Wir haben einen Waffenschrank gefunden! Ist verschlossen.«

»Wo ist der Schlüssel?«, will Völxen von der Dame des Hauses wissen.

Olivia Tiefenbach wirft ihm einen bissigen Blick zu. »Das weiß ich nicht. Es ist Vorschrift, dass ich das nicht wissen darf. Kennen Sie die Gesetze nicht, Herr Kommissar?«

Völxen ignoriert ihr kindisches Benehmen und ruft nach oben: »Holt jemanden, der das Ding aufbricht. Und packt alle Computer ein und sämtliche Speichermedien, die ihr finden könnt, die kommen ins LKA!«

Natürlich wissen die Beamten längst, was sie zu tun haben. Es ist ein bisschen Show von Völxen, um der Frau den Ernst der Lage klarzumachen. Aber das ist wohl nicht mehr notwendig, sie hat begriffen, was auf dem Spiel steht. Mit Panik in der Stimme telefoniert sie von Völxens Apparat aus mit der offenbar nicht sehr entgegenkommenden Angestellten einer Anwaltskanzlei. »Das ist mir egal, ob er bei Gericht ist! Er muss mich sofort anrufen, mein Sohn und ich sind verhaftet worden, nach meinem Mann wird gefahndet. Haben Sie das kapiert?«

»Fernando? Wo steckst du eigentlich? Schönen Gruß von Völxen, Tiefenbach ist abgehauen, und du sollst bitte unsere Freundin Stella aufs Präsidium … *was?*«

Jule, die gerade zusammen mit Oda das Schulgebäude betritt, verlangsamt ihre Schritte und hält schließlich inne. Sie glaubt, ihren Ohren nicht zu trauen, als Fernando erklärt: »Es war Brandstiftung. Die wollten meine Mutter umbringen! Sie haben sie an einen Stuhl gefesselt und dann Feuer gelegt, vermutlich aus Rache für Tahir. Ich bin hier im Krankenhaus, sie behandeln sie gerade mit Sauerstoff und Kortison. Ich geh hier nicht weg, bis ich weiß, ob sie das überleben wird! Und wenn nicht, dann bringe ich diese Kerle um!«

»Halt mich auf dem Laufenden und mach keinen Scheiß!« Jule wiederholt Fernandos Worte noch einmal für Oda, die neben ihr stehen geblieben ist.

»Mein Gott, wie furchtbar«, flüstert Oda und erbleicht.

»Mit Fernando können wir jetzt nicht rechnen. Ich muss mich um diese Stella kümmern, kannst du den Jungen allein abholen?«, fragt Jule.

»Ja, sicher. Ich sag Völxen Bescheid«, antwortet Oda und greift bereits zum Telefon.

Stella sitzt in der Stadtbahn und kratzt an ihrem absplitternden Nagellack herum. Sie ist auf Hundertachtzig. Kann denn in ihrem Leben nie etwas funktionieren? Was glaubt dieser Typ eigentlich? Dass er sie verarschen kann? Eine Frechheit, Selima ein leeres Päckchen dazulassen. Außerdem muss ihr der Typ einen gehörigen Schrecken eingejagt haben, denn sie hat Stella furchtbar beschimpft, als diese soeben ihr ›Geschenk‹ abgeholt hat. Natürlich hat sie das Gebäude über den Hinterhof betreten, der wiederum über die Scholvinstraße erreichbar ist. Eine Vorsichtsmaßnahme für den Fall, dass der Vordereingang in der Reuterstraße womöglich beobachtet wird. Sie ist ja nicht blöd, und das ist ihr Revier.

Stella flucht leise vor sich hin. Nicht nur, dass der Typ sie gelinkt hat, es ist fraglich, ob Selima ihr je wieder ihr Zimmer überlassen wird, so sauer, wie die jetzt ist.

Aber was jetzt? Den Kerl noch einmal anrufen, ihm eine zweite Chance geben? Er muss begreifen, dass er damit nicht durchkommt. Gut, vielleicht waren Zehntausend zu viel. Vielleicht sollte sie erst mal weniger verlangen und stattdessen lieber eine dauerhafte Geschäftsbeziehung eingehen. Das alles wächst ihr langsam über den Kopf. Wenn nur Niko hier wäre! Der war zwar nicht der Hellste, aber zu zweit … Sie greift in ihre Handtasche, sucht nach ihrem Flachmann und setzt ihn an die Lippen. Leer! Verdammt! Sie braucht jetzt dringend was zu trinken, aber ein Kiosk kommt nicht infrage, ihr Geld ist alle, sie fährt auch schon wieder schwarz. Erst mal nach Hause, da steht noch die Pulle, die ihr der nette Polizist gebracht hat. Ja, erst mal durchatmen, nichts überstürzen. Dann wird ihr schon was einfallen, ein paar Gläser Wodka haben ihr Hirn noch immer auf Touren gebracht.

Oda hat Luis aus dem Unterricht holen lassen und ihn in ihr Büro gebracht. Sie hat ihm Zeit gegeben und während der Fahrt geschwiegen. Dass er bis jetzt nicht gefragt hat, warum er hier ist, ist ihr fast schon Beweis genug. Jetzt bringt Frau Cebulla Tee und Kekse, die der Junge einen nach dem anderen isst, als gäbe es nichts Wichtigeres auf der Welt. Oda beobachtet ihn dabei. Als er schließlich den letzten Keks vom Teller nimmt, sagt sie: »Luis, dies ist kein Verhör. Das kommt noch, deine Mutter möchte sicher, dass du vorher mit einem Anwalt sprichst. Aber vielleicht kannst du mir helfen, Klarheit in die Sache zu bringen. Wir wissen, dass du und deine Familie etwas mit dem Tod deines Freundes Olaf …«

»Olaf ist nicht mein Freund!«, protestiert Luis, wobei ein paar Kekskrümel auf seinem T-Shirt landen.

»Nein? Warum nicht, was hat er getan?«

Luis betrachtet nachdenklich seine Sneakers. Er hat kleine Füße, so wie er überhaupt klein ist für einen Vierzehnjährigen.

»Luis, deine Mutter ist auf dem Weg hierher, sie ist wegen Mordverdachts vorläufig festgenommen worden. Nach deinem Vater wird gefahndet, es wurde von Zeugen beobachtet, wie er Olafs Leiche ausgeladen hat. Du begehst also keinen Verrat, wenn du dich zur Sache äußerst. Ich wüsste gerne von dir, was genau passiert ist und wie es dazu gekommen ist.«

Luis löst den Blick von seinen Schuhen und sieht Oda mit einer Mischung aus Furcht und Trotz an.

»Luis, ich bin nicht dein Feind. Ich möchte dir wirklich helfen, und das ist mein Ernst, das sage ich nicht, um dich reinzulegen. Ich weiß, dass du kein schlechter Junge bist. Wir sollten uns zusammen auf die Befragung durch den Staatsanwalt vorbereiten. Das wäre nicht zu deinem Nachteil, glaub mir.«

Luis hält den Kopf schief wie ein Hund, dem man ein neues Kunststück beibringt, und kaut auf seiner Unterlippe herum. Er scheint abzuwägen, was zu tun ist.

»War Olaf früher mal dein Freund?«, fragt Oda, an der Stelle einhakend, an der Luis zuletzt gesprächig war.

»Nein, das war er noch nie!«, stößt er heftig hervor. »Er war immer schon ein Arsch. Meine Mutter dachte immer nur, er wäre mein Freund. Aber ich durfte nichts gegen ihn sagen, sonst hätte er mich geschlagen oder es wäre was ganz Schlimmes passiert.«

»Was denn«?

Luis zuckt mit den Schultern. »Was Schlimmes eben.«

»So etwas wie das mit eurem ersten Hund? Olaf hat ihn vergiftet, nicht wahr?«

Luis sieht Oda erstaunt an, dann nickt er.

»Warum?«

»Weil ich sein Zimmer nicht aufgeräumt habe. Ich hatte an dem Tag so viele Schularbeiten, da hat mich meine Mutter nicht rübergelassen.«

»Das warst also du. Ich habe den Schrank gesehen, alle Achtung.«

»Das musste ich jede Woche tun«, gesteht Luis, und plötzlich ist es, als hätte man ein Fass angestochen. Unterbrochen von unterdrückten Schluchzern erfährt Oda, wie Luis für seinen ›Freund‹ stehlen musste, hört von idiotischen Mutproben und den schmerzhaften Strafen, die Olaf in seinem Repertoire hatte. Luis war Olafs Sklave gewesen, dafür wurde er von Olaf auf dem Schulhof beschützt. Luis hätte aber lieber ohne diesen ›Schutz‹ gelebt, den er gar nicht brauchte, doch Olaf ließ ihn nicht aus seinen Fängen. Unbemerkt und ungehindert lebte er jahrelang seine sadistische Ader an dem schmächtigen, leicht einzuschüchternden Jungen aus. Eine zusätzliche Repressalie waren Fotos. Olaf hatte Luis irgendwann gezwungen, sich nackt auszuziehen und allerlei kompromittierende, demütigende Posen einzunehmen. Fortan drohte Olaf, diese Fotos auf Schüler-VZ zu veröffentlichen, sollte Luis nicht spuren.

»Und was geschah am Sonntag? Da hast du dich endlich gewehrt, nicht wahr?«

Luis nickt stumm.

»Luis, wir wissen inzwischen auch aus anderen Quellen, dass Olaf ein Mistkerl war. Was ist am Sonntag vorgefallen?«

»Er war an unserem Gartenhäuschen. Davor steht eine Bank, die kann man von Olafs Haus aus nicht sehen. Da hat er sich manchmal hingesetzt und hat geraucht. An dem Abend ist es unserem Hund schlecht gegangen, und ich bin raus und hab ihn gefragt, ob er Emmi was getan hat, ob ich schon wieder was falsch gemacht habe. Ich dachte, wenn er ihr Gift gegeben hat und es wenigstens erzählt, dann kann man sie vielleicht noch retten. Aber er hat nur gelacht und gemeint, dem Köter würde schon nichts passieren. Er weiß, dass ich es nicht mag, wenn er ›Köter‹ sagt. Dann hat er mir eine Zigarette angeboten. Ich mag eigentlich nicht rauchen, aber wenn Olaf mir eine gibt, dann muss ich rauchen, und wenn ich huste, gibt er mir eine Kopfnuss.«

Luis' Stimme ist heiser geworden, er nimmt einen Schluck Tee und spricht weiter: »Auf einmal hat er damit angefangen, dass er ganz genau wüsste, dass ich in Gwen verliebt wäre. Und dass ich mir bloß nicht einbilden soll, dass die was von mir wolle. Ich habe gesagt, dass das nicht stimmt, dass ich Gwen nur nett finde.«

Luis hält inne, sein Atem geht schwer.

»Und was war dann?«, fragt Oda leise.

»Er hat so lange auf mich eingequatscht und mir alles Mögliche angedroht, bis ich gesagt habe, dass ich in Gwen verliebt wäre. Ich hab das nur gesagt, weil er es hören wollte«, versichert Luis, der bei diesen Worten bis zu den Ohren rot geworden ist. Als er weiterspricht, laufen ihm Tränen aus den Augenwinkeln, die er mit dem Ärmel seines Sweatshirts wegwischt. »Dann hat er behauptet, dass Gwen eine Schlampe wäre, die es mit jedem treibt. Da bin ich wütend geworden und habe zu ihm gesagt, dass das nicht stimmt. Olaf kann es nicht leiden, wenn man ihm widerspricht, aber dieses Mal hat er nur gelacht. Dann hat er sein Handy aus der Hosentasche gezogen und mir so einen Film gezeigt, auf dem Gwen war und ...« Luis stockt, zieht den Rotz hoch.

Oda reicht ihm ein Taschentuch. »Was war auf dem Film, Luis?«

»Das dürfen Sie aber niemandem sagen«, sagt Luis.

»Ich verspreche es«, sagt Oda.

»Gwen, Olaf, Florian und Cornelius, und sie haben Gwen ...« Er senkt den Blick und hält sich die Hand vor den Mund, als würde ihm jeden Moment übel werden.

»Du meinst, die drei hatten Sex mit Gwen?«

Luis nickt. »Aber Gwen ... sie lag so da wie eine Puppe, sie hat sich gar nicht bewegt, und die haben mit ihr alles Mögliche gemacht, ganz eklige Sachen!« Er sieht Oda aus tränenfeuchten Augen an und wiederholt: »Aber das mit dem Video dürfen Sie niemandem erzählen!«

»Ist gut«, beruhigt ihn Oda. »Wie ging es weiter?«

»Ich bin ausgerastet und wollte ihm das Handy wegnehmen, aber Olaf ist viel stärker als ich. Er hat mich am langen Arm festgehalten und gesagt, ich solle jetzt wieder brav reingehen und süß von Gwen träumen. Ich hab gesagt, ich müsste aber noch Brennholz aus dem Gartenhaus mitbringen. Er ist seelenruhig auf der Bank sitzen geblieben und hat an seinem Handy rumgespielt. Ich bin ins Gartenhaus und habe das Beil genommen. Es steckt immer in dem Hackstock drin, mein Vater macht damit das Holz zum Anzünden klein. Damit habe ich auf seinen Kopf geschlagen.«

»Wie oft?«

»Ein Mal. Er ist sofort von der Bank runtergefallen. Ich bin ins Haus gerannt, und als ich zur Tür rein bin, ist mir meine Mutter entgegengekommen. Die hat gefragt, was ich mit dem Beil will, das hatte ich nämlich noch in der Hand, das habe ich erst drin gemerkt. Ich habe ihr gesagt, dass ich damit Olaf totgeschlagen habe.«

»Was hat deine Mutter gemacht?«

»Die hat mir das Beil abgenommen und ist rausgelaufen. Dann kam sie wieder rein und hat meinen Vater angerufen oder ihm auf die Mailbox gesprochen, ich weiß es nicht genau, ich war in der Küche. Sie ist zu mir gekommen, wir haben Kakao getrunken und auf meinen Vater gewartet. Ich habe ihr alles von Olaf erzählt – so wie Ihnen gerade. Nur das mit Gwen nicht, und das mit meinen Fotos auch nicht. Meine Mutter hat geweint und mich um Verzeihung gebeten. Warum, weiß ich nicht, sie hat doch nichts gemacht, sie hat ja nichts gewusst.«

Eben, denkt Oda und versucht, sich in die Lage von

Luis' Mutter zu versetzen. Kann man denn so blind sein? Bei ihrem Besuch am Montag hat Oda Frau Tiefenbach als geradezu überfürsorgliche Mutter erlebt. War das nur Show? Wie konnte das Leid ihres Sohnes so lange unentdeckt bleiben? »Haben deine Eltern nie was gemerkt? Du musst doch blaue Flecken gehabt haben, wenn Olaf dich geschlagen hat.«

»Er hat mich nie ins Gesicht geschlagen. Und wenn meine Mutter was gesehen hat, habe ich gesagt, dass ich hingefallen bin oder dass das andere waren.«

»Und warum hast du es nicht deinem Vater gesagt? Meinst du nicht, der wäre mit so einem Typen wie Olaf fertiggeworden?«

Luis zuckt die Achseln und murmelt dann: »Die wären doch wegen mir nicht da weggezogen. Der hätte bloß wieder gesagt: ›Wehr dich, geh in Karate‹, oder so 'nen Scheiß.«

Oda sieht Julian Tiefenbach vor sich: ein Macher, ein Kämpfer, dem wahrscheinlich jegliches Verständnis für seinen völlig anders gestrickten Sohn fehlt. Bestimmt hat Luis recht, Tiefenbach wäre seinem Sohn mit ein paar Machophrasen gekommen, die das Problem nur verschlimmert hätten.

Luis sucht Odas Blick, als wolle er sich vergewissern, dass sie ihm glaubt. Dann sagt er: »Olaf war ja nicht immer so. Manchmal hat er mich ein paar Wochen ganz in Ruhe gelassen oder war sogar richtig nett zu mir.«

»Warum?«

»Keine Ahnung.«

Ein lupenreiner Tyrann, der Güte und Grausamkeit über seinen Leibeigenen ausschüttet, je nach Gusto. Oda hat Mühe, ihre Erschütterung zu verbergen. Ähnliches bekommt man sonst von jahrelang misshandelten Ehefrauen zu hören oder von Kindern, deren Eltern psychotisch oder schwere Trinker sind.

»Wie ging es weiter, als dein Vater am Sonntagabend nach Hause kam?«

»Da war ich schon in meinem Zimmer und habe geschlafen.«

»Konntest du denn schlafen?«, wundert sich Oda.

»Meine Mutter hat mir eine Tablette gegeben. Sie hat gesagt, ich darf am nächsten Tag nicht übermüdet aussehen. Am Morgen hat sie mich geweckt und mein Vater hat mich in die Schule gefahren.«

Und ihn instruiert, was er der Polizei sagen soll, fügt Oda in Gedanken hinzu.

»Luis, weißt du, was dein Vater mit Olafs Handy gemacht hat?«

Der Junge schüttelt den Kopf.

»Und das Beil? Ist es noch da?«

»Nein. Mein Vater hat ein neues gekauft.«

Julian Tiefenbach klappt den Deckel seines Laptops zu. Stellas Adresse herauszubekommen und sie auf *Google Map* zu finden, hat ihn keine zwei Minuten gekostet. Danach ist ihm einiges klar. Der tote Zuhälter, der in der Presse als Niko R. bezeichnet wurde, heißt Riepke. Er, und vermutlich auch diese Nutte, wohnen in der Nähe der Stelle, an der er Olafs Leiche entsorgt hat. Diese Ortswahl war ein Fehler! Hätte er sie nur in die Leine geworfen, dann wäre er jetzt nicht in dieser absurden Situation, innerhalb von zwei Tagen zwei Morde begehen zu müssen. Auf der Fahrt zu Stellas Adresse versucht er, Olivia anzurufen. Er möchte sicher sein, dass zu Hause alles okay ist, doch es meldet sich immer nur die Mailbox, und an den Festnetzapparat geht auch keiner ran. Ein ungutes Gefühl setzt sich irgendwo tief in seiner Magengrube fest. Er überlegt fieberhaft. Als ihn diese Stella zu Hause angerufen hat, erschien jedes Mal *Unbekannt* auf dem Display seines Apparats. Demnach hat sie entweder von einem öffentlichen Telefon aus angerufen oder ihre Nummer unterdrückt. Im letzten Fall müsste er sich eine gute Erklärung für die Polizei einfallen lassen, denn die würde natürlich die Telefonverbindungen checken, sobald man ihre Leiche findet. Schlecht wäre das, ganz schlecht. Aber vielleicht reicht es ja, ihr einen solchen Schrecken einzujagen, dass sie nie wieder versuchen wird, ihn zu erpressen oder zur Polizei zu gehen? Er kennt einige sehr effektive Methoden, die nachhaltig wirken, und der Tod ihres Zuhälters sollte ihr eigentlich Warnung genug gewesen sein. Andererseits wäre ihr Wissen ein ständiger Risikofaktor, mit dem seine Familie leben müsste. Nein, er ist für klare Schnitte, und sollte die Polizei ihn jemals kriegen, ist es fast egal, ob für einen Mord oder für zwei. Aber um das zu verhindern, sollte er es raffinierter anstellen als mit ihrem Macker. Vor allen Dingen muss er dafür sorgen, dass man ihre Leiche nicht findet. Wie lange würde es wohl dauern, bis jemand sie vermisst, jetzt, wo ihr Freund tot ist? Bestimmt ein paar Tage, wenn nicht Wochen. Lange genug, um aus diesem Land zu verschwinden. Kanada, Neuseeland oder Australien. Das war immer schon sein heimlicher Traum. Vielleicht ist diese ganze unselige Geschichte ein Wink des Schicksals, eine Chance, ganz neu anzufangen. Er muss es nur noch Olivia beibringen, aber sie wird es einsehen, nach allem, was geschehen ist. Bis jetzt hat sie sich ja auch tapfer gehalten. Und letzten Endes ist auch sie nicht ganz unschuldig daran, dass es so gekommen ist. Hätte sie nicht besser auf Luis achten können, anstatt zum Tai Chi zu gehen? Es ist zum Verrücktwerden, warum geht sie nicht ans Telefon, verdammt? Sie muss doch zu Hause sein, Luis kommt doch bald aus der Schule! Rennt sie etwa wieder in der Eilenriede herum und hält Zwiesprache mit Bäumen?

Er parkt vor einem Supermarkt und geht zu Fuß bis zu seinem Ziel. Ein langweiliger, grauer Wohnblock, ähnlich dem in der List, in dem er seine graue, langweilige Kindheit verbracht hat. Da haben wir es ja schon: *Riepke* steht auf einem der mittleren Klingelschilder, und wenn das Ganze einer Logik folgt, dann müsste die Wohnung im zweiten Stock liegen. Er drückt auf die oberste Klingel, und als wenig später die Gegensprechanlage knackt, ruft er »Werbesendung« und huscht mit dem Türsummer ins Haus. Im Hausflur hockt ein beklemmender Mief aus alten Menschen, angebratenen Zwiebeln und einem zu scharfen Putzmittel. Auf einem der acht Briefkästen steht *N. Riepke* und darunter *Bukowski*. Stella Bukowski also.

Leise geht er die ausgetretenen Treppenstufen hinauf, wobei ihm der Gedanke kommt, dass es wohl zu den Tücken des Kommunikationszeitalters gehört, dass seine Zukunft und die seiner Familie davon abhängt, von wo aus diese Schlampe ihn angerufen hat. Er muss diese Information haben, er wird sie aus ihr herausprügeln – bevor er sie tötet.

Die Spurensicherer haben ihre Aktivitäten rund um das japanische Gartenhaus konzentriert. Auch ihr Chef, Rolf Fiedler, ist inzwischen eingetroffen. Die Tatwaffe ist verschwunden, das neue Beil liegt glänzend und unberührt auf dem Hackstock, so wie Luis es Oda geschildert hat. Vor der weiß lackierten Bank ist frischer Rindenmulch aufgebracht worden, den die Männer nun vorsichtig abtragen. Hinter der Küchentür, die zur Terrasse führt, kläfft Emmi, der braune Retriever.

Als gäbe es einen unsichtbaren Zaun, stehen Herr und Frau Döhring zwischen den Heckenrosen und Buchsbäumchen an ihrer Grundstücksgrenze und beobachten mit leeren Gesichtern das Geschehen. Im Erdgeschoss bewegt sich eine Gardine. Völxen hat die Döhrings wohl oder übel über die Entwicklung des Falles aufklären müssen, wobei er von einem »Verdacht« sprach, denn im Augenblick gibt es ja weder ein offizielles Geständnis noch einen Beweis.

Was für eine Katastrophe, die da über das Leben dieser Leute hereingebrochen ist. Nicht nur, dass ihr Sohn nicht mehr lebt, auch eine Freundschaft und gute Nachbarschaft ist für alle Zeiten dahin. Werden die Döhrings jemals wieder aus dem Fenster in den Nachbargarten schauen können, ohne an das schreckliche Geschehen erinnert zu werden? Ich an deren Stelle würde wegziehen, überlegt Völxen. Ich würde das nicht täglich ertragen, selbst dann, wenn die Tiefenbachs nicht mehr da sein sollten. Eine Frage beschäftigt den Kommissar noch, seit ihm Oda von ihrer Unterhaltung mit Luis erzählt hat. Hatten Olafs Eltern wirklich keine Ahnung von dem, was da jahrelang vor sich gegangen war? Haben sie den wahren Charakter ihres Sohnes wirklich nicht gekannt, oder wollten sie manche Dinge einfach nicht wahrhaben? Kann es sein, dass man blind ist, wenn es um den eigenen Nachwuchs geht? Wanda zum Beispiel. Fragte man ihn nach seiner Tochter, würde er sie als fröhlichen, gutherzigen, klugen und impulsiven Menschen beschreiben. Rotzfrech und respektlos natürlich auch, und manchmal einen Tick zu raffiniert und listig, wenn es um den eigenen Vorteil geht oder darum, etwas zu erreichen, was sie sich in ihren sturen Kopf gesetzt hat. Aber vielleicht stimmt das alles gar nicht? Wie heißt es bei Georg Büchner im *Woyzek*: »Jeder Mensch ist ein Abgrund, es schwindelt einem, wenn man hinabsieht.« Wie gut kennt man die Menschen, mit denen man zusammenlebt? Was, wenn er plötzlich erfahren würde, dass Wanda eine jüngere Mitschülerin jahrelang drangsaliert hat? Oder selbst gequält wurde? Nein, das ist völlig undenkbar, das eine so gut wie das andere, dafür gab es bei Wanda nie auch nur die geringsten Anzeichen. Und die gab es bei Olaf sehr wohl, andere haben sie ja auch gesehen: der Trainer, die Großmutter – und Ruben. Warum haben die Döhrings ihrem Adoptivsohn einfach nicht geglaubt? Dieser Olaf war zweifellos sadistisch veranlagt, und offenbar war er auch intelligent genug, sein Umfeld über seinen wahren Charakter hinwegzutäuschen, jahrelang. Schon oft hat Völxen nach Gewaltdelikten von Nachbarn und Freunden des Täters Sätze gehört wie: »Das hätten wir dem niemals zugetraut, der doch nicht, der war doch immer so nett …« Kann man mit diesem Wissen überhaupt noch irgendeinem Menschen auf der Welt trauen?, fragt sich Völxen. Als Kriminalist jedenfalls nicht, so viel ist sicher.

Seine Gedanken schweifen ab, zu Pedra Rodriguez. Völxen ist nicht besonders religiös, in der Kirche war er schon seit Jahren nicht mehr, abgesehen von Weihnachten, aber vorhin hat er im Stillen für Pedra gebetet. Vielleicht hilft es ja, und schaden kann es auf keinen Fall. Sobald es hier einen Fortschritt gäbe, würde er ins Krankenhaus fahren, und sei es nur, um Fernando zur Seite zu stehen und ihn vor Dummheiten zu bewahren.

Das hätte ich mal lieber gestern tun sollen, erkennt Völxen selbstkritisch. Im Nachhinein bereut er es zutiefst, zugelassen zu haben, dass Fernando in dieses Krankenhaus mitgekommen ist, in das Tahir gebracht worden war. Es ist alles seine Schuld. Er als Fernandos Chef hätte sich durchsetzen und ihn davon abhalten sollen.

Angesichts der Grausamkeit dieses Racheaktes überkommt Völxen jedoch eine eiskalte Wut. Dabei kann er den dringenden Wunsch der Eltern, den Schuldigen am Tod ihres Sohnes zu bestrafen, sogar irgendwie verstehen. Solche Gedanken sind ihm nicht fremd, er bekommt sie zu hören, wann immer er es mit kindlichen Opfern zu tun hat. Auch er selbst hat sich schon dabei ertappt, wie er dachte: Sollte sich jemals so ein Dreckskerl an Wanda vergreifen, werde ich mein ganzes kriminalistisches Wissen einsetzen, um den Schuldigen zu töten, ohne dass man es mir beweisen kann! Dass es in Tahirs Fall aber keinen direkten Schuldigen gibt, zu dieser Einsicht war seine Familie offenbar nicht fähig. Wäre Fernando ein Familienvater, hätten sie sich wahrscheinlich an dessen Kind vergriffen. Völxen schaudert. Wie sagte noch dieser Rapper, den er gestern in der *Kakao-Stube* getroffen hat? *In diesen Familien ist nur das Gesetz, was der Vater sagt.* Ja, Völxen erinnert sich an den Vater und dessen Blicke auf dem Flur des Nordstadt-Krankenhauses. Da war keine Trauer, sondern nur Hass, blanker, fanatischer Hass. Hoffentlich kann Pedra – falls sie den Anschlag überlebt – die Täter identifizieren. Oder jemand anderes, ein Nachbar, ein Passant. Die Kollegen von der Lindener Wache sind gerade dabei, die Bewohner in der ganzen Straße zu befragen, ob sie etwas beobachtet haben. Wir müssen sie drankriegen! Menschen, die zu solchen Taten fähig sind, dürfen nicht frei herumlaufen. »Wie haben die den Laden deiner Mutter so schnell ausfindig gemacht?«, hat Völxen Fernando vorhin gefragt. Der hat unter Tränen erklärt, dass er den Kindern des Trommelworkshops seine Visitenkarte gegeben hatte. »Tahirs kleine Schwester war auch darunter.«

»Aber auf deiner Visitenkarte steht doch deine Privatadresse nicht drauf.«

»Nein, aber in meinem Facebook-Profil ist ein Link zum Laden.«

Völxen hat zähneknirschend darauf verzichtet, Fernando zu erklären, was er von *social networking* im Allgemeinen und von Fernandos Dummheit im Besonderen hält.

»Wie sieht's aus?«, fragt er Rolf Fiedler, der gerade auf ihn zukommt.

»Der war gründlich. Die Bank hat er abgeschrubbt. Außerdem hat er wohl die ganze Erde rund um die Bank entfernt und frischen Mulch draufgeschüttet.«

Völxen überlegt. Wo kann er die Erde entsorgt haben? In der Mülltonne wurde bereits nachgesehen, da war keine Erde. Was würde ich tun? Nein, falsche Frage, ich bin Kriminaler. Was würde ein Laie mit kriminalistischer Fernseh-Halbbildung tun? Die Erde anderswo verteilen. Auf dem Komposthaufen? Nein, da würde man sie womöglich zuerst suchen. Lieber großflächig in die anderen Beete streuen und unterharken. Der Garten ist ja groß genug, und Blutspuren sind in der Gartenerde unsichtbar. Nein, zu sehen sind sie nicht, aber ... Völxen hat plötzlich eine Idee, oder vielmehr eine Art *Flashback*. Eine Szene von seinem Besuch bei den Döhrings steht ihm deutlich vor Augen: Er und Oda am Fenster im Wohnzimmer: Frau Tiefenbach und der Hund sind im Nachbargarten, der Hund buddelt im Rosenbeet herum ...

»Ich würde vorschlagen, dass wir einen Suchhund hinzuziehen«, sagt Völxen zu Rolf Fiedler. »Und als Erstes würde ich es da drüben im Rosenbeet versuchen.«

Ein Arzt in einem grünen Kittel kommt auf ihn zu, und obwohl Fernando seit einer gefühlten Ewigkeit genau darauf wartet, bekommt er nun einen Riesenschrecken. Der Arzt lächelt nicht. Warum lächelt er nicht? Eine Wahnsinnsangst überkommt Fernando, ihm wird plötzlich eiskalt und sein Herz beginnt zu rasen.

»Herr Rodriguez?«

»Ja.« Sein Blick hängt am Gesicht dieses Mannes, der ihm nun zunickt, und – ja! – er lächelt! Das war doch ein Lächeln, oder? Und er würde doch keine Todesbotschaft lächelnd überbringen …

»Ihrer Mutter geht es besser, sie ist bei Bewusstsein, die Sauerstofftherapie hat angeschlagen, ihre Blutwerte sind wieder einigermaßen okay, und … oh … schon gut, Sie müssen mich wirklich nicht dafür küssen!«

Fernando lässt den Arzt wieder los, Tränen laufen ihm über die Wangen. »Danke! Ich danke Ihnen!«

»Sie können jetzt kurz zu ihr, aber wirklich nur ganz kurz. Sie soll sich nicht anstrengen und nach Möglichkeit … nicht sprechen.« Die letzten Worte verhallen ungehört, Fernando rennt bereits auf die Tür zur Intensivstation zu und jauchzt dabei laut auf. Der Arzt schaut ihm kopfschüttelnd nach, dann hält er eine Schwester an, die gerade vorbeikommt. »Werfen Sie den Verrückten da bitte in zwei Minuten von der Station.«

»Jule, sie kommt durch! Ich war gerade bei ihr. Sie kann noch nicht gut reden, und so ein Drachen von einer Schwester hat mich gleich wieder rausgeworfen, aber sie wird es unbeschadet überstehen, das ist doch die Hauptsache! Ich kann dir gar nicht sagen, wie froh ich bin!«

Auch Jule ist glücklich, das zu hören. Sie hat Pedra inzwischen sehr ins Herz geschlossen, und das nicht nur wegen ihrer Kochkünste.

»Wo bist du?«, will Fernando wissen.

»Ich bin auf dem Weg zu Stella. Wir müssen sie in

Schutzhaft nehmen, solange dieser Tiefenbach noch frei herumläuft. Völxen hat ihn zur Fahndung ausschreiben lassen.«

»Warte auf mich, ich komme mit!«

»Ich werde schon alleine mit ihr fertig. Geh du lieber zur Dienststelle, die Typen von der Internen werden schon auf dich warten.«

»Die können mich mal«, hört Jule ihn murmeln, dann hat er aufgelegt.

Oda hat sich einen Kaffee geholt und einen Zigarillo angesteckt. Wozu hat man schließlich ein eigenes Büro? Das Gespräch mit Luis hängt ihr noch nach. Der arme Junge. Auch wenn er getötet hat, so war es doch irgendwie Notwehr. Hoffentlich findet er einen verständnisvollen Richter und Menschen, die ihm darüber hinweghelfen. Jemand klopft an die Tür. Kann man denn hier nicht mal in Ruhe eine qualmen? »Ja«, brummt Oda genervt.

Frau Cebulla schaut herein und wedelt demonstrativ den Rauch beiseite.

»Ist ja schon gut. Sie dürfen mich ruhig bei Völxen verraten.«

»Fernando hat angerufen, seiner Mutter geht es besser.«

Oda schließt die Augen und stößt einen tiefen Seufzer aus. »Danke.«

»Und da ist ein Besuch für Sie«, verkündet Frau Cebulla mit einem ungewöhnlich süffisanten Lächeln.

»Wenn es Tiefenbachs Anwalt ist, bin ich beschäftigt.«

»Kommen Sie, Sie ist allein«, sagt Frau Cebulla zu jemandem hinter sich, und dabei kichert die Mittfünfzigerin wie ein Teenager.

Zu Odas großer Überraschung ist es Tian Tang, der ins

Zimmer tritt und hüstelt. Oda kann nicht verhindern, dass ihr Herzschlag bei seinem Anblick ein klein wenig schneller wird. Jedes Mal, wenn sie ihn sieht, denkt sie: Das ist der schönste Mann, den ich je hatte.

»Erwischt«, lächelt Oda verlegen und drückt den bis zur Hälfte gerauchten Zigarillo aus. »Was machst du hier?«

Er war noch nie in der PD. Will er mal sehen, wo sie arbeitet? Nicht gerade der günstigste Tag dafür. Oda achtet stets auf die strikte Trennung zwischen Beruf und Privatleben, das weiß er, und sein unangekündigtes Auftauchen hier ist eigentlich gar nicht seine Art.

»Es geht um meine Patientin Gwen Fischer.«

Oda erschrickt. »Was ist mir ihr? Hat sie sich was angetan?«

»Wie kommst du darauf?«, entgegnet Tian.

»Vielleicht, weil hier das Dezernat für Todesermittlungen ist«, erinnert ihn Oda.

»Nein, sie hat sich nichts angetan. Sie war vorhin bei mir und wollte meinen Rat in einer heiklen Angelegenheit. Aber ich weiß nicht, was ich ihr raten soll. Also dachte ich, ich frage dich.«

Das wird ja immer geheimnisvoller. »Jetzt sag schon, was los ist.«

»Hat dieser Computer ein DVD-Laufwerk?«

Oda zeigt es ihm, und Tian Tang zieht eine DVD aus der Tasche seines Trenchcoats.

Stumm und mit wachsendem Entsetzen betrachtet Oda die Aufnahme. Es ist die, von der Luis gesprochen hat. Sie läuft sechs Minuten, es sind kurze Einstellungen mit wechselnden Perspektiven. In Wirklichkeit dauerte die dreifache Vergewaltigung sicherlich länger. Gwen wirkt dabei tatsächlich fast leblos, wie sediert. K.o.-Tropfen, vermutet Oda. Das Video wurde im Probenraum angefertigt, sie erkennt das rote Samtsofa wieder, und ab und zu sieht man etwas von der Einrichtung. Schwer atmend nimmt Oda die DVD wieder aus dem Laufwerk. »Erinnert sie sich daran?«

»Vage. Sie sagt, sie erinnert sich an eine Party im Probenraum, sie hat angeblich ein bisschen etwas getrunken, aber nicht sehr viel. Trotzdem hat sie, was den späteren Abend angeht, große Gedächtnislücken. Sie konnte sich am nächsten Tag nur schemenhaft an einiges erinnern, wobei sie nicht wusste, ob sie es nicht bloß geträumt hatte. Ihr Freund Olaf behauptete, sie hätten nach der Party wilden Sex gehabt, sie hätte ihn angemacht und sei ›total scharf drauf‹ gewesen, so seine Worte.«

»Ich bedaure seinen Tod allmählich immer weniger«, bekennt Oda und fragt: »Woher hat sie die DVD?«

»Sie hat sie gestern nach der Schule im Briefkasten gefunden.«

»War sie an Gwen adressiert?«

»Sie war gar nicht adressiert. Jemand hat sie in den Briefkasten geworfen. Gwen ist heilfroh, dass ihr Vater sie nicht gefunden hat.«

»War ein Brief dabei?«

»Nein. Sie weiß nicht, von wem das ist. Sie möchte, dass ich ihr jetzt rate, ob sie damit zur Polizei gehen soll oder nicht. Aber ich bin dafür nicht geeignet. Ich weiß nicht, was da auf sie zukommt und ob sie sich nicht damit selbst zur Verdächtigen macht.«

»Was das angeht, kannst du sie beruhigen. Wir haben den Mörder.«

»Gratuliere.«

»Nein, gratulier uns noch nicht. Noch haben wir kein offizielles Geständnis und keine Beweise.«

»Ah«, sagt Tian irritiert. »Und wer war es?«

»Jemand aus der Nachbarschaft.« Aber warum, fragt sich Oda, hat Julian Tiefenbach Gwen diese Aufnahmen, die er wohl von Olafs Handy kopiert hat, in den Briefkasten geworfen? Wollte er, dass Gwen damit zur Polizei geht, damit die Welt erfährt, was Olaf für ein Dreckskerl war? Aber in dem Fall hätte er den Film doch gleich selbst der Polizei zuspielen können. Tiefenbach wollte Gwen also nicht in Verdacht bringen und es ihr überlassen, was sie mit den Aufnahmen macht.

Oda sieht Tian fragend an: »Und jetzt soll ich dir sagen, was Gwen tun soll?«

Er zuckt hilflos mit den Schultern. »Ja. Was würdest du tun, wenn es Veronika wäre?«

»Als Polizistin sage ich natürlich: Die Kerle müssen angezeigt werden. Das Beweismaterial ist eindeutig, man sieht auch, dass sie unter Drogen stand. Aber als Frau und als Mutter einer Tochter muss ich sagen: Ich weiß nicht, was ich ihr raten soll. Sie muss sich im Fall einer Anzeige auf einiges gefasst machen. Die gegnerischen Anwälte werden ihre Moral in Zweifel ziehen, ihr Vater wird ihr Vorwürfe machen, es wird Spott und dummes Gerede an der Schule geben. Vielleicht wird sie sogar die Schule wechseln müssen, weil sie es nicht ertragen wird, dass alle Bescheid darüber wissen, was ihr passiert ist. Die Scham der Opfer ist bei Sexualdelikten meistens viel größer als die der Täter. Es wird nichts mehr so sein wie vorher.«

»Das ist es jetzt auch schon nicht mehr«, bemerkt Tian Tang.

»Und möglicherweise wird sie enttäuscht sein über die Strafe, die die beiden verbliebenen Täter bekommen werden: Söhne aus gutem Haus, Jugendliche, nicht vorbestraft, der Anwalt wird sie zu rührseligen Entschuldigungen anhalten … Das könnte eine herbe Enttäuschung werden. Ich weiß nicht, ob Gwen psychisch stark genug ist, um eine Beweisaufnahme, einen Prozess und die Folgen durchzustehen. Das musst du beurteilen, du kennst sie besser als ich. Auf jeden Fall muss sie schonungslos darüber informiert werden, was im Fall einer Anzeige auf sie zukommt, und sie braucht einen guten Therapeuten. Sie muss übrigens nicht sofort Anzeige erstatten, die Verjährungsfrist für Vergewaltigung und sexuelle Nötigung beträgt fünfzehn Jahre. Allerdings gilt es eines zu bedenken: Sollte dieser Film noch anderswo auftauchen, auf Olafs Computer zum Beispiel, der im LKA steht, oder auf dem gerade erst beschlagnahmten Computer unseres Mordverdächtigen, dann ist ihr die Entscheidung aus der Hand genommen. Vergewaltigung ist ein Offizialdelikt. Im Grunde müsste ich jetzt schon die Staatsanwaltschaft informieren.«

»Es tut mir leid, wenn ich dich damit in Verlegenheit bringe«, sagt Tian erschrocken.

»Geschenkt. Ich finde, sie sollte mit ihrer Mutter darüber reden. Der Vater … na ja. Ich habe ihn kennengelernt. Wenn sie es dem sagt, dann steht uns womöglich gleich der nächste Mordfall ins Haus.«

Tian Tang bedankt sich, beugt sich über den Schreibtisch und küsst Oda auf den Mund.

»Was wirst du jetzt tun?«, fragt Oda dann.

»Ich sage ihr genau das, was du mir gesagt hast.«

»Kein Wort darüber, von wem du das hast. Sonst komme ich in Teufels Küche!«

Tians Lächeln trifft auf ihren strengen Blick. »Oda, wie schlecht kennst du mich eigentlich?«

Julian Tiefenbach horcht an der Wohnungstür. Ja, sie muss zu Hause sein, er hört Schritte. Die Kühlschranktür. Ein Stuhl. Dann ihre Stimme, er kennt sie vom Telefon. Mit wem spricht sie? Telefoniert sie? Er kann die Worte nicht genau verstehen, aber es klang wie »Hau bloß ab«. Hat sie ihn etwa bemerkt? Er überlegt, ob er klingeln soll, entscheidet sich dann aber dafür, sie zu überraschen. Ein herzhafter Tritt, und das Türschloss ist hinüber.

»Was, zum Teufel ...«

Sie kommt aus der Küche, sieht ihn, weicht zurück. Zu spät. Schon hat er sie an der Gurgel, so wie vorhin die schwarze Nutte. Aber diese hier ist dürr wie eine Zaunlatte. Obwohl er Lederhandschuhe trägt, ekelt es ihn, als er seine Hand auf ihren zu stark geschminkten Mund presst. Mit dem Fuß schiebt er die Wohnungstür zu. Das Schloss funktioniert nicht mehr, sie bleibt einen Spalt offen. Egal, er wird sich hier nicht lange aufhalten. Er zieht die Pistole, hält sie ihr an den Kopf und löst die Hand von ihren Lippen. »Ein Laut, und du bist tot!«

Er drängt sie zurück in die Küche, platziert sie auf einen Stuhl. Ihre Beine erinnern ihn an Hähnchenflügel, die zu lange auf dem Grill gelegen haben. Ihm graust noch mehr als vorhin im Bordell, und für einen Moment muss er daran denken, dass sein Leben vor drei Tagen noch relativ normal war, und jetzt ist es, als wäre er im Krieg, seinem ganz privaten Krieg: Er bringt Menschen um, weil er es tun muss – und kann.

In solch einer verkommenen Wohnung ist er noch nie gewesen. Oder doch, als Kind, bei seiner Großmutter, als die schon nicht mehr ganz richtig tickte. Und wie es hier stinkt! Nach ungewaschenen Körpern, billigem Parfum, Alkohol, und da ist noch ein Geruch, beißend, scharf.

»Hast du mich von hier aus angerufen?«

»Was?«

»Hast du mich von hier aus angerufen?«, wiederholt er. Verdammt, jetzt tränen plötzlich seine Augen, das muss an der Luft hier drin liegen, die ist zum Schneiden.

»Nein«, antwortet Stella.

»Vom Handy?«

»Telefonzelle.«

Sehr gut. Er steckt die Pistole in die Innentasche seines Jacketts. Er muss sie leise töten, ein Schuss hier im Haus wäre zu riskant.

»Was soll das? Wo ist mein Geld?«, hört er diese ekelhafte Person nun tatsächlich fragen. Die hat vielleicht Nerven! Ein Schatten huscht vorbei, verschwindet unter dem Küchentisch. Jetzt weiß er auch, wonach es hier so stinkt: nach Katze! Nach von Katzen verpissten Teppichen und Sesseln und einem tagelang nicht geleerten Katzenklo, genau wie damals bei seiner Großmutter. Er hasst Katzen, und vor allen Dingen hasst er ihre Haare. Seine Augen brennen wie Feuer, er muss hier weg, es muss jetzt schnell gehen. Stella ist aufgesprungen und hält nun ein Küchenmesser in der Hand, so viel kann er durch den Schleier seiner Tränen noch erkennen. Julian Tiefenbach stößt einen hämischen Lacher aus, vielmehr möchte er das tun, aber plötzlich ist seine Zunge völlig trocken, und nicht nur die Zunge, auch der Hals. Er muss niesen, und noch während er niest, kreischt die Nutte, er solle sofort verschwinden, sie würde ihn sonst abstechen. Ein harter Schlag gegen ihren Arm, und das Messer knallt gegen die Wand und fällt auf den Boden. Etwas donnert gegen seinen Kopf, es ist eine Flasche, sie hat ihn nicht richtig getroffen, der Schlag ist nicht das Problem, aber Tiefenbach hat auf einmal das Gefühl, als zöge jemand von innen seinen Hals zu wie einen Turnbeutel. Er ringt nach Luft, will schlucken, aber es geht nicht, es geht einfach nicht. Seine Augen jucken und tränen jetzt, als hätte er eine Ladung Pfefferspray abbekommen. Irgendwie bekommt er aber dennoch den dürren Hals dieser Nutte zu fassen. Er drückt zu. Na also, sie hört endlich auf zu kreischen. Doch die Anstrengung kostet ihn Luft, kostbare Atemluft …

»Polizei! Loslassen, oder ich schieße!«

Verdammt! Tiefenbach wendet sich um, die zappelnde Alte noch immer im Würgegriff. Schemenhaft erkennt er eine Frau, die mit nach vorne gestreckten Armen im Türrahmen steht. Sie richtet eine Waffe auf ihn, tatsächlich.

»Loslassen, Hände an die Wand!«

Er möchte etwas sagen, aber sein Hals ist zu, seine Zunge wird immer dicker und fühlt sich an, als sei sie voller Katzenhaare, nein, als würde sie nur noch aus Katzenhaaren bestehen. Und da ist sie schon wieder, diese gottverdammte Katze, er hört sie maunzen, und jetzt berührt sie sogar seine Beine. Sein Schrei kommt als heiseres Röcheln an die Oberfläche. Er sieht die Polizistin auf sich zukommen. Seine Waffe! Notfalls muss er sie eben beide erschießen. Er versetzt der Nutte einen Stoß in Richtung der Polizistin und greift in die Innentasche seines Sakkos. Dabei nimmt er eine blitzschnelle Bewegung wahr, es folgt ein schmerzhafter Schlag gegen seine Gurgel. Verdammt, das Biest kennt sich aus. Sein rechter Arm wird nach hinten gerissen, er ist jetzt unfähig, sich zu wehren, die Atemnot löst bei ihm Todesangst aus. Handschellen rasten ein. Sieht die dumme Kuh denn nicht, dass er am Ersticken ist? »Raus«, röchelt er. »Raus!«

»Nur Geduld«, antwortet die Stimme der Polizistin. Sie klingt recht jung, als sie nun fragt: »Frau Bukowski, sind Sie okay?«

»Geht schon«, krächzt die Nutte und hustet.

»Herr Tiefenbach, ich nehme Sie vorläufig fest wegen des Verdachts auf Mord, Mordversuch und Beihilfe zum Mord.«

Seine Antwort ist ein Röcheln, Rotz läuft ihm aus der Nase, den er wegen der Handschellen nicht abwischen kann.

Die Polizistin: »Frau Bukowski, brauchen Sie einen Arzt?«

Ich brauche einen Arzt, du dumme Kuh, ich!

»Nein, geht schon wieder«, hört er die Nutte sagen. Die Kühlschranktür wird geöffnet, eine Flasche aufgeschraubt. »... brauch mal was zur Beruhigung ...«

»Dann bring ich den Mann erst mal raus.« Die Polizistin packt ihn an den Schultern.

Im Hausflur plötzlich eine Männerstimme: »Jule, verdammt! Du solltest doch warten!«

»Wieso? Ich hab doch alles im Griff.«

»Warum heult denn der, hast du ihm wehgetan?«

Inzwischen hat die Nachricht von Pedras Besserung auch Völxen erreicht, was seine Stimmung sogleich gehoben hat. Es sitzt sich recht gut auf Tiefenbachs Terrasse, während man Fiedlers weiß gewandeten Leuten bei der Arbeit zusieht. Eigentlich fehlt nur eine Tasse Kaffee. Die Döhrings haben sich wieder in ihr Haus zurückgezogen. Nun kommt Rolf Fiedler über den Rasen und lässt sich neben Völxen in einen der vier Terrassenstühlen fallen. »So kann man es aushalten.«

Völxen grinst.

»Ich glaube, wir haben was«, verrät Fiedler.

»Du glaubst?«

»Der Hund hat im Rosenbeet angeschlagen, wir werden die Erde im Labor untersuchen. Aber wir haben auch einen Blutspritzer an der Wand des Gartenhauses gefunden. Zwar winzig, aber immerhin!«

»Großartig!«

»Warte erst mal ab, ob es wirklich das Blut des Mordopfers ist!«

»Da bin ich mir sicher«, entgegnet Völxen. »Gute Arbeit, Rolf, wie immer!«

Völxens Mobiltelefon klingelt mal wieder. Es ist Fernando. »Wir haben ihn! Tiefenbach. Jule hat ihn festgenommen, als er gerade die Nu… Frau Bukowski abmurksen wollte!«

»Großartig!«, ruft der Kommissar erneut.

»Und noch was«, hört er Fernando sagen. »Diese Rentnerin, die zusammen mit ihrer Katze den ganzen Tag am Fenster gegenüber vom Laden hängt, hat die zwei Brandstifter beobachtet und kann sie beschreiben.«

»Der Tag wird immer besser«, findet Völxen. Aber einen Wermutstropfen gibt es dennoch: »Die Herren von der Internen warten in der PD auf uns. Ich bin auch gleich da, dann bringen wir es hinter uns.«

»Ich habe Ihnen nichts zu sagen. Nicht ohne Anwalt.«

Oda hat Luis' Mutter in den neuen Seminar- und Vernehmungsraum bringen und dort erst mal eine Viertelstunde warten lassen.

»Sie müssen gar nichts sagen, Sie müssen mir nur zuhören«, antwortet Oda und setzt sich auf den Stuhl gegenüber. Sie sieht die Frau eine Weile schweigend an, was diese immer nervöser macht. Sie versucht, es zu verbergen, indem sie auf eine verkrampfte Art reglos und aufrecht dasitzt. Sie hat dunkle Schatten unter den Augen, immer wieder fährt sie sich mit der Zunge über die trockenen Lippen.

»Die Kollegen haben Ihren Mann festgenommen. Er ist bei der Lebensgefährtin seines Erpressers eingebrochen und hat die Frau mit seiner Waffe bedroht. Mit derselben Waffe, mit der er Niko Riepke in der Nacht von Montag auf Dienstag hinter der Kreuzkirche erschossen hat.«

Frau Tiefenbachs Hände krampfen sich um ihre Oberarme, doch sie schweigt.

Oda lässt die Nachricht ein bisschen wirken, ehe sie fragt: »Sie sind doch eine gute Mutter, oder?«

Offenbar findet Frau Tiefenbach an dieser Frage noch nichts Bedrohliches, also antwortet sie: »Ich gebe mir Mühe.«

»Das bezweifle ich«, sagt Oda, woraufhin die Frau sie sehr böse ansieht. »Erst haben Sie jahrelang nicht gemerkt, dass Ihr Sohn vom Nachbarsjungen gequält und unterdrückt wurde, und nun lassen Sie ihn auch noch für Ihre Tat büßen.«

Frau Tiefenbach ist kurz zusammengezuckt.

»Ihr Sohn hat mir gesagt, dass er *ein Mal* mit der Axt, die sich im Gartenhaus befand, zugeschlagen hat. Er traf Olaf am Hinterkopf, genauer gesagt am Scheitelbein.« Oda berührt die besagte Stelle über ihrem Haarknoten.

»Das Gespräch, das Sie mit meinem Sohn geführt haben, ist überhaupt nicht relevant, sagt mein Anwalt. Ab sofort redet Luis nur noch im Beisein unseres Anwalts mit Ihnen«, platzt Frau Tiefenbach heraus.

Oda beachtet den Einwurf gar nicht, sie fährt fort: »Der Rechtsmediziner hat aber festgestellt, dass Olaf mit zwei Schlägen getötet wurde. Der zweite Schlag erfolgte, nachdem Olaf schon am Boden lag. Dieser Schlag war todesursächlich. Hätten Sie Hilfe geholt, wäre Olaf möglicherweise noch zu retten gewesen – das wird ein medizinisches

Gutachten noch zu klären haben.« Oda macht eine Kunstpause.

Frau Tiefenbach hält sich wieder tapfer an ihren Vorsatz zu schweigen.

»Die Spurensicherung hat Blutspuren gefunden, an der Wand hinter der Gartenbank.« Oda seufzt. »Die sind ja heutzutage so gründlich, die finden die winzigsten Spritzer, selbst dann noch, wenn man gründlich geputzt hat. Ach ja, und in der Erde im Rosenbeet ist man wohl auch fündig geworden, aber das soll uns jetzt nicht kratzen. Das werden Sie vor Gericht noch in allen Einzelheiten zu hören bekommen. Mein Chef sagt immer, ein forensischer Beweis ist ihm lieber als das schönste Geständnis. Ich bin da anders, ich möchte immer gerne von den Beteiligten hören, wie alles abgelaufen ist und welche Gründe sie für ihr Handeln hatten.«

Frau Tiefenbach schlägt die Beine übereinander und wirft einen Blick in Richtung Decke, als würde sie sich langweilen. Oda sieht sie durchdringend an und sagt: »Luis ist in Panik geraten und weggerannt, nachdem Olaf von der Bank gefallen war. Er hat die Axt aus Versehen mit ins Haus genommen. Dort hat er Ihnen gesagt, was passiert ist. Und warum. Sie haben ihm die Axt abgenommen, sind damit zum Gartenhaus gelaufen und haben dem am Boden liegenden Jungen das Schläfenbein zertrümmert. Hatten Sie Angst, dass Olaf Luis verraten würde, wenn Sie ihn am Leben lassen und Hilfe holen?«

Olivia Tiefenbach antwortet nicht.

»Ich kann Sie sogar verstehen«, meint Oda leichthin. »Hätte ich an Ihrer Stelle wahrscheinlich auch gemacht, diesen sadistischen Dreckskerl umgebracht.«

Frau Tiefenbach senkt den Blick.

»Sie denken vielleicht, Luis wird wenig passieren, wenn

er an Ihrer Stelle den Mord gesteht. Ist das Ihre Strategie? Hat Ihr Mann das so angeordnet? Er ist doch der große Macher, er ist derjenige, der alles regelt, oder? Weiß er überhaupt, dass Sie es waren, oder denkt er auch, es war Luis?«

Olivia Tiefenbach schluckt, aber sie gibt noch immer keine Antwort.

»Ihr Mann hat die Leiche weggebracht, und er hat Ihnen und Luis genau gesagt, was Sie der Polizei sagen sollen, um sich gegenseitig ein Alibi zu geben. Und er hat sogar Anweisung gegeben für den Notfall, der jetzt eingetreten ist: Luis soll gestehen, er bekommt eine relativ kurze Jugendstrafe, oder ein Psychiater bescheinigt ihm vorübergehende Schuldunfähigkeit, etwas in der Art. Und Sie gehen straffrei aus und stehen ihm hilfreich zur Seite, bis die Sache ausgestanden ist. So haben Sie und Ihr Mann sich das gedacht, nicht wahr?«

Frau Tiefenbachs Mundwinkel zucken, endlich bricht es aus ihr heraus: »Und wenn es so wäre? Stellen Sie sich vor – rein hypothetisch –, mein Mann und ich wären im Gefängnis. Dann käme Luis in ein Jugendheim, und man weiß doch, wie es dort zugeht. Da sind lauter solche … solche Typen wie Olaf. Und noch schlimmere!«

»Glauben Sie wirklich, im Jugendknast ist das besser? Haben Sie eine Ahnung, wie es da so zarten, sensiblen Jungs wie Luis ergeht?«

Frau Tiefenbach ringt nach Luft.

Oda schlägt erneut in die Kerbe: »Wenn Sie gestehen, hätte er wenigstens die Chance, in einer guten Pflegefamilie groß werden zu können. Er ist ja nett und intelligent, seine Chancen stehen gut.«

Jetzt laufen zwei Tränen über die Wangen der Frau. Oda lässt sich davon nicht erweichen, sie fixiert ihr Gegenüber mit eisblauen Augen und fragt: »Weiß Luis eigentlich, dass Sie es waren, die Olaf den Rest gegeben hat? Opfert er sich für Sie auf, weil sein Vater ihm erzählt hat, dass ein ›richtiger Kerl‹ das für seine Mutter tun würde? Oder denkt er, dass er Olafs Mörder ist?«

»Hören Sie auf!«, brüllt Luis' Mutter. Sie schlägt mit den Fäusten auf den Tisch und vergräbt dann das Gesicht in den Händen, ihre Schultern zucken. Oda lässt ihr Zeit. Schließlich sieht Frau Tiefenbach Oda aus verheulten Augen an und sagt: »Rufen Sie bitte meinen Anwalt an. Ich möchte eine Aussage machen.«

Aus leuchtenden Pupillen betrachtet Pedra Rodriguez den riesigen Blumenstrauß, den Fernando auf die Bettdecke gelegt hat. Eigentlich ist die Besuchszeit längst vorbei, doch die Schwester hat vor Fernandos Charme kapituliert und ein Auge zugedrückt.

»Aber Nando! Du sollst doch nicht so viel Geld ausgeben! Ich darf doch morgen schon raus.«

»Er ist von Völxen, Oda und Jule. Sie wünschen dir alles Gute.«

»Danke. Im Schrank sind Vasen.« Ihre Stimme klingt noch immer wie die von Marlon Brando in *Der Pate*.

Während Fernando das Kunstwerk der Floristik in eine fliederfarbene Keramikvase stopft, sagt er: »Völxen lässt fragen, ob du morgen für eine Identifizierung der Täter zur Verfügung stehst. Das heißt, du musst in die PD kommen und dann unter mehreren Männern …«

»Ich weiß, wie so was geht. Das sieht man doch ständig im Fernsehen.«

»Du wirst sie doch wiedererkennen?«

»Ich denke schon.«

»Mama! Das ist wichtig!«

»Ja, ich weiß.« Sie sieht Fernando fragend an: »War das wegen diesem Jungen? Waren das seine Leute?«

»Ja, klar. Seine beiden älteren Brüder Navid und Haschem, sie wurden bereits vorläufig festgenommen. Die sind den Behörden schon wegen anderer Delikte aufgefallen.«

»Wie sieht denn der Laden aus?«, erkundigt sich Pedra.

Furchtbar, es ist so ziemlich alles hinüber, wäre die korrekte Antwort, aber er sagt: »Den richten wir wieder her, schöner als vorher, Antonio und ich, versprochen. Es war ohnehin Zeit, dass mal modernisiert wird.« Fernando stellt den Strauß auf den Nachttisch des leeren Nachbarbettes und meint: »Ich muss auch Jamaina noch Blumen bringen.«

Pedra richtet sich steil im Bett auf. Prompt muss sie husten. Als der Anfall vorbei ist, krächzt sie: »Blumen? Mit Blumen ist es da nicht getan! Wir schulden ihr schon mehr. Du musst dafür sorgen, dass sie hierbleiben kann.«

»Und wie soll ich das bitte schön anstellen?«

»Du bist Polizist, du kennst andere Polizisten …«

»Ich kenne aber niemanden bei der Ausländerbehörde.«

»Ach! Als es darum ging, meinen Verehrer Alfonso zu bespitzeln, da hattest du doch auch plötzlich Beziehungen.«

»Unsinn«, murmelt Fernando verlegen.

»Weißt du überhaupt, wo sie herkommt?«

»Guinea, oder so was.«

»Sie kommt aus Äquatorialguinea. Das ist ein ganz winziges Land an der Westküste Afrikas. Es wird von einem Despoten mit dem Namen Teodoro Obiang beherrscht, und der ist schlimmer als Gaddafi! Das Land hat ein riesiges Ölfeld vor der Küste, das Öl verkaufen sie an die Amerikaner, aber das ganze Geld dafür stecken sich der Diktator und sein Clan in die Tasche. Die Menschen dort sind bettelarm, es gibt kein fließendes Wasser in den Häusern und kaum geteerte Straßen. Und ein falsches Wort gegen den Präsidenten oder seine Clique, und man landet in einem Foltergefängnis. Willst du wirklich, dass Jamaina und ihr Junge dorthin zurückgeschickt werden?«

»Verdammt, Mama, natürlich will ich das nicht!«

»Fluche nicht an meinem Krankenbett!«

»Woher weißt du überhaupt so gut Bescheid über dieses Äquator-Dingsda-Land.«

»Internet.«

»Mama, versteh doch, ich mache unsere Gesetze nicht! Was soll ich denn tun? Wirst du mir als Nächstes vorschlagen, dass ich sie heiraten soll?«

»Warum nicht? Sie ist doch jung, schön und klug ...«

»Mama! Jetzt mach aber mal einen Punkt!«, wehrt Fernando entschieden ab. »Ich bin der Frau von Herzen dankbar, aber was zu weit geht, geht zu weit! Stell dir vor, ich lerne eine nette Frau kennen, mit der ich Kinder haben möchte ...«

»Denkst du wirklich, das klappt noch mal?«, wirft Pedra schnippisch ein.

»... und dann muss ich ihr erzählen, dass ich in einer Scheinehe mit einer Afrikanerin lebe. Und das als deutscher Beamter.«

»Beruhige dich wieder. War ja nur ein Vorschlag.« Sie muss husten und gießt sich von dem Tee ein, der auf ihrem Nachtschränkchen steht. Als sie getrunken hat, verkündet sie: »Ich habe sowieso schon eine andere Idee.«

»Und was für eine?«

»*Ich* werde sie heiraten!«

»Häh?«

»Das ist doch jetzt erlaubt, Ehen zwischen zwei Männern oder zwei Frauen. Erst neulich hat dieser – du weißt schon – aus dem vierten Stock seinen Freund geheiratet.«

»Mama! Geht es dir wirklich gut?«, fragt Fernando besorgt.

»Mir geht es ausgezeichnet, danke.«

»Du bringst nicht einmal das Wort ›Schwule‹ über die Lippen, aber du möchtest eine Frau heiraten, eine schwarze noch dazu? Wenn das Papa wüsste, der würde im Grab rollieren.«

»Mach keine Witze über deinen toten Vater! Der würde das verstehen, der hat immer anderen geholfen. Das heißt ja nicht, dass ich eine Lesbe – siehst du, ich habe es gesagt – wäre. Es geht nur darum, dass das Mädchen und ihr Sohn hierbleiben dürfen. Und wenn man diesem Staat nicht anders beikommen kann, dann eben so.«

»Dann müsste sie ja zu uns ziehen. Sonst fliegt ihr auf, und du wirst bestraft und sie zurückgeschickt.«

»Ja, und? Das wollte ich ihr sowieso vorschlagen. Die Wohnung ist doch eh viel zu groß für uns beide. Früher haben wir auch zu viert darin gewohnt, dein Vater, deine Schwester, du und ich. Weißt du, was dieser Halsabschneider, ihr Vermieter, ihr für zwei winzige Zimmer abknöpft? Achthundert Euro, und das ohne Strom und Heizung! Den Kerl werde ich anzeigen, das ist doch kriminell.«

»Mama, lenk jetzt nicht ab. Das mit der Heirat ist eine witzige Idee, aber mehr auch nicht. Weiß eigentlich Jamaina schon von diesen Plänen?«

»Nein. Aber die wird sicher einverstanden sein, schon wegen ihrem Kleinen.«

»Und deine Tochter? Und dein Enkel? Den wird man in der Schule dafür auslachen!«

»Unsinn!«

Plötzlich hat Fernando einen Geistesblitz und fängt an zu lachen: »Jetzt hab ich es kapiert! Das ist ein Trick von dir, damit ich sie heirate!«

»Das ist kein Trick!«, entgegnet Pedra. »Übers Heiraten mache ich keine Witze.«

Sie meint es wirklich ernst, realisiert Fernando mit wachsendem Entsetzen und spielt nun seinen vermeintlich stärksten Trumpf aus: »Außerdem bist du katholisch. Die Ehe ist ein Sakrament, und so was ist eine Todsünde. Dafür kommst du in die Hölle!«

»Aber nein«, winkt Pedra gelassen ab. »Die Kirche erkennt Ehen, die nur vor dem Standesamt geschlossen werden, doch gar nicht an. Also wäre ich vor Gott immer noch mit deinem Vater verheiratet, der Herr hab ihn selig. Und da wir ja auch nicht zusammen … – du weißt schon, was ich meine –, ist es auch keine Todsünde, so wie bei denen aus dem vierten Stock. Wir würden nur den Standesbeamten ein bisschen anlügen, aber das ist eine lässliche Sünde. Die werde ich beichten, und mit ein paar Rosenkränzen und Vaterunsern ist die Sache erledigt.«

Fernando ist sprachlos. Offenbar hat sich seine Mutter wirklich schon ernsthaft mit dieser wahnwitzigen Idee befasst. Er weiß, wie stur sie sein kann, und befürchtet das Schlimmste.

Pedra meint nun etwas bekümmert: »Die Verwandtschaft in Sevilla darf das aber nicht erfahren. Vor allen Dingen Tante Esmeralda nicht. Die hält ja dich schon für nicht ganz in Ordnung, weil du noch immer nicht verheiratet bist. Die würde uns glatt enterben. Du sagst ihr doch nichts, oder, Nando?«

»Ich geh jetzt. Morgen hast du vielleicht wieder einen klaren Kopf.« Fernando rauscht aus dem Zimmer. Im Flur sieht er den Arzt vorbeihuschen. »Herr Doktor, einen Moment, bitte! Sagen Sie, kann es sein, dass der Sauerstoffmangel doch ein paar Schäden im Hirn meiner Mutter angerichtet hat?«

Oda und ihre Tochter haben gerade das Abendessen beendet. Veronika hat gekocht, Spaghetti Carbonara.

»Es war köstlich«, lobt Oda und schenkt sich noch ein Glas Rotwein ein. Sie findet, dass sie sich das heute verdient hat.

»Krieg ich auch was ab?«, fragt Veronika. »Oder säufst du die Pulle ganz alleine?«

»Sei nicht so frech zu deiner Mutter!«

Sie gießt Veronika einen Schluck ein. Während des Essens haben sie sich über den Mord an Olaf und die Umstände, die dazu geführt haben, unterhalten.

»Ist es an deiner Schule eigentlich auch so schlimm mit Gewalt und Mobbing?«

»Geht so«, meint Veronika. »Es gibt immer Opfer. Ist halt so.«

»Gab es denn schon mal jemanden, der dich unterdrückt und gequält hat?«, fragt Oda besorgt.

Veronika trinkt von ihrem Wein und gesteht dann. »Ja, gab es.«

Oda reißt erschrocken die Augen auf. »Wer war das?«

»Na, du natürlich«, kichert Veronika. »Wer dich zur Mutter hat, braucht keine Feinde mehr!«

Das Telefon auf Jules Schreibtisch klingelt. »Wedekin?«

»Sie arbeiten noch?«

»Wie Sie hören, Herr Stevens. Ich muss noch meinen Bericht fertigstellen, es war ein sehr ereignisreicher Tag, was leider immer viel Schreibarbeit mit sich bringt. Was kann ich für Sie tun?«

»Ihre spektakuläre Festnahme des Mörders von Niko Riepke hat sich schon bis zur Staatsanwaltschaft herumgesprochen, ich wollte Ihnen nur dazu gratulieren.«

Jule atmet hörbar auf. »Da bin ich aber froh. Ich dachte schon, ich hätte dabei gegen irgendeine Vorschrift verstoßen.«

»Das wird sich herausstellen, wenn ich Ihren Bericht gelesen habe«, antwortet Stevens, und Jule hätte zu gern gesehen, ob er dabei lächelt oder ob er das etwa ernst meint. Eine verlegene Stille hat sich in der Leitung ausgebreitet. Dann räuspert sich Stevens und sagt: »Es war sehr nett, gestern. Der Flammkuchen und der Wein … und die Unterhaltung mit Ihnen.«

»Ja, fand ich auch«, antwortet Jule und merkt, wie sie ein wenig rot wird.

»Vielleicht … vielleicht könnten wir das bei Gelegenheit wiederholen?«

Jule lässt ein paar Sekunden verstreichen, dann sagt sie: »In einer Stunde im *Oscar's*?«

»Ja, das wäre machbar. Was ist denn das *Oscar's*?«

»Googeln Sie's einfach.«

Bodo Völxen steht am Zaun seiner Schafweide und beobachtet seine Schafe beim Grasen und die Sonne beim Untergehen. Es ist ein schönes, idyllisches Bild, auch wenn es ein wenig trügt. Das Leben hier draußen ist oft gar nicht so harmonisch, wie es sich der Städter vorstellt, der vom Landleben träumt. Woher kommt eigentlich unsere Sehnsucht nach der Natur, fragt sich der Kommissar. Ist es, weil Menschen den ganzen Tag lang täuschen, manipulieren und lügen, die Natur dagegen, auch wenn sie manchmal grausam ist, immer ehrlich und verlässlich ist? Liegt darin das Geheimnis, warum er sich hier, bei seinen Schafen, am wohlsten fühlt, besonders nach einem Tag wie diesem? Der Mensch braucht ein Revier, das ist ein Urbedürfnis. Und hier ist nun einmal seines …

»Guten Abend, der Herr Kommissar!«, rüttelt ihn die Stimme von Jens Köpcke aus seinen philosophischen Betrachtungen. Schon stellt der Nachbar die Futtereimer für seine Hühner ab und nähert sich. »Lange nicht gesehen.«

»Viel zu tun gehabt.«

»Hab ich schon gehört, in den Lokalnachrichten. Zwei Morde aufgeklärt, sauber!«

»Ja«, nickt Völxen zufrieden.

»'n Feierabend-Herri gefällig?«

»Her damit.«

Köpcke grinst und zieht zwei Flaschen *Herrenhäuser* aus der Tasche seiner blauen Latzhose. »Prost!«

»Ebenso.«

Köpcke stützt die Unterarme auf die Zaunlatte, genau wie sein Gegenüber. Mathilde blökt, sonst ist es ruhig.

»Vielleicht braucht man das alles bald gar nicht mehr«, sinniert Völxen nach einer geraumen Weile. »Vielleicht reicht es in Zukunft, die Telefondaten auszuwerten und die Facebook-Profile der Leute zu studieren. Dann wartest du noch die DNA-Analyse ab, und schon musst du nur noch eine Streife oder das SEK losschicken, um die Leute einzufangen. Und wenn du nicht weißt, wo sie sich aufhalten, schaust du nach, bei welchem Funkmast ihre Handys gerade eingeloggt sind. So einfach wird das in Zukunft sein.«

»Mm hm«, urteilt Köpcke und nimmt einen tiefen Zug aus der Flasche. »Aber vielleicht gibt's bald gar keine Verbrecher mehr, Völxen. Vielleicht testen sie in Zukunft die Leute schon im Reagenzglas, und wenn einer nicht ganz koscher ist, dann ab ins Klo damit.«

»Das erlebe ich hoffentlich nicht mehr!« Völxen trinkt von seinem lauwarmen Pils, und dann schweigen sie in den Sonnenuntergang hinein.

Schon wieder eine Hochzeit! Jule sitzt in der unterkühlten Kirche, ein wenig fröstelnd in ihrem tief ausgeschnittenen roten Kleid und trotz der Nerz-Stola, die sie sich von ihrer Mutter geborgt hat. Angeblich für einen Ball, denn das Reizwort ›Hochzeit‹ erwähnt man zurzeit in ihrer Gegenwart besser nicht.

»Sie sehen chic aus, nur meine tierschützende Tochter dürfte Sie so nicht sehen«, hat Völxen vorhin bemerkt.

Nein, der November ist kein idealer Monat zum Heiraten, aber die Umstände lassen es nicht zu, bis zum Frühjahr zu warten. Das Wie ist ja auch vollkommen egal, denkt Jule. Hauptsache, nachher klappt es einigermaßen. Während der Pfarrer seine Predigt hält, erfreut sie sich an der Backsteingotik der Kirche. Sie hat erwogen, Hendrik Stevens zu fragen, ob er sie hierher begleitet, es dann aber wieder verworfen. Zusammen ins Kino oder ins Theater zu gehen ist eine Sache, eine Hochzeit zu besuchen, eine andere. Das sähe ja aus, als wollte sie ihm einen Wink mit dem Zaunpfahl geben. Was wahrhaftig nicht zutrifft. Nein, je öfter sie zu Hochzeiten eingeladen wird, desto weniger denkt sie selbst ans Heiraten, da ist sie ganz *d'accord* mit Oda, die zu sagen pflegt: »Was gibt es da zu feiern? Die Ehe ist die letzte legale Form der Sklaverei.«

Jule ist nicht einmal mehr sicher, ob sie sich überhaupt jemals wieder auf die Liebe und diesen ganzen Zirkus einlassen möchte. Es ist doch ohnehin immer wieder dasselbe: erst die Sehnsucht nach Nähe, dann das zähe Ringen, um sie aufzubauen, und schließlich das Problem, sie auch auszuhalten.

Sie fängt ein Lächeln von Fernando auf. Er sieht gut aus da oben, vor dem Altar, in seinem neuen Anzug und der Fliege um den Hals. In der ersten Reihe thront Pedra Rodriguez in feierlichem Schwarz und wischt sich schon die ganze Zeit die Tränen von den Wangen. Die Braut trägt ein schlichtes, cremefarbenes Kleid, ihr Haar ist kunstvoll hochgesteckt und mit kleinen Perlen verziert. Jule findet sie atemberaubend schön.

Während sie auf den Beginn der Zeremonie wartet, schweifen ihre Gedanken umher und landen irgendwie bei Stella alias Heidrun Bukowski. Gestern hat sie auf der Dienststelle angerufen und Jule dafür gedankt, dass sie ihr mit dem Schriftverkehr, der mit Nikos Tod einherging, geholfen hat. Besonderes Augenmerk galt natürlich der Lebensversicherung.

»Was werden Sie jetzt mit dem Geld machen?«, hat Jule gefragt und gedacht: *Außer, die Kohle zu versaufen.* Aber dann hat sie ihren Gedanken sogleich bereut, denn Stella, die recht nüchtern klang, hat ihr voller Begeisterung mitgeteilt, dass sie eine Tanzschule eröffnen werde. »Für erotischen Tanz. Striptease oder *Burlesque*, wie man das heutzutage nennt.« Einen Raum dafür habe sie schon angemietet. Und sie, Jule, würde dieser Tage einen Gutschein für zwölf Gratis-Unterrichtsstunden von ihr erhalten. Jule war gerührt und hat sich artig dafür bedankt. Das fehlte noch, *Burlesque*! Aber sie könnte den Gutschein ja aufbewahren und ihn bei der nächsten Hochzeit an die Braut verschenken, denkt sie nun und muss dabei grinsen.

»Wie geht es Ihrem Kater?«, hat sie Stella noch gefragt.

»Wird immer fetter!«

»Also haben Sie ihn doch behalten.«

»Das Vieh hat mir immerhin das Leben gerettet«, hat

Stella geantwortet. »Und jetzt kann ich sein Fressen ja wieder bezahlen.«

So ist der Fall wenigstens für einen Beteiligten gut ausgegangen, denkt Jule jetzt und ihre Aufmerksamkeit richtet sich wieder auf die Geschehnisse vor dem Altar. Der Pfarrer hat seine Ansprache beendet, die Hochzeitsgesellschaft reckt die Hälse, es naht der entscheidende Moment: die Schwüre, der Spruch mit den guten und den schlechten Tagen, das endgültige »Ja«. Pedra Rodriguez heult Rotz und Wasser, der Pfarrer erteilt allen den Segen, und angeführt von den frisch Getrauten quillt die Menge ins Freie. Reis fliegt herum, Fotos werden gemacht. Jule hat sich geschworen, dieses Mal auf keinen Fall in die Flugbahn des Brautstraußes zu geraten. Ihn zu fangen – oder fallen zu lassen – gäbe nur Getuschel in der Dienststelle, und das gibt es ohnehin schon genug, seit durchgesickert ist, dass sie sich ab und zu mit dem neuen Staatsanwalt trifft. Dabei weiß sie selbst noch nicht, wohin das führen wird, und sogar Oda ist ausnahmsweise einmal zurückhaltend und gibt weder ein Urteil noch eine Prognose ab.

Der Blumenstrauß segelt durch die Luft, eine junge Frau aus Antonios Verwandtschaft fängt ihn auf, was dort für helle Begeisterung sorgt.

Dann lässt Antonio das Gas aufheulen, und er und Jamaina brausen im offenen Alfa Spider davon.

Jamainas Sohn winkt ihnen nach. Er steht neben Fernandos Neffen Rico. Die beiden scheinen sich gut zu verstehen und sehen so aus, als würden sie heute noch eine Menge Unsinn anstellen. Die Hochzeitsfeier soll in Pedras frisch renoviertem Laden stattfinden, vorher geht es für das Brautpaar aber noch in den Maschpark, zum Fotografieren. Es bleibt also genug Zeit für letzte Vorbereitungen, dennoch ist Pedra Rodriguez schon nervös. »Auf jetzt, Fernando, wir müssen in den Laden, sonst kommen die Gäste, und nichts ist fertig!«

Aber Fernando hat es nicht eilig, er flirtet mit der weiblichen Verwandtschaft des Bräutigams.

Pedra gesellt sich zu Jule. »Ich bin so wütend! Fernando hätte da oben stehen können, wenn er sich nur ein bisschen mehr Mühe gegeben hätte.«

»Er stand doch da oben.«

»Aber nur als Trauzeuge«, jammert Pedra und sieht Jule dabei an, als wollte sie sie auffordern, sich doch endlich einmal dieses hoffnungslosen Falls anzunehmen.

»Wie ich hörte, hätten beinahe Sie noch einmal geheiratet«, grinst Jule.

»Ach das«, winkt Pedra verlegen ab. »Das war doch nur ein Scherz. Aber Fernando, der ist wirklich ein Idiot.«